DOCE
QUEDA

TILLIE COLE

DOCE QUEDA

SÉRIE SWEET – LIVRO 2

Tradução
Flávia Souto Maior

Copyright © Tillie Cole, 2014
Copyright © Editora Planeta do Brasil, 2022
Copyright da tradução © Flávia Souto Maior
Todos os direitos reservados.
Título original: *Sweet Fall: a Sweet Home Novel*

Preparação: Fernanda Cosenza
Revisão: Ligia Alves e Laura Folgueira
Diagramação: Futura
Capa: Damonza em: www.damonza.com
Adaptação de capa: Beatriz Borges

Dados Internacionais de Catalogação na Publicação (CIP)
Angélica Ilacqua CRB-8/7057

Cole, Tillie
   Doce queda / Tillie Cole; tradução de Flávia Souto Maior. - São Paulo: Planeta do Brasil, 2022.
   336 p. (Série Sweet; vol. 2)

   ISBN 978-65-5535-641-0
   Título original: Sweet Fall: a Sweet Home Novel

   1. Literatura norte-americana 2. Literatura juvenil I. Título II. Maior, Flávia Souto III. Série
   22-0935   CDD 813.6

Índice para catálogo sistemático:
1. Ficção juvenil norte-americana

 Ao escolher este livro, você está apoiando o manejo responsável das florestas do mundo

2022
Todos os direitos desta edição reservados à
Editora Planeta do Brasil Ltda.
Rua Bela Cintra, 986 – 4º andar – Consolação
01415-002 – São Paulo-SP
www.planetadelivros.com.br
faleconosco@editoraplaneta.com.br

*A todos aqueles, em todo o mundo, que se sentem
perdidos, inseguros ou inferiores.*

*Respire fundo. Seja forte. Tenha coragem.
E, se cair, olhe para as estrelas e
busque suas luzes brilhantes.
Você nasceu para encarar o mundo de cabeça erguida.
Você não é defeituoso...
Você é lindo.*

Introdução

Antes de você começar este livro, gostaria de explicar algo sobre Lexington Hart, a protagonista feminina.

Lexi tem um distúrbio que afeta, ou afetou, muita gente... incluindo eu.

Por favor, entenda que minha relação com esse problema não é uma área da minha vida da qual falo com frequência. Mas sinto que uma explicação é necessária antes que você mergulhe nas páginas de *Doce queda*.

Então, *respirando fundo*, aí vai...

Quando eu tinha catorze anos, desenvolvi um distúrbio que, infelizmente, me fez passar por momentos muito difíceis. Ele esteve lá pela maior parte da minha adolescência e ainda se manifestou algumas vezes depois. Tive diversas recaídas, mas – felizmente – sempre consegui me reerguer.

Estou falando de um distúrbio que é muito íntimo, muito *secreto*. Um distúrbio que me pegou de surpresa e me encheu de questões com as quais tenho dificuldade de lidar até hoje.

Hoje sei que ele nunca vai desaparecer completamente.

Durante anos, travei uma guerra furiosa contra esse distúrbio e perdi muitas batalhas. Eu simplesmente não conseguia escapar de suas garras. E, se não fosse pela força e apoio de meus melhores amigos, meus pais, meus professores de teatro da escola e meu marido (na época, namorado), não sei se teria me recuperado tão bem.

Essa luta me fez abrir mão até mesmo da maior paixão que eu tinha: o teatro musical. Eu não podia aguentar a pressão de ser tão perfeita. Não podia ficar saudável e continuar a fazer aquilo que eu mais amava. Na época, fiquei arrasada. Mas a gente aprende a seguir em frente e a buscar novas formas de inspiração. A canalizar a paixão em outros lugares.

Neste livro, a narrativa de Lexi e suas lutas internas é, em grande parte, baseada em reflexões pessoais e hábitos que vivenciei naquele período – o pior de toda a minha vida. A intenção foi dar a *você*, leitor, um relato sincero do dia a dia de alguém com esse problema.

Essa aflição terrível varia de pessoa para pessoa, e este livro traz a *MINHA* experiência. Nem todos lidam com isso da mesma forma. Não sou psicóloga nem médica. Não pretendo oferecer uma visão médica ou científica desse terrível distúrbio. Tudo parte da minha experiência, e apenas dela. O problema de Lexi em *Doce queda* foi escrito apenas com base no que eu senti.

Não foi fácil tomar a decisão de escrever sobre esse assunto. É uma parte de minha vida sobre a qual falei pouquíssimo. Muitos membros da minha família acharam difícil ler o livro porque finalmente compreenderam como eu me senti naquela época – e como *se sentem* muitas pessoas no mundo. Foi um capítulo da minha vida em que tento não me concentrar. Superei esse distúrbio até certo ponto. Venci a maior batalha. Para muitos, essa não é a realidade.

Este é meu quinto livro, o mais difícil e emocionalmente turbulento que já escrevi, mas também uma das realizações que mais me orgulham. Abri o pesado cadeado de ferro e libertei os sentimentos que sempre tentei esconder. E, ao escrever essa personagem maravilhosa, porém atormentada, chamada Lexi, enfrentei meus medos de frente e combati os demônios que ainda espreitavam dos mais profundos recantos da minha mente. Sinto-me mais livre, de certa forma mais calma, e por isso sou grata.

Se este livro ajudar pelo menos uma pessoa a lidar com esse distúrbio, se ajudar alguém a compreender um amigo ou familiar que possa estar passando por algo parecido, então toda a purgação emocional e autorreflexão terão valido a pena.

Se *Doce queda* lançar qualquer luz sobre a questão, sentirei, de verdade, muito orgulho.

"*Se soubéssemos os segredos uns dos outros, que conforto encontraríamos.*"
John Churton Collins

Ela sempre fala comigo,
todo dia, ao amanhecer,
fica em minha cabeça
e me impede de comer.
Livra-me de meus fardos,
dores de fome, aflição.
À perfeição me conduz,
com todas as rédeas na mão.
Sempre estará comigo,
acredito não ter fim.
Amiga, inimiga e consciência,
Ana, a voz dentro de mim…

Tillie Cole

Prólogo

Querida Daisy,

Peso: 44,5 kg
Calorias: 2.000

Esta é minha primeira carta para você... quer dizer, a primeira vez que escrevo em meu diário.

Desde que você me deixou, não sei com quem posso conversar, então resolvi continuar falando com você... usando caneta e papel. Em vez de nossas conversas noturnas ao telefone sobre o progresso do dia, vou falar com você por aqui. Vou dizer meu peso, quantas calorias consumi... exatamente como antes.

Mas nada está como antes, não é?

Não é a mesma coisa. O contato não é nem um pouco suficiente, mas é tudo o que eu tenho... tudo o que me resta de você, Daisy, minha melhor amiga.

Estou sentada sob o sol escaldante do verão, à sombra de um enorme pinheiro... ao lado do seu túmulo. Seu túmulo, Daisy! Como as coisas chegaram a esse ponto?

Estou passando a mão pela bela lápide de granito preto, contornando os dizeres de seu epitáfio:

"Ela escondia as lágrimas, mas compartilhava os sorrisos".

Você era assim, Daisy, sorrindo por fora, mas, por dentro, frágil demais para este mundo. No entanto, você nunca deixou transparecer, sempre sorrindo, apesar da dor. Usando a máscara que dizia ao mundo que você estava bem, mas o tempo todo estava morrendo por dentro.

Eu sei, porque também uso essa máscara.

Você sempre foi minha fortaleza, a única pessoa com quem eu podia contar. Mas você me deixou aqui sozinha, e eu estou perdida. Sem você, não sei qual é o meu lugar neste mundo apavorante e repleto de dor, que nos pressiona o tempo todo para sermos perfeitas.

Não era para ser assim. Tínhamos que passar por esta vida juntas, sobreviver juntas. Porém, assim como uma flor que é delicada demais, você floresceu por um tempo, depois murchou e morreu.

Suas últimas palavras para mim foram: "Viva por nós duas. Faça o que me assusta e valorize cada dia". E eu vou tentar. Prometo que, este ano, vou tentar. Mas pensamentos sombrios já atormentam minha mente. Inseguranças me assombram todos os dias.

Não sei como me livrar desses pensamentos terríveis... das palavras terríveis dele.

A voz é tão poderosa na minha mente, e só você poderia compreender como é. Tenho medo de que, sem você aqui, ela vença. De que, sem você, eu perca essa luta implacável. De que, sem você, eu ouça as palavras dele e caia nas garras de aço do meu maior medo.

Ah, Daisy, sentada aqui neste cemitério silencioso e calmo, parte de mim deseja estar no céu com você. Não sei se sou forte o suficiente para continuar assim, e, mesmo agora, a voz me insulta e me provoca de dentro dos recessos mais profundos da minha mente.

Você é nojenta.

Você é monstruosa, *ele me diz sem parar, dia e noite, me privando dos meus sonhos e me pressionando a ceder.*

Daisy, receio que, sem você na minha vida, a queda aconteça... de novo.

1

Lexi

Universidade do Alabama,
Tuscaloosa, Estados Unidos da América

Três meses depois...

Dezenas de milhares de pés batiam na arquibancada, como trovões ressoando agressivamente pelo Estádio Bryant-Denny. O cheiro de grama, de um dia de verão, de suor, de adrenalina emanava do campo até o túnel.

Dia de jogo. Um dia de jogo do Alabama Crimson Tide. A famosa abertura do Crimson Tide contra o Chattanooga Mocs.

Meu coração estava acelerado, minhas palmas suavam, e estiquei meu uniforme vermelho apenas para ocupar as mãos trêmulas. Quando alguém estalou os dedos diante do meu rosto, levantei os olhos e vi a capitã da equipe, Shelly Blair.

— Preparada? — ela perguntou, com os cabelos ruivos e longos perfeitamente alisados caindo sobre os ombros. Fiz que sim com a cabeça e endireitei o corpo, e um sorriso presunçoso se formou nos lábios dela. — É bom mesmo, garota gótica. Oitenta mil pessoas aí fora, e você vai para o alto. — Ela se aproximou. — Não estrague tudo. Você tem que provar que merece essa vaga.

Garota gótica. Shelly se referia a meus cabelos pretos na altura do queixo, rosto pálido e delineador escuro nos olhos.

— Não vou estragar nada — eu disse por entre dentes cerrados. Um aceno de cabeça seco – e aparentemente impressionado – foi a única resposta dela antes de se virar e assumir seu lugar diante do grande grupo de meninos e meninas da equipe.

— Você vai se sair bem, Lexi querida — disse Lyle, outro membro da equipe e base de meu grupo de acrobacia, cutucando-me com o cotovelo alegremente.

Eu havia levado quatro anos para chegar a esse dia. Quatro anos para encarar a volta a uma equipe de torcida. A maior parte da equipe quis saber por que eu só tinha tentado entrar no último ano antes da formatura, mas, assim que mostrei a todos meu duplo twist carpado, ninguém quis saber mais nada e eu entrei diretamente para o time do Crimson – a melhor equipe, que torcia em todos os jogos de futebol americano, em casa e fora. A equipe em que todos gostariam de entrar.

— Estou com náuseas — eu disse a Lyle ao pensar em encarar todo o corpo estudantil e mais um pouco, vestindo apenas aquele uniforme minúsculo.

Ele me passou um frasco de Gatorade azul.

— Beba isso, depois se concentre no jogo, lindinha. Entramos em dois minutos.

Fiz o que ele disse e respirei fundo.

Dois minutos.

Cento e vinte segundos.

Para aquilo que desejei durante anos se tornar realidade.

Toda a minha reabilitação. Todo o esforço foi para isso.

Para esse momento.

Essa única chance de reassumir o controle sobre meus demônios.

Enfrentar meu maior medo.

Encarar de frente o que me levou aos piores momentos da minha vida.

Conquistar o que quase me matou.

A Million Dollar Band começou a tocar. Observei sua formação intrincada de onde eu estava. Tambores rufavam. Em um crescendo dos trompetes, Big Al, o elefante mascote da faculdade, abriu caminho pelo meio da equipe e entrou correndo no campo. Sua entrada dramática deixou a multidão ainda mais agitada.

Os torcedores do Tide enlouqueceram.

Minhas pernas estavam pesadas como chumbo quando comecei a pular sem sair do lugar, preparando-me para correr até o campo. *Você vai conseguir, Lex. Não tem mais gatilho*, eu disse a mim mesma, repetindo o mantra na cabeça.

Tem certeza disso, Lexington? Todos vão ver você. Cada giro, cada pulo, cada acrobacia.

Paralisada, fechei bem os olhos ao ouvir aquela voz familiar penetrando em meus pensamentos, tentando desesperadamente fazer com que se calasse.

Estou bem, estou saudável, garanti a mim mesma, fazendo de tudo para contra-atacar os comentários maldosos *dele. Você é uma ótima atleta, a melhor líder de torcida, a melhor ginasta daqui.*

Huum... acho que não. Olhe para Shelly. Ela sim é perfeita. Magra, linda. Tudo que você não é.

Cale a boca!, exigi mentalmente enquanto apertava a ponta do nariz com os dedos, respirando de maneira ritmada para neutralizar as palavras torturantes da voz.

Você é pesada demais para ser uma acrobata aérea. As bases do grupo de acrobacia vão pensar que você é muito gorda. Eles vão ridicularizar, vão zombar de você... rir de você, a voz provocou.

Não! Não é verdade. Não vou deixar você fazer isso! Você não vai vencer. Não vou mais cair na sua armadilha! Gritei mentalmente, e um glorioso silêncio envolveu minha mente. Com um suspiro de alívio, reabri os olhos. A voz tinha ido embora. Eu tinha vencido uma batalha, mas sabia que a guerra não estava terminada.

Olhando rapidamente para o túnel, relaxei quando me dei conta de que apenas alguns segundos haviam se passado.

De repente, Lyle apareceu na minha frente.

— Está preparada, lindinha? — ele perguntou com entusiasmo. Uma empolgação nervosa percorreu meu corpo quando confirmei.

Era para isso que eu vivia.

Dia de jogo.

O clima.

Fazer o que eu amava.

Eu tinha sentido falta disso.
Desejava isso.
Queria de volta.

A multidão vibrou quando Shelly se destacou do grupo e entrou no campo. Meus pés se contorciam de nervosismo e expectativa, e eu comecei a correr, deixando minhas pernas experientes me carregarem para o centro das atenções e para meu palco sob os holofotes e o sol escaldante.

Meu coração se contraiu ao ver tudo aquilo – o mosaico vermelho e branco formado pelos torcedores, a enormidade da banda, a equipe de torcida toda de branco do lado oposto do campo, as fãs na multidão, os megafones... a empolgação.

Chegando à lateral, fiquei em minha posição enquanto Shelly iniciava o grito de abertura.

— *Crimson Tide. Avante, Tide, avante, Tide* — oitenta mil pessoas entoaram em perfeito uníssono.

Os poderosos passos de dança fluíam pelo meu corpo com precisão, minha voz era clara e alta, e a reação da torcida me energizava.

O locutor pegou o microfone e, numa voz potente, anunciou o time. O barulho no estádio era ensurdecedor, e meu coração batia no ritmo dos pés da multidão. Então, do túnel surgiu Jimmy-Don, bloqueador ofensivo do time e namorado da minha melhor amiga, Cass, e logo atrás dele veio Austin Carillo, o recebedor todo tatuado e estrela do Tide.

O restante do time saiu do túnel como se irrompesse de uma fortaleza. Era uma confraria. O último a entrar em campo foi Rome "Canhão" Prince, *quarterback* astro da SEC,[1] e a multidão foi à loucura.

Todos se acalmaram, os jogadores se posicionaram e o apito para o chute inicial soou alto.

✱ ✱ ✱

---

1. SEC é a sigla da Southeastern Conference, parte da NCAA (National Collegiate Athletic Association), uma associação nacional que organiza a maioria dos programas de esporte universitário nos Estados Unidos, incluindo o futebol americano. [N.E.]

Três horas depois, tínhamos vencido. Com três *touchdowns* de Carillo, o Tide derrotou o Mocs – uma abertura de temporada perfeita.

Em poucos minutos, a multidão começou a sair do estádio e a equipe de torcida voltou para o túnel, eufórica com a vitória.

Fiquei para trás, apenas contemplando a cena. Era estranho ver o estádio tão quieto, meio apocalíptico, como se tivesse sobrevivido a uma grande catástrofe. Havia copos de plástico jogados nas arquibancadas, confete espalhado pela grama e o cheiro forte de cerveja pairando no ar úmido.

— É meio estranho, não é? — disse uma voz com forte sotaque do Alabama ao meu lado.

Soltando os pompons, em choque, coloquei a mão sobre o peito. Vi de relance uma camiseta vermelha, levantei os olhos, bloqueando o sol ofuscante com a mão, e de repente perdi o fôlego.

— Des-desculpe, o quê? — perguntei em voz baixa, inclinando o pescoço para trás para conseguir ver o rosto do cara.

Sob a sombra, ele apareceu. Austin Carillo, recebedor, número oitenta e três.

Carillo chegou mais perto de mim, saindo do local meio escondido perto do túnel dos jogadores e das arquibancadas.

— Isso. A calmaria depois da tempestade. — Ele gesticulou para o estádio vazio. — É minha parte favorita do jogo.

Segui o movimento da mão dele.

— Não foram os três *touchdowns* que você marcou?

Os cantos da boca dele se curvaram em um sorrisinho relutante. Eu já tinha visto Carillo pelo campus da faculdade algumas vezes nos últimos três anos, e acho que era a primeira vez que o via esboçando algo parecido com um sorriso. Não fiquei surpresa. Ele era como eu – mais soturno, quieto, reservado.

Austin Carillo era o *bad boy* italiano da Universidade do Alabama: um metro e noventa e três, uma linda pele morena, cheio de piercings, alargadores de orelha pretos, o corpo inteiro tatuado, cabelos escuros e olhos de um castanho profundo.

Senti o rosto corar. Se eu tinha um tipo, era ele. Mas eu não namorava ninguém e, até onde eu sabia, ele também não.

— Não. É isso aqui. Repassar o jogo na cabeça, a construção de lembranças no campo.

Uma sensação de paz tomou conta de mim ao ouvir o que ele descrevia.

— Sei exatamente do que você está falando — respondi com melancolia, e respirei o cheiro de comida gordurosa, grama pisada... vitória.

Austin olhou para o túnel e, sem dizer mais nada, começou a se afastar. Fiquei olhando para o campo e respirei aliviada... eu tinha conseguido. Eu tinha realmente conseguido passar por um jogo inteiro ilesa.

A voz dentro de mim não havia tido forças para estragar tudo.

— Já estava na hora, por sinal! — Ouvi de repente e olhei para trás, onde estava Carillo.

— Está falando comigo? — perguntei, confusa, verificando se havia mais alguém por perto.

Austin sorriu de maneira sombria e deliciosa, e apontou para meus cabelos e meu rosto.

— Sim, estou falando com você. Já estava na hora de mudar o estilo das minas dos pompons. É bom ter mais uma de nós, os esquisitos, no time.

Nós, os esquisitos?, pensei, mas só consegui vê-lo desparecer rumo ao vestiário. Meu coração batia acelerado, e, levantando a mão, passei os dedos sobre meus cabelos pretos e o batom escuro, e senti uma agitação no peito... *nós, os esquisitos...*

Vendo os funcionários da limpeza entrarem no estádio, rapidamente me abaixei, arranquei um pedaço de grama e fiquei segurando a folhinha. Era minha tradição. Uma lembrança de cada jogo em que torci... Mas esse era o primeiro em quatro anos.

O símbolo da minha nova vida.

Pegando os pompons, fui para o vestiário. Mal podia esperar para chegar em casa e escrever, contar tudo para Daisy.

2

Austin

— **B**oa, garoto! Quatro ponto dois na linha de quarenta jardas! Continue marcando esses tempos e vai entrar na primeira ou segunda rodada do *draft* — gritou o treinador Cline, meu técnico de corrida, quando cruzei a linha de quarenta jardas.

Haviam se passado poucos dias desde o jogo contra o Mocs e os treinos de futebol já estavam acabando comigo.

Eu estava abaixado, recobrando o fôlego, quando ouvi:

— Carillo, para a sala do técnico, agora!

Endireitando o corpo, olhei para o outro lado do campo e vi o técnico de defesa Moore fazendo sinal para que eu fosse até lá.

Olhei para o técnico Cline.

— O que eu fiz?

Ele franziu a testa e balançou a cabeça.

— Não faço ideia, filho. Agora vá até lá e descubra. Temos mais exercícios para fazer.

Em menos de dois minutos, eu estava na porta da sala do técnico e bati duas vezes na madeira polida.

— Entre, Carillo — o técnico disse, sentado do outro lado da escrivaninha. Se ele não estava no campo, estava sempre em sua mesa.

Entrei na sala e me sentei de frente para ele. O técnico levantou os olhos da montanha de papéis à sua frente, tirou os óculos e esfregou de leve a área ao redor dos olhos.

Aquilo não parecia bom. Ele estava ansioso.

— Por que estou aqui, técnico? — perguntei, com preocupação.

Apoiando os cotovelos sobre a mesa, ele se inclinou para a frente, olhando bem nos meus olhos.

— Recebi uma ligação do reitor hoje.

— Certo. E o que isso tem a ver comigo? — perguntei, sem rodeios. Eu não tinha feito nada de errado nos mais de três anos em que estava no Tide. Não tinha nada para esconder. *Principalmente* do técnico.

— Estamos com um problema no campus, e ele me pediu para falar com você, ver o que você sabe.

— Que tipo de problema? — perguntei, confuso.

— Um problema com drogas — ele disse diretamente, e ficou esperando eu responder alguma coisa.

Um problema com drogas. Drogas aparecem no campus e eles pensam imediatamente em mim.

— Não tenho nada a ver com isso — respondi de imediato.

O técnico apenas acenou com a cabeça.

— *Eu* não acho que *você* tem — ele enfatizou.

Meu estômago revirou.

— E por que está falando assim? Quem vocês acham que está envolvido?

Eu sabia, é claro, mas queria ouvir da boca dele. Queria ouvir as acusações contra meu próprio sangue em voz alta.

— Há rumores de que alguém igualzinho a você foi visto vendendo cocaína na faculdade. — Ele suspirou. — Igualzinho a *você*, Austin. Está me entendendo? Só conheço uma pessoa possível. — Ele fez uma pausa e eu esperei, apenas esperei. Eu precisava ouvir aquilo saindo da maldita boca dele. — Tudo bem, filho. Eu vou dizer. Axel. Estou achando que é o seu irmão.

Eu ri, descrente, e balancei a cabeça.

— Você não, técnico. Até você? Não faz isso comigo, porra! Um imbecil qualquer aparece na faculdade traficando e você imediatamente pensa no garoto pobre e bolsista que tem relações com os Heighters. É isso?

O técnico tentou falar.

— Aust...

— Não é ele. Ele não faria isso. Não traria essa merda para perto de mim. Ele é da família. Familiares não ferram uns aos outros. — Minha voz era fria e dura quando o interrompi.

Nossa, eu estava furioso.

O técnico se levantou e ergueu as mãos, tentando me acalmar.

— Austin, não estou dizendo que é ele, só que alguns alunos conseguiram identificar a gangue envolvida. O traficante tinha uma estrela tatuada do lado esquerdo do rosto, exatamente igual à sua. Todos sabemos que as estrelas são a marca dos...

— Dos Heighters. Minha gangue.

O técnico balançou a cabeça, exasperado, e deu a volta na mesa para ficar de frente para mim.

— Vou interromper você agora mesmo. Não é mais a *sua* gangue. *Você* saiu...

— Ninguém nunca sai. Só os idiotas acham isso — eu disse, categoricamente.

O técnico segurou meu ombro.

— *Você* saiu. *Você* veio estudar aqui. No fim do ano *você* vai ser escolhido no *draft* da NFL e ir embora. Deixar tudo isso para trás.

Baixei a cabeça e o técnico tirou a mão do meu ombro. Respirando fundo, olhei nos olhos dele.

— Sei que ele passou um tempo no reformatório e sei que a reputação dele é ruim, mas a família vem em primeiro lugar para nós. Sempre foi assim. Nós somos *italianos*, técnico. É sempre a família em primeiro lugar. Axel pode não fazer as melhores escolhas na vida, mas ele não faria isso. Ele não faria isso... *comigo*.

O técnico ficou olhando para o chão durante vários segundos antes de concordar com a cabeça.

— Então eu acredito em você. Vou dizer ao reitor que não é ele, que você não sabe nada sobre isso e que é melhor ele procurar em outro lugar.

O nó apertado em meu estômago começou a se soltar lentamente. Senti que podia respirar de novo.

— Austin, eu sei que você não tem uma figura masculina em casa, que seu pai não foi bom com você, que você e seus irmãos passaram por dificuldades e tiveram que se virar para sustentar sua mãe da melhor forma possível. Sei que vocês são bem próximos – Axel, Levi e você. Mas *você* conseguiu uma chance de ter uma vida melhor, filho. Poderá dar o mundo à sua mãe em breve. Conduzir Levi pelo caminho certo. Estou só esperando para ver aquele garoto jogar pelo Tide um dia.

Uma pontada atravessou meu peito. Uma vida melhor para minha mãe em... o quê? Nove ou dez meses? Quando eu fosse escolhido no *draft* e recebesse o primeiro salário? Eram meses que ela não tinha – a dura verdade que o técnico não conhecia.

Em resposta, simplesmente perguntei.

— Posso ir agora, técnico?

Ele voltou para trás de sua mesa e se sentou novamente, colocando os óculos.

— Pode ir.

Quando estava prestes a sair, olhei para trás, com a mão sobre a maçaneta.

—Agradeço sua preocupação comigo, técnico, mas desta vez vocês estão muito enganados.

O técnico abaixou a cabeça em reconhecimento, mas dava para ver a dúvida em seus olhos. Saí, fechei a porta e apoiei a cabeça contra a sólida madeira.

— Nossa, cara, o que foi?

Respirei devagar pelo nariz e me virei para Jimmy-Don Smith e Rome Prince, meus melhores amigos, encostados na parede oposta. Jimmy-Don era um texano enorme que jogava no ataque, o cara mais bondoso que eu conhecia. Rome Prince era como um irmão. Porra, eu me dava melhor com ele do que com meus próprios irmãos. Era o cara mais talentoso com quem eu já tinha jogado. Ele não enxergava isso. Era incrivelmente humilde. E, com seus longos cabelos loiros e corpo definido, ele também era um sucesso com as garotas. Na superfície, tudo nele parecia perfeito, mas, assim como eu, era um cara bem fodido – e a *única* pessoa que conhecia minha verdadeira história.

Quando eu não respondi à pergunta de JD, ambos se entreolharam e Rome deu um passo à frente, preocupado.

— Está tudo bem, cara?

Passando as mãos pelo rosto, fiz sinal com o queixo para eles saírem dali e irem para a sala dos jogadores. Chegando lá, Rome indicou que Jimmy-Don trancasse a porta, e nós nos jogamos nos sofás.

— E então? — Rome insistiu. Paciência não era o seu forte. Era por isso que eu gostava dele: ia direto ao ponto e não levava desaforo para casa. Já Jimmy-Don era tão tranquilo quanto grande – ou seja, muito.

— Drogas, *cocaína*, no campus. O técnico acha que podem ser Axel e os Heighters.

Rome se recostou no assento e rangeu os dentes de frustração.

— Porra. Essa merda de novo, não!

Eu conhecia Rome quase a vida toda. Ele praticamente morava com minha família quando éramos pequenos. O filho do multimilionário magnata do petróleo acampado no chão do meu quarto no trailer em que morávamos porque seu pai gostava de usá-lo como saco de pancada. Quando éramos adolescentes, Rome viu meu irmão mais velho e eu sermos recrutados para a gangue e ficou louco. Ele também foi um dos principais motivos de eu ter saído. Ele se recusou a assinar com o Tide a menos que eu entrasse no pacote. O cara mudou minha vida, e ele *odiava* Axel.

— E o que você disse para ele? — Jimmy-Don perguntou. Era uma das únicas vezes que eu tinha visto o grandão tão sério. Sem piadas. Sem comentários idiotas. Ele sabia que essa merda era horrível para mim. Sabia o que podia significar para a minha carreira... para a minha vida.

— Eu disse a verdade, porra. Não é o Axel. Ele não faria isso comigo. Não aqui. Não agora. Ele não foderia com os meus sonhos justo quando estão prestes a se realizar.

Jimmy-Don olhou para Rome, que balançou a cabeça.

— Você está sonhando, oitenta e três — ele disse sem rodeios, usando o número da minha camisa em vez do meu nome. Ele sempre fazia isso, desde que éramos garotos.

— Rome, não comece. Não posso ouvir essas merdas de você também — eu disse da maneira mais calma possível.

— Bom, mas vai. Conheço Axel desde que conheço você, e o seu irmão é problema, Aust.

— Rome — resmunguei.

— Você não deve nada a ele — ele rebateu.

Afundei mais ainda no sofá e inclinei a cabeça para trás.

— Devo sim.

— Porra nenhuma! Se não fosse por aquele bosta, você nunca teria se envolvido com os Heighters, para começar!

— E, se não fosse por aquele *bosta*, eu também não teria saído. Eu *devo* a ele, cara. E eu posso contar com ele até o fim. Essa merda aqui no campus não é coisa dele. Aposto minha vida.

Rome soltou uma gargalhada descrente, mas não falou nada. O silêncio entre nós apenas aumentou a tensão, então, sem olhar para meus amigos, eu pedi:

— Vocês podem só me deixar sozinho? Preciso de um minuto.

Ouvi os dois se movimentando, e então Rome bateu a porta.

Finalmente olhei para baixo e fiquei encarando o carpete vermelho no chão.

Eu sabia que Rome estava preocupado comigo, mas ele não conseguia entender o que era ser tão pobre a ponto de mal conseguir sobreviver a cada dia. Ele não conseguia entender como um garoto podia ficar com tanta fome a ponto de revirar latas de lixo de restaurantes em busca de algo para aliviar a dor em seu estômago. Ele não conseguia entender que, quando aquele garoto ficava doente, não havia comprimidos sofisticados para deixá-lo melhor. Não havia plano de saúde para traficantes do parque de trailers numa parte da cidade esquecida até por Deus. E ele certamente não conseguia entender a vida dentro da gangue. Que, uma vez dentro, você estava dentro para toda a vida... E ele não conseguia entender por que eu devia tudo a Axel por ter me tirado dali quando eu tinha dezessete anos.

Inclinando-me para a frente, lágrimas encheram meus olhos. Com os cotovelos apoiados nos joelhos, segurei a cabeça entre as mãos e sussurrei:

— Axel. Por favor... por favor, diga que não está fazendo essa merda.

3

Lexi

— Ainda está indo às reuniões na faculdade, querida?

— Sim, pai.

— Está comendo direito? Continua indo às sessões com o Dr. Lund?

— Pai! Não perdi nenhuma sessão! Nenhuma, em anos. Podemos parar de tocar nesse assunto toda vez que você liga? — resmunguei.

Meu pai ficou em silêncio por um tempo, depois falou em voz baixa.

— Lexi, é seu último ano. Você entrou na equipe de torcida, o que sabe que é um gatilho para você, e a pressão acadêmica só aumenta. E desde que Daisy faleceu... — Todos os músculos do meu corpo ficaram tensos instantaneamente. — Bem, você não pode culpar sua mãe e eu por nos preocuparmos.

Suspirando, apertei o nariz entre os dedos.

— Eu sei. Mas estou bem, pai. Eu juro.

— Certo, querida. — A linha ficou muda e meu pai sussurrou: — Estou tão orgulhoso. Por ter dado as caras, enfrentado todos os seus medos e recuperado sua vida. Queria que pudéssemos ter visto você.

Minha garganta fechou quando ouvi a emoção na voz do meu pai. Ele não ficava assim desde o dia em que saí do hospital.

— Eu entendo, pai. Você tem seus pacientes. Isso é mais importante do que me ver torcer.

Ele soltou uma risadinha.

— Eles são importantes, querida. Mas acho que nada me faz mais feliz do que ver você torcer. A expressão no seu rosto diz que sua alma está contente. Faz muito tempo que não vejo você assim.

— Eu sei — eu disse com suavidade.

— Não demore para nos ligar. E lembre, estamos sempre aqui se estiver tendo um dia ruim.

— Certo. Diga à mamãe que eu a amo.
— Continue forte, querida.

Com isso, ele desligou e, minutos depois, eu ainda estava segurando o celular. *A expressão no seu rosto diz que sua alma está contente.* Eu não havia me dado conta de que meu pai achava isso. Mas eu também não ligava muito para nada nem ninguém na época em que a voz me dominava. Quando meus dias se resumiam a contar gramas de gordura e me privar de alimento... a lutar pela perfeição – uma perfeição magra e maravilhosa. Eu só me preocupava comigo. Tudo estava sempre relacionado a comida.

Eu não era egoísta; os psicólogos haviam me ensinado isso. Eu estava doente e não conseguia enxergar além do meu objetivo... do meu... distúrbio.

Odiava pensar naquela época. Era difícil para mim lembrar de como eu me sentia, não pela culpa, mas porque podia me sentir tentada a voltar. A tentação sempre estaria ali. Sempre haveria a chance de uma nova queda. Mas havia chegado tão longe que era doloroso demais pensar na jovem perturbada que eu tinha sido.

Deitando novamente sobre a cama coberta com uma colcha preta, fiquei olhando para os desenhos no teto do meu quarto na irmandade, e depois para o calendário na parede.

Mais de mil dias haviam se passado.

Quatro anos.

Há exatos quatro anos, neste mesmo dia, eu tinha sido considerada curada, e meus pais me deram permissão para fazer faculdade. No mesmo estado, é claro. De jeito nenhum eles deixariam que eu me mudasse para algum lugar onde não poderiam intervir se eu tivesse uma recaída.

Curada. Uma palavra estranha. Eu sabia que não estava curada – pelo menos não completamente. Eu lutava todos os dias, todas as horas, contra o ímpeto de voltar àquela época. Ainda via a comida como minha inimiga; exercícios em excesso e fome eram meus amigos. Mas eu não voltaria. *Não podia voltar.* Estava mais forte. Melhor. Tinha novos amigos, que não sabiam nada do meu passado turbulento.

Eu tinha uma vida outra vez e não abriria mão dela. Precisava continuar em frente, sem recuar, sem me render.

Lexington, você deu uma engordada... interrompeu a voz que eu me esforçava tanto para reprimir, um eco assombroso na minha mente. *Seu quadril está mais largo... Tem celulite nas suas coxas. Você sabe como melhorar. Basta me deixar entrar e se entregar a mim...*

Ele nunca me deixava. Estava sempre ali, esperando o momento ideal para atacar. Esperando eu enfraquecer o suficiente para deixá-lo reassumir o controle.

Balançando a cabeça, empurrei-o de volta para sua caverna. Ele não escaparia dali novamente. Se escapasse, eu sabia que acabaria vencendo e que eu não poderia continuar. Ele finalmente conseguiria me matar.

Alguém bateu na porta e ela se abriu, arrancando-me de meus pensamentos obscuros. Cass, minha melhor amiga loira e texana, que falava tudo na lata. O ditado era verdadeiro: tudo era maior no Texas, *incluindo* Cass. Mas eu a invejava. Ela se assumia. Vivia plenamente. Exibia seu tamanho com orgulho.

Assim que a vi, me sentei direito, abrindo um sorriso e desempenhando o papel da garota despreocupada que está sempre contente. A garota que se esconde atrás da maquiagem, a garota reinventada que foi para a Universidade do Alabama para fugir do passado. Essa garota "fabricada" era a única Lexi que minhas amigas conheciam.

— E aí, piranha! O que está rolando? — Cass entrou vestindo jeans com strass e a regata preta e justa de sempre, e se jogou no sofá preto de veludo que ficava no canto do quarto. — O que está fazendo na cama às cinco da tarde? — De repente ela arregalou os olhos azuis. — Ah, merda! Você estava batendo uma? Precisa de um... — Ela abaixou a cabeça e sussurrou com a mão sobre a boca. — ... tempo sozinha?

Agarrando o travesseiro, bufei e o arremessei na cabeça de Cass enquanto ela balançava o dedo do meio como um vibrador e passava a língua sobre os lábios. O travesseiro acertou-a bem no rosto e ela fez uma careta.

— Tudo bem, mas não tem vergonha nenhuma em se satisfazer... Só estou dizendo! Faço isso pelo menos duas vezes por dia. Bem, eu fazia até Jimmy-Don começar a cuidar disso para mim. Nossa, o que aquele cara é capaz de fazer só com a ponta da língua!

— Obrigada por me atualizar, Cass — eu disse com sarcasmo. Ela apenas balançou as sobrancelhas para mim em resposta.

— Onde estão Ally e Molls? — perguntei. Ally, a garota mais bonita que eu já tinha visto, o exotismo herdado de sua mãe espanhola; e Molly, uma britânica-gênio, transferida para a Universidade do Alabama poucos meses antes para fazer mestrado. Ela era linda sob os cabelos castanhos volumosos e os óculos de nerd. Além disso, Molly, que era a garota mais reservada que eu conhecia, tinha conseguido chamar a atenção do cara mais popular da faculdade – Rome "Canhão" Prince, primo de Ally e *quarterback* astro do Tide.

— Estudando, talvez? — Cass finalmente respondeu.

Cass se remexeu no sofá, olhando para a porta levemente entreaberta, com o corpo inclinado para a frente.

— O que está rolando entre Molls e Rome?

— Sei lá. Nunca vi esse cara se preocupar com ninguém além dos próprios amigos, e então a Molls chega e de repente ele está sempre atrás dela, tentando falar com ela.

— As pessoas já estão comentando.

— A Molls falou alguma coisa sobre isso com você? — perguntei.

Cass fez cara de *até parece*.

— Não, amore. Você sabe que aquela menina não é de compartilhar os sentimentos. Mas, porra. Rome Prince! Eu daria tudo para levar uma prensa daquele cara!

Meus olhos foram atraídos pelo movimento na porta.

— Ei, Molls! Ei, Ally!

Molly entrou timidamente no quarto, empurrando os óculos grossos sobre o nariz. Ally entrou atrás, fazendo cara feia para Cass.

— Sobre o que estão falando? Ouvi meu nome sendo mencionado — Molly perguntou, desconfiada.

Engoli em seco e voltei o olhar para Cass, casualmente recostada no sofá.

— Errr... — murmurei. Felizmente, a maquiagem escondia meu rosto vermelho de constrangimento.

Cass revirou os olhos.

— Estávamos falando de você ficando toda molhada por Rome Prince! O homem que deixa todas as xoxotas pingando!

Ally fez um barulho de ânsia de vômito.

— Cass! Ele é meu primo! Minha nossa! É como se fosse meu irmão!

Molly arregalou os olhos castanhos atrás das lentes dos óculos e esbravejou:

— Minha nossa, Cass! Você não poderia ser mais grosseira!

Cass piscou.

— *Certo*, estamos falando que o Canhão Prince está de pau duro por você. — Ela olhou para Molls. — Melhor assim, majestade?

Molly estava completamente vermelha, e Ally colocou o braço sobre seus ombros.

— Nada está acontecendo entre nós — Molly murmurou. Nem Ally parecia comprar aquela afirmativa frouxa.

— Até parece! — Cass exclamou.

Molly largou os livros sobre minha cômoda e colocou as mãos na cintura.

— Cass, já chega!

Cass deu de ombros.

— Tanto faz, Molls. Você vai montar naquele canhão já, já, escreva o que estou dizendo.

Molly suspirou, inconformada.

— Por que ainda me preocupo? — ela sussurrou.

— Então, eu tenho meu caubói gato JD; Molls logo vai estar cavalgando aquele canhão; Ally, bem, é simplesmente bonita demais para ficar solteira por muito tempo; então só resta você, Sexy Lexi, minha pequena princesa gótica — Cass disse, inclinando-se para a frente no sofá.

Molly e Ally se aproximaram e sentaram ao meu lado. Molly ficou olhando para o piso de madeira meio em choque. Cass costumava ter esse efeito sobre nossa tímida amiga inglesa.

— Acho que não, Cass. Não estou interessada em garotos, obrigada — garanti a ela.

Cass assentiu e franziu os lábios.

— Ah... Você curte panqueca, e não linguiça. A maquiagem, as roupas esquisitas, o heavy metal... Finalmente faz sentido.

— Cass...

— Não, Lex, eu entendo. Já vi você de olho nos meus peitos. Tranquilo. Deve ter alguma xoxota para você por aí. Já sei, vamos começar pelo time de futebol feminino. Aquelas minas *amam...*

— Cass! Não sou lésbica! Pode parar!

— Tudo bem, calma, garota! Não tem nada de errado em cair de boca na pepeca.

— Minha nossa! Molly, Ally, conseguem fazer ela parar? — eu disse, claramente me irritando além da conta.

Molly colocou a mão nas minhas costas, o que me fez parar de respirar e imediatamente ranger os dentes. Eu *odiava* que tocassem nas minhas costas.

Molly se virou para Cass.

— Acho que ela só está dizendo que não está pronta para namorar ainda, Cass. Deixe-a em paz. Não é da nossa conta.

Cass ficou séria de repente.

— Lex, por quê? Você nunca teve ninguém nesse tempo todo em que a gente se conhece. O que está acontecendo?

Meu coração começou a bater forte, e minhas mãos começaram a suar. A mão de Molly estava imóvel nas minhas costas, e eu sabia que ela tinha sentido minha reação tensa. Pelo menos ela era a única pessoa mais reservada do que eu; não diria nada.

— Porque não, Cass. Vamos encerrar essa conversa, certo?

Cass suspirou e jogou as mãos para o alto, mas desistiu quando me virei para ver as horas no celular.

Droga, estou atrasada!

Pulei da cama e peguei minha bolsa.

— Tudo bem, amore? — Ally perguntou, preocupada, e fiz que sim com a cabeça com o entusiasmo de costume.

— Eu-eu-eu tenho treino, pre-preciso ir — gaguejei de maneira evasiva e comecei a procurar a chave do carro pelo quarto. Na verdade, tinha uma sessão com o Dr. Lund, meu psicólogo, e, ultimamente, elas eram essenciais. Meus pensamentos estavam começando a vagar por terrenos perigosos.

Ally franziu a testa.

— Não tem treino da equipe de torcida hoje à noite.

Fiquei paralisada, continuei de costas para minhas amigas e tentei pensar em uma desculpa. Eu havia cometido um descuido. Ally tinha acabado de sair da equipe de torcida para se concentrar nos estudos. Ela sabia a programação de cabo a rabo.

— Eu... eu marquei uma sessão particular com o Lyle. Vamos treinar nossas acrobacias. Falo com vocês depois.

Quando passei pela porta, Cass segurou minha mão.

— Tem certeza de que está bem, Lex? Você anda muito distraída ultimamente. Não está agindo normalmente.

Abrindo meu maior sorriso falso, acenei com a cabeça e encarnei a personagem da garota feliz.

— É claro que estou, Cass. Minha vida está uma loucura no momento. Estou bem, querida. Eu juro.

Assim, fugi pela porta, deixando a atuação de lado e assumindo minha personalidade real por um tempo.

4

Austin

— **E**ntão essa mina se ajoelhou e abriu o meu zíper...

— Porra, Reece, cala essa boca! — Rome soltou o haltere que estava levantando e ficou olhando feio para Reece, o calouro e *quarterback* reserva do time, que havia começado a nos seguir por todo canto como um cachorrinho.

— O que foi? Até parece que você não está traçando várias por aí, Canhão. Alguns de nós já ficam felizes com as suas sobras. Foi aquela ruiva que você comeu uns meses atrás. A gostosa com uns peitões. — Ele levantou as mãos e fez um gesto diante do tórax.

Balancei a cabeça, olhando para o garoto. Rome estava prestes a arrancar a cabeça dele.

— Reece, cara, vá pegar dois Gatorades, agora — ordenei. Balançando a cabeça, o calouro com jeito de surfista apressou-se até a sala de descanso.

Rome caminhou na minha direção, de punhos cerrados.

— Vou acabar matando aquele idiota antes do fim do ano — ele disse, com convicção.

— Ele só é muito novo. Você já foi assim também.

Rome então olhou feio para mim, e não consegui segurar a gargalhada.

— Nunca fui desesperado daquele jeito — ele disse. — *Porra!* Ele fica esperando as minhas sobras de piranhas?

Levantei e dei um tapinha nas costas dele.

— Você nunca precisou ser como ele. Já nasceu ímã de mulher, mesmo quando éramos crianças. Não tenho dúvidas de que você vai ser escolhido no *draft* este ano e depois vai se casar com uma supermodelo.

— Um olhar estranho passou pelo rosto dele, mas eu ignorei. O que quer que o estivesse perturbando, era problema dele.

Meu celular deu uma rápida folga a ele quando vibrou no bolso da minha bermuda. Peguei o aparelho e li na tela:

> No campus. Perto da torre. Trabalhando. Tá por aqui?

Meu coração afundou.

Não pode ser. Não pode ser ele que está traficando. Ele não faria isso comigo. O Axel não. É bom que esse puto não esteja fazendo isso comigo!

— Preciso ir — eu disse a Rome, e peguei minha toalha, jogando-a sobre o ombro.

— Quer que eu vá com você? — Rome perguntou, com tristeza.

Parando no meio do caminho, sem olhar para trás, fiz que não com a cabeça.

— Não, cara, está tudo bem.

Alguém segurou meu braço e eu soltei um suspiro de frustração olhando para trás. Rome estava me encarando com preocupação.

— Carillo, não tente resolver essa merda sozinho. Eu estou com você. Axel não vai ferrar o que você conquistou aqui com o Tide. Eu não vou deixar essa merda acontecer. Não com você. Não agora que chegou tão longe.

Passando a mão sobre a cabeça, puxei o braço e me afastei.

— Rome, não. Eu cuido disso.

Antes que ele tivesse a chance de discutir comigo, atravessei a porta e saí no ar quente da noite. Olhando ao redor, corri na direção sul do pátio. Nossa, eu estava voando, precisava impedir meu irmão de vender drogas dentro da faculdade.

Levei menos de dois minutos para ver o movimento atrás da torre Denny Chimes, a maior torre do pátio, protegida pela sombra das árvores. Um garoto que parecia estar na fissura passou rapidamente por mim, enfiando um pacotinho branco dentro da bermuda. Mantive a cabeça baixa para não ser reconhecido, mas vi o que ele tinha acabado de comprar.

Pó.

A maldita cocaína.

Pó no campus... *Merda!* O técnico estava certo.

—Austin, aí está você, cara. Estava pensando que não ia aparecer.

Voei para a frente, pronto para quebrar a cara do meu irmão mais velho, quando vi alguém saindo das sombras.

Meu coração parou por um segundo.

Não.

Não... não... não... não, não, não, não, não, não!

Levi.

— Ei, Austin! — Levi disse, acenando, e meu estômago revirou tanto que senti vontade de vomitar. Meu irmão caçula chegou todo aprumado, jeans e camiseta grandes demais para seu corpo adolescente e todos os bolsos lotados com pacotes de pó cujo peso era perfeitamente calculado. Ele era mais claro do que eu e Axel, que, sinceramente, poderia se passar por meu irmão gêmeo. Levi era nosso irmãozinho caçula... o inocente. O que ainda tinha chance de ficar longe do lado errado da lei.

Eu sabia que ele estava trabalhando com a gangue, é claro. Todos havíamos passado por isso quando garotos, mas eram coisas como ficar de vigia no parque de trailers ou contar dinheiro e recolher pacotes; nenhum puto tinha mencionado que ele havia começado a vender.

Levantei o queixo para cumprimentá-lo, puxando-o para perto do meu peito, e olhei nos olhos de Axel atrás dele. Axel abaixou o rosto e se virou. Ele sabia que eu estava irritado, mas, conhecendo Axel, não estava se importando nem um pouco.

— Fui bem, hoje, cara. Quase consegui o suficiente para o próximo tratamento da mamãe — Levi disse, cheio de orgulho na voz, enquanto se afastava para olhar para mim.

Fechando os olhos, respirei bem fundo.

— Austin? — Levi perguntou, e senti que seus olhos estavam focados em mim. — Você está bem?

Abrindo os olhos, puxei-o para perto agarrando a camisa que era dois tamanhos acima do seu.

— Quando você começou a traficar com a gangue? — esbravejei, e Levi engoliu em seco, ficando extremamente pálido.

Os olhos acinzentados de Levi correram para Axel, que caminhava na direção de outro grupo que se aproximava. Ótimo. Mais garotos de fraternidades em busca de uma dose, uma dose comprada da porra do meu clone... na *minha* faculdade!

Puxando Levi, nos posicionei atrás de uma árvore, bem longe da vista de todos. Eu não podia ser visto conversando, e nem mesmo ser associado, com traficantes, ou perderia minha bolsa de estudos na hora. O reitor já estava suspeitando. Porra, ele sequer me queria na sua faculdade. A insistência do técnico e a exigência de Rome Prince que o fizeram ceder. Ele nunca quis o garoto fichado, saído do parque de trailers no bairro pobre da cidade.

Ele ia adorar essa cagada.

Certificando-me de que estávamos escondidos, chacoalhei Levi pelo colarinho, enquanto ele se ocupava em encarar o chão.

— Porra, Levi! Quando você foi recrutado para vender pó? — perguntei.

— Mais ou menos um mês atrás — ele admitiu, relutante.

— Um mês — declarei, desiludido.

Um mês, porra.

Ele confirmou, e eu segurei sua cabeça entre as mãos.

— Cacete, Levi. Por quê? Eu falei para você nunca ir por esse caminho. Fazer umas coisinhas para a gangue, tudo bem. Mas não isso! Você é um recebedor nato como eu, mas precisa tirar boas notas, focar a escola para entrar aqui na Universidade do Alabama. A gangue, Lev, a porra da gangue! Gio nunca vai deixar você sair. Não tem como nós dois escaparmos!

Levi se afastou e encostou na árvore, com os braços desafiadoramente cruzados sobre o peito e uma carranca firme no rosto.

— Mamãe está piorando, Aust. O sistema público não está mais dando conta. Se quisermos que ela não sinta dor, vamos ter que pagar por isso. Ela agora precisa de um andador o tempo todo. Não sai do trailer há semanas. Não consegue andar sem tremer e cair.

Os olhos de Levi se encheram de lágrimas, e minha garganta ficou apertada ao ver aquilo. O garoto tinha catorze anos. *Catorze anos, porra*. Ele não deveria estar preocupado em pagar contas de hospital, vender drogas ou cuidar da nossa mãe.

— E por que esconderam isso de mim? — perguntei por entre dentes cerrados, com o maxilar doendo de tanta pressão.

Levi abaixou a cabeça.

— A mamãe não queria que você soubesse. Ela disse que você já tinha preocupações demais. E eu sabia que você não aprovaria me ver com os Heighters.

Aquilo fez eu me sentir um bosta.

— Olhe, Aust, nós temos que ganhar uma grana de algum jeito. Axel não está mais faturando muito sozinho, não agora que está rolando uma disputa por território com os Kings. Ele está fora o tempo todo, tentando faturar mais. Você está aqui, se esforçando para ser escolhido no *draft*... Só sobrei eu. Preciso agir, cuidar das coisas, ser o homem da casa. Estou bem. Os caras da gangue cuidam de mim, principalmente o Gio. Eles são minha *famiglia*, meus irmãos.

Nossa, aquelas palavras acabaram comigo. O maldito do Gio não cuidava de ninguém além de *si mesmo*.

Dei um pulo e empurrei o peito de Levi contra o tronco áspero da árvore.

— Eles não são sua *famiglia*, Lev. Se a polícia for atrás de você, eles não vão fazer nada. Eu sou sua *famiglia*. Sou seu irmão, porra! Eu sou seu sangue! *Io sono il tuo sangue!*

Levi arregalou os olhos diante do meu tom irritado, e eu passei a mão sobre a cabeça, tentando respirar bem devagar.

— Olha, não é responsabilidade sua, Levi. Você é o caçula. É o orgulho e a alegria da mamãe, pelo amor de Deus. Axe e eu, ela sabe que somos fodidos. Você. Você é o preferido. Dê orgulho a ela!

Porra! Deixe ela se orgulhar de um de nós antes que seja tarde demais, por favor!

Não havia nada além de silêncio entre nós, até que Levi sussurrou:

— Ela está morrendo, Austin. Eu não vou ser o preferido de ninguém por muito tempo. Não vou ser motivo de orgulho para ninguém. Tenho que garantir que os últimos dias dela não sejam passados com dor. Não aguento passar nem mais um dia vendo a mamãe gritar de agonia. Você não está por perto. Axel nunca está lá. Isso me mata...

Eu ia abraçá-lo quando a voz alta de Axel cortou o silêncio.

— É melhor vocês saírem daqui se não quiserem se ferrar!

— Merda! — exclamei, vendo a viatura da polícia fazendo a ronda ao longe, vindo exatamente na nossa direção. O reitor havia intensificado o policiamento no campus nas últimas semanas.

Espiei atrás da árvore e vi Axel empurrando uma aluna contra a torre. *Merda, merda, merda!*

As luzes do carro estavam se aproximando, e eu tinha que tirar o cretino do meu irmão dali. E Levi também. A última coisa de que o garoto precisava era ser fichado e passar um tempo no reformatório.

Virando para Levi, eu disse.

— Vá para o carro. Eu vou pegar o Axe.

Ele abriu a boca para argumentar, mas vendo que eu não engoliria o que ele tinha para dizer, apressou-se em atravessar o pátio.

Respirando fundo, saí correndo detrás da árvore e fui direto até Axel. Ele ainda estava encurralando a garota contra a torre de tijolos.

— Você não viu nada, certo? Não vai contar o que viu esta noite para ninguém. Está me ouvindo, vadia? Você precisa ficar de bico calado! — ele disse por entre dentes cerrados.

— Nã-nã-não... Eu juro... Por favor... Me solta... Pelo amor de Deus. — A voz da menina era fina e trêmula, aterrorizada.

Tive que interromper antes que Axel fosse longe demais. Droga, ele não ia incluir agressão em sua lista de contravenções também.

Chegando por trás de Axel, agarrei seus braços e o puxei.

— Chega, Axe — ordenei enquanto Axel cambaleava para trás. Olhando sobre os ombros dele, dois enormes olhos verdes me avistaram, e eu fiquei paralisado.

Droga. Era aquela líder de torcida. A menina com quem conversei depois do jogo.

Olhei para o céu. *Alguém lá em cima realmente me odeia.*

Axel já estava me encarando.

— Essa vadia viu demais. Ela precisa saber que não pode falar. Preciso resolver essa merda agora! Não posso deixar uma ponta solta — ele disse com os punhos cerrados enquanto a líder de torcida parecia afundar seu corpo minúsculo ainda mais na parede, olhando para todos os lados exceto para nós. Ela estava chorando, porra. A maquiagem preta estava toda borrada no seu rosto pálido.

— Ela não vai falar. — Olhei para a menina. — Vai? — Praticamente rosnei. Ela estava paralisada de medo. — Diga para ele!

Os olhos dela se encheram ainda mais de água quando ela começou a balançar a cabeça.

— Eu-eu-eu não vou falar.

Girando Axel pelo braço, eu disse.

— A polícia está quase chegando. Você precisa vazar. Vou garantir que ela não fale nada. — Axel cuspiu no chão, perto dos pés dela, antes de me empurrar e passar por mim, mas não antes de eu segurar o braço dele novamente e falar em seu ouvido: — Nós precisamos conversar. Você fez merda, cara. Levi vendendo drogas para a gangue, trazendo isso para a minha faculdade, a porra toda! Não vou deixar passar.

Rindo da minha ameaça, Axel puxou o braço e saiu na direção do estacionamento. Eu o vi se afastar e os pelos da minha nuca ficaram arrepiados. Eu estava com um mau pressentimento. Como se um mau agouro estivesse perseguindo meus irmãos. Era óbvio que Axel estava cada vez mais envolvido com a gangue, subindo de posto, ficando mais próximo de Gio e, pelo que parecia, arrastando Levi com ele.

Arrastando-o direto para o inferno.

Um ruído atrás de mim chamou minha atenção.

Merda. A menina. Eu tinha quase me esquecido dela.

Quando me virei, eu a vi tentando escapar de fininho. Até que ela viu que eu a vi e ficou paralisada, como um animal assustado. Eu tinha que resolver logo aquilo, proteger minha família. A qualquer custo.

— Que porra você viu? — perguntei com frieza.

— Na-nada, eu não vi nada... — ela sussurrou, os olhos enormes no rosto pequeno. Ela devia ter pouco mais de um metro e meio.

— Mentira — eu disse sem rodeios.

— Não... é sério... — ela sussurrou. Dava para ver a pulsação acelerada nas veias do seu pescoço fino.

O que ela estava fazendo no pátio, sozinha, àquela hora da noite? Eu só estava levantando peso àquela hora porque Rome e eu sempre fazíamos uns treinos complementares, muito mais do que qualquer outro.

Encostei o peito no corpo dela e ouvi um suspiro curto.

— Você viu meu irmão. O que ele estava fazendo? E não minta, porra.

Eu sabia que ela sabia o que estava acontecendo, é claro, mas precisava que ela tivesse tanto medo de mim que não falaria nada nem para suas melhores amigas. Eu precisava garantir que ela ficaria de boca fechada. Não podia sair espalhando rumores pela faculdade.

Seus ombros caíram, e vi que ela tinha desistido.

— Drogas. Acho que ele estava vendendo drogas. — Ela suspirou, derrotada. — Não. Eu *sei* que ele estava vendendo drogas.

Respirando pelo nariz, joguei a cabeça para trás.

Que ótimo.

Adeus, bolsa de estudos.

— Eu não vou contar para ninguém, juro... Só... Só me deixe ir embora, por favor — ela implorou, com a voz falhando de tanto medo. Olhei para ela, toda vestida de preto, magra como uma vareta. E ela era líder de torcida titular. Eu a veria em todos os jogos, em todos os malditos jogos da temporada. Em casa *e* fora.

— Carillo, por favor, me deixe ir.

Eu a encurralei ainda mais junto à parede, cercando-a com os braços, abaixando para aproximar a boca de seu ouvido.

— Esqueça o que você viu aqui hoje. Se fizer isso, seremos bonzinhos, não vai acontecer nada. Mas, se disser uma palavra sobre isso a alguém, a *qualquer pessoa*, não vai gostar do monte de merda que vai acontecer com você. Não tem ideia de onde vai se meter. Essas pessoas são capazes de fazer *qualquer coisa* para manter você calada. *Qualquer coisa* mesmo.

Eu a vi fungar e ela assentiu com obediência, ouvindo meu alerta claramente. Afastando-me, cruzei os braços e levantei o queixo.

— Vai. Sai da minha frente.

Um segundo depois, a líder de torcida saiu correndo pelo pátio, suas pernas voando pela grama seca. Eu me senti o maior filho da puta da face da Terra. Ela tinha ficado horrorizada comigo.

Pena que ela agora era um dano colateral.

Mais de mil dias.

Mais de mil dias que eu tinha saído da gangue, construído uma nova vida na Universidade do Alabama e deixado toda aquela merda de tráfico para trás.

E, mais de mil dias depois, aquilo voltou para me atormentar.

Esfregando a mão na testa com ansiedade, voltei a encostar na torre. Axel ficaria furioso por ela ter testemunhado a venda de pó, e ele não era alguém que esquecia com facilidade. Ele nunca liberava testemunhas sem ter certeza de que não falariam. Os Heighters não toleravam ninguém delatando seus negócios – ordens do Gio.

Notando as luzes de uma viatura ao longe, vi quando ela parou não muito afastada de onde eu estava. Paralisei e prendi a respiração.

Quando eu estava prestes a sair correndo, o policial saiu do veículo, desaparecendo em uma esquina. Então, um minuto depois, ele reapareceu, voltando para o carro com uma menina... aquela magrela que podia acabar com todos nós.

Merda!

Ao ver o carro seguir pela via, saí correndo atrás dele, mantendo-me na parte escura da calçada para seguir seu rastro.

5

Lexi

Minha respiração era curta e rápida quando atravessei o pátio correndo. Virando a esquina, bati as costas em uma árvore de tronco largo, arranhando a cabeça na casca áspera.

Não conseguia mais correr; minhas pernas simplesmente não deixavam.

Ele estava vendendo drogas. Aquele cara estava vendendo drogas descaradamente na faculdade. O irmão de Austin Carillo. Austin Carillo, o número oitenta e três do Alabama Crimson Tide, um dos recebedores mais promissores de toda a SEC. Austin Carillo, o bad boy cheio de piercings e tatuagens que conseguiu mudar de vida mesmo saindo de um bairro pobre da cidade... vendendo drogas na faculdade. Talvez ele não tivesse mudado de vida como todos pensavam.

O som da porta de um carro batendo com força quase me fez dar um salto.

— Senhorita? Está tudo bem?

Levei a mão ao peito, onde meu coração batia acelerado, e soltei um suspiro de alívio quando percebi que era um policial universitário.

— Sim... sim, está tudo bem. O senhor só me assustou — respondi, ofegante.

O policial ajoelhou na minha frente.

— Senhorita...? — Ele deixou no ar, querendo saber meu nome.

— Hart. Lexington Hart.

— Srta. Hart, gostaria de me acompanhar, por favor? — o policial disse, e estendeu a mão para mim.

— Fiz algo errado? — perguntei em voz baixa.

Seu sorriso amigável me acalmou.

— Não. Só vou levá-la para casa em segurança. Uma jovem como você não deveria estar na rua sozinha a esta hora da noite.

Com as pernas trêmulas, fiz o que ele pediu e entrei no banco de trás do carro, perdida em meus pensamentos enquanto olhava pela janela, ignorando o ruído do rádio da polícia.

Cinco minutos depois, paramos em frente ao escritório do reitor. Fiquei instantaneamente apavorada.

O policial se virou para mim com uma expressão de *sinto muito* no rosto.

— Srta. Hart, venha comigo. O reitor quer falar com você — ele disse, abrindo a porta do carro.

Sabendo que não tinha escolha, entrei no prédio da reitoria e segui o policial até a sala. O reitor estava esperando por mim atrás de sua mesa e me cumprimentou com um sorriso. Imediatamente me senti desconfortável.

— Srta. Hart, por favor, sente-se. — Olhando com cautela para a sala decorada com opulência, sentei-me diante dele, nervosa.

Como ele sabe meu nome?

O reitor alcançou uma jarra de água em sua mesa e se serviu de um copo. Ele olhou para mim e levantou as sobrancelhas, perguntando se eu queria um também. Fiz que não com a cabeça.

— Então, Lexington, eu soube que você estava na parte sul do pátio agora há pouco. O policial me informou que a encontrou um pouco aflita.

Meu coração acelerou dentro do peito e uma gota de suor escorreu pela minha nuca.

— Sim, senhor, eu estava no pátio.

— *E...* viu algo suspeito por lá?

Seus olhos azuis me fitaram e eu fiz uma pausa, sem saber o que fazer. *Será que conto a verdade? Ou me protejo de Austin e seu irmão?*

O alerta de Austin estava nítido em minha cabeça. *Se disser uma palavra sobre isso a alguém, a qualquer pessoa, não vai gostar nada do monte de merda que vai acontecer com você.*

Antes que me desse conta, estava negando com a cabeça.

O reitor ergueu as sobrancelhas, surpreso.

— Não viu homens no pátio? Homens que não pertenciam a esta escola? — Ele se inclinou para a frente. — Homens vendendo drogas, talvez? Não foi por isso que correu?

— Não, senhor — respondi em voz baixa e com um pequeno tremor que me denunciava. — Só não gosto de ficar sozinha no escuro. Estava com pressa de chegar em casa.

— E onde estava a esta hora da noite?

Abaixei os olhos, constrangida.

— No hospital... eu faço terapia para um distúrbio que tive anos atrás. É parte da minha recuperação.

O reitor piscou enquanto refletia sobre o que eu havia dito, e se inclinou para a frente para que somente eu pudesse ouvi-lo.

— Se está com medo do que testemunhou, podemos garantir sua segurança. Não podemos tolerar esse tipo de problema em nossa faculdade. Só precisamos provar quem é o responsável. Algum aluno daqui, por exemplo?

Olhado para ele com os olhos arregalados, me desculpei:

— Sinto muito, senhor, eu não vi nada nem ninguém. Não posso ajudar.

Naquele momento, não soube por que não contei o que havia visto, a relação de Austin Carillo com aquilo tudo, inclusive a ameaça bem clara que ele me fez. Mas eu só queria ir para casa. Só queria esquecer aquela noite. Minhas sessões de terapia sempre me davam a sensação de ter levado uma surra, e eu estava cansada.

— Certo, Srta. Hart. Se lembrar de alguma coisa, venha me contar — o reitor disse, com desânimo. Acenando com a cabeça, eu me levantei, e o policial me acompanhou até a saída do prédio, para o ar úmido da noite de verão.

— Vamos, senhorita, vou levá-la para casa — o policial ofereceu.

— Eu prefiro ir andando, se não se importar — respondi, e o policial deu de ombros, entrou no carro e foi embora.

Cruzando os braços diante do peito, segui com pressa na direção da casa da irmandade. Estava na metade do caminho mal iluminado quando alguém saiu das sombras das árvores na minha frente.

Tampando a boca para abafar um grito de susto, fiquei paralisada. A pessoa deu um passo à frente e seu rosto ficou visível... Austin Carillo.

Ele estava olhando fixamente para mim – cheio de tatuagens e piercings – com os olhos injetados de raiva, e eu recuei em pânico.

— Está querendo morrer ou algo do tipo? — ele perguntou com frieza. — Eu não estava brincando quando disse que vão vir atrás de você se abrir o bico. E descubro que foi falar com o reitor? Está brincando comigo, porra?

— Não! E-eu entendi bem o recado. Nã-não disse nada a ele. Eu juro! — revelei, com a voz trêmula de medo. A expressão de Austin permaneceu dura e impassível.

Virando-me para procurar um caminho alternativo para casa, meus pés começaram a bater no asfalto. Rezando para Carillo não me seguir, corri até a casa da irmandade, indo direto para o meu quarto e batendo a porta.

6

Austin

Merda, merda, merda, merda, merda!

Que merda eu estava pensando, saltando na frente dela como um maníaco depois de vê-la sair da sala do reitor? Eu vi a cara dela; estava aterrorizada.

MERDA!

O que ela deve estar pensando de mim?

Peguei a estradinha que leva ao parque de trailers, o cascalho estalando sob a picape de Rome. Ele havia me emprestado o carro para eu fazer uma visita de última hora em casa.

Seis quilômetros e meio até o fim da estrada.

Seis quilômetros e meio até o lar da minha infância.

E seis quilômetros e meio até eu ver o quanto a doença da minha mãe realmente tinha avançado.

Quando passei pela placa antiga e enferrujada do parque de trailers – *Westside Heights* –, que balançava pendurada só de um lado, sacudi a cabeça.

Paraíso de merda.

Pouco mais de três quilômetros à frente, comecei a ver os rostos familiares da gangue perambulando pelo lugar. E todos olharam para mim, é claro. Só havia dois motivos para alguém ir até lá: *a)* a pessoa morava ali ou *b)* queria comprar drogas. Aqueles caras sabiam que eu me enquadrava no primeiro caso.

Eles me cumprimentavam com um aceno de cabeça enquanto eu rodava com a picape até o trailer vinte e três. Estacionando e subindo os degraus rapidamente, bati duas vezes na porta de metal e entrei.

— Mãe? — chamei, absorvendo a bagunça do lugar: louça suja, comida velha, seringas usadas e... que cheiro horrível era aquele?

Levi sempre deixava tudo arrumadinho – limpo, no mínimo asseado –, mas ao olhar em volta ficava claro que ele estava passando a maior parte do seu tempo com a gangue, negligenciando seus afazeres. O lugar estava um lixo. Rangi os dentes de aborrecimento.

— Mãe? — chamei novamente e ouvi um som baixo vindo do quarto. Minhas pernas estavam tremendo quando me aproximei da porta velha e desgastada. A cada visita, ela parecia pior.

O som de vidro quebrando me deixou em pânico enquanto eu abria a porta, e então vi minha mãe debruçada, meio corpo para fora da cama e um copo espatifado no chão, que devia ter escorregado de sua mão. Ela gemia de dor, e estava claro que não conseguia se levantar.

Correndo na direção dela, peguei seu corpo pequeno e a levantei com cuidado até a cama, quase vomitando com o cheiro. Quando a acomodei direito, me encolhi ao ver a dor gravada em seu rosto. Os dentes estavam cerrados e as narinas se dilatavam com sua respiração curta e rápida diante do desconforto.

Sentei-me ao lado dela e passei a mão sobre sua testa, tirando as mechas suadas de cabelos castanhos de seu rosto.

— *Calma, mamma, calma* — eu disse em italiano, sua língua materna, tentando acalmá-la. Seus olhos castanhos grandes e fundos me encararam e seus lábios tremeram. Eu sabia que aquele era o sorriso agradecido da minha mãe. — *Stai bene, mamma?* — perguntei, esperando que ela estivesse se sentindo um pouco melhor.

Ela fechou os olhos e eu soube que era seu modo de dizer que sim. Estava exausta demais, ou com dor demais, para tentar falar.

Passei os olhos pelo quarto e notei suas roupas sujas espalhadas por todo o piso de madeira; recipientes cinza estavam alinhados sobre a cômoda. Meu estômago revirou quando percebi o que eram aqueles recipientes e de onde estava vindo aquele maldito cheiro. Eram garrafões com urina.

Fechando os olhos, tentei não perder a cabeça diante do estado em que ela se encontrava. Outro motivo para brigar com Axel.

Senti um toque leve como uma pena no dorso da minha mão e olhei para baixo. Minha mãe tinha colocado a mão sobre a minha, com os olhos molhados de lágrimas.

Inclinando-me para a frente, dei um beijo em sua cabeça e sussurrei:

— *Ti voglio bene, mamma*.

— *Anche... a te... mio caro* — ela sussurrou em resposta, dizendo que me amava também. Sorri para ela com orgulho enquanto ela combatia a dor para reagir.

Levantando, esfreguei as mãos uma na outra.

— Certo, *mamma*, vou buscar um copo de água para você. Depois é hora de limpar este lugar e então é sua vez, certo?

— Você é... um bom... garoto — ela conseguiu dizer.

Eu não era. Ambos sabíamos disso, mas naquele momento eu me orgulhei de tê-la deixado feliz o suficiente para me dizer aquelas palavras.

Uma hora depois, terminei de guardar toda a louça recém-lavada no armário, fui até o banheiro e liguei o chuveiro. A cada cinco minutos, ia ver como minha mãe estava, e ela estava visivelmente triste por me ver esfregar e limpar cada canto do nosso velho trailer. A mulher era uma santa. Ela merecia mais do que aquela merda.

— Certo, *mamma*, vamos para o chuveiro — instruí, tentando ignorar a humilhação em seu belo rosto. Ela odiava não conseguir fazer as coisas sozinha. Antes daquela maldita doença a derrubar, Chiara Carillo tinha três empregos e amava em dobro a mim e a meus irmãos, já que nosso pai era um aproveitador e nos abandonou por uma vadia qualquer do outro lado do estado. Minha mãe nunca nos deixou passar fome, sempre garantiu que estivéssemos no caminho certo e nos manteve longe de problemas enquanto todos os outros garotos começaram a se juntar aos Heighters.

Até que, sete anos antes, tudo mudou. A causa: esclerose lateral amiotrófica. Doença de Lou Gehrig. Uma doença do neurônio motor. A maldita doença que enfraquecia seus músculos gradualmente. A doença incurável que reduzia sua liberdade dia após dia, hora após hora, minuto após minuto.

Um leve gemido escapou dos lábios da minha mãe quando levantei seu corpo frágil, e fingi ignorar os lençóis imundos e ensopados sobre os quais ela estava deitada havia sabe Deus quanto tempo.

Levando-a para o banho, coloquei-a sobre o assento do vaso sanitário e comecei a tirar sua camisola suja. Um pingo caiu na minha mão, e eu levantei os olhos. Lágrimas escorriam pelo rosto da minha mãe. Ela não conseguia olhar nos meus olhos.

Senti uma dor cortante no peito.

Tossindo para afastar as emoções presas na garganta, verifiquei a temperatura da água e, em silêncio, ergui minha mãe nos braços e entrei com ela sob a ducha. Minhas roupas ficaram ensopadas, mas não me importei.

A água conseguiu mascarar bem seu constrangimento enquanto ela se segurava em meus ombros como uma criança assustada e tímida.

Depois de lavar o corpo e os cabelos da minha mãe, enrolei-a na última toalha limpa, vesti-a com o roupão e sentei-a sobre o velho sofá.

— Preciso trocar os lençóis da sua cama, *mamma*, para que você durma bem hoje à noite. Já volto, está bem? — eu disse. Ela fechou os olhos e concordou com um leve aceno de cabeça. Mesmo algo simples como um banho a havia deixado exausta.

Tudo por causa da maldita doença.

Depois de encontrar os últimos lençóis desbotados, porém limpos, forrei a cama com eles e acrescentei um protetor impermeável a fim de poupar o colchão se houvesse algum acidente. Tentei disfarçá-lo da melhor forma possível. Minha mãe odiaria saber que fiz aquilo. Ela não estava incontinente, mas não conseguia chegar ao banheiro sem ajuda.

Caminhando até a sala, eu me apoiei no batente da porta e tentei conter a profunda tristeza de ver minha mãe, a melhor pessoa que eu conhecia, tão debilitada. Seu pequeno corpo curvado, os músculos mais fracos a cada dia. Ela estava assim havia sete anos. Com aquela doença, era muito difícil sobreviver mais de dez anos. Meu estômago parecia um buraco. Vendo como as coisas estavam, eu não tinha certeza se ela duraria dez meses.

Ela soltou um gemido de dor e franziu a testa. Quase correndo até ela, peguei-a nos braços e levei-a de volta para a cama. Um suspiro de alegria escapou de seus lábios quando ela se deitou sobre os lençóis limpos, e mais uma vez me sentei ao lado dela.

— Posso fazer mais alguma coisa pela senhora, *mamma*? — perguntei, e perdi o fôlego quando ela pegou mais uma vez na minha mão.

— Não, *grazie, mio caro* — ela disse em voz baixa, e seus olhos começaram a se encher de lágrimas novamente.

— Droga, *mamma*, por favor, não chore. Não consigo aguentar — respondi e, até para mim mesmo, minha voz soou tensa.

— Eles... estão... com ele, Austin — minha mãe se esforçou para dizer, e eu franzi a testa.

— Quem, *mamma*? Quem está com quem?

Seu lábio inferior começou a tremer e ela tentou apertar minha mão, mas não conseguiu.

— Levi... eles... chegaram... até ele. Você... precisa... salvá-lo. — Sua voz falhou no final, e um arrepio frio desceu pela minha espinha.

Abaixei a cabeça.

— Eu sei, *mamma*. Descobri esta noite. — Ela olhava para mim como se eu fosse o Super-Homem, como se eu fosse a resposta, como se eu pudesse tirá-lo de lá. Seus grandes olhos castanhos estavam implorando, suplicando para que eu o salvasse.

— O Axel... está envolvido... demais. Levi... você... vocês dois precisam... sair. — De repente ela soltou um grito e suas costas enrijeceram quando a dor tomou conta de seu corpo. Engolindo em seco, segurei sua mão com força e esperamos a dor excruciante ceder.

Minha mãe estava muito ofegante, mas, depois de um tempo, acalmou-se o bastante para dizer:

—Austin... estou... tão... orgulhosa... de você. Pro... prometa... que vai... salvar... o Levi...

Apertando a mão dela sobre meus lábios, beijei seus dedos e concordei.

— *Te lo giuro, mamma*. Eu juro. Vou encontrar um jeito de salvá-lo.

Suas pálpebras se fechavam conforme ela lutava para afastar o sono; me levantando, dei um beijo em sua testa e sussurrei:

— *Buona notte, e dormi bene, mia cara.*

Boa noite e durma bem, meu amor. As palavras que minha mãe sussurrava para mim todas as noites, desde que nasci. As palavras que afastavam meus medos e bloqueavam todas as coisas ruins do mundo.

Depois de ter sido diagnosticada com a doença de Lou Gehrig, quando seus medos começaram a ficar grandes demais para suportar, comecei a sussurrar essas palavras para ela também. Elas a faziam sorrir, e como minha mãe sempre dizia: *os anjos sempre precisam encontrar você sorrindo.*

Fui até o toca-discos da década de 1930 que era da sua avó, e que ela tinha trazido da Itália. Peguei na estante do outro lado da sala um disco de vinil gasto, com sua música preferida, e coloquei a agulha no lugar. O som do vinil começou a sair pelas caixas e, segundos depois, "Ave Maria" interpretada por Andrea Bocelli preencheu o cômodo.

Por um instante, fiquei simplesmente paralisado. Aquela música era a minha infância. Eram balas abafadas enquanto estávamos na cama, tentando desesperadamente dormir. Era minha mãe nos girando pelas mãos e nos fazendo rir no Natal, tentando nos fazer esquecer de que não tínhamos presentes e nem peru para comer. E era um lembrete doloroso do que minha mãe poderia ter sido. Ela era cantora de ópera, uma soprano. Era de Florença. A família do meu pai era da Sicília, mas se mudou para os Estados Unidos – Alabama – na década de 1950. Meu pai tinha ido visitar os avós, minha mãe estava em turnê com o grupo de ópera, e eles acabaram em Verona, no Teatro di Verona. Aquela noite, enquanto viajava pela Itália, meu pai a viu cantar. Luca Carillo se apaixonou por Chiara Stradi à primeira vista: olhos castanhos, cabelos longos e escuros... Ela era linda. Em semanas, ele a fez se apaixonar também. Ela deixou o canto e a família para trás, e meu pai voltou para os Estados Unidos com uma esposa exótica. Minha mãe desgraçou sua família; eles nunca mais falaram com ela.

Mas a Chiara Stradi de dezenove anos não sabia do problema que o Luca Carillo de vinte e seis anos tinha com a bebida. Ela não sabia que ele era mulherengo. Ela não sabia que, anos depois, acordaria muito pobre, em um trailer na pior parte da cidade, abandonada pelo marido que havia fugido de suas responsabilidades, com os sonhos destruídos, sem família para ajudar e com três meninos para vestir e alimentar.

Aquela música havia lhe dado ânimo.

Aquela música havia mantido intacta sua inabalável fé católica.

Aquela música havia lhe dado forças.

Eu rezava a Deus para que aquela música lhe desse forças agora.

Voltando para vê-la deitada em paz, quase desabei quando percebi um leve sorriso satisfeito em seu lábio superior, mesmo dormindo.

Ajeitando a colcha desbotada ao redor de seu corpo adormecido, inclinei a cabeça e estendi as mãos, fechando os olhos numa oração silenciosa. *Dio ti benedica, mamma.*

Que Deus te abençoe, mãe.

Recolhi a roupa suja do quarto e fui até a lavanderia do parque de trailers. Passando por vários membros da minha antiga gangue, mantive a cabeça baixa, ignorando os olhares insatisfeitos que todos lançavam em minha direção. A única coisa que os impedia de acabar com a minha raça era o fato de Gio ter me deixado sair sem consequências. E também o fato de todos eles morrerem de medo do que Axel faria se ousassem tocar em um fio de cabelo meu.

Entrei pelas portas da lavanderia, ignorei o viciado desmaiado sobre as cadeiras vermelhas de plástico e enchi a máquina de lavar, escolhendo o ciclo de lavagem rápida. Encostado na parede grafitada, tentei impedir que a raiva me dominasse.

Como Axel podia deixar nossa mãe daquele jeito? Enquanto ele estava fora com sua "família", vendendo pó e ganhando uma grana, ela estava deitada em seu próprio mijo, fedendo a suor de uma semana sem banho.

E Levi! Onde estava aquele merdinha quase à meia-noite? Uma coisa era certa: ele não estava indo à escola. O que significava notas péssimas... nada de futebol... nenhuma chance de conseguir uma bolsa na Universidade do Alabama para jogar pelo Tide.

Cerrei os punhos com tanta força que as unhas arrancaram sangue de minhas palmas. A maldita gangue era a ruína da minha vida. Primeiro Axel, depois eu, agora Levi.

Era o Gio.

Era culpa do Gio.

Ele estava de olho nos Carillo desde que éramos crianças. Éramos altos e naturalmente fortes – intimidadores. Perfeitos para a vida nos Heighters. Perfeitos para a proteção pessoal de Gio, e todos caímos como ovelhinhas, seguindo o lobo para o massacre.

Tudo pelo que minha mãe tanto lutou estava perdido. Ela ia morrer vendo seus filhos indo diretamente para o inferno.

— Porra, Carillo. Se o futebol não der certo, você pode virar empregada — alguém disse à minha direita.

Rangendo os dentes, levantei a cabeça e vi Gio na porta, com um sorriso sarcástico. Como um lança-chamas num tanque de gasolina, explodi e, quando me dei conta, havia derrubado Gio no chão e estava pressionando-o contra os ladrilhos, socando sua cara.

— Filho da puta! — gritei repetidas vezes enquanto Gio levantava os braços para se proteger dos meus golpes.

Alguém me segurou por trás e me puxou. Desvencilhando-me, virei para o idiota que tinha me afastado e fiquei cara a cara com Axel.

Fiquei cego de raiva.

Bati com as mãos no peito dele, e Axel me encarou com os olhos arregalados quando caiu sobre as cadeiras de plástico, sem que o viciado adormecido se desse conta do que estava acontecendo bem em cima dele, chapado demais das merdas que injetava.

Axel se levantou cambaleando. Vi seu punho cerrado e sorri. *Pode vir, seu merda*, pensei. Eu precisava disso. Fazia tempo que isso estava para acontecer entre nós. Eu estava farto de suas atitudes idiotas.

— Vou deixar quieto esse primeiro golpe, moleque, mas tente outro para você ver — Axel alertou.

Um punho me surpreendeu pela direita, e eu caí contra a secadora. Endireitando as costas, passei a mão sobre o maxilar e vi Gio sendo segurado por Axel.

— Você acabou de assinar sua sentença de morte, amigão — Gio vociferou, e o sangue de seus dentes respingou no chão.

Levantando a mão, empurrei os quatro dedos sob o queixo na direção dele e gritei em tom desafiador:

— *Vaffanculo.* — Gio arregalou os olhos quando o mandei tomar no cu em italiano, e praticamente se atracou com Axel para tentar me bater.

— Merda! Gio. Calma, porra! — Axel gritou enquanto puxava Gio porta afora. Comecei a andar de um lado para o outro como um touro que foi provocado. Queria aquele puto morto. Eu estava pronto para brigar. Furioso com Axel, com Levi, com Gio; droga, furioso com Deus!

A porta se abriu e Axel entrou de volta. Quando eu estava prestes a voar para cima dele mais uma vez, Levi veio correndo atrás, com o rosto adolescente apavorado. Naquele momento, não senti nenhuma empatia por aquele merdinha.

— Aust... — ele tentou dizer, mas eu apontei o dedo para ele e ordenei:

— Para casa. *AGORA!*

Levi olhou para Axel como se esperasse uma autorização. Aquilo só serviu para me irritar mais ainda, e eu cruzei o salão até ficar bem em cima dele. Seus olhos se arregalaram quando ele recuou na direção da porta, com medo.

— Não olhe para ele nem me ignore! Você e eu temos muita coisa para discutir, mas agora, se não for para casa cuidar da mamãe, vou arrastar você até lá!

Levi saiu correndo, e eu fiquei observando até ver que ele havia entrado no trailer. Passando os olhos pelo parque de trailers, não vi sinal de Gio, então bati a porta da lavanderia e me virei para Axel.

— Primeiro, eu defendi você para o técnico, só para descobrir que ele estava certo. Você está vendendo drogas na *minha* faculdade. O reitor está em cima de mim por causa do pó que está rolando no campus! Depois descobri que você levou o Levi para os Heighters, arrastando-o para o inferno junto com você. Mas, o pior de tudo, a mamãe fica largada em cima de mijo e bosta, e o trailer parecendo que foi atingindo por uma bomba, enquanto você está sendo a putinha do Gio!

Axel parecia tremer de raiva e, esticando o braço para pegar uma cadeira de plástico, jogou-a na parede até quebrá-la em vários pedaços.

Ele apontou na minha direção.

— Você fala sobre tudo isso como se fosse o bonzão, mas onde é que você está, porra? Vivendo a vida boa na faculdade dos riquinhos, oitenta mil pessoas por semana agindo como se você fosse um herói, amiguinho de cretinos como Rome Prince, idiotas com mais dinheiro que Deus! — Ele parou bem na minha frente. — Onde você está, moleque? Está aqui todos os dias cuidando da mamãe, limpando vômito, ou está sentado na sala confortável da sua fraternidade, tomando cerveja e comendo uma fila de piranhas fãs do Tide? — Ele encostou o dedo no meu peito e gritou: — Sou eu que mantenho essa *famiglia* em pé, não você, *superastro*. Lembre-se disso quando estiver pisando em território dos Heighters, falando um monte de merda.

As palavras foram cortantes como facas. Cambaleei para trás até bater na máquina de lavar e passei as mãos sobre o rosto.

Ele tinha razão. Eu não estava fazendo nada para ajudar.

Um braço de repente envolveu meu pescoço e eu me vi apertado junto ao peito de Axel. Ele estava me abraçando...

Merda.

Desmoronando para a frente, deixei a cabeça cair sobre o ombro dele e simplesmente fiquei lá parado, respirando, tentando me acalmar. Eu podia ter me tornado mais alto e mais forte, mas ele ainda era meu irmão mais velho. Ainda era o único capaz de me derrubar.

— Olha, moleque. Você precisa ir para aquela faculdade, independentemente de eu gostar ou não. Você é a nossa passagem para fora daqui, para sair deste maldito parque de trailers que chamamos de paraíso. Você é nossa chance de uma vida melhor.

Comecei a balançar a cabeça.

— Porra, cara, você tem razão. Eu não estou fazendo merda nenhuma pela mamãe. Não estou contribuindo. Sobra tudo para você e para o Levi, e isso está acabando comigo.

Axel se afastou e, colocando as mãos em meu rosto, obrigou-me a olhar para ele.

— Moleque, a mamãe só fala de você. Você, superastro, o futebol, o Tide. O rosto dela se ilumina todo sábado quando ela vê você na tela. Ela fala que você vai ser um grande sucesso, que não acredita que você é filho dela, fala sobre o quanto você é talentoso. Diz que você a lembra dela mesma quando jovem. — Axel balançou a cabeça. — Não, moleque. Você vai ficar nessa maldita faculdade pomposa nem que eu mesmo tenha que te jogar de volta lá, e vai ser escolhido no *draft* da NFL.

Estendendo os braços, tirei as mãos de Axel do meu rosto e dei um passo para trás.

— Você não pode vender na faculdade, Axe — eu disse com firmeza. — Isso tem que acabar.

— Eu preciso vender, moleque. Os Kings tomaram metade do nosso território. Precisamos expandir, diversificar. Sei que prometi nunca levar essa merda para perto de você, mas aquela faculdade é uma mina de ouro. Um bando de riquinhos idiotas pagando alto por coca batizada, bala, maconha, qualquer coisa em que os mimadinhos consigam botar as mãos.

— Axe, você parece meu irmão gêmeo. Nós somos *exatamente* iguais. Se o reitor descobrir sobre você e as drogas na faculdade, vai colocar a culpa dessa merda em mim. E aí podemos dar adeus ao sonho da NFL.

Ele fez uma pausa, como se estivesse refletindo.

— Vou ficar fora do seu caminho, ser discreto, não vai sobrar para você. Que tal? Ninguém vai associar você a nada, moleque. *Te lo giuro*.

Ele jurou. Quase contei que o reitor havia chamado aquela menina para sua sala depois que ele caiu fora, mas o medo do que ele faria com ela me fez segurar a língua. E eu não conseguia tirar o rosto apavorado dela da cabeça.

— E o Levi? — perguntei, derrotado. Eu me sentia completamente sem forças. Se não podia vencer, simplesmente teria que aceitar e calar a boca.

Axel deu de ombros.

— Ele fica comigo. Na gangue. Eu vou cuidar dele.

—Axel, você precisa tirá-lo daqui. Essa não deveria ser a vida dele. Ele só tem catorze anos. Ele não tem estômago nem cabeça para esse tipo de vida.

— Precisamos de dinheiro, moleque. Todos temos nossos deveres nos cuidados com a mamãe. O seu é jogar futebol. O meu e o do Levi é vender drogas. Não é o ideal, mas, para continuar comprando os analgésicos, temos que fazer uma grana de algum modo. Eles são caros demais. Seguir o caminho honesto e trabalhar empacotando compras no mercadinho da esquina certamente não vai ser suficiente.

Por mais fodida que fosse a situação, Axel estava certo. Eu não conseguia enxergar outra saída para nós e, depois de ver minha mãe, soube que ela precisava de toda a ajuda possível... mesmo que a única forma de conseguir não fosse honesta.

— Que tal... se o Lev continuar vendendo até... — Axel desviou o olhar, tentando conter a tristeza. Tossindo, ele disse, por fim: — Até a mamãe não estar mais aqui? Aí eu tiro ele da gangue.

— Como você vai fazer isso?

Axel deu um sorriso forçado.

— Eu tirei você, não tirei?

Suspirando, confirmei com a cabeça. Sim, ele tinha me tirado.

Axel colocou a mão no meu ombro.

— Acho que não vai demorar muito, moleque. Sei que eu e Lev não estamos tão presentes quanto deveríamos, mas cuidar da mamãe é praticamente um trabalho em tempo integral agora. Ela mal consegue andar, comer. Porra, ela não consegue nem cagar sem um de nós para ajudá-la a se levantar. Está brabo, moleque. Bem brabo.

Pelo que eu tinha visto aquela noite, era uma verdade dolorosa.

— Então vamos nos revezar. Vou arranjar um tempo entre as aulas e o futebol para fazer minha parte, ficar um pouco com ela, limpá-la, dar comida, levar para as consultas. Estar presente.

Axel sorriu e envolveu meu pescoço com seu braço grosso.

— Combinado. E vai ser bom ver mais você por aqui. Contanto que não me quebre de novo — ele disse sorrindo. Mas seu bom humor durou pouco. — *E nem* o Gio. Consegui acalmar aquele puto, mas não o provoque muito. A última coisa de que precisamos é que ele queira você morto. Tem muitos idiotas na gangue querendo ganhar a aprovação dele. Eles não pensariam duas vezes antes de fazer uma coisa dessas. E depois eu acabaria matando eles.

Com relutância, concordei.

Axel riu diante de minha resposta fria e silenciosa e passou a mão sobre minha cabeça.

— Senti falta do meu irmãozinho de merda indo atrás de mim e dos garotos. Vai ser como nos velhos tempos, antes de você nos trocar pela fama.

Parei ao ouvir aquilo.

— Não vou nem chegar perto da gangue, Axe. Nunca mais vou vender drogas. E quando chegar o dia em que a mamãe não precisar mais dos remédios... — Não consegui dizer "morrer". Nunca conseguiria dizer aquilo em voz alta. — Todos nós vamos sair desta vida de merda. Trabalhar honestamente. Não me importa como, mas é assim que vai ser. *Capisci?*

Axel não respondeu, então caminhamos de volta até o trailer em silêncio. Pela primeira vez em anos, os três irmãos Carillo estavam sob o mesmo teto, resolvendo as coisas.

7

Lexi

Querida Daisy,

Peso: 44,0 kg
Calorias: 1.600

Estou apavorada.
Não estou comendo nem dormindo, e estou perdendo o controle do meu plano alimentar. Austin Carillo é perigoso. Agora sei disso.
Minha cabeça não está focada. Você sabe como preciso de controle, mas neste momento tudo está disperso e eu não tenho rotina. Meu consumo de calorias diminuiu e minha ansiedade aumentou. Também perdi meio quilo. O Dr. Lund não vai gostar disso.
Queria que você estivesse aqui.
Não estou muito bem.

✳ ✳ ✳

— Uhuu! Balance o corpinho que sua mãe te deu, garota! — Cass gritou das arquibancadas do Estádio Bryant-Denny enquanto eu terminava de torcer ao som do hino do Crimson Tide. Ela estava sentada com Ally e Molly, que parecia superconstrangida. Não consegui deixar de sorrir para Cass dançando em volta do assento de Molly, gritando e cantando, jogando beijos para ela. Rome Prince tinha acabado de beijá-la em público, no intervalo do jogo, deixando todos chocados, tornando Molly a atração do telão e fazendo o estádio inteiro acreditar que ela era um amuleto da sorte. Ele jogou como Peyton Manning[2] depois daquele beijo.

---

2. Peyton Manning, hoje aposentado, foi um *quarterback* considerado um dos melhores atletas de sua geração, nomeado cinco vezes o Jogador Mais Valioso (MVP) da liga, mais do que qualquer outro jogador. [N.E.]

Acho que Cass tinha mesmo razão; algo estava acontecendo entre aqueles dois.

O Tide estava jogando contra o Georgia State Panthers, e só restavam três minutos no último quarto. Eles ganhariam com facilidade.

— Veja, ele está fazendo de novo — Lyle disse em um tom de voz irritado enquanto cutucava meu braço, apontando com a cabeça na direção de Austin Carillo. Carillo estava sentado no banco enquanto a defesa ocupava o campo. Eu o tinha visto olhando fixamente para mim, zangado, durante a maior parte do jogo.

Fiquei paralisada ao ouvir as palavras de Lyle, mas não olhei. Tinha conseguido evitar Austin por duas semanas. O Tide havia viajado para o Arkansas, e eu fiquei praticamente escondida, bem longe da torre do pátio. Não queria mais ver ninguém vendendo drogas. Tinha medo do que aconteceria se visse.

— Ei, está me ouvindo? — Lyle perguntou.

— Sim! Estou ouvindo. Mas prefiro ignorar. Não me importa se ele está me encarando. Não é da minha conta — respondi com firmeza.

A banda começou a música seguinte e Shelly pediu para a equipe dançar a coreografia número dezoito. Pulando de um lado para o outro, balançando os pompons no ritmo da bateria, Lyle gritou:

— Bem, você deveria se preocupar! Conhece o histórico dele?

Aquilo quase me fez perder o equilíbrio, e eu olhei para Lyle.

— Não. Por quê? O que você sabe?

Dando um passo à frente, demos um chute alto com a perna direita e entoamos em voz alta:

— *AVANTE, TIDE, AVANTE.* — Rapidamente voltamos a nos movimentar de um lado para o outro para repetir a coreografia.

Lyle se aproximou novamente e sussurrou:

— Bem, você sabe, estou nesta equipe desde o primeiro ano, e, bem, a gente escuta umas coisas.

— Que coisas?

Eu estava desesperada para conhecer o histórico de Austin. Obviamente eu tinha ouvido falar que ele era encrenca. Havia muitos boatos sobre isso, mas nada específico.

— Já ouviu falar da gangue de Westside Height?

Arregalei os olhos e errei o passo, tropeçando. Olhei constrangida para a fileira de líderes de torcida e vi Shelly fazendo cara feia para mim. Fiz uma careta quando ela me olhou fixamente e sussurrou:

— Foco!

Assim que ela se virou, olhei para Lyle.

— A gangue do oeste de Tuscaloosa que está sempre no noticiário por causa de tiroteios e drogas? Essa gangue do Westside Height? Os italianos?

Lyle confirmou, com os olhos arregalados.

— Sim, os próprios — Lyle concordou, com os olhos arregalados.

— Você quer dizer...? — Interrompi a frase e quase perdi a deixa para o salto duplo.

Quando voltamos para o chão, Lyle continuou como se não tivesse havido nenhuma interrupção.

— É. Carillo faz parte de uma gangue. A família toda está envolvida. O irmão passou um tempo no reformatório de Shelby County, eu acho. Ouvi dizer que Austin foi preso algumas vezes também, Lexi querida. O irmão do Carillo é muito perigoso, e, sinceramente, acho que Austin pode ser tão ruim quanto ele.

Dessa vez eu parei. Parei de dançar completamente.

Austin e seu irmão eram dos Heighters? Aquilo significava... *Minha nossa!* O irmão dele estava vendendo drogas... para os *Heighters*! Meu coração batia como um canhão dentro do peito e eu tive a sensação de estar sem ar.

Por que tive que passar por eles aquela noite? Por que não fiquei longe do pátio? Eu já tinha coisa demais na cabeça. Não precisava dessa ameaça gigante também. Estava uma pilha de nervos havia semanas!

Depois de um salto perfeito para trás, Lyle se deu conta de que eu não estava me mexendo e me pegou pelo braço, arrastando-me da linha central para fora do campo.

— Lexi, querida, você está bem? Ficou completamente pálida.

Tentei acenar com a cabeça para indicar que eu estava bem, mas ainda estava tentando respirar enquanto me lembrava da ameaça de Austin. Agora tudo fazia sentido... *Esqueça o que você viu aqui hoje. Se fizer isso, seremos bonzinhos, não vai acontecer nada. Mas, se disser uma palavra sobre isso a alguém, a* qualquer pessoa, *não vai gostar do monte de merda que vai acontecer com você. Não tem ideia de onde vai se meter. Essas pessoas são capazes de fazer qualquer coisa para manter você calada.* Qualquer coisa *mesmo.*

— Lexi! Está sentindo fraqueza ou algo assim? — Lyle perguntou, atraindo a atenção de algumas garotas da equipe, que começaram a me olhar de um jeito estranho. Balancei a cabeça devagar e senti os pelos da minha nuca se arrepiarem.

Foi como um puxão, uma força magnética, e me vi olhando diretamente para o banco dos jogadores do Tide. De imediato, desejei que aquilo não tivesse acontecido. Austin Carillo, ao ver meu rosto aterrorizado, saiu do banco e ficou parado na lateral do campo, me encarando agressivamente, com os olhos castanho-escuros semicerrados e os punhos fechados ao lado do corpo. Ele era grande, musculoso, imponente... Era a personificação do medo e da ameaça.

Era como se Austin estivesse comunicando seu alerta por meio daquela expressão severa. A mão de Lyle congelou em meu braço e ele sussurrou:

— Sério... por que parece que o Carillo quer matar você? Estou ficando bem nervoso.

Austin estava observando Lyle falar comigo com preocupação e balançou a cabeça devagar. Entendi seu aviso. *Mas, se disser uma palavra sobre isso a alguém, a* qualquer pessoa, *não vai gostar do monte de merda que vai acontecer com você.*

Recompondo-me, virei para Lyle.

— Não é nada, Lyle.

Ele achou graça.

— Não está parecendo que não é nad...

Segurando os dois braços de Lyle com as mãos trêmulas, gritei:

— Já falei que não é nada!

Imediatamente me senti culpada. Eu havia magoado meu único amigo de verdade na equipe. Lyle estava virando as costas, mas alcancei sua mão. Ele parou e olhou para mim, com o rosto sardento corado.

— Desculpe. Eu não queria ser tão dura. Mas...

O apito me interrompeu, indicando o fim do jogo.

Os ombros de Lyle desabaram.

— Lexi, eu entendo que não queira falar, mas acredite no que *eu* estou falando e fique bem longe daquele cara. Ele é problema com *P* maiúsculo. O que quer que você tenha feito, o que quer que tenha chamado a atenção dele, reze para que ele esqueça bem rapidinho.

Com isso, Lyle correu para o meio da multidão de torcedores que invadiam o campo para comemorar a vitória. Eu me apressei para chegar ao túnel que levava aos vestiários. Precisava de espaço. No entanto, quando comecei a correr, avistei Carillo ainda me encarando, seu olhar duro como pedra, enquanto os outros jogadores passavam por ele na euforia da vitória.

Abaixando a cabeça e engolindo o medo, entrei no meio da massa de torcedores exultantes e fui me esconder no vestiário.

* * *

— Rome Prince vai dar uma festa hoje à noite na fraternidade. Ally acabou de avisar. — Ouvi Tanya, vice-capitã da equipe de torcida, contar para alguém no vestiário.

— Que incrível! Já falou para as meninas? — perguntou a segunda voz.

— Vou fazer isso agora. Não vejo a hora de encher a cara! As festas do Rome são sempre absurdas — Tanya respondeu com uma voz eufórica, e saiu do banheiro junto com sua interlocutora.

É isso, Lexington. Fique escondida. Você não pode tomar banho com o resto da equipe. Não pode deixar ninguém ver como você é imperfeita. Acha que não vão ver a gordura? A celulite? O quanto você é repugnante, enquanto elas andam por aí sem roupa com corpos perfeitos e bronzeados.

Fechei bem os olhos e fiquei me balançando para a frente e para trás na cabine do banheiro, sobre os ladrilhos gelados, cobrindo os ouvidos com as mãos e tentando em vão bloquear o tormento daquela voz.

Ao longe, podia ouvir minhas companheiras de equipe rindo, brincando e discutindo suas roupas para a festa. Eu tinha inveja delas. Eram tão despreocupadas.

Eu não sabia havia quanto tempo estava ali, escondida da equipe. Do horror de ter que usar chuveiros conjuntos. De ter que mostrar meu corpo gordo demais. Podiam ser horas ou apenas minutos; eu não sabia.

Ainda sentada, me esforcei para captar algum som de movimento, de risos.

Tudo estava em silêncio, e eu me permiti respirar aliviada.

Levantando devagar, destranquei a cabine do banheiro e espiei do lado de fora. Todas tinham ido embora, graças a Deus.

Pisando no vestiário vazio, o cheiro de produtos de cabelo, perfume e sabonete frutado parecia um véu pairando no ar. Fui até meu armário, peguei o nécessaire e, segurando os lencinhos demaquilantes, caminhei até o espelho.

Por um instante, fiquei olhando fixamente para ele. Eu estava com delineador preto nos olhos verdes, o rosto pálido com o pó claro, e os lábios vermelho-vivo, tão vermelhos quanto sangue fresco. Essa era eu agora. Aquela maquiagem escura me definia. *Minha máscara.* E removê-la à noite era a pior parte de cada dia.

A cada passada do lencinho de algodão, minha força interior minguava. A maquiagem branca e preta dava lugar à pele rosada de meu rosto. Todas as minhas inseguranças voltavam como um dilúvio. Elas sempre voltavam.

Quando joguei o lenço usado na pequena lata de lixo, respirei fundo. Estava sem minha armadura.

Meus olhos estavam firmemente focados na porcelana branca da pia, mas me obriguei a olhar para cima. O Dr. Lund tinha me ensinado que esse processo era uma parte importante da minha recuperação.

Assim que levantei a cabeça e encarei meu reflexo, tive a mesma reação que sempre tinha havia muitos anos – meu coração começava a afundar até o estômago e tudo que eu sentia era nojo.

Lá estava ela. Lexington. Lexington Hart. A garota com imperfeições demais para ser bonita. Nenhum atrativo, da pele cheia de falhas até as sardas horrorosas sobre o nariz.

Ela era repugnante.

Ela era gorda.

Podemos melhorar isso, Lexington. Basta me deixar entrar. Podemos chegar à perfeição.

Cerrei os punhos na beirada da pia enquanto combatia o demônio que se escondia dentro de mim.

Colocando as mãos para trás, baixei os olhos quando abri o zíper da saia, passando-a lentamente pelo quadril e pelos pés. Depois foram a blusa e a roupa íntima, até eu ficar nua.

Até ficar fraca novamente.

Lágrimas caíam dos meus olhos e eu fiquei paralisada, olhando para o piso de ladrilhos. Era a coisa mais difícil de fazer. Encarar meu verdadeiro *eu*.

Meu corpo *curado*.

Um... dois... três... quatro... contei mentalmente, preparando-me para o que veria naquele dia. Será que estaria melhor? Mais gorda? Mais magra? Pior do que nunca?

Abrindo os olhos verde-claros, vi meu reflexo nu e fiquei simplesmente olhando. Meus olhos encheram-se de água e eu levei a mão instintivamente à clavícula. Estava mais arredondada do que deveria. Já tinha sido minha parte preferida do corpo, saliente, definida... visível. Mas não era mais.

Não era mais...

Levei os dedos à parte superior do braço e belisquei a pele do bíceps. Tive que engolir um soluço ao perceber a quantidade de gordura que conseguia pegar.

Já tinha sido possível pegar apenas pele. Mas não era mais.

Não era mais...

Vindo de lugar nenhum, ouvi uma risada fraca e virei a cabeça para procurar. Não havia ninguém ali, e um arrepio desceu pela minha espinha quando me dei conta de quem era.

Isso mesmo. Sou eu, Lexington. Não tem mais ninguém aqui. Só eu, vendo quanto peso você ganhou. E você, você também está vendo o efeito horrível da sua gulodice... Posso ver nos seus olhos.

Fiquei congelada.

Deixe-me levá-la de volta para onde você deveria estar. Para onde você sabe que quer estar. Só me deixe voltar. Entregue-me as rédeas. Entregue-se a mim. Renda-se à perfeição.

Como se estivesse sendo controlada como um fantoche, passei as mãos sobre as costelas. *Uma, duas, três, quatro, cinco, seis...* Comecei a bater desesperadamente com os dedos sobre a pele. Havia tanta gordura. Era para eu conseguir sentir até dez costelas, mas só conseguia sentir seis. *Não! Eu só conseguia sentir seis.*

Desci mais a mão, apertando com os dedos o excesso de carne na barriga. Mais abaixo. *Não, não, não!* Meus quadris! Meus quadris não estavam salientes, nem angulados ou definidos. Havia tanta gordura. *Estou muito gorda.* De novo não! Por favor! Eu... eu...

Pare!

Lexi... lute contra isso! Eu disse a mim mesma com urgência.

Ofegante, voltei a mim mesma. Minha pele pálida e nua estava cheia de marcas vermelhas, onde eu estava cutucando os ossos. Urticária havia surgido em meu pescoço e peito, e meus olhos estavam vermelhos de desgosto e estresse.

Sete minutos.

Sete minutos e trinta e dois segundos.

Sete minutos e trinta e dois segundos até eu conseguir me mover novamente.

Até conseguir respirar direito novamente.

Até combater a voz em minha mente, que tentava me derrubar.

Eu me sentia exausta. Como se fosse Davi e tivesse acabado de derrubar Golias. Mas meu Golias nunca morria. Ele nunca ia embora. Não podia ser derrotado. Apenas, na melhor das hipóteses, podia ser afastado. E meu coração se partiu com a ideia da minha vida com ele sempre em minha cabeça.

Eu estava determinada a não deixá-lo vencer.

Fui até os chuveiros vazios, os canos gemeram quando abri o registro e deixei a água cair sobre a cabeça, lavando o quase fracasso... lavando a negatividade.

Você é linda, Lexi. Você é forte. Você é perfeita como é, recitei na cabeça. O Dr. Lund tinha me ensinado a usar mantras para me manter positiva. A positividade era metade da batalha, pelo menos era o que o Dr. Lund dizia. E eu me esforçava para me apegar àquela lição. Caramba, eu fincava as unhas nela e a agarrava como se minha vida dependesse disso.

8

Lexi

Dez minutos depois, eu estava de banho tomado e vestida. Sabendo que o caminho estava livre e que todos os técnicos e jogadores já tinham ido embora, saí do vestiário.

Segurando a bolsa junto ao peito, ainda me sentindo sensível e exposta, caminhei lentamente pelo corredor, arrastando os pés. Quando estava na metade do caminho, um enorme estrondo quase me fez tropeçar de susto. Virei a cabeça na direção do barulho – o vestiário dos jogadores.

Meu coração estava disparado de medo, e eu já estava me virando para sair quando um urro agonizante ecoou pelo corredor. Quem quer que fosse, parecia estar sofrendo. Atormentado. Como se sua alma estivesse sendo arrancada.

Senti-me instantaneamente atraída pelo som. Afinal, dor atrai dor.

Antes que pudesse me dar conta, meus pés estavam me carregando na direção do vestiário dos jogadores do Tide... na direção de alguém que parecia mais perturbado do que eu. Na direção de alguém que pudesse compreender.

Quanto mais perto eu chegava da porta, mais aumentavam os estrondos, até que tudo ficou em silêncio e um grito de dor saiu da garganta de alguém, ricocheteando no metal dos armários. Quando cheguei à porta, me perguntei se devia dar mais algum passo. A pessoa podia querer ficar sozinha. Eu provavelmente estava me intrometendo. Mas não conseguia virar as costas.

Fiquei olhando para a porta fechada do vestiário.

Eram mais três passos.

Mais três passos até empurrar a maçaneta, atravessar a porta e ver quem estava sofrendo.

Mais três passos até que eu pudesse, talvez, ajudar.

Segurei a bolsa de ginástica ainda mais perto do peito, como um escudo, dei o último passo e fiquei imediatamente paralisada diante do que vi.

Carillo.

Austin Carillo no chão, sem camisa cobrindo seu torso definido e musculoso, ostentando um conjunto intrincado de tatuagens escuras e coloridas. Ele estava com as costas apoiadas na porta fria de um armário, segurando a cabeça entre as mãos, com a respiração ofegante.

Observei em silêncio enquanto refletia sobre o que fazer. Era evidente que Carillo estava sofrendo, mas ele me odiava, havia me *ameaçado*. Eu devia ser a última pessoa que ele gostaria de ver.

Decidida a sair de mansinho e deixá-lo com sua dor, levantei o pé para ir embora justamente quando Carillo virou a cabeça. Fiquei paralisada, em choque.

Seus olhos escuros estavam injetados de tensão. O rosto com pouca barba estava vermelho; nitidamente ele tinha esfregado a pele com agressividade. Mas a tristeza se recolheu quando ele me viu e rangeu os dentes de irritação.

Ah, merda. Eu havia cometido um erro.

Um erro *bem grande*.

Austin golpeou o piso de ladrilhos ao se levantar abruptamente. Seu um metro e noventa e três de altura pareceu se agigantar sobre mim, mesmo estando do outro lado do vestiário. Olhamos nos olhos um do outro, e minhas mãos e pernas começaram a tremer.

Ele estava zangado...

E eu estava com medo dele.

Ele fazia parte de uma gangue, era um Heighter. Havia sido detido várias vezes. Seu irmão tinha ficado preso. E eu estava sozinha com ele. Sozinha com ele, que estava muito agitado. Sua raiva parecia direcionada a mim. Não havia ninguém para me ajudar.

Carillo começou a se aproximar, mas parou a alguns passos de distância. Ele irradiava perigo e obscuridade assim como o sol irradia calor.

Era como um campo de força ao seu redor, uma aura, e só me deixou ainda mais assustada.

Olhos castanhos, quase pretos, se estreitavam enquanto Austin analisava meu rosto. Agarrei a bolsa com mais força. Mas algo em sua expressão mudou quando suas sobrancelhas se ergueram, e eu franzi a testa.

O que ele está vendo de tão chocante?

E então me lembrei. Eu não tinha reaplicado a maquiagem. Estava tão abalada pela facilidade com que a voz havia me atingido que só queria correr para casa.

Senti constrangimento, um imenso constrangimento por ele estar me vendo tão vulnerável e imperfeita. Não conseguia entender por que aquilo me incomodava tanto. Ele me odiava, e eu o temia. Mas eu *me importava*. Eu me importava demais com o fato de ele ter visto a verdadeira *eu*.

A garota que não estava à altura.

A garota com falhas demais.

— Que diabos está fazendo aqui dentro? — Carillo perguntou com frieza, dispersando meus pensamentos, novamente com uma expressão de indiferença no rosto.

— Eu-eu-eu...

Austin deu mais um passo à frente. Daquela distância, dava para sentir seu cheiro, um almíscar amadeirado, o cheiro de um jogo difícil. Só servia para aumentar ainda mais sua obscuridade.

— *Eu-eu-eu* o quê? — Ele riu de maneira insensível. — Por que você sempre aparece onde não é desejada? *Quando* não é desejada? Em lugares em que não deveria estar?

Engoli em seco e tentei me afastar, mas ele estendeu a mão, agarrou meu braço e me puxou para a frente.

Soltei um gritinho. O toque dele não foi doloroso. Na verdade, ele mal estava tocando em mim, mas havia me surpreendido, e eu, com relutância, olhei em seus olhos.

— Você contou alguma coisa para aquele cara da equipe de torcida? — ele perguntou em voz baixa.

Sem conseguir encontrar minha voz, simplesmente balancei a cabeça desesperadamente dizendo "não".

Austin apertou os dedos em volta do meu braço. Por instinto, tentei me soltar.

— Responda! Ele ficou me encarando com cara de medo o jogo todo, porra!

Respirando fundo, consegui dizer:

— Eu não contei nada para ele.

Os olhos semicerrados de Austin diziam que ele não acreditava em mim.

— Juro que não contei. Eu não falei nada para o reitor quando ele falou comigo. E Lyle... Lyle viu você me encarando algumas vezes e me alertou. Só isso. — Puxando o braço, passei a mão sobre a pele sensível.

Austin passou as mãos pelos cabelos escuros e soltou um suspiro aliviado. Mas não tirou os olhos de mim nem por um segundo.

Eu o observava, e parecia que ele estava travando uma batalha interna. Mas logo seu rosto endureceu. Sua máscara intimidadora de Heighter estava de volta.

— É melhor você não deixar escapar o que viu — ele alertou friamente. — Estou de olho em você.

Encontrando forças em algum lugar desconhecido, parei bem diante dele, e dessa vez *ele* ficou paralisado.

— Eu já falei que não diria nada, e não vou dizer. Sei como é ter um segredo, ter algo que gostaria de manter oculto sendo revelado. *Acredite*, eu sei. Então *não* vou falar nada para ninguém, mas *você* está fazendo as pessoas comentarem. *Você* está estragando tudo, me encarando como se quisesse me matar, chamando a atenção das pessoas quando o reitor já suspeita que eu vi alguma coisa. Você não está conseguindo esconder suas emoções direito.

Ele não respondeu nada, e eu desviei os olhos de seu olhar intenso, mas fiquei cara a cara com uma enorme tatuagem de crucifixo em seu peito descoberto. Maria, mãe de Cristo, estava na base, olhando para Jesus em agonia, com o rosto destruído pelo sofrimento de ver o filho amarrado na cruz... morrendo.

Elas estavam por toda a parte – as tatuagens religiosas –, cobrindo quase todos os centímetros da parte superior de seu corpo. Os dois braços também estavam totalmente fechados. A maioria das tatuagens era religiosa, algumas em língua estrangeira. Parecia italiano.

Austin de repente cruzou os braços enormes diante do peito, com as narinas dilatadas de raiva.

— Dê o fora daqui — ele ordenou com frieza.

Sem hesitar, eu me virei para sair, olhando para trás corajosamente para dizer:

— Você me apavora, Carillo. Tenho medo de você. Está feliz com isso? Eu sei *quem* você é, de que família veio, de *onde* você vem. Já fui informada. Então pode parar com as ameaças, com os olhares. Eu já sei que você é perigoso. *Eu entendo*. Você me fez perder o sono de tanto medo. Eu sei que você é perigoso e que provavelmente não teria problema nenhum em me machucar se eu falar alguma coisa. Não sou idiota. Então, eu imploro, me deixe em paz. Eu nunca vou falar sobre o que eu vi. Mas preciso que você me deixe em paz.

Não fiquei para ver a reação dele. Simplesmente corri até a casa da irmandade e fui para o meu dormitório, no quarto andar.

No momento em que passei pela porta aberta do quarto de Cass, ouvi Ally gritar:

— Lexi! Entre aqui, amore!

Parando imediatamente, soltei a bolsa e entrei no quarto, colocando no rosto meu sorriso falso de sempre. Cass e Ally estavam sentadas na cama.

— Oi, meninas! — disse em tom cantado, aparentando ser a garota mais feliz do mundo.

— Afe! — Ally gritou e deu um pulo para me abraçar. — Você estava incrível hoje, querida! Estou tão orgulhosa de você! — De repente Ally se afastou, boquiaberta.

Fiquei instantaneamente constrangida.

— O que foi? — perguntei.

— Você está linda, amore. Nunca tinha visto você sem toda aquela maquiagem escura.

— É mesmo, garota. Você está um arraso! — Cass acrescentou da cama, onde segurava um frasco cheio da sua bebida artesanal. Ela era uma texana raiz.

Mexendo nos cabelos molhados, murmurei com relutância:

— Obrigada.

Eu não era linda. Elas só estavam tentando ser legais. Era só isso que Ally, a mais perfeitinha de todas, sabia fazer – ser legal. Mas eu não suportava comentários falsos. Não suportava que mentissem para mim.

— E aí? — perguntei, indo sentar na beirada da cama de Cass e desviando a conversa da minha aparência. Fiz um gesto com a mão recusando a oferta de Cass para tomar um gole da sua bebida.

— Rome vai dar uma festa na fraternidade, e nós vamos — Ally disse. Meu estômago revirou. Isso queria dizer que Austin estaria lá. Ele morava na mesma fraternidade que Rome. O que significava que *eu* não seria bem-vinda.

— Acho que vou passar, meninas. Estou exausta — tentei dizer, mas Cass me interrompeu pulando da cama, cambaleando quando seus pés bateram no piso de madeira.

Perfeito. Cass já estava bêbada, o que significava uma noite tomando conta dela.

— Nem pensar! Você vai! Molly já furou, preferiu ficar aqui e estudar. Nada que eu e Ally dissermos vai mudar a cabeça daquela inglesa teimosa. Então você não vai deixar a gente na mão.

Ally cruzou os braços, sorrindo para Cass, que esticou a mão para se apoiar na mesa.

Revirando os olhos para seu estado embriagado, anunciei:

— Tudo bem. Preciso me arrumar. — Levantei-me e segui para a porta.

— Isso mesmo, Sexy Lexi, capricha no *look* gótico! Esta noite vai ser épica! — Cass gritou enquanto eu me retirava.

Pegando a bolsa de ginástica, fui para o quarto me arrumar. *Épica uma ova*, pensei. Está mais para uma catástrofe prestes a acontecer.

9

Austin

Você me apavora, Carillo. Tenho medo de você. Está feliz com isso?

As palavras daquela garota não saíam da minha cabeça enquanto eu estava deitado na cama, e eu me sentia enjoado. Ela tinha medo de mim, e eu nem sabia o nome dela. Eu odiava aquilo, aquela merda toda. Minha mãe tinha me ensinado a nunca tratar mal uma mulher, e aqui estava eu, intimidando aquela líder de torcida, observando todos os seus movimentos e agarrando-a pelo braço. E tudo para defender a gangue! Minha vida era tão fodida.

Minha mãe ficaria envergonhada, e com razão. Mas eu precisava proteger minha família. A última coisa de que minha mãe precisava era que um de nós fosse preso, ou mais de um. Quem cuidaria dela?

Logo depois do jogo, eu tinha recebido uma ligação de Axel. Minha mãe estava mal. Muito mal. Ele a havia levado para o posto de saúde, onde lhe prescreveram mais remédios. Ela estava passando por uma de suas fases ruins. Nós ainda não tínhamos dinheiro para os remédios, então Axel teve que levá-la de volta para casa com dor.

Eu havia esperado todos os jogadores saírem do vestiário e depois tinha destruído tudo. E então *ela* entrou. A maldita líder de torcida gótica. Só que ela não estava tão gótica daquela vez. Eu gostava do visual gótico; ela era soturna como eu. Sem maquiagem, no entanto, estava tão diferente... Ela estava linda, e meu coração quase explodiu dentro do peito.

Porém, ultimamente, ela andava vendo demais minha família e eu. E eu tive que dar um susto nela. Era meu dever como Carillo.

Ouvi alguém bater na porta, e Rome entrou. Ele acenou com a cabeça para mim, desconfiado, e se sentou no sofá. Os calouros estavam todos no andar de baixo da nossa fraternidade, arrumando as coisas para a festa, então nós, os veteranos, podíamos relaxar até o pessoal começar a chegar.

Rome pegou o controle remoto e ligou a televisão no canal de esportes. Sem muito interesse, assisti aos apresentadores recapitulando os jogos da NFL do domingo anterior.

— Vai falar sobre o que era aquela ligação que você recebeu depois do jogo? — Rome disse depois de um tempo, sem tirar os olhos da tela.

Olhei de relance em sua direção. Ele vestia a regata do Tide de sempre e jeans, e estava com a cabeça apoiada na mão. Deve ter sentido que eu estava olhando para ele, e olhou em minha direção.

— E? — ele pressionou, e eu me sentei na beirada da cama, cotovelos sobre os joelhos, enquanto passava as mãos sobre a cabeça, frustrado.

Eu não conseguia falar sobre minha mãe. Era muito doloroso.

— Carillo. Qual é, cara? Alguma coisa está consumindo você por dentro. É a sua mãe?

Suspirando, olhei para o meu melhor amigo e sua expressão preocupada.

— É. Ela está piorando.

Rome ficou arrasado. Ele amava minha mãe. Ela tinha sido uma mãe para ele, na época em que sua própria mãe o desprezava. Ela tinha cuidado dele, ouvido seus problemas e comparecido a todos os jogos de futebol que nós dois jogamos.

— O que precisa ser feito? — ele perguntou sem rodeios.

Dei de ombros.

— Não sei. Ela precisa de uns remédios.

— Então compre. Qual é o problema? — ele perguntou simplesmente.

Senti um nó no estômago e olhei feio para ele.

Rome se inclinou para a frente e disse:

— Austin, se a questão é dinheiro, você sabe que eu...

— Não — respondi. — Nem pense em terminar essa frase. Não vou aceitar seu dinheiro. Sei que suas intenções são boas, mas isso não vai acontecer.

Rome se levantou e começou a andar de um lado para o outro no quarto.

— Porra, oitenta e três! Não seja tão teimoso! Você sabe que eu tenho dinheiro sobrando. Meus avós me deixaram milhões... *milhões*, Carillo! E, merda, depois de tudo que a sua mãe fez por mim quando eu era pequeno, fico feliz em pagar. Não tenho nem onde gastar esse dinheiro. Se as coisas saírem como meu pai está planejando, estarei à frente da Petrolífera Prince logo mais, e serei bilionário!

Chegando perto de Rome, coloquei a mão em seu ombro para que ele parasse de andar de um lado para o outro. Quando ele olhou para mim, dava para ver sua angústia em relação à minha mãe. E também pela pressão que seu pai estava fazendo para ele rejeitar a NFL e assumir a empresa da família. Meu melhor amigo também estava sofrendo.

Nós dois estávamos ferrados.

— Primeiro: você não vai assumir a Petrolífera Prince. Você vai ser escolhido no *draft* e virar jogador profissional. Você sabe que vai ser escolhido na primeira rodada. Siga concentrado nesse plano. E segundo: por mais que eu agradeça o que você está tentando fazer por mim e por minha mãe com seu dinheiro, isso não vai acontecer. Axel não vai aceitar. Ele, Levi e eu vamos dar um jeito. Vamos nos virar.

Rome achou graça e balançou a cabeça.

— Como vocês vão *se virar*? Com os Heighters? Essa é a resposta para seus problemas financeiros? Cocaína? É assim que vocês vão dar um jeito?

Meu sangue gelou.

— Não é problema seu, Canhão.

Rome colocou a mão sobre o meu ombro.

— É aí que você se engana. É problema meu, sim. Não quero ver meu melhor amigo, meu *irmão*, preso por tráfico de drogas. Você vai arruinar sua vida. E eu vou dizer uma coisa, Carillo, se você for por esse caminho, não vou apoiar. Não posso ver você sendo arrastado para essa vida de novo. Não quando tem a NFL à vista.

Tirando a mão dele, voltei para a cama e desmoronei.

— Carillo? Que porra é essa? — Rome disse, com raiva.

— *Eu* não estou traficando, então pode se acalmar.

— Mas o Axel está? — ele perguntou.

Confirmei, e Rome se sentou ao meu lado. Ambos olhando para o nada. Ficamos calados por vários segundos.

— E agora também o Levi — afirmei, relutante.

Rome congelou.

— Levi? Com catorze anos? Meu Deus, Austin! *Não!* Você disse que ele estava só circulando com os Heighters. Não traficando para eles! — ele gritou, dessa vez ainda mais irritado. Rome gostava do meu irmão caçula. Queria um futuro melhor para ele.

— É, cara. Meu irmão mais novo. Levi já tem idade para contribuir. Axe vai tirar ele de lá quando isso tudo terminar. Os Carillo estão resolvendo as coisas do único jeito que sabem.

— Ilegalmente — Rome murmurou.

Olhei feio para ele.

— Não importa como, Rome, contanto que minha mãe não sinta dor. Nós dois sabemos que não vai ser para sempre. Alguns milhares de dólares agora, e depois eu vou dar um jeito de tirar nós todos de lá.

Rome se virou para mim.

— Austin, agora eu estou implorando. Me deixe pagar o tratamento dela. Não é empréstimo. Me deixe dar esse dinheiro de presente... para o bem dela.

Dei um tapinha nas costas dele, com um nó na garganta de tanta gratidão.

— Não vai rolar, cara. Mas nunca vou esquecer o que você ofereceu. Ninguém nunca fez isso por mim.

Pode ter parecido teimosia, mas eu não aceitaria dinheiro nenhum do meu melhor amigo. Nem um centavo. Minha mãe não ia querer. Ela é uma mulher orgulhosa... e eu sou um filho igualmente orgulhoso.

Rome e eu ficamos sentados em silêncio por um tempo e depois ele se levantou e se dirigiu à porta. O clima entre nós estava mais calmo.

— A gente se encontra lá embaixo em dez minutos. Nós dois precisamos de uma bebida — Rome disse, e eu relaxei ao perceber que havíamos resolvido nossas diferenças.

— Com certeza, cara.

Rome abriu a porta. Quando ele estava prestes a sair, perguntei:

— Aquela garota inglesa que está toda hora com você...

— Molly? — Rome respondeu. — O que tem ela?

— Tem uma garota gótica que anda com ela, uma líder de torcida...

Rome estreitou os olhos enquanto tentava imaginar de quem eu estava falando e, um minuto depois, uma expressão de reconhecimento tomou conta do seu rosto.

— Sim?

Abaixei a cabeça, sem olhar nos olhos dele.

— Você sabe o nome dela?

Rome ficou em silêncio por um instante, e quando levantei os olhos ele estava pensando.

Dando de ombros, respondeu:

— Lana, Lucy, Lizzi, algo assim. Talvez Lexi? Sim, acho que é Lexi. — Ele franziu a testa. — Vai me dizer por que quer saber?

Fiquei olhando para ele, sem expressão. Rome riu e bateu duas vezes na porta.

— Achei mesmo que não. Fui.

Mais uma vez, fiquei sozinho no quarto. A primeira coisa que imaginei foi o rosto dela – Lana, Lucy, Lizzi, talvez Lexi? Não importa – e imediatamente me senti um bosta.

Você me apavora, Carillo. Tenho medo de você...

* * *

Uma hora mais tarde, a casa da fraternidade estava transbordando de gente. Fiquei segurando minha cerveja em um canto da sala, com Rome. Ele parecia um viciado, contorcendo-se e balançando o corpo de um lado para o outro, e depois voltando a se encostar na parede ao meu lado, olhando para a porta. Ele havia rejeitado todas as fãs que tinham aparecido. Rome era um mulherengo dos pés à cabeça, e eu achei hilário seu repentino desinteresse pelo sexo oposto.

Aquela inglesinha, Molly, estava realmente mexendo com ele.

Rome estava falando comigo sobre algo sem importância, quando de repente vi Ally, a prima dele, entrar na casa, seguida pela garota de JD, Cass, que parecia estar completamente bêbada.

Não a notei a princípio, mas *ela* estava junto. Lana, Lucy, Lizzi, talvez Lexi – qualquer que fosse a porra do nome –, toda vestida de preto: uma blusa de manga comprida que mostrava a cintura fina, tão fina que provavelmente caberia em uma das minhas mãos, minissaia preta, meia-calça preta, sapatos de salto alto pretos, cabelos enrolados de lado, como Dita Von Teese, com os olhos enormes contornados por delineador preto, e batom vermelho-escuro.

Merda. Para minha irritação, ela estava bonita.

Ela estava sorrindo para Cass, que não parava de falar, quando, de repente, levantou os olhos verde-claros e olhou em minha direção. Trocamos olhares por alguns segundos, até que me lembrei das suas palavras mais cedo. *Preciso que você me deixe em paz.* Agarrando ainda mais a cerveja, eu me virei e atravessei um grupo de jogadores bêbados do Tide e suas fãs, até sair pela porta dos fundos, no ar úmido da noite.

— Austin! — Ouvi alguém me chamar. Reece, o *quarterback* reserva, estava sentado em volta da fogueira com os outros jogadores do primeiro ano. Cumprimentei-o com a cabeça e fui até ele, que estava com seu típico jeito de surfista, cabelos loiros e comportamento relaxado, e no caminho joguei minha garrafa de cerveja, agora vazia, na lata de lixo.

Assim que cheguei perto dele, Reece me entregou outra garrafa, e o jogador principiante que estava ao lado dele, Collins, saiu do caminho para me deixar sentar.

— Tudo bem, cara? — Reece perguntou, abrindo um sorriso. O garoto até que era legal. Mas eu simplesmente não podia conversar com ele como conversava com Rome e JD. A pessoa precisava ser muito especial para eu permitir que ela entrasse, para eu contar sobre a minha vida.

Colocando a mão sobre o ombro dele, acenei com a cabeça, indicando que estava bem. Reece se virou para falar com Caleb Baker, um jovem recebedor, sobre Tanya, a vice-capitã das líderes de torcida, que vinha atravessando o gramado. Deixei os dois conversando – não queria falar de uma loira falsa qualquer, cujo único problema era decidir a cor do batom que usaria na aula de segunda-feira.

Recostando-me no banco, olhei para o céu estrelado e respirei fundo. Por que será que, quando deparamos com o bilhão de luzes da galáxia, temos uma reconfortante sensação de insignificância, como se nossos problemas não fossem nada? Como se a vida, *o mundo*, fosse maior do que pensamos, como se os humanos fossem parte de um plano maior, um projeto grandioso de Deus. Mas, assim que desviamos os olhos daquela colcha de diamantes, todos os problemas voltam com tudo, e as merdas pelas quais estamos passando nos esmagam. Todas as dificuldades nos acertam em cheio, e tudo fica iluminado.

— Para onde ele está indo? — ouvi Reece perguntar, enquanto eu olhava fixamente para a fatia de limão que boiava na minha cerveja mexicana. Alguém me cutucou com o cotovelo. Levantei os olhos e vi Reece apontando para Rome, que atravessava a rua correndo na direção da casa de uma irmandade. Reece continuava olhando para mim, esperando uma resposta, e eu dei de ombros.

Olhando para o outro lado do pátio, vi Ally, Cass e JD perto da churrasqueira. Mas aquela líder de torcida não estava em lugar nenhum.

Quando o assunto da conversa perto de mim passou a ser os planos para as festas de fim de ano, eu soube que era hora de ir embora. Eu não podia ficar ali, o espinho pobre no meio das rosas, enquanto os caras falavam sobre suas casas bonitas e famílias perfeitas, sobre trocar presentes e toda a maldita alegria do Natal.

— Fui — eu disse a Reece quando me levantei e atravessei o jardim, indo na direção da casinha dos fundos. Apenas Rome e eu tínhamos a chave daquele lugar. Uma bela cretinice da nossa parte, eu sei, mas, como membros mais antigos tanto do Tide quanto da fraternidade, nossa palavra era lei. Rome quase não aparecia mais lá, então era praticamente minha. Só Deus sabe como às vezes eu precisava dar uma escapada.

Tirando a chave do bolso, abri a porta de madeira, preferindo não acender as luzes. Se acendesse, estudantes bêbados chegariam querendo usar o espaço como motel. Eu não queria lidar com esse tipo de coisa naquela noite.

A casa dos fundos era pequena, mas incrível: paredes e piso de madeira, grossas cortinas vermelhas nas janelas, dois sofás de couro marrom, lareira, uma pequena cozinha, TV e, a melhor parte, uma claraboia gigantesca no teto, inundando apenas o centro da casa com luz. Apenas mais um exemplo de como os jogadores de futebol eram tratados nessa cidade.

Para que um estudante de vinte e um anos precisaria de um lugar como aquele? Mas eu passava muito tempo ali. Não suportava festas como aquela, ver os caras enchendo a cara e dando em cima das meninas, quando minha mãe podia estar no trailer, morrendo de dor, ou meus irmãos podiam tomar um tiro de repente. Eu tinha que me manter focado e simplesmente chegar ao *draft*. Este era o meu papel nessa bagunça: ser escolhido no *draft* e salvar a todos nós.

Sem pressão.

O futebol era minha única saída.

Era minha resposta.

Era a resposta para todas as preces dos Carillo.

Jogado no sofá, peguei o celular. Axel tinha me mandado uma mensagem.

> Consegui a grana para os remédios da mamãe hoje à noite. O Levi está indo bem nas ruas, vendendo bastante. A mamãe está melhor do que algumas horas atrás. Consegui fazer com que ela dormisse. Estamos resolvendo as coisas do jeito dos Carillo, Aust. Vamos nessa.

Mas, assim que coloquei o telefone de volta no bolso, sentindo-me anestesiado, uma confusão se formou do lado de fora. Ao ver clarões nas paredes de madeira clara da casa dos fundos, dei um pulo e fechei as cortinas, deixando apenas uma pequena abertura no tecido de veludo para ver o que estava acontecendo. Eu estava bem escondido aqui na casa, protegido por algumas árvores. O que quer que estivesse acontecendo, eu estava fora de vista.

Então vi policiais.

Policiais universitários, junto com alguns policiais de verdade e seus cães farejadores, invadiram a festa. Alguns estudantes corriam, outros estavam bêbados demais para entender o que estava acontecendo. Foi quando vi o reitor no pátio; vestindo seu terno cinza feito sob medida, ele caminhava passando os olhos pela multidão.

Merda, aquele babaca me odiava.

Os policiais enfileiraram os alunos, um por um, e os cães começaram sua busca. *Merda, a unidade canina!* Senti um nó no estômago quando percebi o que estavam fazendo – procurando drogas.

Vários alunos corriam pela rua, tentando escapar da revista, e os policiais os perseguiam. Estava feliz por ter resolvido me esconder ali dentro, até que ouvi uma pancada na porta.

Fechando bem as cortinas, olhei para a maçaneta... e vi que a porta estava destrancada.

Merda!

Antes de conseguir atravessar a sala e bloquear quem quer que fosse, a porta se abriu e alguém entrou. Fiquei paralisado, imóvel, quando a porta se fechou e a pessoa encostou na parede e suspirou de alívio, trancando-a. O local onde eu estava era bem escuro; a pessoa nem sabia que eu estava ali.

Mal dava para ver uma pequena silhueta. Era uma garota. Dava para sentir seu perfume, então, a menos que um dos jogadores do Tide tivesse resolvido usar Coco Chanel, era realmente alguém do sexo feminino.

Afastando-me ainda mais para um canto escuro do cômodo, tentei ao máximo ficar em silêncio. Eu precisava garantir que aquela pessoa não iria gritar e revelar onde estávamos. A última coisa de que eu precisava era ser questionado pelo reitor a respeito de drogas. O babaca já achava que eu era responsável pela cocaína no campus. Nos últimos três anos, sempre que havia algum problema na Universidade do Alabama, ele colocava a culpa em mim. Só que desta vez ele estava certo.

A garota estava muito ofegante, imóvel junto à porta fechada. Pisquei os olhos, tentando focalizar, e toquei acidentalmente em seu braço. A menina começou a choramingar, então eu agarrei seu ombro e virei-a, colocando a mão sobre sua boca para abafar o grito.

Ela começou a chutar e a bater nos meus braços. Colocando a boca em seu ouvido, sussurrei:

— *Shhhh*, garota! Eu não vou machucar você. Mas pare de gritar, porra!

Ela parou de se debater e segurou meu pulso, tentando arrancar minha mão de sua boca. Eu precisava ter certeza de que ela não ia mais gritar! Não podia soltá-la até saber que não armaria um barraco.

— Vou tirar a mão da sua boca quando tiver certeza de que você não vai chamar a atenção deles, tudo bem? — eu disse em voz baixa, tentando ao máximo não parecer ameaçador. Mas também não era idiota. Um cara tampando a boca de uma menina em um cômodo escuro não era exatamente a definição de *segurança*. Uma respiração pesada e quente escapava de suas narinas conforme ela tentava se acalmar, e suas unhas, fincadas na minha carne, afrouxaram um pouco.

— Ótimo. Agora vou contar até três e tirar a mão. Lembre-se de que não vou machucar você. Também estou me escondendo aqui. Você promete que não vai gritar? — perguntei.

Cabelos macios roçaram a pele do meu pescoço quando ela fez que sim com a cabeça, concordando com um pequeno choramingo.

— Certo, *um... dois... três...* — eu disse em voz baixa e retirei a mão lentamente. A garota respirou fundo, afastou-se e virou-se de frente para mim. Mesmo na escuridão, dava para ver um par de enormes olhos verde-claros, quase turquesa, me encarando.

Merda. Eu conhecia aqueles olhos.

Eu era *assombrado* por aqueles olhos.

A garota, ao sentir minha reação, chegou ainda mais perto. Uma luz lampejou do lado de fora, entrando pela fresta sob a porta e criando um brilho amarelo fosco dentro da casa. De perto, deu para ver o rosto dela. Era *ela*. E, pela sua reação assustada, ela também percebeu que era *eu*.

— A-Austin? — ela perguntou, gaguejando. Não parecia feliz com minha presença. Ótimo, porque eu também não estava feliz com a presença dela. — E-eu não sabia que você estaria aqui. Só não queria ser interrogada pelo reitor de novo. Vi este lugar e resolvi me esconder até a confusão acabar. Sin-sinto muito. Já vou embora... Eu...

Passei por ela, ignorando suas desculpas hesitantes e apavoradas, segui em silêncio até o sofá e me sentei. Era tudo de que eu precisava.

De canto de olho, pude ver que ela ainda estava parada na porta, nitidamente ansiosa e desconfortável, provavelmente considerando se não seria melhor voltar lá para fora e encarar o reitor.

Suspirando, acenei em sua direção.

— É melhor você se sentar. O reitor deve demorar com isso. É melhor mesmo você ficar longe daquele babaca. Então acho que não tem alternativa além de esperar aqui comigo.

Como um personagem de desenho animado, ela alternou o olhar entre mim e a porta repetidas vezes.

— Eu não vou machucar você. Não vou nem falar com você, se isso ajudar — eu disse com clareza e fiquei olhado fixamente para a mesa de centro. Pela claraboia, a lua parecia um refletor, bem acima de onde eu estava sentado.

Quando ouvi o barulho dos saltos sobre o piso de madeira, soube que ela havia decidido ficar.

Ótimo. Então ela não era burra.

O sofá afundou ao meu lado, e ela se sentou na beirada do assento como se estivesse em um curso de etiqueta – pernas bem fechadas e costas eretas. Dessa vez soltei uma risada relutante e ela virou a cabeça em minha direção.

— O que foi? — ela sussurrou, com um quê de veneno em sua voz fina com sotaque do Alabama.

Ergui as sobrancelhas, surpreso com sua atitude. Ela havia sido tão submissa nas outras vezes em que eu a vira. Hoje ela estava demonstrando certa atitude.

Eu me virei de frente para ela, apoiando o braço esquerdo no encosto do sofá.

— Parece que você tem uma vara enfiada na bunda, sentada desse jeito.

Ela ficou boquiaberta, em choque, e quase gargalhei quando ela me olhou feio e depois se recostou devagar na almofada, tentando relaxar.

Voltamos a ficar em silêncio, e o clima ficou bem desconfortável.

De repente os cães começaram a latir do lado de fora. Pulei do sofá, corri para a janela e abri um pouquinho a cortina para ver o pátio da fraternidade.

— Merda — exclamei diante da cena.

— O que foi? O que eles estão procurando? — a garota perguntou.

Não respondi; estava ocupado demais vendo um aluno que eu não conhecia ser algemado e levado pelos policiais. O reitor caminhava pela fileira de estudantes fazendo perguntas, enquanto outro policial segurava um pacote branco que haviam encontrado com o aluno.

Porra. Reconheci a marca. Era mercadoria dos Heighters.

MERDA!

Ouvi o arrastar de pés silenciosos atrás de mim.

— Austin, o que eles estão procurando? Estou surtando aqui!

Voltando a fechar a cortina, virei e vi um rosto de porcelana olhando para mim.

— Como você se chama? — perguntei sem rodeios. A garota pareceu desconcertada. — Que foi? — perguntei de novo, confuso com sua estranha reação à minha pergunta.

Ela sacudiu a cabeça com nervosismo e os cabelos pretos na altura do queixo balançaram para a frente e para trás.

— Você me surpreendeu. Só isso. Nunca tinha perguntado antes. Não pensei que quisesse saber meu nome, depois das últimas semanas.

Abaixei a cabeça e insisti com os olhos para que ela respondesse. Vi que ela engoliu em seco. Seu pescoço era tão fino que dava para ver todos os movimentos.

— Lexi — ela disse, com a suavidade de uma pena. — Meu nome é Lexi Hart.

Rome estava certo.

Não sei por quê, saber seu nome a fez parecer mais humana, e eu me senti ainda mais babaca pela forma como a tratei. Ela era tão miúda. Parecia tão frágil. Como se qualquer coisinha pudesse destruí-la.

Não conseguia tirar os olhos dela, e aqui, nas sombras da sala, apenas um feixe azul do luar nos alcançava, fazendo-a parecer uma personagem de um conto de fadas *steampunk*. Sua pele clara e macia, os cabelos bem pretos, e *aqueles lábios vermelhos*. Seus olhos verdes me lembravam o mar, um mar calmo de verão sob um pôr do sol ardente.

Ela era muito linda.

Nervosa com o fato de eu estar olhando fixamente para ela, a garota cruzou os braços sobre a barriga e insistiu:

— E então? O que está acontecendo aí?

Passei os dentes sobre o lábio inferior e pensei em mentir. Mas qual seria o objetivo? Além de Rome, apenas a pequena Lexi sabia em que eu estava metido, o que meus irmãos faziam para se sustentar, quem era o verdadeiro Austin Carillo fora do campo de futebol.

— Os cães — ela disse em voz baixa e olhou para mim, um pouco assustada. — Eles estão procurando drogas, não estão?

Confirmei com um aceno de cabeça.

Soltando um suspiro alto, ela voltou para o sofá e se sentou na beirada, brincando com os dedos, de cabeça baixa. Observei enquanto ela refletia, até que levantou os olhos, sob longos cílios pretos, e perguntou corajosamente:

— Drogas fornecidas pelo seu irmão, imagino?

O instinto protetor guiou minha reação.

Indo para cima dela, eu resmunguei:

— Não é da sua conta, porra, sua... — Mas parei no meio da frase e me calei. Inclinando a cabeça para olhar para o céu sem nuvens, me perguntei qual seria o motivo de esconder as coisas dela. Ela já tinha descoberto tudo, visto Axel em ação. Ela sabia que não podia falar, sua própria segurança dependia disso, então por que me dar ao trabalho de mentir para ela?

Quando me acalmei, descerrei os punhos e olhei para o sofá. Lexi estava prensada contra o encosto, olhando para mim com aqueles enormes olhos assustados como se eu fosse Jack, o Estripador, e estivesse prestes a rasgá-la ao meio.

Você me apavora, Carillo. Tenho medo de você...
Senti algo parecido com um soco no estômago quando as palavras que ela havia dito mais cedo surgiram na minha cabeça. Eu não era mais *assim*.

Eu não queria mais ser *assim*.

Fui para o lado oposto do sofá e Lexi monitorou meus movimentos o tempo todo, como se eu fosse partir para cima dela ou atacá-la a qualquer momento.

Suspirando, virei a cabeça na direção dela, mas não pude encará-la. Eu era um babaca e não conseguia encarar o desprezo em seus olhos.

— Eu não devia ter feito aquilo — eu disse rapidamente.

Notei que ela respirou fundo. Fechando bem os olhos e imaginando o rosto repleto de dor da minha mãe, eu quis contar a ela por que estava agindo daquela forma... e, o mais importante, por que ela precisava ficar calada.

— Eu só... eu só preciso proteger minha família, e *só você* tem o poder de nos derrubar neste momento. Você viu demais, Lexi. E eu realmente queria que não tivesse visto, tanto por você quanto por mim. Não é algo que desejo para nenhum de nós... mas é o que temos.

Vi que ela relaxou um pouco e respirou fundo. Ainda não conseguia olhar para ela.

— É por isso que *você* está escondido aqui? — ela perguntou, insegura.

Relutantemente, confirmei com a cabeça.

— Você... também vende drogas?

Dessa vez, virei a cabeça na direção dela.

— Não, porra. *Eu não*. Não faço essa merda há anos, apesar do que você deve ter ouvido por aí. Não sou mais da gangue. Não desde que entrei para o Tide.

Os últimos resquícios de tensão pareceram sumir de seu corpo.

— Mas seu irmão ainda faz isso? — ela perguntou, com nervosismo.

Acenei positivamente com a cabeça. Fiquei feliz por ela não ter dito *irmãos*. Aquilo me passava a ideia de que ela não tinha visto Levi no pátio também. Era uma notícia boa. Muito boa.

— Ele é muito parecido com você — ela disse um minuto depois, apontando para meus cabelos escuros e minhas tatuagens, principalmente a estrela do lado esquerdo do rosto. — Seu irmão. — Ela inclinou a cabeça para o lado, com olhos questionadores. — Vocês são gêmeos?

Olhei nos olhos dela e respondi, relutante:

— Não, ele é mais velho do que eu. Somos apenas parecidos.

— Posso perguntar por que ele está naquela vida e você não? Como você saiu? — ela perguntou, e seu rosto pálido corou de constrangimento. Ela sabia que não deveria estar fazendo aquela pergunta.

Ergui a sobrancelha direita.

— Você pode perguntar, mas eu não vou responder.

Ela retorceu o lábio superior em resposta.

O silêncio que se seguiu dessa vez não foi tão ruim. Alguns minutos se passaram e eu fiquei prestando atenção para ouvir se alguém se aproximava da porta. Os policiais ainda estavam na casa. Dava para escutar o burburinho das vozes atrás da madeira densa das paredes.

Lexi ficou olhando fixamente para mim o tempo todo, mas eu não queria falar muito. Ela não merecia se envolver mais do que já estava envolvida.

Recostando-me no sofá, tentei relaxar, mas logo senti Lexi se aproximando. Estreitei os olhos e lancei a ela um olhar questionador.

— O que está olhando tão de perto? — perguntei. Não estava querendo ser grosseiro, mas ela estava quase no meu colo, tentando ver algo em meu pescoço.

Mexendo nos cabelos pretos, ela corou. Aquilo só me deixou mais curioso.

— O que foi? — perguntei novamente e cruzei os braços diante do peito.

Ela apontou com o indicador magro para a lateral do meu pescoço. Fiz uma careta confusa.

— Aquela tatuagem — ela respondeu, com uma expressão de culpa e um interesse inocente.

— Você vai ter que ser mais específica — respondi, e apontei para a parte superior do meu peito, mostrando a pele totalmente coberta de tatuagens sob a camiseta preta, os braços inteiros, e o pescoço.

— Aquela — ela insistiu e colocou o dedo mais perto. Olhei para ela, incrédulo. Ela não estava apontando exatamente para nada. Tentei pensar no que tinha naquela região, mas podiam ser umas quinze coisas.

Ela rangeu os dentes, irritada, e cutucou meu pescoço com a ponta da unha pintada de preto.

— Aquela! Uma que diz *Heighters*!

Fiquei desanimado. Lexi parecia estar irritada e abaixou a mão.

Eu me lembrava de quando havia feito aquela tatuagem. Tinha catorze anos – a mesma idade de Levi. Havia acabado de vender meu primeiro papelote de cocaína e entrado para a gangue. Gio ordenara que Matteo – seu braço direito original – me marcasse. Bem no pescoço, onde todos poderiam ver com quem eu andava. E a estrela – a *stidda* – em meu rosto para mostrar a conexão da nossa gangue com a Sicília.

Eram declarações visíveis de que eu era um Heighter *para toda a vida*.

Elas tinham doído demais, e, no tempo todo que a agulha arranhou minha pele, Axel ficou olhando para mim com um sorrisinho presunçoso. Deve ter sido o momento de maior orgulho em sua vida ver seu irmãozinho entrar para a gangue que ele considerava tão *sagrada*. Sua *família*. Matteo foi morto a tiros logo depois, e Axel foi promovido, tomando o lugar dele como braço direito de Gio.

Lexi tossiu baixo e me arrancou de minhas lembranças. Olhei mais uma vez nos olhos dela:

— Todos ganham uma dessas quando entram oficialmente para a gangue. E você nunca deve cobri-las. Deve ostentá-las. *Satisfeita?*

Lexi ficou olhando para as próprias mãos.

— Só estava curiosa. Nunca conheci alguém que fosse de uma gangue de verdade. Acho interessante.

Quase cuspi sangue ao ouvir aquilo.

— Um conselho para você: não fique curiosa a respeito dos malditos Heighters. A vida na gangue não é fácil e *nem* é uma historinha interessante para entreter garotinhas ricas.

Os lábios pintados de Lexi se abriram ao ouvir meu comentário e ela estreitou os olhos, mas, de repente, vozes surgiram do lado de fora da casa e lanternas brilharam pelas fendas das cortinas. O instinto fez que eu me jogasse no chão e me escondesse atrás do sofá. Lexi soltou um gritinho baixo de pânico quando se deu conta de que os policiais estavam bem ali do lado de fora. Sem pensar, agarrei seu braço e a puxei para o chão ao meu lado. Rapidamente nos tirei do feixe de luz clara do luar, indo para as sombras com o corpo dela junto ao meu, minha mão sobre a boca dela e minha boca em seu ouvido.

— Fique quieta! — rugi em alerta, e o corpo tenso dela relaxou junto do meu.

— *Vasculhem a casa dos fundos!* — alguém ordenou do lado de fora, e os cães começaram a latir diante da porta. De repente Lexi esticou o braço e colocou a mão na minha coxa, agarrando minha calça jeans.

— Fique quieta. A porta está trancada. Eles não têm motivo para achar que tem alguém aqui dentro, contanto que não ouçam barulho e que a gente fique no escuro — eu disse, em um tom de voz quase inaudível.

Lexi assentiu.

— *Tentem a porta!* — alguém gritou, e reconheci a voz do reitor. — *Ele tem que estar em algum lugar por aqui. Não é possível ter cocaína no campus e aquele marginal do Carillo não estar envolvido.*

Senti Lexi levantar a cabeça; certamente ela estava olhando para mim, mas não olhei para baixo. Estava irritado demais para isso. Sabia que aquele puto tentaria colocar a culpa de toda aquela merda em mim.

Ele estava esperando aquela chance havia três anos.

Fazia mais de mil dias que ele desejava expulsar o lixo italiano da sua faculdade.

A maçaneta começou a tremer, e luzes passavam pela fechadura, por pouco não iluminando a área onde estávamos. Puxei Lexi para mais perto de mim para garantir que ficássemos na parte escura. A bunda dela ficou bem colada no meu pau, sob a calça jeans.

— *Parece vazia, senhor* — alguém disse ao reitor, e eu ouvi um suspiro alto.

— *Ele fugiu. Carillo estava nesta festa. Temos testemunhas de que ele estava aqui. Rome Prince sumiu também. Não pode ser coincidência. Eles devem ter escapado juntos. Onde está um está o outro. Nunca vou entender por que um bom garoto como Prince anda com aquele lixo.*

Precisei me controlar muito para não derrubar aquela porta e quebrar o pescoço dele. Queria mostrar para ele quem era um lixo.

— *E agora, senhor?*

— *Peça para alguém patrulhar a área até amanhã de manhã. Se ele tentar voltar, podemos interrogá-lo. A cocaína que achamos com os quatro estudantes esta noite veio dos Heighters. Eu reconheci a estrela siciliana na embalagem. Tivemos problemas com essa gangue vendendo drogas há cinco anos. Carillo é a conexão mais próxima que temos com eles hoje em dia. Até onde sabemos, provavelmente é ele que está distribuindo o pó, ganhando um dinheiro extra.*

Fechei bem os olhos. Queria matar o Axel. *Não vai sobrar para mim, o cacete!* O reitor me considerava o suspeito número um da venda de drogas na faculdade.

Que ótimo.

As vozes começaram a desaparecer conforme os policiais se afastavam da casa. Mas ficariam ali a noite toda. O reitor já havia se certificado disso. O que significava que eu estava preso até a manhã seguinte... e Lexi também.

Quando já estavam bem longe e não podiam nos ouvir, tirei a mão da boca de Lexi e apoiei-a no chão, ao lado de sua cabeça.

Dava para sentir que ela estava ofegante. Estava assustada. Eu não a culpava. Suspeitei que não estivesse acostumada com aquela merda – a vida de um pobre coitado. E, pelo jeito como o reitor havia falado sobre mim para os policiais, ela provavelmente achava que eu era o inimigo público número um.

— O que vamos fazer agora? — Lexi disse em voz baixa na quietude da sala.

— Vamos ter que esperar eles saírem de perto da fraternidade.

— Certo — ela respondeu sussurrando e tentou se afastar de mim. Esticando o braço, segurei seu quadril e a puxei de volta. Ela não podia sair daquele lugar. Tínhamos que ficar escondidos.

Não previ sua reação.

— Tire as mãos de mim! Não me toque aí! — Lexi disse, em pânico. Sua voz estridente parecia um grito de filme de terror no silêncio da casa.

Parecia aquela cena famosa de *Psicose*.

— Porra, garota, não estou interessado em você! — respondi e a mandei ficar em silêncio. — Você precisa ficar abaixada aqui. Eles podem voltar e vão ver você se não estiver escondida atrás desse sofá! O resto da sala é aberto demais e iluminado por essa maldita claraboia!

Nas sombras escuras, eu não conseguia vê-la, mas dava para sentir que ela estava tremendo.

Que porra é essa?

Coloquei as mãos perto da cabeça só para mostrar que não a tocaria novamente. Não era capaz de lidar com aquele nível de loucura no momento.

Dava para sentir o calor irradiando do corpo dela como se fosse um maldito aquecedor. E, quando ela ficou sob um raio de luar enevoado, sua mão estava sobre o peito, como se tentasse acalmar o coração acelerado.

— Certo... certo — ela disse, sem fôlego, e voltou para perto de mim. — Eu vou ficar deitada.

Dessa vez estava de frente para mim, sem tirar os olhos das minhas mãos nem por um segundo, como se quisesse garantir que eu não tentaria tocar nela novamente. Fiquei me perguntando o motivo daquilo. Mas não ia me meter. Já tinha problemas demais para ficar me preocupando com suas questões emocionais também.

Grilos cricrilavam do lado de fora e, a cada quinze minutos, o som do rádio da polícia universitária preenchia a casa. Eles estavam fazendo a ronda – obedecendo ao reitor como cachorrinhos –, iluminando a sala com as lanternas, exceto atrás do sofá, onde tínhamos nossa pequena área protegida.

Horas e horas se passaram em silêncio, e eu fiquei deitado, olhando mais uma vez para as estrelas pela claraboia, vendo o céu clarear com o amanhecer, a sala escura agora iluminada por um brilho alaranjado e indistinto.

Ouvi Lexi suspirar ao meu lado e perguntei:

— Em que você pensa quando olha para as estrelas?

Notei que ela inclinou a cabeça de lado e apertou os olhos, pensando.

Alguns minutos se passaram enquanto ela olhava em silêncio para o céu noturno.

—Às vezes fico me perguntando o que elas acham do nosso mundo — ela sussurrou baixinho. Não pensei que ela fosse responder. — Será que elas nos acham fascinantes ou repulsivos? Será que nos olham lá de cima como as olhamos daqui de baixo e também se perguntam em que estamos pensando? Será que veem todos os nossos problemas? Observam nossas vidas lamentáveis e sentem pena? Ou será que nos invejam por simplesmente *termos* uma vida, seja ela boa ou ruim?

Sua resposta me surpreendeu. *Nossas vidas lamentáveis?*

— Já olhou para elas e se sentiu inferior, pequena? — acrescentei, realmente querendo ouvir sua resposta.

Lexi se mexeu ao meu lado e levantou as mãos para criar uma moldura com os dedos; tinha o olho esquerdo fechado enquanto estudava a constelação de Órion, como se a olhasse por um telescópio. Mas ela abaixou as mãos abruptamente e as colocou sobre a barriga, com uma expressão de agonia no rosto.

— Não preciso olhar para as estrelas para me sentir inferior, Austin. Só preciso abrir os olhos e me olhar no espelho.

Voltei a atenção para ela e uma sensação estranha revirou meu estômago – empatia?

Lexi bocejou ao meu lado e suas pálpebras começaram a baixar, mas ela se esforçou para permanecer acordada, sem tirar os olhos das estrelas. Eu não conseguia parar de olhar para ela. Algo naquela garota me intrigava. Ou talvez fosse o fato de saber muito de mim – de quem eu era – que me atraía. Eu não precisava fingir, pelo menos não ali, naquele momento.

— Durma — eu disse depois do seu terceiro bocejo consecutivo, e ela se concentrou mais uma vez em mim. Ela estava *me* deixando com sono, e eu precisava permanecer alerta.

Lexi simplesmente sacudiu a cabeça e cruzou os braços diante do peito, combatendo outro bocejo.

Que menina teimosa.

— Lexi, durma de uma vez. Vamos ficar aqui a noite inteira — ordenei, e vi que ela arregalou os olhos cansados.

— Você vai dormir? — ela perguntou, e eu franzi a testa. Por que ela queria saber?

— Provavelmente, em algum momento — respondi, dando de ombros.

— Tudo bem, mas... — Ela franziu os lábios de tensão. — Por favor, não toque em mim. Eu... não posso ser tocada... Vou ficar aqui escondida, só... não toque em mim.

— Não vou tocar — eu disse com veemência por entre dentes cerrados. Será que ela achava que eu ia passar a mão numa garota desacordada ou alguma merda assim? Que diabos ela pensava de mim?

Lexi fechou os olhos e em segundos estava apagada, enrolada em posição fetal sobre o piso de madeira. Parecia uma fadinha caída.

Não sei por que disse aquilo, mas me aproximei e sussurrei:

— Eu não sou assim, Lexi. Não sou o babaca frio e insensível que você pensa. Só queria que soubesse disso.

Respirando fundo, peguei o celular e mandei uma mensagem para Axel:

> Batida de drogas na fraternidade hoje. Encontraram mercadoria. O reitor sabe que é dos Heighters. Está me procurando para interrogar. Estou escondido. Essa merda precisa ser resolvida logo! Não posso arriscar o futebol.

Axel respondeu de imediato:

> Já estou vendo isso. Aquela vadia falou alguma coisa pro reitor? Preciso calar a boca dela? Temos que amarrar TODAS as pontas soltas.

Uma espécie de pânico subiu pela minha garganta quando li a mensagem de Axel e olhei para Lexi. Ela era inocente em toda essa confusão, mas eu sabia que Axel não deixaria passar. Vendo-a dormir, tão pequena, tive um ímpeto de protegê-la. Ela me lembrava da minha mãe – arrastada para uma situação de merda sem ter culpa de nada.

Passei o polegar sobre a tela e digitei rapidamente:

> Ela não falou nada. Já me certifiquei disso. A culpa é sua por não ter sido discreto. Dê um jeito. Logo.

Desliguei o celular. Não conseguia lidar com Axel no momento. Estava fervilhando. Encostando a cabeça no piso frio de madeira, olhei para o rosto de Lexi – todo gótico e sombrio, mas, sob aquela pintura de guerra, ela parecia apavorada. Eu não fazia ideia do que era, mas ela estava combatendo algum demônio interno. Eu reconhecia os sinais.

Fechando os olhos, tentei relaxar.

Em minutos, apaguei.

※ ※ ※

Acordei com o sol entrando pela claraboia e Lexi ainda ao meu lado. Durante a noite, ela se virou e seus dedos tocaram as pontas dos meus. Era a primeira vez que eu passava uma noite inteira com uma garota. Não me entenda mal. Eu já tinha comido algumas fãs pelo caminho, mas nada sério, nada que as fizesse pensar que depois poderiam dormir ao meu lado na cama.

Era estranho.

Quando tirei a mão de perto dela, Lexi começou a se mexer. Seus olhos abriram lentamente e fixaram-se em mim. Pela expressão confusa em seu rosto, ela estava tentando entender como havia chegado ali, ao *meu lado*.

Sem dizer nada, levantei para verificar se a barra estava limpa do lado de fora. Espiei pelas cortinas e tudo estava tranquilo. O relógio sobre a lareira marcava dez horas. A polícia universitária tinha ido embora fazia pelo menos uma hora. A troca de turno era às nove e meia, e a patrulha só recomeçava bem depois das onze. No primeiro ano, aprendi rapidinho os horários deles – é difícil se livrar dos velhos hábitos.

Senti Lexi antes de vê-la e, quando me virei, sabia que ela estaria bem atrás de mim. Nossos olhares se encontraram e eu quase comecei a rir. A maquiagem preta estava toda borrada no rosto dela, mas seus olhos estavam novamente brilhando de curiosidade.

— Já podemos sair? — ela perguntou, com nervosismo.

— Podemos — respondi, mas nenhum de nós saiu de onde estava, como se não quiséssemos voltar para o que nos esperava do lado de fora. Nossas realidades fodidas do outro lado daquela fina porta de madeira.

Mas tínhamos que enfrentar, não tínhamos? Não podíamos ficar no conforto silencioso da casinha para sempre. A vida continuava, e nossos problemas estavam ali para ficar.

— Lexi? — Ela levantou a cabeça, indicando que eu continuasse a falar. — Você precisa ficar longe de mim.

Ela empalideceu e parou de respirar por um instante.

— Tudo bem. Se é isso que você quer. — Ela ia se virar e eu segurei em seu ombro antes de recolher a mão ao lado do corpo. Ela não queria que eu tocasse nela. Eu havia esquecido.

— Meu irmão está fazendo perguntas sobre você. Não é seguro conversarmos, e nem mesmo ficarmos perto um do outro. Se você me vir na faculdade, passe reto, e eu vou fazer o mesmo. Os Heighters estão suspeitando de que você falou sobre eles para o reitor…

— Eu não falei! Eu juro! Eu não disse nada… — ela interrompeu, surtando, e eu levantei a mão para impedir que continuasse a protestar.

— Eu sei. Eu disse isso a eles. Mas você precisa ter cuidado. Não vão mandar meu irmão para manter você calada, e você não vai querer conhecer o sádico que vão mandar no lugar dele. — Eu a vi engolir em seco e soube que meu alerta havia sido compreendido. — Tente não chamar a atenção, fique bem longe do pátio à noite, e, se o reitor fizer mais perguntas sobre a cocaína, fique de boca fechada. Ninguém, além de mim e Axel, sabe que você viu alguma coisa. Vou garantir que permaneça assim.

Lexi acenou com a cabeça de maneira apreensiva e, aproximando-se da mesinha de centro, pegou sua bolsa. Eu a observei indo embora, com a blusa justa e a saia curta de bailarina mostrando os membros esguios.

Nossa! Eu não podia gostar daquela menina. Ela era um risco muito grande.

Quando Lexi chegou à porta, uma pergunta me veio à mente. Por algum motivo, eu simplesmente precisava saber o que ela responderia.

— Ei, Lexi?

Ela se virou para mim.

— Sim?

— Qual é a da pintura de guerra? — Apontei para o rosto maquiado dela.

Adotando uma expressão dura, ela simplesmente respondeu:

— Qual é a das tatuagens? — Ela apontou para os meu braços e pescoço tatuados.

Nenhum dos dois disse nada, e ficamos olhando um para o outro pelo que pareceu uma eternidade. Dava para ver nos olhos dela que a maquiagem escura era seu escudo. Assim como minhas tatuagens eram o meu, mas nenhum de nós admitiria.

Lexi suspirou e colocou a mão no peito, sobre o coração.

— Todos temos segredos, Austin. Os de algumas pessoas são maiores que os de outras, só isso. Você concorda?

Meu silêncio disse tudo.

É. Eu concordava.

10

Lexi

Um mês depois...

Querida Daisy,

Peso: 43,5 kg
Calorias: 1.500

Eu me vi na TV hoje, torcendo pelo Tide.
Não consegui acreditar que era eu.
Quando olho no espelho, vejo as falhas na garota do reflexo. Mas me ver na tela quase me fez recuar de nojo. Eu estava tão grande, Daisy, grande demais. E não consigo tirar a imagem da cabeça.
Preciso de um corpo mais definido.
Preciso diminuir a comida... só por um tempo... só para ficar bonita no campo. Perdi um pouco de peso, mas ainda não é o suficiente.
Contei minhas costelas hoje. Só consegui contar seis. Só consigo pensar nisso. Não consigo tirar da cabeça.
Seis. Seis. Seis.
E, pior, Ally me abraçou hoje e eu juro que ela me achou gorda. É como se eu não suportasse mais que as pessoas me tocassem. Os abraços vão ter que parar ou eu vou perder a cabeça. Ninguém pode tocar em mim até eu perder mais peso.
Ainda estou desempenhando com sucesso meu papel da amiga divertida. Nenhuma das meninas suspeita de nada. Meu segredo ainda está em segurança.
Só uns quilos, Daisy, e depois tudo vai ficar bem.

* * *

— E você pensa muito na Daisy?

Fechei bem os olhos e tentei bloquear a dor pela morte da minha melhor amiga.

— Lexi. Responda à pergunta — o Dr. Lund pressionou.

Assentindo, respondi:

— Sim. Penso nela o tempo todo.

— E em que você pensa? — Dava para ouvir o Dr. Lund escrevendo em sua prancheta, fazendo anotações sobre o que eu tinha a dizer.

— Penso em como ela estava sempre sorrindo, apesar de estar morrendo por dentro. Penso em como, sempre que eu estava triste, ela estava presente para conversar comigo e... me colocar para cima.

— Lágrimas encheram meus olhos e eu disse: — E penso nos seus últimos minutos de vida, quando ela segurou minha mão e se foi em silêncio, mas não antes de implorar que eu não sucumbisse ao distúrbio também. Que eu não... morresse também.

— Você tem inveja de quanto ela ficou magra?

Todos os meus músculos se contraíram e eu fiquei olhando para baixo.

— Sim... — sussurrei. — Eu tenho inveja por ela ter atingido a perfeição. Ela chegou ao seu peso ideal.

O Dr. Lund colocou a prancheta sobre a mesa ao seu lado e se inclinou para a frente, entrelaçando os dedos.

— Lexi. Você compreende que a severa perda de peso foi a causa da morte dela? Que ela teve insuficiência cardíaca por causa disso?

— Sim, eu compreendo. Mas você me perguntou se eu tinha inveja de quanto ela ficou magra. E eu tenho. Tenho inveja do peso final dela.

— Você tem tido pensamentos nocivos sobre seu peso ultimamente? Algo que devêssemos discutir?

Fiz que não com a cabeça e comecei a cutucar as unhas.

— Não. Eu estou bem.

Lexington, você está mentindo. E ainda por cima para o seu médico. Você sabe que está me dando mais abertura. Está me dando o controle. O que você perdeu nas últimas semanas? Alguns gramas? Estou aqui quando você sobe na balança, comemorando sua conquista. Você só precisa me entregar as rédeas... Me dar o controle... Você pode ser como ela...

Meus dedos começaram a doer e, quando olhei para baixo, eles estavam agarrando os braços da cadeira. As juntas estavam brancas de tensão.

Lexington, me dê o controle... Lexington, me deixe entrar... Lexington, só mais uns quilos...

— Lexi? — Uma voz grave soou ao meu lado, puxando-me de volta para a realidade.

Segui o som da voz e logo senti o estômago revirar.

— Dr. Lund — eu disse, lembrando-me de onde estava: na terapia.

— Você perdeu um pouco de peso — o Dr. Lund disse sem rodeios. — Você está mais desconcentrada, e eu estou começando a me preocupar.

— Eu acho que não...

— Está bem aparente, Lexi. Você já é delgada. É fácil notar alguns gramas a menos em sua figura miúda.

Abaixei instintivamente a cabeça e não consegui olhar nos olhos dele.

— É só porque ando muito ocupada, eu juro.

Sim, Lexington, esconda a verdade dele. Não o deixe saber que você começou a cortar calorias porque acha que está gorda demais no uniforme de torcida. Que pensar em Daisy atingindo seu peso ideal está levando você pelo mesmo caminho. E você está certa. Você está parecendo gorda. E só perdeu alguns gramas. Alguns gramas não são nada. Talvez você devesse perder um pouco mais, só para garantir... para ter certeza absoluta...

— Lexi, nosso tempo acabou, mas espero você na terapia de grupo esta semana, certo? — Eu confirmei. — Acho que precisamos falar sobre a equipe de torcida. Você sabe que é seu gatilho principal. Talvez esteja sendo demais no momento. Nunca fiquei totalmente convencido de que você estava pronta para dar esse passo novamente.

Acenei com a cabeça sem responder, me levantei da cadeira e praticamente saí correndo do consultório, parando para encostar na parede.

Eu sabia que participar da equipe de torcida era meu gatilho, e eu *estava* ficando mais preocupada em parecer gorda no campo.

A voz está certa, não está? E o Dr. Lund não sabe de tudo, sabe? Eu vou ficar bem se perder só mais uns quilos, só para ter certeza de que não vou ficar tão grande diante das câmeras. Afinal, a câmera acrescenta cinco quilos, então só vou estar compensando, equilibrando. Posso parar depois de cinco quilos. Vai ser fácil. Estou mais forte desta vez. Vou conseguir parar sem problemas. As coisas não vão sair do controle. Eu vou me sentir muito mais saudável se perder um pouco de peso. Muito mais confiante.

Vai ser fácil.

Sim, Lexington, sim. Deixe-me guiá-la para a perfeição. Posso facilitar as coisas para você...

Meus batimentos cardíacos aceleraram conforme minha empolgação aumentava, e comecei a fazer um plano. Eu me exercitaria mais, sim. Isso deveria bastar. Poderia correr mais, ir mais à academia. E talvez devesse cortar um pouco mais de carboidratos... *não é? Não é?*, perguntei à voz em minha cabeça.

Já é um começo, Lexington, a voz respondeu, em tom de aprovação, e eu me permiti relaxar. Só por um instante, eu relaxei.

Sim, Lexington, vou tomar as rédeas de bom grado.

Era bom não ter que resistir à voz. Eu estava ficando cansada de tanta luta, de ter que me esforçar tanto para ser forte... para ser normal... para ficar *curada*. Quanto mais tempo eu ficava sem Daisy, mais facilidade a voz tinha para entrar no meu cérebro.

Verificando se o caminho estava livre, fui até uma sala de espera dois corredores à frente. Precisava de um tempo sozinha para me recompor antes de voltar para a irmandade, antes de, mais uma vez, ter que agir com as minhas amigas como se nada estivesse errado. Mas, quando eu estava prestes a entrar, um cara saiu de repente e se apressou pelo corredor. Suas pesadas botas pretas ecoaram sobre os ladrilhos imaculados, fazendo com que eu olhasse em sua direção.

Meu pulso acelerou quando me dei conta de quem era. Todo de preto, tatuagem, piercings, alargadores de orelha pretos e cabelos escuros, quase pretos.

Austin Carillo.

Assim que Austin desapareceu de vista, eu me assustei ao ver meu pai sair da sala de espera vestindo seu jaleco branco. Ele olhou para o longo corredor, quase vazio, tentando descobrir para qual direção Austin tinha ido.

Meu pai não havia me visto parada ali, assistindo à cena que se desenrolava. Estava preocupado demais com a fuga de Austin. Sacudindo a cabeça, com uma expressão aflita, ele se virou para fechar a porta da sala e finalmente olhou na minha direção.

Ele arregalou os olhos, surpreso.

— Lexi? — ele disse, parecendo desconcertado. Eu quase não tinha visto meus pais nos últimos meses. Meu pai estava sempre ocupado com os pacientes, minha mãe ocupada com sua loja de roupas, e eu ocupada com a faculdade.

— Oi, pai! — exclamei alegremente, indo na direção dele. — Não sabia que você estaria por aqui hoje.

Meu pai se abaixou para me dar um beijo no rosto.

— Eu não sabia que *você* estaria por aqui hoje, querida — ele disse e olhou para o corredor com nervosismo mais uma vez.

— Tive consulta com o Dr. Lund. Tivemos que remarcar, pois vou ter um jogo fora.

Meu pai baixou os olhos ao ouvir minha resposta e soltou um suspiro alto.

— E como foi?

Puxando as mangas da blusa sobre as mãos, dei de ombros.

— Tudo bem, eu acho.

Meu pai se aproximou e abaixou a voz:

— Tem certeza de que está bem? Parece que perdeu um pouco de peso.

A raiva fervilhou em minhas veias.

— Estou bem! São vocês que acham que eu não estou sabendo lidar com as coisas! *Eu* estou ótima! Por que vocês não me deixam em paz? — respondi.

Então ouvi a voz em minha cabeça.

Mas você não está lidando bem com as coisas, está, Lexington? Está lentamente voltando para mim. Você quer estar aqui também. E eu quero você de volta. Sinto sua falta...

— Lexi? — meu pai sussurrou com tristeza e eu levantei a cabeça, interrompendo-o antes que ele pudesse dizer mais alguma coisa. Eu não conseguia ouvir mais nada!

— Você estava falando com Austin Carillo aí dentro? — perguntei, tentando mudar de assunto, apontando para a sala de espera.

Distração, a melhor ferramenta de um anoréxico.

Meu pai ficou inquieto e seu rosto corou. Aquilo significava que sim.

— Sigilo médico, Lexi. Você sabe que eu não posso contar o motivo.

Assenti e olhei com melancolia para o corredor mais uma vez.

Meu pai pigarreou.

— Você conhece Austin Carillo, Lexi? Nunca mencionou o nome dele antes — ele perguntou com cautela. Eu quis revirar os olhos. Era porque ele era um Heighter. Mas talvez Austin não fosse tão ruim quanto parecia. Pelo menos, não naquela noite, na casinha dos fundos da fraternidade. Uma parte de mim meio que acreditava ter visto o verdadeiro Austin aquela noite.

— Eu só o conheço dos jogos — respondi. — Ele joga no Tide. É recebedor. Mas não o conheço *muito* bem.

Meu pai soltou um suspiro aliviado de *"eu imaginei"* e esfregou a testa com a mão. Estava estressado. Estiquei o braço e puxei a manga de seu jaleco, abrindo um sorriso de orgulho. Ele era um médico excepcional porque se importava profundamente com seus pacientes. Ele era, simplificando, um ser humano excepcional. Dr. Maxwell Hart era oncologista-chefe do distrito de Tuscaloosa devido a sua compaixão e bondade com as pessoas – de qualquer nível social. Era voluntário em clínicas gratuitas para que pessoas sem plano de saúde não precisassem sofrer de dor. Ia de hospital em hospital, ajudando onde podia.

Meu estômago revirou com um temor repentino. Meu pai era *oncologista*. Isso significava... *Ah, não!* Significava que alguém na família Carillo devia estar com câncer.

— Quem é? — sussurrei, com uma profunda empatia presa na garganta. Olhei fixamente nos olhos do meu pai.

— Quem é o quê? — ele perguntou, confuso.

— Quem da família do Austin está doente? Quem está com câncer? — Havia urgência no meu tom. Por algum motivo, saber que alguém da família dele estava doente tornava seu comportamento, e até mesmo suas escolhas de vida, um pouquinho mais compreensíveis. Será que seu irmão vendia drogas para pagar as despesas médicas de alguém? Era por isso que ele havia me ameaçado tanto para ficar quieta?

Meu pai ficou me olhando, pensativo. Eu sabia que ele estava se perguntando o porquê da minha apreensão. Ignorei sua preocupação e fiz um gesto com a mão para incitá-lo a responder.

Ele suspirou, derrotado.

— Eu não sou médico dele, Lexi. Martin Small, o neurologista-chefe do hospital, é o médico dele. Martin teve que atender uma emergência do outro lado da cidade e me pediu para dar uma... notícia a Austin. — Acenei com a cabeça para que ele continuasse, mas ele se recusou e colocou a mão sobre meu ombro. A ação me deixou paralisada e ele rapidamente recolheu a mão.

— Não posso dizer mais nada, querida. Já estou no limite da ética aqui. Deixe para lá.

Abri um sorriso apaziguador e assenti. Mas só conseguia pensar que Austin estava falando com um neurologista. O que poderia haver de errado?

— Certo, querida, preciso atender mais alguns pacientes antes de ir para casa. O caminho é longo. Por que não aparece para jantar um dia desses? Sua mãe sente a sua falta.

— Eu vou, pai — eu disse, despedindo-me. Depois saí caminhando casualmente para a direção oposta, mas na direção *exata* em que Carillo tinha ido.

Olhei para trás, já não podia mais ver meu pai. Então, abaixando a cabeça, apressei-me pelo corredor e tentei seguir o caminho de Austin. Depois de verificar todos os recuos, saídas e portas, o corredor terminou, restando apenas uma porta – a entrada para o jardim-santuário. Esse jardim havia sido criado por pacientes, era um espaço privado onde podiam refletir, ficar a sós... aceitar notícias ruins. Eu devia ter imaginado. Passei muitas noites ali com Daisy na adolescência, quando nós duas estávamos hospitalizadas.

Pressionando a mão sobre a porta de madeira, abaixei a cabeça. Pensamentos conflitantes passavam pela minha mente enquanto eu lia a placa na parede. *Ficamos mais perto de Deus em um jardim do que em qualquer outro lugar da Terra* – Dorothy G. Gurney.

Eu provavelmente não deveria interrompê-lo. Mas Austin parecia completamente sozinho. E, se estava chateado, não deveria ficar sozinho, não é?

Cinco minutos depois, minha curiosidade teimosa me fez girar a maçaneta da porta que dava para o santuário ajardinado – *felizmente* – vazio.

Um pequeno oásis impecável no deserto de dor do hospital.

Enquanto absorvia a beleza do jardim, me senti ofegante. Então, como um lindo anjo caído, Austin apareceu detrás da fonte de água em forma de querubim. Ele se sentou em um pequeno banco de metal sob a macieira, balançando o corpo para a frente e para trás, com a cabeça entre as mãos.

Fiquei sem ar.

Austin Carillo estava chorando. Um choro soluçado e atormentado. Eu nunca tinha visto nada tão desolador na vida.

Inquieta, olhei para o céu cheio de estrelas. Era fácil acreditar que tínhamos sido transportados para outro mundo naquele paraíso botânico, repleto de maravilhas e surpresas, como se tivéssemos atravessado o guarda-roupa e chegado a Nárnia, um lugar mágico e protegido das trevas.

Uma terra sem sofrimento, apenas paz.

Mas Austin estava sofrendo. Sofrendo profundamente, ao que parecia.

A noite estava tranquila, e, naquele pequeno pedaço de paraíso, estávamos Austin e eu, dois impostores em um Jardim do Éden construído pelo homem.

E ele estava tão mal que não consegui deixá-lo sozinho, embora provavelmente fosse a coisa certa a fazer.

No decorrer das últimas semanas, as coisas não tinham saído conforme o planejado. Molly e Rome estavam juntos, e Austin e eu estávamos sendo forçados a nos encontrar mais do que gostaríamos. Fingíamos civilidade quando tínhamos que nos encontrar. Íamos a boates e a festas nas casas de nossos amigos como se não tivéssemos nenhuma preocupação no mundo, e até mesmo fingíamos uma amizade. Descobri que Austin era tão bom ator quanto eu. Nenhum dos nossos amigos suspeitava que houvesse qualquer coisa errada entre nós. Mas, na verdade, Austin e eu éramos mais frios um com o outro do que um inverno ártico.

Isso me entristecia, pois eu até que gostava dele. Tinha havido momentos nas últimas semanas em que quase desabei. Eu me lembrava da casinha, de Austin me protegendo dos policiais, segurando meu corpo junto ao dele quando estávamos deitados no chão de madeira, conversando sobre as estrelas. Mas depois eu me lembrava de seu irmão, Axel, dos Heighters, do alerta de Austin. Aquilo me fazia voltar a me encolher na minha concha... de volta ao silêncio e ao isolamento.

Suspirando, forcei minhas pernas a andarem e fui até o banco onde Austin estava. Sentei-me em silêncio e puxei as mangas da blusa preta até cobrir as mãos – algo que eu fazia quando estava nervosa. Austin não havia sentido minha presença. Não tinha ouvido o estalo sutil do banco em meio à imensidão de sua dor.

Quando ele soltou outro soluço de choro, coloquei a mão em suas costas... precisava tocar nele. Foi errado da minha parte, foi um toque não solicitado... mas eu *simplesmente precisava* fazer aquilo. Algo dentro de mim me impulsionou a dar apoio a ele. Austin era forte, pertencia a uma gangue perigosa e tinha um passado obscuro, mas, sob sua armadura de tatuagens, eu sentia que ele também tinha uma alma pura, e ela estava sofrendo.

Ao sentir o toque da minha mão, Austin pulou do banco e se virou para mim, com os punhos cerrados preparados para atacar e os braços tatuados salientes sob a camiseta preta justa.

Eu me protegi com o braço, mas, quando o punho de Austin se aproximou do meu queixo, ele o recolheu.

Descobrindo o rosto lentamente, abaixei o braço e Austin inclinou a cabeça de lado, enquanto a névoa de raiva se dissipava de seus olhos castanhos.

— Lexi? O quê... — ele disse, com uma voz rouca e cortante.

Austin vacilou para a frente até cair de joelhos sobre a grama bem aparada. Cobri a boca com as mãos, e lágrimas encheram meus olhos ao vê-lo. Ele parecia exaurido.

— Austin? O que aconteceu? — sussurrei com a voz trêmula. O escudo que normalmente ocultava as emoções dele havia se rachado e despedaçado. Eu não tinha ideia do que fazer.

Mas Austin não conseguia falar, não conseguia levantar a cabeça, estava totalmente dominado pelo... pesar? Sofrimento? Medo? Eu não sabia. Lágrimas caíam de seus olhos para o chão, e eu só conseguia ficar olhando fixamente para ele.

—Austin, por favor? — perguntei mais uma vez, quase me retraindo diante da altura da minha voz na quietude do jardim. — Fale comigo. Você está bem?

— Eu não posso... não posso, Lexi... — ele conseguiu dizer em meio às lágrimas, com a garganta apertada.

Austin ainda não tinha levantado a cabeça, então me ajoelhei com cuidado para ficar no mesmo nível dele. Estendi a mão para confortá-lo, mas logo a recolhi.

Não toque nele, Lexington. Ele vai querer tocar em você também. Ele vai sentir a gordura, sentir a camada de banha que recobre suas costas e suas costelas. Ele vai achar repugnante sentir o seu tamanho...

Retirando rapidamente a mão, eu a aninhei junto ao peito quando as palmas de Austin atingiram a grama viçosa. Suas costas tremiam enquanto ele se esforçava para controlar a respiração irregular.

— Vá embora, Lexi... Me deixe sozinho... — ele suplicou, sem levantar a cabeça nenhuma vez.

Olhando para a porta, pensei em ir embora, mas ver Austin no chão me fez mudar de ideia.

— Não vou — eu disse, com mais autoridade do que realmente sentia. —Acho que não é certo você ficar sozinho agora.

Austin socou a grama macia, gerando um ruído abafado.

— Eu disse para me deixar sozinho, porra! — ele gritou, com raiva, fazendo-me recuar e bater as costas na beirada de metal do banco.

Perdi o fôlego, mas meu foco nunca saiu de Austin. Decidida, mantive minha posição.

— Não vou deixar você assim, Austin — eu disse, tentando acalmá-lo. — Eu não vou deixar você neste estado, lidando com o que quer que esteja acontecendo. Não sou uma vaca sem coração!

Seus braços começaram a enfraquecer, os cotovelos cedendo sob a tristeza. E, um segundo depois, ele tombou para a frente com a testa em meus joelhos.

Fiquei paralisada, com náuseas. Levantei as mãos quando senti as lágrimas de Austin ensopando o tecido surrado do meu jeans preto.

Um, respira... dois, respira... três, respira... contei na cabeça. Ele estava tocando em mim. Austin Carillo estava tocando em mim.

Está tudo bem, Lexi, eu disse a mim mesma. *Ele está sofrendo. Ele está...*

Gemi fisicamente quando os braços grandes e tatuados de Austin de repente envolveram minhas costas. Seus joelhos se aproximaram até que ele apoiou a cabeça sobre a minha barriga; suas mãos agarraram com força ao redor da minha coluna, e seu hálito quente atravessava minha blusa fina. Eu estava envolvida por ele. Suas mãos me tocavam... Ele podia me sentir, me sentir *por inteiro*... sentir a gordura... tanta gordura...

Mas Austin não notou meu nervosismo. Não notou que eu não suportava ser tocada. Ele estava consumido demais pelo sofrimento, e eu estava sendo consumida por ele.

Com os olhos bem apertados, como se estivesse sentindo dor, voltei a abri-los e vi que a camiseta preta dele estava levantada. Havia uma inscrição na lombar que dizia: *Rogai por nós, pecadores, agora e na hora de nossa morte*. Tentei me concentrar naquela frase só para ter algo em que centralizar meu gatilho.

Um, respira... dois, respira... três, respira... repeti mentalmente meu mantra diversas vezes, até...

— Lexi... Lexi... — Austin murmurou e eu me preparei para sua ira, sua raiva, mas então ele sussurrou: — Me abrace... por favor...

A contagem parou.

A náusea parou.

Meu mundo inteiro parou.

Minhas mãos ficaram suspensas no ar enquanto eu olhava fixamente para os músculos contraídos do pescoço de Austin, ouvia os leves gritos de dor que escapavam de sua garganta e, sem perceber, abaixei os braços até as palmas das mãos estarem sobre seus cabelos quase pretos. Eles tinham crescido um pouco nas últimas semanas e combinavam com ele, davam-lhe um ar menos severo.

Assim que minhas mãos fizeram contato com ele, Austin me apertou com mais força, deixando-me sem ar. Mas minha reação usual a seu toque havia abrandado. Eu me recuperei rapidamente. As ondas de calor provocadas pelo medo eram mais curtas, e fiquei olhando para baixo, admirada com a enorme forma de Carillo.

Não se engane, Lexington. Acha que Austin não está procurando suas costelas com os dedos? Acha que ele não está pensando que você é gorda demais para sua altura? Para uma líder de torcida do Tide?, a voz provocou.

Fiquei tensa ao ouvir as palavras da voz, tirando as mãos da pele quente de Austin enquanto ele me apertava ainda mais forte, virando a cabeça um pouco de lado. Ele respirou fundo.

— Lexi... não me solte... por favor. Porra, não me deixe sozinho com essa merda. Eu não consigo...

Eram as necessidades dele contra as minhas, e minha culpa me deixou em conflito. No entanto, quando Austin inclinou a cabeça e seus olhos escuros encontraram os meus, eu me vi concordando e envolvendo o pescoço dele com os braços. Austin fechou os olhos como se uma onda de paz tomasse conta dele ao sentir meu toque.

Estimulada por sua reação, contornei com o dedo uma pequena tatuagem vermelha de uma flor-de-lis em sua nuca. Fiquei me perguntando o que ela representava.

Lexington, não. Não chegue perto demais. Ele vai pensar...

Não! Agora não, gritei mentalmente, interrompendo as palavras da voz.

Empurrando a voz para os confins mais afastados da minha mente, voltei a me concentrar no curso do meu polegar, no movimento circular, no ato quase meditativo.

O fluxo de água da fonte à direita fornecia uma trilha sonora hipnótica, acompanhada de uma coruja que piava em cima da macieira. Tentei entender o que estava acontecendo. Eu estava com Austin Carillo, consolando Austin Carillo no hospital, o lugar que eu mais odiava na face da Terra.

Depois de um tempo, as lágrimas de Austin cessaram e sua respiração ficou mais calma, mas meu polegar continuou se movimentando. Era a única coisa que estava me impedindo de surtar.

Como se estivesse me imitando, os dedos de Austin começaram a subir e descer pelas minhas costas.

Ele está contando minhas vértebras? Será que estão salientes o suficiente? Ele... Ele...

— Lexi? — A voz áspera de Austin interrompeu meu pânico, e meu polegar parou instantaneamente.

— Sim? — respondi, com nervosismo.

— Não comente isso com ninguém, está bem? — Austin se deitou com as costas no chão até que pude vê-lo por inteiro. Tive a sensação de que poderia me perder em seus hipnotizantes olhos italianos. Eram tão escuros que quase tinham um brilho azul perolado. Seus cabelos pretos estavam tão longos que uma mecha cor de ébano caía sobre suas sobrancelhas duplamente perfuradas, brincos em forma de alfinetes atravessando a pele morena.

— É nosso segredo, eu juro — afirmei.

Austin abriu um sorrisinho tímido.

— Apenas mais um segredo para acrescentar à nossa pilha enorme, não é?

— Parece que é o que fazemos melhor. — Suspirei.

Ele sorriu e meus lábios também se moveram, feliz por ele ter conseguido achar graça naquela situação enquanto estava nitidamente sofrendo por alguém estar doente. Eu estava extremamente curiosa para descobrir quem era.

Sem pensar, estiquei o braço e tirei a mecha rebelde do rosto dele, ficando imediatamente paralisada diante da ação.

Recolhendo a mão, corei.

— Des-desculpe.

Austin tirou ele mesmo o cabelo do rosto.

— Melhor assim? — ele perguntou, com a voz rouca. Meu estômago revirou. Ele nunca tinha agido daquele jeito comigo antes... quase amigável.

Avistei outra flor-de-lis, dessa vez mais decorativa, na lateral de seu pescoço. Admirando as folhas elaboradas do delicado lírio, perguntei:

— Amo esse símbolo. O que ele significa para você, para tê-lo gravado na pele?

Os olhos de Austin brilharam.

— É o emblema de Firenze. Desculpe, para você é Florença, Itália. Minha... mãe é de lá.

Por algum motivo, a resposta dele me deixou triste. Deve ter sido pelo eco pesaroso em sua voz quando ele hesitou em falar de sua mãe.

Ah, não... tudo aquilo devia ter a ver com a mãe dele...

Passando os olhos rapidamente pelo jardim, olhei para Austin e tentei amenizar o clima pesado.

— E... você pretende passar a noite toda deitado no meu colo?

Logo me arrependi de ter dito aquilo.

Com uma expressão constrangida, Austin levantou o corpo, tirando as mãos das minhas costas. Senti uma perda instantânea.

Ele recuou para apoiar as costas no banco e inclinou a cabeça para cima. Seus olhos pareciam esquivos, e ele murmurou.

— Malditas estrelas.

Tentando ver o que o havia deixado tão irritado, olhei para o céu também. Era apenas um típico céu noturno. Eu não entendia como ele podia estar aborrecido com uma bola de gás flamejante, mas Austin era mesmo um enigma – um ex-Heighter durão por fora, cheio de tatuagens de gangue, mas nitidamente amoroso o bastante para ficar atormentado com a doença de alguém próximo.

O tempo todo que Austin ficou lá, olhando fixamente para as estrelas, eu o analisei. Ele era realmente de tirar o fôlego. Dos traços italianos até a tela de desenhos que era seu corpo... da ampla variedade de piercings até os alargadores pretos de orelha. Eles eram os meus favoritos. Não sei por quê, sempre tive uma queda por caras com alargadores. Sempre preferi as almas soturnas e torturadas, eu acho. Talvez os semelhantes se atraiam?

Passando a mão pela grama, arranquei uma única folha e segurei-a no alto. O verde vivo foi intensificado pela luz da lua.

— Por que está aqui hoje? — A voz áspera de Austin me fez olhar em sua direção.

Seus olhos estavam fundos, como se a pergunta o deixasse nervoso. Dei de ombros, virando a folha de grama entre os dedos.

— Vim ver uma pessoa — respondi de modo evasivo. Não queria falar sobre a terapia. Levaria a muitas perguntas sobre meu passado.

Austin fungou e desviou os olhos, aparentemente magnetizado pelo anjo de pedra da fonte, que segurava um vaso de onde fluía água.

— E você? Por que está aqui, Austin?

Em vez de me dar uma resposta, Austin esticou a mão e colocou os dedos tatuados sob a água. Ele esboçou um sorriso.

— Por que toda fonte precisa ter esses malditos bebês gordos? E por que sempre estão pelados?

Malditos bebês gordos. Está ouvindo isso, Lexington? Austin nota que as pessoas são gordas. Afinal, ele é um atleta. Um atleta com um corpo perfeitamente esculpido, diferente do seu. Acha que ele não estava pensando a mesma coisa quando estava abraçando você, agora há pouco? Por que Lexington Hart é tão gorda?

— Ei! Lexi! — Austin pegou na minha mão e me puxou de volta para o presente. Ele franziu as sobrancelhas escuras. — Por que você faz isso? — ele perguntou.

Comecei a entrar em pânico.

— Faço o quê?

— Sai do ar. Você fica paralisada por um tempo, olhando para o nada.
Não respondi. Em vez disso, olhei bem nos olhos dele e perguntei:
— Por que *você* está aqui, Austin? Por que *você* está tão arrasado?
Austin engoliu em seco e eu vi seu pomo-de-adão se movimentar sob a tatuagem de uma pomba com as asas abertas em seu pescoço.
Fios de gelo atravessaram meu sangue.
Uma pomba.
Aquilo me levou de volta ao dia em que fui – contra minha vontade – internada no hospital. Rapidamente me livrei daquele pensamento.
Austin se inclinou para a frente, dobrou as penas e as envolveu com os braços como se fossem sua proteção. Seus olhos estavam colados com firmeza ao chão quando ele murmurou.
— Minha mãe está no quinto andar. Ela foi internada hoje.
— Austin... — tentei dizer alguma coisa, mas a aura dele era como um muro de tijolos. Ele claramente não queria minha compaixão. Era orgulhoso demais para isso.
Austin ficou olhando para o chão, perdido em seus pensamentos.
— Um médico de jaleco branco acabou de me tirar de perto da cama da minha mãe, me levou para uma maldita sala privada e me disse que ela tem apenas alguns meses de vida. Meses, Lexi. Ela não vai viver para me ver na NFL.
Meus olhos se encheram de lágrimas conforme o mesmo acontecia com os olhos dele.
— E agora não consigo mais voltar lá. Não consigo entrar no maldito elevador e olhar para ela deitada na cama, tentando ser forte, tentando abrir um sorriso, sabendo que ano que vem, nesta mesma época, ela não vai mais estar aqui. — Austin então olhou para mim como se eu tivesse todas as respostas, como se soubesse o que dizer.
— Como vou fazer isso, Lexi? Como eu faço isso, porra? Cuidar da minha mãe, terminar a faculdade, jogar bem futebol, *porra,* lidar com o babaca do meu irmão?
— O que a sua mãe tem? — perguntei com cuidado. Não sabia se ele daria aquela informação.

— ELA — ele respondeu, mas meu rosto deve ter deixado transparecer que eu não sabia o que aquela sigla significava. — Esclerose lateral amiotrófica. Uma doença do neurônio motor, Lexi. Os nervos dela estão fodidos. Ela não consegue mais andar, mal consegue falar. Logo não vai conseguir mais levantar os braços. E, por fim, não vai conseguir engolir. Mas sabe qual é a melhor parte de toda essa merda?

Fechei os olhos ao ouvir a desolação em sua voz.

—A mente não é afetada. Nem um pouco. Mentalmente, ela está exatamente igual, mas seu corpo está falhando. Imagine só ela querer falar e não conseguir mexer os lábios, querer dançar e não conseguir levantar os pés. Ela está numa prisão feita de seus próprios membros, e eu só posso ficar assistindo. *Que ótimo*, você não acha?

Ficando de joelhos, eu me aproximei e me sentei ao lado de Austin, encostada no banco. Suas mãos estavam apoiadas no chão. Eu não tinha palavras de consolo, então estiquei os dedos, enganchando o indicador no de Austin para dar apoio a ele. Vi sua cabeça mexer para visualizar o movimento, mas não reagi.

Aquele era um passo gigantesco para mim.

Estranhamente, eu sabia que estava fazendo progresso.

Quem imaginaria que *Austin Carillo* ajudaria na *minha* recuperação?

— Desculpe por ser tão cuzão na sua frente. Você sempre me vê nos meus piores momentos — Austin disse, rompendo o silêncio constrangedor.

Fiquei boquiaberta com a linguagem grosseira.

Aquilo me fez rir enquanto sacudia a cabeça.

— Tudo bem. E você não está sendo um... cuzão, como disse.

Austin sorriu e meu coração deu um salto. Quase levei a mão ao peito, com medo de estar tendo um ataque cardíaco. A sensação me deixou chocada. *Eu nunca tinha sentido nada parecido com aquilo antes... aquele sorriso lindo...*

— Sim, eu fui. Mas, já que você é tão boa em guardar segredos, acho que não importa muito.

— Austin? — eu disse, nervosa.

— Humm?

— O médico que falou com você...

Austin se virou de leve para olhar para mim, mas nossos dedos permaneceram entrelaçados.

— O que tem ele?

— É meu pai.

Austin rangeu os dentes e desviou os olhos.

— Porra.

— Ele não vai falar nada. *Não pode* falar nada. *Eu vi* você sair correndo da sala. Ele nem sabe que eu vim atrás de você — afirmei, protegendo o profissionalismo do meu pai.

Austin se virou para mim ao ouvir aquilo e estreitou os olhos.

— E como o papaizinho reagiu quando você contou que me conhecia?

Corando, pensei em falar, mas rapidamente fechei a boca.

Austin ergueu as sobrancelhas perfuradas.

— Tão bem assim, é?

Uma risada escapou da minha garganta e eu cobri a boca com a mão. Parecia errado rir naquele jardim, mas, estranhamente, era fácil rir com Austin.

Ele abafou uma risada também.

— Não esquenta. Eu entendo que um ex-Heighter não vai ficar no topo da lista de amigos aprovados.

Não achei graça.

— Por que você se define apenas pela gangue à qual *pertencia*?

Austin olhou bem nos meus olhos.

— Porque é a única coisa que as pessoas veem. Ninguém olha além da superfície. — Ele tocou na tatuagem de estrela que tinha do lado esquerdo do rosto e na palavra *Heighter* no pescoço.

— Você poderia tentar remover com laser — sugeri.

Austin jogou a cabeça para trás e riu. Fiz cara feia. Ele então parou de rir.

— Que nada, não posso, Lex.

— Mas...

— Lexi. Eu não posso remover as tatuagens. Não funciona assim — ele disse, garantindo que eu não continuasse a insistir no assunto.

Austin desviou os olhos, nitidamente pensando em uma época mais difícil, e eu suspirei.

— Bem, eu vejo mais do que isso. Muito mais. Vejo um cara que está cuidando da mãe praticamente sozinho. Vejo um cara sofrendo porque ela está doente. Vejo um cara que saiu de uma situação desesperadora e está se esforçando para seguir um caminho melhor — sussurrei baixinho.

Austin não disse nada, e, me acovardando, eu abaixei os olhos.

Ele se levantou lentamente e eu ergui a cabeça. Olhava fixamente para a porta, mas não se movia.

— Preciso ir dar boa-noite à minha mãe — ele disse em voz baixa.

— Certo. Espero que ela esteja se sentindo melhor — respondi, mas não me movi. Queria esperar ali até ele ir embora. A noite tinha sido bem intensa.

Mas Austin também não se mexeu, como se seus pés tivessem criado raízes no solo.

— Aust...

— Quer subir comigo? — ele perguntou de repente, e eu quase recuei, em choque.

Franzi as sobrancelhas, e minha falta de reação fez Austin se virar para mim com expectativa.

— Quer que eu vá com você? — perguntei, hesitante.

— Foi o que eu disse, não foi? — ele afirmou sem rodeios, e esfregou a mão sob o nariz, nervoso.

Austin não queria ficar sozinho naquele momento, mas, ao mesmo tempo, estava constrangido.

Quando levantei, um calor se espalhou pelo meu estômago. Austin estava me esperando. O grande e ameaçador Austin... e ele precisava de *mim* ao seu lado.

Quando me aproximei, Austin enfiou as mãos nos bolsos e apontou com o queixo para a porta. Eu o segui em silêncio.

Ele não abriu a boca enquanto subíamos de elevador, mas não saiu de perto de mim. Dava para sentir seu perfume suave e o calor que irradiava de sua pele. Havia apenas silêncio.

Espere – havia apenas silêncio.

A voz na minha cabeça não falava havia um tempo. Pela primeira vez em dias, tive um breve descanso de suas incessantes provocações.

A campainha do elevador me fez dar um salto, e as pesadas portas de aço se abriram. Pisei no andar... sozinha.

As pesadas portas começaram a se fechar e eu coloquei as mãos entre elas. Assim que reabriram, vi Austin parado no mesmo lugar. Pela segunda vez naquela noite, meu coração ficou partido por ele.

Diante de Austin, estiquei o braço com cuidado e coloquei a mão em seu braço. Olhos escuros olhavam fixamente para os meus.

— Você está bem? — perguntei, com calma.

Pigarreando, ele fez que sim com cabeça. Abri um sorriso de encorajamento e Austin seguiu na frente pelo corredor até chegarmos a uma porta fechada.

Uma porta que permaneceu fechada.

Austin abaixou a cabeça, apreensivo, e pressionou o nariz.

— Porra, qual é o meu problema?

Apertando as mãos sem saber o que fazer, acabei levantando uma delas e colocando-a nas costas de Austin.

— Você está chateado. É perfeitamente compreensível em uma situação como esta.

Erguendo a cabeça e estalando o pescoço, ele me olhou por baixo dos cílios longos e escuros. Sua expressão de gratidão me tirou o fôlego.

— Obrigado, Lex.

Acariciando suas costas, dei um passo para trás quando ele lentamente abriu a porta. De imediato, troquei olhares com uma bela mulher deitada sobre a estreita cama de hospital e fiquei com o coração partido.

A mãe de Austin.

— *Ciao. Stai bene, mamma?* — Austin disse para a mãe em italiano, e eu arregalei os olhos, chocada. Não sabia que ele falava italiano. Outro segredo que ele me revelava.

— *Sto bene... mio caro* — a Sra. Carillo sussurrou com suavidade, ainda sem tirar os olhos de mim. Eu não me movia, em transe ao ver aquele lado de Austin. Ele era lindo com sua mãe. Eu estava começando a achar que ele era lindo, ponto-final.

Austin se aproximou da cama da Sra. Carillo e deu um beijo em sua cabeça. Ela levantou a mão com dificuldade e a pousou sobre o braço de Austin.

— *Austin... chi è?*

Ele olhou para a porta... e para mim, ali parada, intrometendo-me em sua privacidade, sem conseguir parar de olhar. Esperei ver raiva. O que ganhei foi um sorriso tímido.

— Esta é a Lexi, mãe. Ela é minha... amiga? — A palavra "amiga" foi dita mais como uma pergunta do que uma afirmação, mas ainda assim senti um frio na barriga. — Ela estava aqui pelo hospital e eu a encontrei lá embaixo. Depois ela subiu comigo.

— *Vieni... qua, mia cara...* — a Sra. Carillo disse para mim, e eu olhei para Austin esperando a tradução.

Austin se levantou e foi na minha direção, parando na beirada da cama.

— Ela quer que você chegue perto dela. — Austin parecia um pouco espantado. Com o rosto corado, entrei no quarto e parei meio sem jeito ao lado de Austin.

Ouvindo uma risada baixa ao meu lado, levantei os olhos para Austin e ele apontou para sua mãe com o queixo.

— Vá até lá. Ela quer conhecer você.

Abaixando a cabeça, fui até a cabeceira da cama e vislumbrei uma mulher com cabelos pretos e brilhantes caindo pelas costas, uma linda pele morena e olhos cor de canela. A Sra. Carillo era belíssima.

— Lexi, muito prazer... em conhecer... você — a Sra. Carillo disse em voz baixa com um sotaque italiano carregado, fazendo pausas entre as palavras. Dava para ver que estava se esforçando muito para falar. Fiquei muito triste por ela.

— Prazer em conhecer a senhora também.

— Chiara — ela insistiu.

Eu sorri.

— Muito prazer, Chiara.

— Ah... *lei è bella* — ela disse para Austin, que havia ido para o outro lado da cama, e soltou uma risada arrastada. — *Un... piccolo folletto oscuro...*

Austin sorriu para a mãe e olhou para mim, achando graça.

— *Si. Lo è.*

Estreitando os olhos, perguntei.

— O quê?

Austin sacudiu a cabeça e escondeu o sorriso com a mão.

Voltando a olhar para mim, a Sra. Carillo perguntou.

— Você conhece... meu Austin... da faculdade?

Fiquei paralisada e, olhando de soslaio para Austin, eu o vi fazer um gesto exagerado com a cabeça, indicando que eu confirmasse. Ele não queria que os Heighters fossem mencionados, estava bem claro.

— Sim, senhora. Eu faço parte da equipe de torcida do time de futebol. Participo de todos os jogos do Tide, em casa e fora.

A Sra. Carillo sorriu, mas apenas o lado direito de seu rosto se mexeu. Ainda assim, ela era uma das mulheres mais bonitas que eu já tinha visto, mesmo com aquela pequena perda de controle dos músculos.

— Ah, o futebol. Eu sinto... tanto... orgulho. Austin... tão talentoso...

Contraindo-se, a Sra. Carillo tentou mudar de posição na cama e Austin logo foi ajudar a mãe a se virar um pouco de lado.

— *Grazie... mio caro* — ela disse por entre dentes cerrados e inclinou a cabeça para olhar para mim. — *Scusami, Lexi...* Estou cansada... essa doença... não é muito legal...

— *Durma, mamma* — Austin disse, puxando as cobertas até os ombros dela. — Eu volto logo.

— Certo... Agora você... tem que levar Lexi para casa. Está... tarde... Proteja a moça.

— Ah, não, obrigada, mas eu estou bem — eu disse. — Estou de carro...

A Sra. Carillo levantou a mão trêmula na minha direção e eu parei de falar imediatamente.

— Austin vai... levar você em casa... em segurança. Ele vai fazer... o que é certo. Tudo bem, *mio caro*? — ela disse, dirigindo-se a Austin.

Lançando um longo e indeciso olhar em minha direção, Austin sorriu para sua mãe.

— Errr... *certo, mamma*. Eu vou levá-la em casa. *Lo giuro*.

— Você é um... ótimo garoto. — A Sra. Carillo fechou os olhos e sussurrou: — *Ti voglio bene*... Austin... *Ciao*, Lexi... Adorei... conhecer você... Volte sempre... — E então ela pegou no sono.

A ternura no rosto de Austin enquanto olhava para a mãe doente adormecida quase me levou às lágrimas. E, quando ele foi até um antigo toca-discos no canto do quarto e colocou uma música, uma lágrima escapou do meu olho e escorreu pelo meu rosto. Quando o som suave de "Ave Maria" saiu pelo pequeno alto-falante, Austin olhou para mim e deu de ombros, constrangido.

— Esta música a faz sorrir — foi tudo o que ele disse.

Perdi uma parte de meu coração para ele naquele instante.

Austin fez um sinal com a mão para que eu saísse e eu sequei o rosto disfarçadamente. Quando a porta do quarto foi fechada, fiquei inquieta.

— Ela gostou de você — Austin disse após alguns segundos tensos de silêncio, mordendo o canto da boca.

Por algum motivo, o fato de a mãe dele gostar de mim me deixou feliz.

— Eu também gostei dela. Ela é linda — respondi.

Austin concordou, mas parecia que não conseguia falar. Foi quase como se eu pudesse ouvi-lo dizendo: *mas ela não vai durar muito*.

— Você foi muito doce com ela — eu disse, colocando a mão sobre seu ombro musculoso para reconfortá-lo.

— Doce? — Austin perguntou, parecendo aterrorizado.

— É, *seu durão*, você foi doce.

— Bem, acho que essa doçura vai ter que durar um pouco mais, não é? — Ele começou a caminhar na direção dos elevadores e olhou para trás. — Você vem, Fadinha?

Cruzando os braços diante do peito, perguntei:

— Fadinha? Por que está me chamando de Fadinha?

Austin apertou o botão do elevador e inclinou a cabeça.

— Minha mãe achou que você parecia uma fadinha sombria. — Ele ficou me olhando com atenção, com um quê de humor nos olhos. — E eu tenho que concordar.

Tentei agir como se aquilo fosse um insulto, mas só conseguia pensar que fadinhas eram criaturas pequenas e esbeltas. Eram minúsculas e bem magrinhas. *Será que Austin e sua mãe acham que eu sou bem magrinha?*

Aquele comentário me encheu de orgulho.

As portas do elevador se abriram e Austin e eu entramos.

— Onde você estacionou? — ele perguntou.

— No estacionamento do térreo. E você?

— Em lugar nenhum. Eu vim de ônibus. Não tenho carro.

Brincando com as mangas da camisa esticadas sobre a palma das mãos, perguntei:

— Quer uma carona de volta para a faculdade?

Austin levantou a mão com a chave do meu carro pendurada nos dedos. Ele sorriu:

— *Eu* vou dirigir, então tecnicamente sou *eu* que vou dar uma carona para *você*.

Fiquei boquiaberta e olhei para a minha bolsa, atravessada no corpo. A parte de cima estava aberta. Levantei os olhos e vi que Austin estava sorrindo.

— Como...?

— Eu cresci em um parque de trailers, tive que roubar dinheiro e comida, *e* fazia parte de uma gangue. Acredite, Fadinha, abrir sua bolsa não foi tão difícil. — Ele olhou para a chave e balançou a cabeça, decepcionado, antes de voltar a olhar para mim e acrescentar: — Mas um Prius? Porra, Fadinha! Com um pai médico, você não podia pelo menos ter um Porsche?

Tentei ficar irritada. Realmente tentei. Mas estava me divertindo demais para me importar de verdade.

E logo com Austin Carillo. Quem poderia imaginar?

* * *

O carro parou na minha vaga na faculdade e Austin desligou o motor. Não conversamos no caminho, só ficamos ouvindo Lacuna Coil num silêncio amigável. Uma das minhas bandas preferidas.

— Vamos — Austin disse, saindo do carro.

Abri a porta, saí e falei:

— Posso ir andando daqui. Está tudo bem.

Austin olhou ao redor com o rosto sério. Senti o estômago apertado. Fiquei me perguntando se ele estava procurando por algum Heighter.

— Vou acompanhar você até a casa da sua irmandade. Sem discussão.

Dando de ombros, juntei-me a ele e me dei conta de que estava gostando daquilo.

Alguns minutos depois, Austin me segurou pela manga da blusa. Eu me virei e vi uma expressão estranha em seu rosto.

— Você vai me encontrar amanhã à noite? — ele perguntou, sem olhar nos meus olhos.

Todas as minhas células foram preenchidas pelo choque.

— Encontrar você amanhã à noite?

Chegando mais perto, senti seu perfume singular. Lembrava água da chuva. Aquele cheiro viciante que surge depois de uma tempestade de verão, quando a chuva cai sobre o asfalto quente. Era fascinante.

— É. Você. Eu. Sair. Longe daqui. Sozinhos.

Engoli em seco e perguntei:

— Tipo... tipo um encontro ou algo assim?

Austin ficou paralisado e olhou fixamente para mim.

— Tipo a gente conversando mais. Só você e eu, sem mais ninguém... como fizemos hoje. Não é um maldito encontro. Eu não marco encontros.

Eu não achava que era uma boa ideia.

— Humm... eu não...

— Só quero passar um tempo com você de novo. Conversar.

Senti um arrepio na espinha e um pouco de tontura. Sabia que estava ficando completamente vermelha, mas acenei lentamente com a cabeça e sussurrei:

— Sim. Eu gostaria de encontrar você amanhã.

Austin pareceu soltar um suspiro de alívio, depois se afastou de mim e começou a ir embora, parando apenas para gritar:

— Casinha dos fundos. Às sete da noite.

Passando os dedos sobre a boca, nervosa, concordei com a cabeça e fui para a porta de casa.

Austin Carillo era o primeiro cara na minha vida a me convidar para um... *huuum*... não importava como estivéssemos chamando aquilo.

11

Lexi

— Aonde você vai toda arrumada?

Olhei para a porta e vi Cass encostada no batente, de braços cruzados. Coloquei o brinco de estaca prateada na orelha e o prendi bem para que não caísse, depois puxei o tecido solto do meu vestido longo e preto para verificar se não estava muito justo no corpo.

— Vou sair com uns amigos da equipe — respondi, detestando contar uma mentira tão deslavada para minha melhor amiga.

Cass entrou no meu quarto e fechou a porta, sentando-se no sofá, como costumava fazer.

— Ah, que ótimo.

Suspirei diante do seu tom desanimado e me aproximei de onde ela estava sentada.

— O que foi?

Cass deu de ombros e disse:

— Estou com a impressão de que você se afastou de mim nas últimas semanas. Não parece tão feliz ultimamente. — Ela avaliou minha reação, mas eu não modifiquei a expressão. — Aconteceu alguma coisa com você?

Balancei a cabeça.

— Não.

Cass se inclinou para a frente e passou a mão sobre o rosto.

— Você nunca mais come com a gente, *nunca*. Passa o tempo todo fora, e aquela Lexi alegre que eu conheço parece estar perdendo a animação.

— Cass...

— Você é minha melhor amiga, Lex. Tem sido minha irmã nos últimos três anos que passamos nesta faculdade, e eu sei que tem alguma coisa errada. Molly e Ally têm suas próprias preocupações, estudos, outro grupo de amigos, mas você e eu... bom, nós sempre fomos bem próximas.

Meu estômago revirou de culpa. Mas eu simplesmente não podia dizer a ela que estava tendo dificuldades para me alimentar. E certamente não podia contar sobre Austin.

Levantando, coloquei a mão sobre o rosto dela e expliquei:

— Cass. Está tudo bem. Você está vendo coisas onde não tem. Estou mais ocupada este ano com a equipe de torcida, e você não está acostumada com isso. E agora você também tem o Jimmy-Don. Nada mudou, está bem? Eu juro. Principalmente entre nós.

Cass ficou olhando para mim por um tempo e eu fiquei preocupada que ela estivesse enxergando através da minha fachada. Mas, quando ela bateu a mão na coxa e se levantou, sorrindo, soube que ela tinha voltado a ser a Cass de sempre.

Colocando o braço em volta do meu pescoço, ela me puxou para um abraço. Fechei bem os olhos e me esforcei para não entrar em pânico. Cass de repente se afastou e me olhou de um jeito estranho.

— Porra, garota! Você perdeu peso? Juro que estou conseguindo sentir suas costelas!

O medo fez minha voz ficar presa na garganta e meu pulso disparar. *Meu segredo foi descoberto. Fui descoberta!*

Felizmente, Cass ignorou o próprio comentário e, saindo do meu quarto, gritou:

— Conheço uma lanchonete ótima. Vamos combinar de ir lá e alimentar você um pouco! Você está fazendo exercício demais, garota. Precisa pegar mais leve. Eu não quero ver você doente.

Ela me deixou parada no meio do quarto, tentando me acalmar. Tinha sido por pouco.

Quando parei de tremer, peguei a bolsa e segui para a casinha dos fundos da fraternidade, o tempo todo pensando em um plano para me livrar da ida à lanchonete.

❋ ❋ ❋

Austin estava me esperando do lado de fora da casinha e imediatamente me conduziu para o carro de Rome Prince. Quando entrei na picape, senti cheiro de churrasco e meu estômago revirou.

Não posso comer isso. Preciso inventar uma desculpa. Falar que já jantei ou algo assim. Não vou conseguir comer na frente dele.

Austin entrou e logo franziu a testa diante de meu comportamento estranho.

— Está tudo bem?

Tirei o cabelo do rosto e tentei esconder a ansiedade.

— É claro. Só estou curiosa para saber aonde vamos. E, errr... eu comi antes de sair.

Apontei para o saco de comida no banco de trás.

Austin deu de ombros.

— Não faz mal. Eu comprei isso porque eu ainda não comi, e o caminho até onde vamos é um pouco longo. Eu como a sua parte. Não se preocupe.

Suspirei discretamente e tentei relaxar enquanto saíamos da faculdade.

— E *aonde* estamos indo?

— Vamos sair da cidade — foi tudo o que ele disse.

Ligando o rádio, Austin sintonizou minha estação de rock preferida. "Ever After", do Marianas Trench, começou a tocar.

— Eu amo essa música — murmurei, olhando pela janela e vendo o mundo passar.

— Eu também. É bom sair com alguém que aprecia música de verdade, e não aquela merda caipira que toca em todo lugar por estas bandas.

Senti um frio na barriga e não consegui conter um sorriso. Eu não conseguia entender como estar aqui sentada ao lado de Austin Carillo, depois de tudo o que havia acontecido nas últimas semanas, parecia... certo.

12

Lexi

Uma hora depois, e aparentemente no meio do nada, Austin parou o carro perto de um rio e desceu.

— Chegamos, Fadinha.

Olhei os arredores pela janela e franzi a testa. Eu não fazia ideia de onde estávamos. Não havia *nada* ali.

Austin apareceu na minha porta, pegou minha mão para me ajudar a descer e me levou até a caçamba da picape. Fez menção de colocar as mãos na minha cintura para me levantar, mas eu saltei para trás de imediato, deixando-o surpreso. Dei de ombros e falei:

— Consigo subir sozinha.

Se estranhou minha reação, ele não deixou transparecer.

Quando subi na caçamba, vi um cobertor estendido e, ao me virar para sentar, não escondi o espanto.

O carro balançou quando Austin subiu. Ele passou as mãos pelos cabelos com nervosismo ao se sentar perto de mim, olhando para a vista que havia me deixado tão fascinada.

— Austin... a lua. Por que ela está tão grande? — sussurrei, admirada.

A lua alaranjada parecia extremamente grande e extremamente próxima. Tão perto que quase dava para tocar nela. Seu reflexo indistinto espalhava-se por toda a largura do rio à nossa frente enquanto ela se exibia no horizonte.

— É a coisa mais linda que eu já vi.

— É uma superlua. Hoje a lua está na posição mais próxima possível da órbita terrestre. Seu tamanho e proximidade são uma ilusão para nós.

— Como?

— Quando a lua está assim baixa no horizonte, ela parece gigantesca aos nossos olhos, mas não está maior do que vemos todas as noites.
— Austin apontou para a lua e eu não consegui esconder a surpresa.

— Foi por isso que saímos da cidade? Para podermos ver a lua desse jeito?

Austin ficou inquieto e constrangido, mas confirmou com um curto movimento com a cabeça.

—A superlua não acontece sempre, e, para apreciá-la como se deve, é preciso se afastar da cidade e de toda a interferência das luzes. — Ele então apontou para as estrelas no alto. Um céu tão repleto de diamantes que parecia não haver espaço para a escuridão comum da noite. Todo o espaço estava coberto de estrelas. Eu nunca tinha visto nada assim.

— Austin… é lindo. Eu… eu não consigo acreditar no que estou vendo. Parece um sonho.

Sentindo seu olhar intenso sobre mim, abaixei os olhos imediatamente, corando. Austin pigarreou e se sentou sobre o cobertor, abrindo o saco grande de comida.

Sentei ao lado dele e abracei as pernas. Austin pegou um bife enorme e se encostou na lateral da picape, olhando nos meus olhos. Só consegui sorrir.

— O que foi? — Austin perguntou.

— Nunca teria imaginado que você gostava dessas coisas. — Apontei para o céu. — Astronomia. Superlua, estrelas.

Austin pareceu constrangido e deu de ombros. Não disse mais nada.

— Tem certeza de que não quer nada? — Austin levantou o saco de comida e eu recusei com a cabeça. Ele colocou tudo de lado, lambeu os dedos e levantou a cabeça para apreciar a vista. Eu fiz o mesmo.

— Como está a sua mãe?

A respiração de Austin ficou acelerada por um instante, mas depois ele respondeu:

— Ainda no hospital. Mas eu a visitei hoje e ela está se sentindo um pouco melhor.

— Sinto muito por ela estar tão doente, Austin. Às vezes a vida não é justa.

Austin abaixou a cabeça, olhou em minha direção e perguntou:

— É? E como você sabe que a vida não é justa, Fadinha?

Todos os meus músculos se contraíram com aquela pergunta. Tentei relaxar, mas dava para ver pela expressão questionadora de Austin que ele havia notado minha apreensão.

— Simplesmente sei, Austin. O que você vê por fora nem sempre é a realidade.

Houve uma pausa constrangedora.

— Você está ensinando o padre a rezar a missa, Fadinha.

Austin fez um gesto com a mão e se deitou de costas.

— Venha aqui. A vista é melhor.

Passando a língua sobre os lábios de nervoso, deitei devagar e fiquei olhando para o céu noturno.

Austin apontou para um conjunto de estrelas.

— O Grande Carro.[3]

Acompanhei seu dedo indicador enquanto ele mapeava a constelação.

— Uau — sussurrei, achando aquele momento surreal.

— Ursa menor — Austin continuou e eu acompanhei sua demonstração com muita atenção. — Ursa maior, Cassiopeia, Draco... — E ele continuou, conduzindo-me como Virgílio[4] pelo complexo oceano de estrelas. Não demorei muito para deixar de seguir sua mão, que apontava para o céu, e analisar a expressão relaxada e alegre em seu rosto normalmente duro e sem emoção.

Ele era lindo... e havia muito mais nele do que eu jamais imaginara.

Respirando fundo, Austin abaixou a mão e roçou os dedos nos meus. Um suspiro de satisfação escapou de seus lábios carnudos e eu me senti leve quando ele começou a acariciar o dorso da minha mão

---

3. Também chamado de Caçarola ou Carro de David, é composto pelas sete estrelas mais brilhantes da constelação Ursa Maior. [N.E.]

4. Poeta romano clássico, autor, entre outras obras, da *Eneida*, que retrata a fundação de Roma. A influência de Virgílio na literatura é notável ainda no poema épico *A divina comédia*, em que ele guia Dante Alighieri pelo inferno e pelo purgatório. [N.E.]

com a ponta do dedo. Ele estava hipnotizado quando olhou para baixo e viu o movimento de sua carícia.

— Por que você gosta tanto das estrelas? — sussurrei, tentando acalmar os fortes arrepios que percorriam meu braço.

— *Niente puo' essere paragonato alla bellezza delle stelle.* — O italiano de seus lábios era suave como veludo.

— O que significa?

— *Nada se compara à beleza das estrelas.*

Enquanto o observava mais de perto, simplesmente não conseguia entender como alguém como ele podia fazer parte de uma gangue. Austin era muito talentoso no futebol, mas esse outro lado dele, essa parte sensível, quase poética de sua personalidade era divina.

— Austin?

— Humm?

— Como você se envolveu com os Heighters? — Ele interrompeu o toque suave de seu dedo sobre minha mão e voltou a usar a máscara dura sobre o rosto.

Coloquei a mão sobre o braço dele e falei:

— Não estou julgando. Estou tentando entender você.

Bufando, ele virou de lado e ficou de frente para mim. Fiz o mesmo, espelhando sua posição.

— Onde eu fui criado, poucos jovens se saem bem, Fadinha. A maioria tem pais que bebem, usam drogas, ganham dinheiro por meios desonestos. Por sorte, éramos diferentes. Tínhamos a minha mãe. Ela tentou ao máximo evitar que seguíssemos aquele caminho. — Austin apertou bem os olhos e eu soube que ele estava pensando na mãe doente. Estendi a mão e nervosamente entrelacei os dedos nos dele.

Austin abriu os olhos e mordeu o lábio. Quando parou, a carne ficou com o brilho da umidade e eu não conseguia tirar os olhos da boca dele.

— Meu irmão, Axel, sempre esteve envolvido com os Heighters. Ele adorava, mas eu era diferente, assim como meu irmão mais novo, Levi. — Apertando minha mão, ele continuou. — Mas então minha mãe adoeceu e tudo mudou. Precisávamos de dinheiro. E foi isso, eu entrei para a gangue e comecei a fazer qualquer coisa para ganhar algum dinheiro.

— E... como você acabou indo jogar no Tide?

— Eu sempre joguei bem, e o técnico me recrutou.

— Não foi isso que eu quis dizer... — tentei continuar, e Austin me interrompeu.

— Eu sei. Você quer saber como eu consegui sair da gangue.

— Sim.

Austin rangeu os dentes e fechou os olhos, como se estivesse revivendo uma lembrança.

— Foi o Axe que me tirou. Eu me lembro claramente. Eu estava indo bem nas ruas e o líder da gangue, Gio, estava impressionado. Isso era bom, porque conseguíamos mais dinheiro para a minha mãe, mas ruim, porque me transformava em alguém útil para ele. Útil demais para ele abrir mão. Eu tinha acabado de vender para um grupo de viciados e voltado para o parque de trailers quando Gio me chamou em seu trailer. *"Andei ouvindo umas coisas sobre você, Carillo"*, ele me disse com frieza. Senti um buraco no estômago. Eu me lembro de olhar para a porta do trailer, rezando para Axel chegar logo em casa e me ajudar. Eu morria de medo do Gio. *"Soube que você anda se destacando naquela escola. É um astro do futebol. É verdade?"* Ele não tinha como saber da bolsa de estudos. Àquela altura, só minha família sabia. E eu certamente não considerava Gio um membro da família. *"Fiquei sabendo que o Tide ofereceu uma bolsa de estudos pra você. Não vai falar nada sobre isso?"* Eu soube, naquele momento, que ele havia me investigado. Eu tinha me tornado valioso demais para ele querer abrir mão de mim. Gio deu a volta na mesa da cozinha e disse na minha cara: *"Você acha que pode simplesmente sair e deixar seus irmãos? Acha que pode simplesmente deixar esta vida para trás?"*. Ele começou a rir de mim, a rir bem na minha cara. *"Não é assim que funciona, amigo. Você fez um juramento. Fez a tatuagem. Heighter para sempre."* Eu sinceramente pensei que ele fosse me matar, Fadinha.

— O que aconteceu depois? — perguntei, ouvindo atentamente cada palavra que ele dizia.

— Gio empurrou meu peito e me jogou contra a parede do trailer. *"Está ouvindo, seu merdinha? Você se acha melhor do que eu porque consegue correr rápido?"* Ele estava furioso comigo. Eu sabia que ele ia preferir me matar a me deixar ir embora. Mas então eu ouvi: *"Gio, cara, deixe o moleque em paz!"*. Gio ficou paralisado e meu coração voltou a bater. Era a voz do Axel, e Gio de repente foi puxado para longe de mim. Ele se jogou para cima de Axel, mas Axel era maior, mais musculoso e, o mais importante, era letal em uma briga – é por isso que Gio sempre mantém o Axe por perto. Meu irmão tem sangue nos olhos. *"Você sabia que ele tinha ganhado uma bolsa para jogar pelo Tide e não disse nada?"* Gio gritou com Axe. Meu irmão olhou para mim, e eu fiquei olhando para o chão. Queria muito aquela bolsa de estudos, e ele sabia disso. Minha mãe queria muito aquela bolsa. Ele sabia disso também. Mas eu não tinha ideia de como faria para aceitá-la. Gio estava certo. Naquela vida – a vida de merda que eu tinha –, não importava o que ninguém queria. Ganhar dinheiro e estar sempre a postos para ajudar os irmãos era o único código de honra em um lugar desgraçado.

— Austin… — sussurrei, sem saber o que dizer. Não dava para acreditar que aquela era a sua vida. Que ele teve que passar por tudo aquilo para ir para a faculdade. Para seguir seus sonhos.

— Axel arrastou Gio para fora do trailer e me deixou lá dentro enquanto eles "conversavam". Pareceu que ficaram "conversando" por toda uma eternidade. Depois de um tempo, a porta se abriu e Axel voltou sem Gio. Ele se sentou comigo no chão. E então falou as palavras que nunca pensei que ouviria. *"Você está fora, irmãozinho."* Eu não sabia o que dizer, então fiquei ali olhando para ele, boquiaberto. Axel riu de mim. *"Você está fora. Gio não vai causar nenhum problema."* Perguntei como ele tinha conseguido, o que tinha prometido ao Gio, mas ele disse simplesmente: *"Você não precisa se preocupar com isso, moleque"*. Alguns meses depois, fui para a faculdade.

Fiquei em silêncio, impressionada com a história que Austin tinha acabado de revelar. Os olhos castanhos de Austin brilhavam ao reviver aquela lembrança e eu perguntei:

— E o que ele fez? O que ele prometeu ao Gio?

Austin abaixou a cabeça.

— Não faço a menor ideia. O Axe nunca me contou. Mas um dia vou descobrir. Preciso saber o que eu devo a ele.

Tudo ficou bem claro. Era por isso que ele estava protegendo o irmão. Era por isso que estava tentando esconder a venda de drogas na faculdade. Ele sentia que tinha uma dívida com o irmão por tê-lo tirado da gangue.

Apertei a mão dele, sentindo que o compreendia um pouco mais, e Austin se sentou devagar.

— É melhor a gente ir, Fadinha. O caminho de volta é longo.

Quando me levantei e pulei da caçamba da picape, absorvi a visão da superlua e torci para me lembrar de sua beleza para sempre.

Ouvindo o barulho do motor, abri a porta do carro, sentei no banco do passageiro e de repente notei que as mãos de Austin estavam paralisadas no volante.

— Você está bem, Austin?

— Eu nunca... nunca tinha contado tudo isso para ninguém.

Minha respiração ficou acelerada com a confissão, e, quando ele levantou os olhos, inclinou a cabeça de lado.

— Até que é boa a sensação de tirar tudo isso do peito... É bom conversar com você.

Soltando um suspiro trêmulo, respondi:

— Você pode me contar qualquer coisa. Nunca vou julgar você ou trair sua confiança. Você sabe... *quem tem teto de vidro...*

Austin abaixou a cabeça e apertou ainda mais o volante.

— É, Fadinha. Estou começando a perceber que você é um achado.

Enquanto nos afastávamos da majestosa superlua e voltávamos para a faculdade, as palavras de Austin ficaram rodando na minha mente. *Estou começando a perceber que você é um achado...*

❊ ❊ ❊

— Você vai para o Tennessee esta semana, não vai? — Austin perguntou enquanto caminhávamos até a casa da irmandade. Ele estava me levando até a porta novamente.

— É claro que vou. A equipe de torcida acompanha o time em todos os jogos fora de casa.

Austin me olhou e assentiu:

— Ótimo.

Contorci os lábios de felicidade.

— É, ótimo.

Quando a casa da irmandade apareceu, a quase cem metros de distância, Austin puxou a manga da minha camisa para que eu parasse e ficou olhando ao redor. Parecendo feliz ao ver que estávamos sozinhos, ele informou:

— Vou ficar daqui olhando até você chegar em casa.

Estávamos escondidos atrás de uma caixa de correio.

— Tudo bem.

Austin ficou olhando para mim de uma forma um pouco intensa demais para ser apenas platônica e chegou mais perto, tão perto que dava para sentir um pouco de hortelã em seu hálito, e o cheiro de água da chuva em sua pele.

Tentando conter o nervosismo, quase enlouqueci completamente quando ele olhou nos meus olhos.

— Obrigado. — Austin abaixou a cabeça e pigarreou. — Obrigado pela noite de hoje. Pela noite de ontem. Eu me descontrolei um pouco lá no hospital, fiquei chorando feito um idiota.

— Não precisa agradecer, Austin. Fico feliz por ter visto esse lado seu. Sabe, quando está sendo você mesmo, como hoje à noite, você não é tão assustador como parece.

Engolindo em seco, Austin passou as mãos sobre os cabelos desarrumados e perguntou:

— E... eu ainda apavoro você?

Aquela pergunta me fez dar um passo para trás.

Austin esticou o braço e pegou nos meus dedos. Fiquei surpresa com a eletricidade que subiu pelo meu braço.

— Antes, há algumas semanas. Você disse que eu te apavorava. — ele me lembrou.

Fiquei genuinamente chocada ao perceber que ele se lembrava daquilo. Não conseguia acreditar que ele tinha ficado com aquela frase na cabeça.

— Depende — respondi.

— De quê?

— Você vai continuar me ameaçando para eu ficar com a boca fechada? Nossa nova amizade vai terminar assim que eu entrar em casa?

Minha resposta o fez rir. E sua risada grave e rouca fez minhas coxas se juntarem de tanto desejo. Quase desmoronei com aquela nova sensação. Senti calor no corpo todo, como se estivesse pegando fogo.

— Não, chega de ameaças — Austin disse honestamente. — Sei que meus segredos estão bem guardados com você.

— Então não, você não me apavora mais. Seu irmão, sim. Mas *você*, não — respondi com toda a sinceridade. Nunca mais queria cruzar o caminho de Axel. Austin havia dito que seu irmão era letal. Eu só torcia para Austin convencê-lo a parar de vender na faculdade.

Austin chegou mais perto de mim, e o modo como me olhava me fez tremer.

— Axe pode ser um problema para nós. Ele quer ver você completamente fora do radar dos Heighters. Então precisamos manter essa história de estarmos nos conhecendo melhor entre *nós*. De estarmos conversando mais... entre nós.

— Mais um segredo? — perguntei, brincando. Eu estava nas nuvens por ele querer me manter por perto, ponto-final.

— Mais um segredo — Austin confirmou, com seriedade.

Baixei os olhos.

— Então você quer conversar mais comigo? Quer me conhecer melhor? — A visão de nossos pés se aproximando não estava me ajudando a conter o nervosismo.

— É. É, eu quero — Austin afirmou.

Levantando os olhos, vi Austin se aproximando do meu rosto. Todos os músculos do meu corpo ficaram paralisados. Ele abaixou a cabeça, chegando tão perto que deu para sentir os pelos ásperos de seu rosto no meu. Austin estava ofegante enquanto a minha respiração parecia ter cessado. Senti arrepios da cabeça aos pés e meus braços doíam de tensão, imóveis ao lado do corpo.

Sem conseguir lidar com tanta proximidade, fechei bem os olhos e senti o hálito quente de Austin em meu ouvido.

— *Buona notte*, Fadinha — Austin sussurrou. Senti os lábios dele roçarem nos meus. Então ele se afastou.

Quando abri os olhos, Austin estava a alguns metros de mim, com uma expressão indecifrável no rosto.

— Vá para casa, Fadinha. Vou ficar aqui até você entrar em segurança.

Assentindo, entorpecida, eu me virei. Depois olhei para trás e disse:

— Por pior que a noite passada tenha sido para você, fico feliz por ter estado lá, porque ela nos levou à noite de hoje.

Austin concordou com um breve aceno de cabeça.

— Nos vemos depois, Fadinha.

Eu me apressei pelo caminho que levava até a casa da irmandade, e ouvi Austin gritar:

— Fadinha?

Parando, eu me virei e o vi sair das sombras, iluminado pela lua. Meu coração se contraiu com aquela bela visão.

— Por que a pintura de guerra?

Passei a mão pelos cabelos e respondi:

— Por que as tatuagens?

Austin sorriu com a minha resposta, seus dentes brancos ficaram iluminados e ele balançou a cabeça, acenando para se despedir.

Continuei pelo caminho, fechei a porta da casa silenciosa e corri para o meu quarto. Quando entrei no banheiro, estava saltitante, até me olhar no espelho e ver sumir toda aquela empolgação.

Olhar para mim era tão desagradável.

Quase tinha me esquecido de todos os meus problemas aquela noite. Mas meu reflexo os trouxe de volta de um só golpe.

Abri o armário, peguei os lenços demaquilantes e comecei a rotina noturna. Conforme tirava a maquiagem escura, todas as minhas inseguranças iam voltando.

Parece que o garoto talvez goste de você, Lexington, mas posso fazer com que ele goste ainda mais. Aqueles cinco quilos que precisamos perder vão fazer com que ele deseje você como ninguém nunca desejou antes. Imagina como ele vai ficar impressionado se você for um pouco mais magra.

Enquanto ouvia a voz, eu sentia que concordava com ela. Austin ficaria impressionado se eu perdesse mais peso.

Cinco quilos a menos deixariam tudo na minha vida muito melhor... Cinco quilos a menos me conduziriam à perfeição...

13

Austin

Estádio Neyland
Knoxville, Tennessee

Estávamos ganhando por quinze pontos e a multidão de torcedores do Vols vaiava. Virei para a arquibancada do time da casa, um mar de laranja e branco, e sorri. Depois, virando as costas, apontei com os polegares para o número oitenta e três em vermelho.

Toma, Tennessee, pensei, presunçoso.

— Você é uma merda, Carillo! Defesa, defesa, defesa. — Foi tudo o que consegui ouvir em resposta à minha provocação. Olhando para a lateral do campo, avistei a Fadinha cruzando as pernas, seguindo a coreografia e balançando os pompons. Ela estava rindo para mim. Dei uma piscadinha velada e ela ficou boquiaberta, chocada.

O árbitro apitou e chegou a hora de o ataque entrar em campo. Rome imediatamente nos chamou para o agrupamento.

— Carillo, quer se divertir um pouco? — ele perguntou, com um enorme sorriso.

Socando o punho na mão, respondi:

— É claro que sim!

— Então vamos nessa — Rome gritou: — Denny oitenta e três, no vermelho. *Um, dois...*

— Por que Carillo está tendo a chance de fazer outro *touchdown*, porra? Passe para mim. Ele já fez dois. E só estamos na linha de trinta jardas. É melhor ter cuidado. Já estamos ganhando — Chris Porter, o outro recebedor, resmungou como uma menininha.

Eu odiava aquele puto. Ele estava tentando tomar meu lugar como recebedor principal desde o primeiro ano da faculdade. Odiava o fato de Rome e eu termos jogado juntos a vida toda e termos aquele raro vínculo entre *quarterback* e recebedor. Porter também odiava o fato de eu jogar melhor do que ele. Ponto-final.

Rome olhou fixamente para ele e rangeu os dentes.

— Cale a boca, Porter. Sou eu que decido, e o Carillo vai fazer. Está entendendo? Além disso, você é lento demais para esse tipo de jogada. Eu e o Carillo dominamos perfeitamente.

Porter se calou na mesma hora, e Rome olhou para mim como se dissesse: *Acabe com ele. Faça o touchdown. Esse invejoso vai ter que engolir você.* Sabia o que Rome estava pensando, porque eu estava pensando o mesmo.

Acenei lentamente com a cabeça e Rome abriu um sorriso sarcástico. Eu ia fazer Porter comer poeira.

— Denny oitenta e três, no vermelho. *Um, dois, vermelho!* — Rome gritou novamente.

Os onze jogadores entraram em formação para uma jogada ensaiada. Era por isso que Rome e eu éramos famosos, o tipo de jogada que Montana e Rice tornaram lendária no 49ers. O tipo que só funcionava quando um lia a mente do outro. Rome e eu raramente errávamos. Os torcedores adoravam, *viviam* para esse momento. E nós não os decepcionaríamos agora.

Ouvindo minha respiração alta dentro do capacete, fui para a esquerda do campo. Olhando para a direita, confirmei que Rome estava posicionado, e então ouvi:

— *Denny oitenta e três, Denny oitenta e três, vai, vai, vai.*

Assim que ouvi o último *vai*, saí correndo. Porter saiu de sua posição do lado direito do campo e se alinhou comigo para enganar o *cornerback* e o *free safety*. Porter acelerou, e entendi que ele estava tentando provar que conseguia me acompanhar, mas eu conseguia correr quarenta jardas em quatro ponto dois segundos cravados. O idiota não tinha chance contra a minha velocidade.

Porter começou a balançar as mãos, chamando a atenção do *cornerback*, criando espaço para eu ter uma visão melhor. Rome voltou para trás da linha ofensiva e simulou um arremesso para atrasar o *free safety*.

Acelerei ainda mais e Rome fez um passe de quarenta jardas perfeitamente espiralado... que caiu bem nas minhas mãos. Corri pelo campo livre e desimpedido e cravei a bola na *end zone* para o terceiro *touchdown* da noite.

Os torcedores do Tide enlouqueceram e eu gritei de euforia, com os punhos cerrados e a cabeça inclinada para trás. Alguém agarrou a parte da frente do meu capacete, fazendo-me girar, e eu fiquei cara a cara com Rome, que me puxou para um abraço.

— Um passo mais perto, Carillo. Um passo mais perto do *draft*! — ele sussurrou no meu ouvido.

Ao ouvir suas palavras, pensei em minha mãe, pensei em Axel, pensei em Levi, e meu coração se encheu de orgulho. Um passo mais perto do *draft*. Os Carillo resolvendo as coisas.

Logo após o ponto que sucedeu o *touchdown*, soou o apito que encerrava o jogo. O Tide havia vencido, dando continuidade à nossa temporada perfeita.

Jimmy-Don, Rome, Reece e eu nos juntamos e fomos até a arquibancada dos torcedores do Tide. Quando nos aproximamos, Rome saiu correndo, largando o capacete no campo, e foi na direção de Molly, que, sorridente, praticamente pulou em seus braços. Em um segundo estavam se agarrando, perdidos em seu próprio mundinho. Cass e Ally foram chegando devagar, e Cass deu um grande beijo no rosto vermelho de Jimmy-Don.

— Que jogão, amor! — ela gritou e deu um soco no braço dele. JD deu um tapa na bunda dela em resposta.

Ally se aproximou e deu um abraço em cada um de nós. Ela era linda, mas era como uma irmã para mim. Reece, no entanto, pareceu demorar um pouco mais no abraço. Ally ficou rindo da brincadeira, o que lhe rendeu um olhar intenso de Rome, que ainda não tinha soltado Molly.

— Aqui está ela! — Cass gritou, e eu me virei e vi Lexi correndo em nossa direção. Ela estava bonita com o uniforme vermelho, lábios vermelhos e os cabelos enrolados no estilo dos anos 1920.

— Oi, gente! — ela disse alegremente, e eu franzi a testa. Nunca a havia visto tão alegre, tão... *falsa*. Era como olhar para uma pessoa completamente diferente.

Cass tentou dar um abraço nela, mas Lexi levantou a mão.

— É melhor não, Cass. Estou toda suada de ficar pulando.

Cass se afastou e seu rosto sorridente de sempre ficou sério.

— Lexi, eu juro que você está ficando muita estranha sempre que tento abraçar você. O que está acontecendo, garota?

Lexi fez um gesto com a mão, como se não fosse nada, mas notei seu nervosismo e um toque de pânico em seus olhos.

— Ah, que bobagem, Cass! — ela brincou enquanto Molly e Rome se juntavam ao nosso círculo.

Lexi ficou ao meu lado e eu a cutuquei discretamente com o braço. Percebi o esboço de um sorriso em seus lábios.

— E qual é o plano para hoje à noite? — Ally perguntou, passando os olhos pelo grupo.

— Só voltamos para a faculdade amanhã de manhã, então vamos sair — Rome respondeu, abraçando Molly por trás. Ela olhou para Rome como se ele fosse seu mundo. Vi Lexi suspirar e olhar para Rome, que dava um beijo no pescoço de Molly, como se desejasse que fosse ela.

Como se sentisse que eu a observava, Lexi olhou nos meus olhos e imediatamente desviou o olhar.

Fiquei tenso e extremamente irritado. *Que porra é essa? Será que ela está a fim do Rome?*

— Podemos sair. Tenho a impressão que não saímos em grupo há um tempo — Molly disse, com seu sotaque britânico carregado.

Rome assentiu.

— Então está decidido. Vamos sair hoje à noite.

✱ ✱ ✱

— Jimmy-Don, é bom você trazer essa sua bundinha linda para a pista de dança. Estou louca para dançar! — Cass gritou da pista para Jimmy-Don, que estava sentado conosco. Meu amigo caubói balançou a cabeça e riu, indo na direção da loira grandalhona, usando seu chapéu.

Eles formavam um par perfeito.

— Reece, quer dançar? — Ally perguntou ao calouro com ar de surfista. Ele pulou da cadeira como se estivesse com a bunda pegando fogo.

— Vou matar aquele merdinha se ele continuar dando em cima da minha prima desse jeito — Rome prometeu, do outro lado da mesa, e eu não consegui conter o riso. Rome não se importava com os namorados de Ally, mas havia imposto um limite que excluía os membros do time. A última coisa que ele queria ouvir era conversa de vestiário sobre como ela era na cama.

— Amor, deixe-o em paz e venha dançar comigo — Molly disse, e, como sempre, o humor de Rome melhorou. Ele e Molly saíram rindo da mesa e foram para a pista.

— Vocês vêm? — Molly gritou sobre o ombro de Rome.

Lexi parecia estar tão horrorizada quanto eu, e balançamos a cabeça simultaneamente, em recusa.

— Não está gostando da música country? — Lexi perguntou, usando um vestido preto e largo com coturnos.

— Não é bem Korn nem Metallica, então não.

A gargalhada alta de Cass ecoava da pista de dança, e Lexi não conseguiu conter um sorriso.

— Então...

— Por que você não tirou os olhos de Rome depois do jogo? — Interrompi o que quer que Lexi estivesse prestes a dizer.

Ela ficou pálida.

— O quê?

— No campo. Você não parava de olhar para ele, revirando os olhos e tudo. Você gosta dele, é isso? — Meu tom pareceu bem grosseiro, mas eu não me importava.

— Eu não... — ela tentou falar novamente, mas eu levantei a mão e apontei para Molly e Rome dançando uma música lenta no canto da pista.

— Ele não vai desistir dela por nada. O cara está perdidamente apaixonado por ela. Tipo um amor eterno.

O rosto de Lexi ficou sério e ela afastou minha mão.

— Em primeiro lugar, Molly é uma das minhas melhores amigas, e, mesmo se eu gostasse do Rome, eu *nunca* estragaria a chance dela de ser feliz. Em segundo lugar, eu não gosto do Rome. Apenas como amigo, é claro. Ele não faz meu tipo.

Relaxei ao ouvir aquelas palavras e franzi a testa. Não consegui acreditar em como fiquei perturbado ao pensar que ela gostava de outra pessoa.

— Então por que estava olhando para eles daquele jeito? — perguntei, com um pouco menos de pungência na voz.

Era uma música pior que a outra, e eu sentia vontade de cortar os pulsos. *Como as pessoas ouvem essa merda?*

— Eu não estava olhando para eles porque estou a fim de Rome. Eu só... — Lexi abaixou a cabeça e começou a mexer nas unhas.

Cheguei mais perto e ouvi seu hálito ofegante.

— Só o quê? — pressionei.

— Só tenho inveja deles, só isso.

Fiquei confuso.

— Inveja do quê?

— Deles! De como são livres um com o outro. De como estão contentes.

— Eles estão juntos. O que você esperava? Olhe para Cass e Jimmy-Don. — Apontei para os dois fazendo passinhos de dança com o rosto sério.

Minha nossa.

— É, bem, não é todo mundo que consegue agir assim com outra pessoa. É bom de ver, mas tenho dificuldade para compreender.

Aquele comentário chamou minha atenção. Embora os olhos de Lexi estivessem fixos sobre a mesa, ela estava puxando as mangas do vestido até cobrir as mãos.

— O que isso quer dizer? — perguntei e vi Lexi encolher os ombros de leve. — Nenhum cara tratou você bem, nem nada do tipo? Algum ex-namorado maltratou você?

Lexi virou os olhos tímidos para mim e logo voltou a olhar para baixo. Suas mãos estavam tremendo, e, mesmo com aquela música horrível e o banjo desafinado, dava para ouvir que a respiração dela estava acelerada. Então cheguei um pouco mais perto, e nossos braços se tocaram.

Abaixando a cabeça, perguntei:

— Vai responder? — Meu estômago estava ficando embrulhado ao pensar que algum babaca pudesse ter machucado Lexi no passado. Ela devia pesar o mesmo que um trapo molhado. Merda, Axel a havia pressionado contra aquela parede, e eu a havia ameaçado. Só de lembrar daquilo, morri de vergonha.

— Nunca tive um namorado — ela sussurrou de maneira quase inaudível.

Virei a cabeça na direção dela, em choque.

— Você nunca teve um namorado?

Lexi fez que não com a cabeça.

— Mas já ficou com alguém, certo?

Outro gesto de negação.

Aquilo não fazia sentido. Ela era linda, doce, tinha um coração de ouro.

Qual era o problema dela?

Lexi estava acuada no fundo do banco, como se estivesse tentando entrar nele. Olhando em volta, vi nossos amigos do outro lado da pista de dança, girando e se divertindo. Resolvi que a Fadinha e eu precisávamos sair dali.

Por baixo da mesa, peguei na mão de Lexi e comecei a puxá-la.

— Austin! O quê... — ela disse em voz baixa, passando os olhos pelo lugar.

— Vamos sair daqui. Venha. — Puxei o braço dela. A princípio, Lexi resistiu. Depois apressou o passo e quase saímos correndo de lá.

— Quer comer alguma coisa? — perguntei.

Lexi arregalou os olhos e ficou balançando a cabeça sem parar.

— Não. Eu não estou com fome nenhuma. — Achei a resposta um pouco estranha, mas desencanei. Só queria sair daquele inferno.

Assim que saímos, fui para a rua movimentada e estiquei o braço para chamar um táxi.

— Austin, espere! Para onde nós vamos? — Lexi disse, ansiosa, puxando minha mão.

Virando, coloquei as mãos sobre seus ombros, mais uma vez notando que ela se encolheu quando fiz aquilo. Era por isso que estávamos indo embora. Eu só precisava saber o que estava acontecendo.

— Vamos para o hotel — respondi e estiquei o braço mais uma vez para chamar um táxi.

— Austin. Eu não posso... Eu não... Eu... — Lexi estava com a mão sobre o peito, esfregando a pele com agressividade.

Revirei os olhos e a puxei para perto, envolvendo seus ombros com o braço.

— Calma, Fadinha. Não pretendo comer você. Só quero conversar. Divido o quarto com Rome quando jogamos fora de casa. Molly reservou um quarto só para ela, então ele vai ficar lá. Temos o lugar só para nós.

Os olhos de Lexi ainda estavam arregalados de medo, então coloquei a boca em seu ouvido e sussurrei:

— Só quero conversar um pouco mais. Conhecer você melhor. Longe dos outros. Você não quer?

Lexi relaxou os ombros e assentiu.

— Eu quero conhecer você melhor. Quero muito. — Ela me olhou fixamente com os enormes olhos verdes e confessou: — Só não estou acostumada a ficar sozinha com um garoto... no quarto dele. Estou nervosa.

Sorrindo diante da confissão, eu a puxei para mais perto. O táxi parou e eu abri a porta. Quando entramos no banco de trás, pedi:

— Mande uma mensagem para as suas amigas. Diga que foi para casa. Diga que eu deixei você em casa em segurança.

Pegando o celular, Lexi fez o que eu pedi e depois se acomodou no banco.

Ela ficou olhando pela janela, fascinada pelas luzes brilhantes do Tennessee, e eu fiquei olhando do meu lado. Daria tudo para saber o que ela estava pensando, o que estava se passando naquela cabecinha misteriosa. Mas consegui parar de pensar naquilo quando nossas mãos se entrelaçaram no meio do banco. Não consegui tirar o sorriso de satisfação do rosto.

14

Austin

Quinze minutos depois, entramos no meu quarto no hotel. Lexi ficou parada diante da porta fechada enquanto eu fui até a cama e me sentei. Ela estava inquieta, olhando para o quarto com duas camas.

Peguei uma Coca no frigobar.

— Quer beber alguma coisa? — perguntei, e Lexi ficou encarando a lata de refrigerante. Cheguei a olhar para minha mão para ver se não havia pegado alguma outra coisa por engano.

— O que foi? — perguntei, confuso.

Lexi cruzou os braços na frente da barriga.

— Você tem água? Água normal, sem gás?

Confirmando lentamente com a cabeça, voltei a abrir o frigobar, peguei uma San Pellegrino e ofereci a ela.

Lexi hesitou e eu ri da sua estranheza.

Porra, qual é o problema dela?

— Aqui está, Lex. Eu não mordo — afirmei, e ela permaneceu bizarramente imóvel.

Lexi ficou olhando fixamente para o chão, novamente com aquela expressão vazia no rosto. Notei que estava fazendo muito aquilo ultimamente – na faculdade, enquanto estávamos com nossos amigos… na lateral do campo durante os jogos.

— Lexi? — eu disse e coloquei as bebidas sobre a mesa de cabeceira. Mas ela estava com as sobrancelhas franzidas e com as mãos nas laterais da cabeça. Lexi fechou os olhos verdes e uma expressão de dor tomou conta de seu rosto.

Levantando com um salto, fui até ela e, sem saber onde colocar as mãos, acabei segurando seus braços. Lexi abriu os olhos e o pânico era evidente em seu olhar. As mãos escorregaram lentamente pelo rosto até as laterais do corpo, com os dedos tremendo o tempo todo.

— Porra, Fadinha. Você está bem?

O lábio inferior de Lexi começou a tremer e seus olhos se encheram de lágrimas.

— Sinto muito — ela sussurrou. — Sinto muito. Estou tendo um dia ruim. O dia de hoje está realmente muito ruim para mim, só isso. — Ela repetiu aquilo mais umas três vezes.

Fiquei olhando para ela, sem a mínima ideia do que fazer. Será que ela estava tendo uma crise de ansiedade? Será que tinha depressão? Independentemente do que fosse, fiquei muito assustado.

Desviando da cama de Rome e conduzindo-a na direção da minha, consegui que ela se sentasse. Peguei a garrafa de água, servi um copo, entreguei a ela e a observei verificar o que havia lá dentro, aparentemente aliviada ao ver que era apenas água.

Reação estranha número dois.

Lexi tomou pequenos goles e pareceu aos poucos ir voltando ao normal. Depois de beber apenas um quarto da água, ela colocou o copo sobre a mesa de cabeceira e olhou para mim com nervosismo.

— Estou tão envergonhada — ela sussurrou, e eu me ajoelhei no chão ao lado dela.

— O que aconteceu? — perguntei. Ela desviou o olhar.

Segurando em seu queixo, fiz com que voltasse a olhar para mim.

— O que aconteceu, Fadinha?

Lexi começou a puxar as mangas do vestido preto sobre as palmas das mãos e abaixou os olhos para me evitar. Levantei seu queixo novamente.

— Não, Fadinha, não desvie os olhos. Você me deu apoio alguns dias atrás no hospital. Deixe *eu* apoiar você agora. O *que* está acontecendo com você?

Mais silêncio. Aquilo simplesmente me irritou.

— Por que a pintura de guerra, Fadinha? — insisti.

Ela sacudiu a cabeça e lágrimas brotaram de seus olhos.

— Não, Austin. Por favor, não me pergunte mais isso. Eu não aguento!

Abaixando a cabeça, desisti.

— Estou cansada — Lexi disse de repente, e se levantou.

Levantei rapidamente e peguei sua mão, entrelaçando os dedos nos meus.

— Então deite. — Apontei para a cama atrás de mim.

— NÃO! — Lexi exclamou, um pouco mais alto do que imaginei que fosse sua intenção, e eu arregalei os olhos diante daquela reação. — Preciso voltar para o meu quarto — ela disse, já olhando para a porta.

Mas eu não queria que ela voltasse para o quarto dela. Alguma coisa estava acontecendo e fiquei receoso de deixá-la sozinha, agindo daquele jeito.

Chegando mais perto, soltei a mão dela e segurei seu rosto.

— Fique comigo. Apenas fique comigo *aqui*. Vamos só deitar e conversar. Para nos conhecermos melhor, lembra? Por que você está fugindo?

Dava para ver a indecisão em seu olhar. Inclinei-me para a frente e disse em seu ouvido:

— Fique comigo. Prometo que não vou tocar em você se não quiser. Só não posso, em sã consciência, deixar você ir embora nesse estado.

Quando fiz aquela promessa, percebi que *queria* tocar nela. *Muito*. A fadinha estava começando a me afetar.

— Se você prometer manter uma certa distância, eu fico um pouco mais — Lexi sussurrou em resposta, e, tirando a mão do rosto dela, respirei aliviado.

Então ela não queria que eu a tocasse? Pelo menos uma coisa estava clara naquela confusão.

Desviando de Lexi, fui para a minha cama e deitei a cabeça no travesseiro, de frente para ela. Ela estava tão linda no meio do quarto, me olhando deitado na cama – com aquele vestido largo demais para seu corpo de pouco mais de um metro e cinquenta, botas grandes demais para as pernas finas, cabelos pretos enrolados emoldurando o rosto como uma melindrosa da década de 1920 e lábios vermelhos formando um biquinho de nervosismo.

Eu me senti como uma fera cruel tentando atrair uma virgem inocente para o seu covil.

— Fadinha, não vou fazer nada que você não queira. Então venha até aqui e deite de uma vez — eu disse e, até mesmo para mim, minha voz soou áspera.

Ela parecia estar caminhando para o abatedouro quando deu quatro passos para a frente e se ajoelhou sobre o colchão, ao meu lado. Esticando as pernas, ficou de frente para mim, sem tirar os olhos dos meus.

— Está confortável? — perguntei.

Assentindo, seus lábios se contorceram.

— Estou.

— Já esteve na cama com um cara antes? — Abri um sorriso irônico e ela ficou corada.

— Não. Nunca. Nunca fiquei muito perto de nenhum garoto, ponto-final.

— E no colégio? — perguntei. Ela devia ter sido líder de torcida no colégio também. Aquilo significava um monte de jogadores de futebol sempre à sua volta.

Ela abaixou os olhos.

— Estudei em casa nos últimos anos do ensino médio. Fiquei um tempo sem participar de equipes de torcida, até alguns meses atrás.

Franzi a testa.

— Estudou em casa? O que leva alguém a querer estudar em casa?

Lexi soltou uma risada sarcástica.

— Eu não *quis* estudar em casa, Austin. Fui *obrigada*. A escola era... difícil demais para mim. Foi a única opção realista.

Aproximando-me, pressionei:

— Você sofria bullying ou algo assim?

Lexi negou e começou a mexer em uma ponta solta do lençol. Estiquei o braço e segurei seu dedo, mas ela não olhou para mim em nenhum momento. Estava escondendo alguma coisa. Algo que eu realmente queria saber.

— Olhe para mim, Fadinha — exigi, sério.

Suspirando, ela fez o que eu pedi.

— Você sofria bullying? Era por isso que não ia à escola?

Lexi não respondeu. Então eu esperei. Esperei por cerca de dois minutos, dois longos minutos, ainda segurando a mão dela, vendo se conseguia dar alguma explicação.

— Tive alguns problemas... na escola — ela, por fim, confessou. A explicação não foi suficiente. Eu queria detalhes. Queria saber *como* ela havia sido magoada e, de preferência, *quem* tinha sido responsável. Estava me sentindo muito protetor em relação àquela fadinha emo. Era algo estranho para mim, mas, ainda assim, verdadeiro.

— Que tipo de problema? — perguntei.

Lexi fechou bem os olhos e, quando voltou a abri-los, disse em voz baixa:

— Problemas com o meu corpo. Tive alguns... — Ela suspirou e continuou: — Tive alguns problemas com o meu corpo.

Surpreso, olhei para a cama e passei os olhos pela sua pequena figura, tentando pensar como alguém como ela poderia ter problemas com o corpo. Ela era mignon... Era esbelta, atlética, mas era muito bonita. Talvez um pouco magra demais, mas, independentemente disso, era realmente especial.

Lexi, notando meu interesse no seu corpo, soltou a mão da minha, cruzou os braços sobre a barriga e se encolheu em posição fetal. Ela arregalou os olhos verdes, com medo.

— Lexi? Que porra é essa?

— Não me olhe desse jeito! Não suporto ser olhada desse jeito! — ela disse, com certa histeria.

— Eu não estava olhando! — respondi por entre dentes cerrados. Ela estreitou os olhos diante da minha mentira. — Tudo bem, eu estava. Mas estava tentando imaginar por que diabos você tinha problemas! Não estava inspecionando você, Fadinha. Não sou tão babaca assim.

Suas pálpebras semicerradas e o rosto vermelho diziam que ela não estava acreditando em mim.

Cheguei mais perto, quase encostando em seu corpo.

— Fadinha, diga por que estudou em casa.

— Não posso...

— Diga por que estudou em casa — eu a interrompi.

— Não, eu não posso...

— Porra, Fadinha, diga por que raios você estudou em casa! — gritei um pouco alto demais.

— Porque eu tinha *anorexia*! Pronto, está feliz? — ela gritou e me segurou pela camisa. — Porque eu tinha *anorexia* — ela disse pela segunda vez, com os olhos cheios de lágrimas. — Eu tinha *anorexia*... — Ela parou de falar e as lágrimas começaram a escorrer de seus olhos.

Anorexia?

Merda. Eu não fazia ideia do que falar em uma situação como aquela.

Lexi encostou a testa no meu peito e chorou junto à minha camisa. Eu queria abraçá-la, mas tinha prometido que não tocaria nela. No entanto, quando ela começou a soluçar, não consegui resistir. Então, levantando as mãos, coloquei-as em seus cabelos e puxei-a bem para perto de mim.

Lexi não reagiu ao meu toque indesejado. Aquilo fez meu coração saltar dentro do peito.

— *Shhh*, Fadinha, calma. Está tudo bem — eu a tranquilizei.

— Não está, Austin. Não está nada bem — ela sussurrou. — Estou ficando fraca demais para combater isso. Para combater ele! Já cansei.

Aquilo me paralisou e eu afastei a cabeça dela do meu peito, olhando em seus olhos vermelhos.

— Combater ele quem? Cansou do quê?

Lexi soluçava de tanto chorar.

— A tentação da voz interior... a tentação desesperada de voltar àquele estado, de entregar as rédeas.

Pânico corria pelas minhas veias ao ouvir o tom desolado da sua voz.

— Está querendo dizer que ainda está lutando contra essa merda? Quando falou da época do colégio, achei que significava que já estava curada.

O rosto de Lexi congelou.

— Não existe *cura*. Odeio essa palavra maldita! Não estou curada. Não com essa merda desse distúrbio.

— Mas...

— É como você e os Heighters. A conexão nunca termina. Você entrou na gangue quando era jovem e ela vai ficar com você pelo resto da vida. Você mesmo disse. — Aquela declaração me calou. — O que foi que você disse quando eu sugeri que removesse as tatuagens com laser para se livrar dos Heighters? Ah, é: *não funciona assim*. O mesmo acontece comigo e com a comida. A tentação de evitar comida está *sempre* presente. E sempre vai estar.

Lembrei de como Lexi tinha agido de forma estranha quando Cass tentou abraçá-la depois do jogo. Da sua reação quando lhe ofereci uma bebida e, especificamente, do modo como ficou olhando para a lata de Coca.

— A Coca — sussurrei alto, e Lexi soltou uma risadinha.

— É, a Coca. Trezentos e cinquenta mililitros de refrigerante. Cento e sessenta calorias. Zero grama de gordura, mas quarenta e dois gramas de carboidratos e quarenta e dois gramas de açúcar. Se consumida, seriam necessários vinte minutos de corrida para queimá-la. Mas eu não pararia por aí. Teria que correr mais dez minutos só para garantir, caso tivesse feito o cálculo errado. E também porque assim eu ficaria com umas cem calorias no negativo. Porque dez minutos de corrida queimam mais ou menos cem calorias, e mais calorias queimadas significam menos quilos na balança. Eu vivo pelo número na balança.

Chocado, minhas mãos escorregaram da cabeça de Lexi e ela sorriu com frieza diante de minha reação, levantando a mão para cobrir a boca com a manga puxada da camisa.

— É ótimo, não é, Austin? Viver desse jeito. *Pensar* desse jeito em relação a *tudo*: comida, bebida, exercício, cada aspecto do dia a dia, para sempre. Odiar escovar os dentes de manhã e à noite porque o creme dental deve ter calorias, não deve? Então, depois de escovar os dentes, você deita no chão frio do banheiro e faz cinquenta flexões e cinquenta abdominais, só para o caso de alguma caloria rebelde ter escorregado para o seu estômago e estragado seu objetivo.

— Merda, Fadinha — foi tudo o que consegui responder depois do seu desabafo. Ela parecia sem fôlego com o esforço da confissão.

— Bem-vindo ao show de horrores, Austin. Estou em cartaz a semana inteira — Lexi disse, com tristeza.

Fiquei olhando para ela com compaixão.

— Você tem razão. Você *é* esquisita — eu disse sem rodeios, e a dor que transformou seu rosto quase me atingiu.

Lexi se moveu imediatamente para sair da cama, mas eu segurei seu braço. Foi a primeira vez que notei o quanto ela era frágil. Dava para sentir nitidamente o osso sob meus dedos, e não havia muita carne em volta dele.

— Eu disse para não tocar em mim! — ela gritou, puxando o braço. Perdi a calma e pulei da cama, olhando para ela, e comecei a arrancar a camisa, expondo o peito.

— O que... o que você está fazendo? — Lexi perguntou, petrificada, olhando fixamente para o meu peito e depois para os meus olhos.

Peguei a mão dela, coloquei-a sobre o meu torso e me aproximei até ficar muito perto de sua boca.

— É, eu disse que você é esquisita. — Lexi se encolheu ao ouvir minhas palavras, mas eu acrescentei: — Mas *eu* também sou.

Boquiaberta, os cílios de Lexi se agitaram de nervoso. Comecei a pressionar sua mão sobre meu abdômen, meu peito, e lentamente a levei até meu quadril, tocando a pele logo acima da cintura da calça.

Um rubor se espalhou pelo rosto de Lexi e eu disse em voz baixa:

— Eu tenho cicatrizes. Uma porrada delas.

Pegando seus dedos indicador e médio, passei-os sobre a tatuagem do Dia dos Mortos que tenho nas costelas.

— Esfaqueado aos quinze anos pelo canivete de uma gangue rival por invadir seu território. — As pontas dos dedos de Lexi traçaram a cicatriz elevada, e ela pareceu chocada.

Movimentando os dedos dela sobre meu peito e pela parte externa do meu braço esquerdo, expliquei:

— Ferimento de bala. Dezesseis anos. Passou de raspão na parte de fora do meu bíceps. Tive sorte. Outro membro da gangue não teve.

Senti um hálito quente sobre o meu peito: um suspiro forte vindo dos lábios levemente entreabertos de Lexi.

Finalmente, passei os dedos dela pelos sulcos do meu abdômen e parei bruscamente sobre o cós da calça. Deixei-os ali por um segundo e fechei bem os olhos. Estiquei o pescoço como se lutasse para controlar a respiração. A Fadinha estava me deixando bem duro, e eu tentava ao máximo me acalmar.

— Austin? — Lexi sussurrou. Abri os olhos mais uma vez, voltando a pegar seus dedos, e os passei sobre a cicatriz de mais de sete centímetros na parte de baixo da minha barriga.

— Fui atacado por um viciado com um caco de vidro, por causa de uma carreira de cocaína. Eu tinha dezesseis anos.

— Austin... — Lexi disse, em voz quase inaudível, enquanto uma única lágrima escorria de seu olho.

— Está vendo, Fadinha? Eu também tenho cicatrizes. Só que as minhas estão do lado de fora, onde todos podem ver.

Pegando-me de surpresa, Lexi colocou os braços nas minhas costas e encostou o rosto no meu peito. Suas unhas estavam afundando na minha carne, e eu, hesitante, apoiei o rosto no alto da sua cabeça.

Seu cheiro era tão bom.

Seu *toque* era tão bom.

Não sei por quanto tempo ficamos simplesmente ali parados, dois jovens perturbados confessando nossos pecados, mas foi tempo suficiente para eu perceber uma coisa: estava ficando perdidamente apaixonado pela fadinha soturna.

Perdidamente. Apaixonado. Mesmo.

Percebi tão repentinamente. Fui pego de surpresa pela emoção.

Sentindo o calor da proximidade de Lexi entrando no meu corpo, sussurrei:

— Fadinha, preciso muito beijar você agora.

Todos os músculos do corpo dela ficaram tensos.

— Eu nunca fui beijada. Nunca fiz nada com nenhum garoto antes — ela sussurrou, como se fosse a coisa mais constrangedora da face da Terra.

Fechei bem os olhos e me senti um babaca. É claro que ela nunca tinha sido beijada, nunca tinha transado. Ela havia passado a maior parte da adolescência longe de garotos, ocupada demais passando fome para ficar magra.

Eu era um grande babaca.

Mas então senti seus lábios macios em meu tórax e quase perdi a cabeça.

Conduzindo lentamente sua cabeça para cima, rocei os lábios sobre seus cabelos e desci pelo rosto.

— Fadinha, preciso de você — repeti.

Levantando a cabeça, ela respondeu:

— Eu acho... acho que também preciso de você.

Se não estivesse morrendo de expectativa para sentir o gosto dela, eu poderia ter sorrido, mas, em vez disso, abaixei a cabeça até nossos lábios se encontrarem. A princípio, apenas deixei que ela se acostumasse a mim, ao movimento do beijo, mas não demorei muito para colocar as mãos em seus cabelos e abrir seus lábios com minha língua.

Soltando um gemido, Lexi agarrou meus braços. Um segundo depois, senti sua língua quente encontrar timidamente a minha.

Ela podia nunca ter beijado, mas estava me deixando louco. Ela era corajosa. Era tudo que jamais pensei que uma garota pudesse ser.

Cada segundo do seu toque só me fazia desejá-la mais; porém, como um floco de neve, ela era frágil, e eu precisava ir devagar.

Interrompendo o beijo com relutância, afastei-me um pouco, o suficiente para ver um brilho de água nos olhos dela. Imediatamente, senti uma onda de culpa.

Eu tinha ido longe demais. Ela havia dito claramente que não podia ser tocada. Eu havia quebrado a promessa, apenas para satisfazer o meu pau.

—Austin... — Lexi suspirou e eu fiquei olhando para ela, na esperança de que pudesse enxergar as desculpas, a *vergonha* no meu olhar. Seu lábio superior pintado de vermelho esboçou um sorriso tímido, e ela olhou para mim como se, de repente, eu fosse seu mundo. Senti aquele olhar marcar meu coração. Ninguém nunca tinha olhado para mim com tanta graça, com tanta confiança, e me senti lisonjeado por ela ter escolhido me dar aquele presente.

Era uma sensação muito estranha.

Quando olhavam para mim, as pessoas só viam o pobretão, ex-membro de gangue, que morava no parque de trailers dos Heighters do outro lado da cidade.

Mas ela não.

Não sei por quê, a Fadinha sempre viu mais. Mesmo depois de tudo que eu a havia feito passar.

— Austin... obrigada... — ela murmurou, e mais uma vez o rubor de constrangimento tomou conta do seu rosto.

— Não, *eu* que agradeço — respondi e, aproximando-me, dei mais um beijo comportado em seus lábios. Depois, peguei sua mão e dei outro em seus dedos.

— Passe esta noite comigo, Fadinha. Sem sexo — eu disse e sorri. Ela me deu um tapa no peito, fingindo me repreender, com a força de um mosquito. — Só fique comigo. Durma perto de mim. Fique ao meu lado.

— Está bem — ela concordou. Peguei a mão dela e a puxei para a cama, onde retomamos as mesmas posições de antes. Mas ficamos de mãos dadas. Havíamos evoluído para outro estágio.

Pensar naquilo me deixou admirado. Talvez estivéssemos juntos agora, talvez não. Eu não me importava com o rótulo. Ela podia conversar comigo e eu podia conversar com ela. Títulos como *namorada* e *namorado* não tinham lugar entre as pessoas realmente fodidas. Havia apenas o fato de existir alguém como elas, alguém que entendesse. Alguns dos nossos segredos enterrados tinham sido revelados, e parecia que um peso gigantesco tinha sido tirado do meu peito.

— Austin? — Lexi perguntou, passando a língua sobre o lábio inferior.

— Humm? — respondi, vendo aquela língua fazer movimentos circulares e sentindo meu pau se contorcer dolorosamente em reação.

— Pode me beijar de novo?

Cerrei os punhos ao lado do corpo. Queria fazer muito mais do que beijá-la – chupar seus peitos, sentir o gosto do seu clitóris na minha língua, tirar sua virgindade –, mas sabia que aquilo não ia acontecer.

— Venha aqui — eu disse, puxando-a pela mão. Ela chegou mais perto. Estendi os braços para colocar as mãos em suas costas e ela paralisou.

Inclinei a cabeça para trás.

— O que foi que eu fiz?

Lexi levantou a mão e colocou-a timidamente no meu rosto.

— Algumas áreas são gatilhos para mim.

— *Tá...* — eu disse lentamente, sem saber como uma área poderia ser um "gatilho".

Endireitando o corpo, ela olhou para mim e abaixou a cabeça.

— Minhas costas. Minhas costas inteiras são meu gatilho.

Arregalei os olhos, surpreso. Lexi pigarreou.

— Ninguém pode encostar nas minhas costelas ou nas vértebras das costas.

A dor em sua voz ao falar sobre si mesma daquele jeito doeu em mim.

— É a parte que eu mais odeio. Ela... me causa muito estresse. — Os olhos constrangidos de Lexi me miravam com cautela, e eu a puxei para baixo, para deitar sobre meu peito descoberto.

— Mas posso tocar em qualquer outra parte? Todo o resto é território livre? — perguntei e passei o dedo pelo seu pescoço magro.

— Com moderação — ela respondeu, ofegante.

— Explique melhor, Fadinha. Estou meio desesperado para tocar em você do jeito que eu quiser — insisti, passando o dedo sobre o tecido da manga de sua blusa.

— Eu não... não sei — ela respondeu quando meu dedo chegou à barra do seu vestido preto e seus olhos se fecharam de prazer. O calor tomou conta do rosto da Fadinha.

— Não sabe o quê? — Dessa vez minha voz saiu estranha. O fato de ela estar deitada perto demais do meu pau estava me fazendo perder a cabeça. Suspendendo o dedo, esperei a resposta dela.

— Não sei. Nunca estive com um garoto antes. Nem perto. Eu não sei o que pode ser gatilho além das minhas costas. Não sei se vou surtar com você.

Segurei o queixo de Lexi e ela encostou o nariz na palma da minha mão. Mas logo ela ficou com a cabeça imóvel e admitiu:

— Só sei que nunca vou ser capaz de ficar nua na frente de um homem. Nunca vou ser uma parceira sexual normal. Nunca vou ser livre e desencanada. Acho que nunca vou chegar a ficar tão confortável comigo mesma. — Ela suspirou e acrescentou. — Fuja agora, Austin. Fuja para bem longe da garota que tem complicações demais.

A cabeça de Lexi ainda estava virada para a minha mão, longe do meu rosto, e eu disse:

— E eu sou muito pobre, ainda ligado a uma gangue de traficantes de drogas e tenho um irmão que faria de tudo para proteger o território da sua gangue. Tenho uma mãe à beira da morte e um reitor que quer me expulsar da faculdade. Tenho cicatrizes dos pés à cabeça e, acredite ou não, só estive com três garotas em toda a minha vida. E nenhuma delas me conhecia de verdade.

Lexi virou a cabeça na minha direção com interesse.

— Nenhuma delas era sua namorada?

Dei de ombros e passei o polegar em seu rosto.

— Acho que Louisa Tripodi foi minha namorada durante uma semana. Moramos a três trailers de distância um do outro a vida toda. Os pais dela eram imigrantes sicilianos, como o meu pai.

— E o que aconteceu?

— Fiquei chapado e acabamos transando no chão do banheiro dela. Perdi a virgindade aquela noite. Louisa tinha perdido a dela bem antes disso.

— Quantos anos você tinha?

Foi a minha vez de ficar constrangido.

— Treze.

Lexi arregalou os olhos.

— E o que aconteceu com ela? Com essa tal Louisa... Louisa...

— Tripodi — completei.

— Isso, Louisa Tripodi.

— Morreu de overdose há três anos. Heroína.

Lexi estremeceu e franziu a testa.

— Austin, que coisa horrível.

Dei de ombros.

— Só mais uma vítima de Westside Heights — respondi, com ironia.

Lexi se inclinou para a frente com ousadia até sua boca ficar pairando sobre a minha.

— E as duas outras garotas?

— Uma noite e nada mais. Nem conhecia as meninas. Elas sabiam que eu jogava no Tide. Nós transamos. Elas foram embora. E esse é todo o meu histórico sexual.

— Mas olhe para você — Lexi disse e apontou para o meu peito sem camisa. — Você é perfeito. Pode ter quem quiser.

Eu ri.

— Perfeição é algo relativo, Fadinha. Beleza é relativo. — O franzido em sua boca me disse que ela não acreditava em mim. — Você gosta das minhas tatuagens? — perguntei, e ela sorriu.

— Sim. Eu acho lindas — ela confessou e ficou olhando boquiaberta para a pomba e a flor-de-lis no meu pescoço.

— Mas nem todo mundo gosta — retruquei, ganhando mais uma vez sua atenção.

Pegando seu dedo novamente, passei-o sobre a cicatriz de tiro no meu braço.

— Minha cicatriz causa repulsa em você?

Lexi ficou olhando para ela e negou profusamente com a cabeça.

— Não! Por que cicatrizes me causariam repulsa? Elas não são quem você é. Fazem parte do seu passado. Não me incomodam em nada. Elas contam a história da sua vida.

Sorri para ela e segurei seus braços. A respiração de Lexi cessou e ela olhou para baixo com desespero, com os braços tensos enquanto tentava se acalmar devido ao meu toque.

— Assim como o seu peso não me preocupa. Você é você porque *você é você*. Não dou a mínima para peso e altura. Vejo quem a pessoa é de verdade. A pessoa *real*. Você é *real*, Fadinha. Você é real pra valer.

A expressão vazia de Lexi me fez pensar que eu a havia perdido para sua mente mais uma vez, mas ela sacudiu a cabeça e voltou para mim mais rápido dessa vez. E, antes que eu pudesse me dar conta, suas mãos estavam em meu rosto e seus lábios se juntaram aos meus. Instintivamente, acariciei os braços dela e tomei cuidado para evitar as costas.

Lexi intensificou o beijo. Seus seios pequenos estavam pressionados contra meu peito e as pernas roçavam meu pau. Soltei um gemido com o contato. Lexi jogou a cabeça para trás.

— Você está bem? — ela perguntou, ofegante.

— Sim, estou bem — respondi por entre dentes cerrados. — Só que estou tão excitado que não consigo pensar direito.

— Ah — Lexi disse e olhou para baixo. Quando notou que eu estava arrumando a calça, ela corou, desviou os olhos e repetiu um exagerado: — *Ah!*

Rindo, puxei-a de frente para mim, e dessa vez ela pegou na minha mão.

— Obrigada, Austin — ela sussurrou alguns minutos depois.

— Por quê? — perguntei, ouvindo o som reconfortante de uma coruja piando em frente à janela.

Dando de ombros, ela respondeu.

— Por ser esquisito como eu, acho. — Ela entrelaçou os dedos nos meus. — Por não fazer eu me sentir um fracasso. Uma idiota sem experiência.

— Você não é um fracasso, Fadinha. Nem uma idiota. Na verdade, você é uma heroína. Sobreviveu a algo que poderia ter te matado.

— Mas aí é que está, Austin. Um dia isso ainda pode acontecer. Eu... estou achando as coisas mais difíceis ultimamente. Sinto que estou cedendo de novo. A voz interior, a *anorexia*... está tentando derrubar meus muros. — Lexi bufou e me olhou com os olhos arregalados. — É a primeira vez que eu admito isso para alguém... talvez até para mim mesma.

Tirei uma mecha de cabelo do rosto dela e disse:

— Essa doença não vai dominar você, Fadinha. Eu não vou deixar.

Lexi ergueu as sobrancelhas pretas e perguntou:

— Como você pode garantir isso?

Dei de ombros.

— Acho que simplesmente não vou perder você de vista por um tempo.

Rindo, Lexi respondeu:

— Cuidado, Carillo. Isso está parecendo uma declaração de compromisso.

— Chame como quiser, Fadinha. Só sei que gosto de você. E quero te ver mais. Sou um Heighter que veio do nada e tenho ficha criminal...

— E eu sou uma emo anoréxica virgem que não pode ser tocada — ela finalizou.

— Uma combinação perfeita, não é? — eu disse e dei uma piscadinha.

— O que poderia dar errado? — Lexi brincou.

Embora fosse brincadeira, nós dois contemplamos aquela pergunta em silêncio. A verdade era que muita coisa poderia dar errado. Ela poderia ter uma recaída; os Heighters poderiam me foder e acabar com os meus sonhos. Droga, Axel, *sangue* do meu *sangue*, praticamente me mataria se soubesse que eu estava me aproximando da Fadinha, a única garota capaz de derrubar o domínio dos Heighters na faculdade.

Mas, naquele momento, eu não queria pensar no que poderia dar errado para nós, não queria pensar no meu irmão mais velho, em minha mãe ou em Levi. Só queria dormir ao lado da fadinha soturna e esquecer de todos os nossos problemas por uma noite.

Bocejando, Lexi se acomodou melhor no colchão e eu a vi fechar os olhos.

Com os dedos ainda entrelaçados, fiquei olhando para o seu rosto lindo e sussurrei:

— Por que a pintura de guerra, Fadinha?

Lexi respirou fundo e soltou o ar bem devagar. Ela não abriu os olhos, mas uma única lágrima escorreu lentamente sob aqueles longos cílios pretos e ela apertou ainda mais minha mão.

— Porque não suporto a garota que há por baixo dela — sussurrou em resposta.

Meu coração quase parou diante daquela confissão, e levei a mão dela à minha boca, beijando a pele fria.

— Por que as tatuagens? — Lexi perguntou, e eu olhei nos olhos dela. Íris turquesa penetrando as minhas. Então respondi:

— Porque não suporto ver as cicatrizes do meu passado.

Os olhos de Lexi se encheram de água e outra lágrima solidária desceu por seu rosto. Inclinando-me para a frente, beijei a gota salgada.

E foi assim que caímos.

Caímos no sono.

Caímos na confiança um do outro.

Caímos de amor.

15

Lexi

Querida Daisy,

Peso: 41,7 kg
Calorias: 1.200

A noite passada foi a mais mágica da minha vida.
Dormi a noite toda ao lado de um cara.
Sim, eu fiquei vestida.
Sim, minha maquiagem ainda estava intacta.
Mas foi um progresso. Eu realmente fiz um progresso.
E ele me beijou. Austin Carillo, o garoto italiano da parte pobre da cidade, me beijou. E foi mágico. Ele me fez sentir segura e, por uma noite gloriosa, me fez sentir bonita.
Mas, a melhor coisa de todas, Austin conseguiu silenciar a voz, sumir com seus insultos e, no processo, acho que pode ter simplesmente roubado meu coração.

* * *

— E a equipe de torcida, Lexi? Como isso está afetando sua confiança?

Eu me sentei, olhando pela janela do Dr. Lund, vendo as folhas escurecidas do outono dançando na brisa leve enquanto ele escrevia na prancheta – suas anotações sobre minha recuperação.

O roçar incessante do lápis no bloco de papel estava me deixando nervosa – *risque, risque, risque* –, impresso no meu cérebro.

— A equipe de torcida está indo bem, Dr. Lund. É minha paixão. Sempre foi minha paixão. Quando danço, eu me sinto livre.

— Você está *dançando* sobre uma espada afiada, Lexi. Sabe que esse era seu gatilho no colégio. E se a mesma coisa voltar a acontecer? E se outro garoto de que gostar disser que você fica gorda de uniforme? Vai conseguir lidar com esse tipo de crítica? Está forte o suficiente para lidar com qualquer xingamento que seja direcionado a você?

— Sim — eu disse com firmeza, mas meu estômago revirou de culpa. Já estava acontecendo. Não eram provocações dos jogadores de futebol, mas da voz interior.

Volte para mim, Lexington. Se voltar, se perder mais peso, nunca mais vai sentir medo quando estiver torcendo. Nunca mais vai ter que mentir para a equipe, como está prestes a fazer. Você sabe que a equipe de torcida está começando a cobrar um preço.

Respirando fundo diante das palavras da voz, tentei me concentrar nas questões mundanas do Dr. Lund.

— E a sua vida pessoal? Como vai? — ele continuou.

— Bem — respondi, e comecei a cutucar o esmalte preto descascado nas minhas unhas.

— Algum namorado? Já conseguiu se mostrar vulnerável a alguém ou essa ainda é uma área impossível de explorar?

Arregalei os olhos de constrangimento e me virei para o Dr. Lund. Ele se recostou na cadeira, surpreso, erguendo as sobrancelhas.

— Foi uma reação interessante, Lexi. Pode explicar por que essa pergunta causou uma reação tão forte?

Abaixando as duas mãos, agarrei os braços de madeira da cadeira.

— Eu... eu conheci uma pessoa — confessei, sentindo meu rosto corar.

— E quando foi isso, Lexi?

— Alguns meses atrás.

O Dr. Lund arqueou as sobrancelhas mais uma vez.

— Alguns meses atrás?

Confirmei com a cabeça e observei a reprovação tomar conta do rosto dele.

— Tivemos pelo menos seis sessões nas últimas oito semanas, e você só menciona isso agora? Isso me preocupa, Lexi. O que você está escondendo sobre esse garoto?

Voltei a olhar pela janela e senti o coração apertar ao ver duas crianças brincando no parquinho, a garotinha tentando derrubar o garotinho e beijá-lo. Ela transbordava confiança.

Torci para aquela mesma garotinha loira não virar uma jovem insegura. Para ela não contar calorias religiosamente antes de colocar uma garfada de comida na boca; não ficar olhando as informações nutricionais nas embalagens para ver as quantidades de carboidratos, açúcares, gordura saturada. Não esconder sua verdadeira beleza por não suportar olhar para seu rosto natural. Não surtar quando aquele mesmo garotinho que demonstrava tanta afeição por ela aos seis anos de idade crescer e quiser beijá-la um pouco mais... Não crescer e deixar um comentário sem importância daquele garoto de que ela gostava roubar sua infância e destroçar sua autoestima.

— Lexi, mantenha o foco — o Dr. Lund disse com severidade ao olhar pela janela para ver o que havia capturado minha atenção.

Esfregando as mãos no rosto, respondi:

— Nós... tivemos um... início conturbado. Ele tem... *problemas* também. Mas ultimamente as coisas ficaram mais sérias entre nós. Eu acho. Não tenho certeza. Não conversamos sobre o que somos um para o outro ainda. Eu nunca namorei, nem... bem, o que quer que sejamos um para o outro, então nunca falei sobre isso com você. Eu mesma ainda estou tentando entender tudo isso.

Desde que havíamos voltado do Tennessee, eu tinha me encontrado com Austin todas as noites. Todas. A mãe dele havia acabado de receber alta do hospital, mas, enquanto ainda estava internada, Austin visitava Chiara e eu ia às minhas consultas. Então passávamos algumas horas em nosso jardim, de mãos dadas, e nos beijávamos inocentemente sob as estrelas.

Austin agora sabia onde podia me tocar. Havíamos descoberto que minha clavícula também era gatilho, mas Austin simplesmente contornava minhas áreas problemáticas, sem nunca me fazer sentir vergonha ou constrangimento por causa do meu distúrbio.

O Dr. Lund se inclinou para a frente e colocou a prancheta sobre a mesa ao seu lado, com as mãos unidas e os cotovelos apoiados nos joelhos.

— E você se sente confortável perto dele, Lexi?

Movimentando-me com desconforto sobre o assento, confirmei.

— Sim. Não avançamos muito, é claro. Mas nos beijamos um pouco... nos tocamos um pouco...

— E? — o Dr. Lund insistiu, parecendo surpreso com minha franqueza.

— Foi... difícil no começo, sabe, por causa dos meus gatilhos, mas eu contei a ele sobre o meu passado e ele respeita meus limites. Está ficando mais fácil. Dia após dia, ele está derrubando minhas barreiras.

O Dr. Lund subitamente se endireitou na cadeira e eu franzi a testa.

— O que foi? — perguntei, diante da sua reação peculiar.

O Dr. Lund ficou me olhando de um jeito estranho e perguntou:

— Você contou a ele o seu passado?

Meneando lentamente a cabeça, respondi:

— Sim.

Um sorriso se formou no rosto do Dr. Lund. Ele tinha muitas expressões: severo, preocupado, intrigado, mas nunca abertamente impressionado.

— Lexi, estamos fazendo este acompanhamento juntos há anos. Em todo esse tempo, as pessoas que sabem de seu distúrbio, as pessoas a quem você *contou* sobre o seu distúrbio, cabem nos dedos de uma mão: seu pai, sua mãe, Daisy, é claro, e eu. Você não contou para suas melhores amigas da faculdade, Molly, Cass e Ally *porque*...? — O Dr. Lund ficou esperando minha resposta.

Mexendo na manga da camisa, confessei:

— Porque não queria que elas me vissem como uma pessoa fraca. Não queria que me vissem como uma vítima ou que ficassem pisando em ovos perto de mim. Queria ir para a faculdade e ser outra pessoa além de *Lexington Hart, anoréxica.*

O Dr. Lund assentiu, pensativo, como apenas os psiquiatras são capazes de fazer. Levando as mãos unidas aos lábios, perguntou:

— Mas você contou a esse garoto, que conheceu há apenas alguns meses. O que o torna tão diferente das suas amigas?

Dando de ombros, mantive o olhar baixo. Não queria dizer ao Dr. Lund que eu sentia uma conexão especial com Austin. Não queria dizer ao Dr. Lund que, às vezes, alguém pode ir parar desavisadamente no desastre que é a sua vida e começar a retirar os escombros que pesam sobre o seu peito. Não queria compartilhar que Austin também conhecia o sofrimento. Que, embora nossos respectivos problemas fossem polos distintos por natureza, éramos espíritos parecidos ao lutar para que eles não nos destruíssem como pessoas.

Austin estava levando cor para minha vida em tons de cinza.

Ele era alguém precioso para mim.

Era meu segredo. Mais um que eu não estava disposta a compartilhar.

— Lexi, você não precisa me contar sobre ele logo de cara, é um estágio muito novo da sua recuperação, mas eu gostaria que você refletisse sobre o que torna esse rapaz diferente das outras pessoas. Tenho certeza de que você compreende a importância da sua confissão para ele, e isso me deixa satisfeito.

O Dr. Lund se recostou na cadeira e eu levantei lentamente os olhos para ele. Sua expressão de felicidade se transformou em outra, de preocupação.

— Mas isso também me preocupa. Você depositou sua confiança em alguém, você se abriu para alguém depois de anos se escondendo atrás de maquiagem e roupas escuras.

— Então o que o preocupa? Pensei que tivesse dito que era um progresso — questionei em voz baixa.

— Que isso seja uma faca de dois gumes.

— Eu não entendo.

— Lexi, esse garoto pode tirar você da sua concha, ajudá-la com suas inseguranças, dar a você uma noção real do seu valor, que não seja medido por uma balança. Ou pode botar você para cima apenas para derrubá-la; e você poderia ir parar em um lugar pior do que onde estava há poucos anos. Você precisa decidir se ele vale o risco.

Refleti sobre o que o Dr. Lund estava dizendo, mas, francamente, nas últimas semanas estava me apaixonando tanto por Austin que não suportava a ideia de não falar mais com ele. Austin era a única pessoa com quem eu podia ser eu de verdade. Não havia falsidade nem atuação; era só eu e ele.

Austin valia o risco.

— Demore o tempo que precisar, Lexi. Pense bem, e podemos falar disso quando estiver pronta.

O Dr. Lund rabiscou as últimas anotações na prancheta e colocou-a de lado.

— Acabou nosso tempo.

Estava saindo da sala quando o Dr. Lund disse:

— Ah, e Lexi, mais uma coisa. Se eu continuar vendo evidências de perda de peso, vou ser forçado a submetê-la a um exame. Até um quilo é compreensível, dada a quantidade de exercícios que você anda fazendo. Mas mais do que isso vou considerar como um sinal de que está voltando aos velhos hábitos.

Olhei para o Dr. Lund com frieza e, apressando-me para sair da sala, entrei no banheiro do outro lado do corredor. Meu coração estava acelerado.

Indo até a fileira de pias, obriguei-me a olhar para o meu reflexo no espelho.

Eu *havia* perdido peso.

Agora estava com menos de quarenta e dois quilos.

Havia perdido mais do que o Dr. Lund suspeitava.

Um leve sorriso começou a se formar no meu rosto. Levantando os dedos, rocei-os sobre o corpo. Minha clavícula estava ficando mais pronunciada, do jeito que eu gostava. As maçãs do rosto estavam mais definidas, pálidas e protuberantes. E, levantando meu longo e largo vestido, ignorando a repulsa instantânea ao ver as camadas de gordura nas coxas cheias de celulite, vi que o vão entre minhas pernas estava aumentando. Era sutil, mas estava lá. O espaço entre as coxas era tudo para mim – o parâmetro pelo qual media minha perda de peso. Era a prova do meu triunfo.

Mas não era suficiente. Ainda havia muita gordura. Rangi os dentes e cerrei as mãos em punhos.

Há muita gordura, Lexington. Você tem razão. Foi bem até agora, mas pode ir muito além. Você sabe que pode. Perdeu algum peso, certo, mas vamos continuar lutando para perder mais. Vamos continuar buscando a perfeição.

Estiquei os braços para me segurar na beirada da pia, quase hipnotizada pela voz, mas, ao visualizar a tarefa que tinha pela frente – as semanas em que teria que diminuir a quantidade de comida em segredo e fazer mais exercícios do que já estava fazendo –, o rosto de Austin me veio à mente... De repente, as palavras persuasivas da voz foram silenciadas.

Quando olhei para o reflexo da garota com o rosto pintado, a garota que usava uma máscara, fiz um esforço para me livrar das dúvidas e repeti: *você é linda, Lexi. Você é perfeita como é.*

Repeti o mantra do Dr. Lund várias vezes até um buraco se formar em meu estômago. Eu queria ser mais forte. Queria ser mais forte pelo Austin. Mas o mantra não estava funcionando, e eu só conseguia pensar em minhas costas e em quantas costelas conseguiria contar.

Não conseguia tirar aquele pensamento da cabeça. Era implacável e tomava conta da minha mente.

Apesar das minhas boas intenções, acabei levantando o vestido e comecei a contar as costelas como de costume.

Uma, duas, três, quatro, cinco, seis, sete... sete, sete, sete...

Sete. Não era suficiente. Não chegava nem perto. Eu deveria conseguir contar dez. Deveria haver dez costelas, claramente definidas e livres de gordura, que eu pudesse contar.

E se as coisas progredissem com Austin? Eu queria me sentir confortável com ele... comigo mesma. Queria ser digna dele. Só poderia fazer isso se fosse mais magra. Eu precisava ficar mais magra. Era o único jeito de ficar satisfeita comigo mesma. Era o único jeito de poder fazer amor.

Lexington, entregue-se a mim. Vou conduzi-la ao seu objetivo. Austin vai amar você quando conseguirmos. Vai ficar admirado. Faça o que é preciso e certifique-se de que ninguém suspeite de nada. Discrição é a chave. O Dr. Lund não vai poder obrigá-la a subir na balança quando os quilos forem deixando seu corpo. Você não é propriedade dele para receber ordens, nem um fantoche que ele pode controlar. Você pertence a mim, e sempre pertencerá. O Dr. Lund é um obstáculo. É uma barreira para a perfeição...

Olhei para a garota pintada diante do espelho, e lágrimas encheram meus olhos ao contemplar a verdade daquela feiura.

Eu não era digna. Faltava muita coisa. Não havia uma rainha da beleza diante de mim, nenhum traço bonito em seu rosto comum e gorducho. Apenas gordura demais tomando conta de suas feições, e feiura, uma feiura incontestável.

Determinada, tomei minha decisão. Faria o que a voz estava mandando, perderia mais alguns quilos. Depois de perder um pouco de peso, eu pararia. Não iria longe demais. Ninguém suspeitaria de nada. Seria fácil.

Não via outra saída.

Seria fácil parar...

Fácil parar...

Quando eu ficasse mais magra.

16

Lexi

— **C**omo assim, você não pode ser levantada? — Shelly Blair gritou comigo, e ouvi Lyle assobiar baixinho ao meu lado.

— Acabei de voltar do fisioterapeuta e ele insistiu que eu não poderia ser levantada nas acrobacias, mas ainda posso dançar. Ninguém pode tocar nas minhas costas devido a um músculo distendido. As aterrissagens das acrobacias podem forçar demais. Mas posso dançar sozinha na frente da equipe.

As mentiras tinham um gosto amargo ao saírem facilmente da minha boca, mas eu não conseguia me sentir culpada.

Muito bem, Lexington. Não deixe que eles toquem nas suas costas. E nunca se sinta mal por mentir. É isso que precisa fazer. Você sabe disso. O que é uma mentirinha na estrada para a perfeição?

Endireitando as costas, voltei a me concentrar em Shelly e disse:

— Sinto muito, Shelly, mas as coisas são assim. Não há outra opção.

Ela resmungou, entortando os lábios perfeitamente pintados de vermelho de irritação.

— Perfeito! O SEC Championship já está chegando, e depois o National Championship, e minha melhor acrobata aérea está incapacitada. Este ano vai ser uma merda!

Com isso, Shelly saiu nervosa para falar com Tanya, a vice-capitã, deixando-me ali parada, totalmente sem jeito.

— Lexi querida, você se machucou? Por que não me disse nada? — Lyle perguntou com um biquinho, colocando a mão sobre meu braço.

Dando de ombros, saí de perto dele e cruzei os braços diante do peito.

— Minhas costas estão doendo há um tempo e, bem, eu fui ao médico e preciso pegar leve pelo resto da temporada. Mas ainda posso participar da equipe, só não posso fazer nada que exija muito esforço.

Lyle fez um biquinho mais dramático.

— Mas você é minha acrobata aérea. Não quero outra pessoa. Estivemos juntos durante a temporada inteira. — Fazendo um círculo com o indicador e o polegar, ele os entrelaçou nos meus. — Você é minha lagostinha.

A culpa embrulhou meu estômago. Fingindo um sorriso afetuoso, apertei a mão de Lyle.

— Tenho certeza de que você vai sobreviver.

— Mmm... — ele disse, virando a cabeça com exagero e olhando para o outro lado, apenas para soltar um suspiro forçado e olhar para mim mais uma vez. — Lá está ele outra vez — comentou, de maneira casual.

— Lá está quem? — perguntei, olhando na direção de Lyle para ver o que chamava sua atenção.

— Austin Carillo, olhando para você, *de novo*. — Lyle ainda estava de mão dada comigo. Quando olhei para onde o time de futebol estava treinando, vi Austin bebendo uma garrafa de Gatorade, encarando nossas mãos.

Ele claramente não gostava de que Lyle fosse minha lagosta.

O ciúme no olhar sombrio de Austin fez meu estômago pegar fogo, e eu lancei a ele um pequeno sorriso de apaziguamento. Ele virou sutilmente a cabeça na direção da mesa que estava perto dele. Entendi o que ele queria: que eu fosse até lá... discretamente.

Soltando a mão de Lyle, comecei a me afastar. Lyle gritou atrás de mim:

— E aonde você vai agora, Lexi querida?

— Preciso de uma bebida! — gritei em resposta, olhando para trás.

Quando cheguei à mesa, peguei uma garrafa de água e senti um calor quase insuportável irradiar ao meu lado. Olhei para a água na minha mão, depois fingi olhar para a equipe de torcida, que praticava as novas acrobacias... sem mim.

Parte de mim morreu por dentro. Eu estava sacrificando minha paixão para perder peso... mas era preciso. Não suportava que sentissem toda a gordura nas minhas costas.

— Aquele cara que estava em cima de você gosta de pinto, certo? — Austin perguntou em voz baixa, me puxando da onda de inveja. Ele estava bem ao meu lado, bebendo o restante do seu Gatorade azul.

A pergunta me fez rir, e eu me virei para a arquibancada enquanto abria a garrafa de água.

— Err... ele é gay, sim. Por quê? Está com ciúme? — brinquei, e ele ficou em silêncio.

Olhando em volta para ter certeza de que não havia ninguém nos observando, inclinei o corpo de frente para ele. Austin estava com a camiseta e a bermuda vermelhas do Tide, arrancando o rótulo da garrafa e fazendo cara feia.

— Está tudo bem? — perguntei, chegando mais perto. Ao respirar, pude sentir o suor na pele de Austin, produto de suas corridas. Mas, em vez de me repelir, aquilo me atraiu ainda mais. Eu... eu... o *desejava*.

Arregalei os olhos. Eu desejava um cara. Mas...

— Acho que não estou acostumado a sentir ciúme — Austin admitiu, com relutância.

Todos os pensamentos ruins que inevitavelmente invadiriam minha mente a respeito de como eu jamais conseguiria dormir com Austin cessaram, e quase fiquei de queixo caído com sua confissão. Austin simplesmente sorriu diante da minha reação, mas rapidamente retomou o humor lúgubre.

— Tem mais alguma coisa incomodando você — eu disse.

Jogando a garrafa vazia na lata de lixo, Austin discretamente pegou minha mão e apertou-a com força.

— O reitor veio ao treino hoje de manhã para dizer que havia drogas na faculdade e que ele estava introduzindo uma política de tolerância zero. Alertou que, se algum jogador fosse visto vendendo ou usando alguma coisa, estaria fora. O babaca ficou olhando para mim o tempo todo, Fadinha. Ele sabe que eu sei de alguma coisa. Dava para ver a acusação nos olhos dele.

Estressada com toda aquela situação, apertei a mão dele e falei:

— Austin, você precisa proteger seu futuro aqui na Universidade do Alabama e fazer seu irmão parar com isso. Já foi longe demais. Você está correndo um grande risco de ser pego. Poderia prejudicar todo o seu futuro!

Austin soltou minha mão. A expressão em seu rosto era dura.

— Deixe isso pra lá, Fadinha. Essa merda não é da sua conta.

Com a sensação de ter levado um tapa na cara, rebati:

— Bom, pelo menos agora eu sei o meu lugar.

Fui me virar, mas Austin pegou minha mão.

— Merda, Fadinha, eu não devia ter falado desse jeito. Eu só... eu só...

Suspirando, virei-me novamente para ele e sussurrei:

— É que eu... me preocupo com você, só isso.

Os olhos intensos e escuros de Austin estavam fixos nos meus, e vi que brilharam quando ele ouviu minhas palavras.

— Certo, deixa eu começar de novo. De jeito nenhum você vai chegar perto de toda aquela merda, daquela parte da minha vida, Fadinha. Você precisa ser protegida dos Heighters. Eles não estão de brincadeira e não querem ninguém de fora da *família* sabendo dos negócios deles. Se Axe e Gio descobrirem sobre nós dois...

Engolindo em seco, comecei a me afastar, não querendo ouvir o resto daquela conversa em público. Então escutei:

— Me encontre hoje na casinha dos fundos da fraternidade. Depois que anoitecer.

Fechando bem os olhos, me permiti olhar novamente para Austin. Meu coração ficou partido. O grande, tatuado e ameaçador astro do famoso Crimson Tide estava me implorando com seus olhos escuros.

Quando acenei com a cabeça, concordando, Austin pareceu relaxar:

— Por que você não está fazendo as acrobacias aéreas, Fadinha? Vi você dizer para Shelly que não ia mais participar delas.

Meu sangue gelou. Austin se aproximou e sussurrou:

— Se estiver com algum problema, se tiver pensamentos ruins, pode me contar. Não vou julgar.

A oferta dele floresceu dentro do meu peito, e, antes de meus olhos se encherem de lágrimas, sussurrei em resposta:

— Tudo bem. — Mas eu não ia contar. Austin não entenderia.

Ele soltou um suspiro e levantou o braço para acariciar meus cabelos. Não me retraí e fiquei me perguntado quando, exatamente, tinha se tornado aceitável que Austin tocasse minhas "zonas seguras", como o Dr. Lund as chamava. Quando Austin havia rompido minhas barreiras?

Permitindo que ele roçasse os dedos na minha testa, eu disse em voz baixa:

— Isso se aplica a você também. Quando tiver problemas, me conte. Não deixe essa merda enterrar você.

Austin pareceu genuinamente surpreso, como se ninguém nunca tivesse lhe oferecido isso antes. Ele não chegou a responder verbalmente, mas dava para ver na tensão em seu rosto que minhas palavras haviam significado algo.

— *Carillo! Pesos! Vamos!* — alguém gritou. Quando olhei atrás de Austin, vi Rome Prince ao longe, com os braços cruzados diante do peito largo, observando-nos.

Austin se virou e acenou para ele com irritação.

— Lex — Rome me cumprimentou e apontou com o queixo em minha direção.

— Ei, Rome! — Acenei alegremente, colocando um sorriso enorme no rosto e me enchendo de energia fingida.

— Porra, Fadinha — Austin sussurrou e sorriu para mim.

— O que foi?

— Dá uma diminuída na alegria falsa. Fica muito bizarro em você! — Boquiaberta com a risada de Austin, eu o vi se virar e sair correndo pelo campo na direção de Rome, JD e Reece, acompanhando-os até a academia. Ao observar os quatro, fiquei pensando que eram um grupo de amigos peculiar. Principalmente Austin. Era como se ele tivesse uma vida dupla: superastro do futebol americano com amigos ricos e influentes de um lado, e membro de gangue do parque de trailers, com um irmão líder dos infames Heighters do outro. Todos em Tuscaloosa tinham medo dos Heighters. Mas eu não tinha mais medo de Austin.

Na verdade, era o oposto.

— Lexi! — ouvi alguém gritar meu nome da arquibancada e, quando levantei os olhos, Ally Prince estava no primeiro banco, acenando para mim. Quando comecei a caminhar na direção dela, não consegui conter uma gargalhada ao ver todos os jogadores que ainda estavam no campo olhando para Ally com a língua de fora. Eu tinha inveja da beleza de Ally, mas não da atenção que ela atraía. Odiaria ser o centro das atenções.

Ally Prince era perfeita. E também era uma das pessoas mais adoráveis e gentis que eu conhecia. Ela tinha todas essas qualidades, mas estranhamente nunca havia namorado sério. Dizia que não tinha sorte com garotos. Eu achava incompreensível, considerando que ela parecia uma modelo, e torcia para que um dia encontrasse seu príncipe encantado. Ela merecia ser tratada como uma rainha.

Quando me aproximei da arquibancada, gritei:

— E aí, garota, o que está fazendo por aqui? Vai voltar para a equipe durante os campeonatos? — brinquei.

Ally arregalou seus olhos de traços espanhóis, fingindo estar horrorizada, e disse:

— De jeito nenhum. Não volto a usar esse uniforme nem que me pague!

Rindo, perguntei:

— Então o que foi?

— Cass acabou de ligar. A professora de filosofia de Molly telefonou. Molls está muito doente. Cass foi buscá-la. Pensei que poderíamos nos reunir para cuidar dela. Você sabe... porque ela não tem família.

— Ah, não, pobre Molls!

— Então você vem, querida?

— É claro que sim.

Um minuto depois, corri para o vestiário, peguei minha bolsa e encontrei Ally do lado de fora. Ela estava me observando com uma expressão preocupada enquanto eu me apressava em sua direção.

— Você está bem, Ally? — perguntei quando começamos a caminhar até a casa da nossa irmandade. — Está tão preocupada assim com a Molls?

— É... bem, não... quero dizer... — Ela ficou agitada, mas então passou os olhos pelo meu corpo e perguntou: — Você perdeu peso, amore? Não quero parecer enxerida, mas você parece estar bem magrinha com esse short. Está tudo bem com você? A equipe não está colocando muita pressão para você emagrecer, está? Shelly é capaz de ser uma megera e exigir que suas acrobatas aéreas sejam bem magras e pequenas.

O nervosismo quase me fez tropeçar ao ouvir as palavras dela. Será que ela suspeitava de alguma coisa? Mas rapidamente me recuperei.

— Que nada. Estou ótima. Provavelmente são só os treinos da equipe e o estresse com a faculdade. A aula de administração está acabando comigo! — Acrescentei uma risada forçada só para parecer mais convincente.

Ally ficou olhando para mim por um tempo longo demais, porém depois abriu um grande sorriso. Suspirei como se estivesse prendendo a respiração havia uma eternidade.

— Sei como é. Meu professor de história está sendo um tirano! Fica falando que, se eu quiser ser curadora de museu e fazer doutorado, preciso ter notas perfeitas e me dedicar mais. Estou dizendo, ele é o diabo disfarçado por baixo daquele paletó de tweed.

Dando outra risada forçada, soube que havia conseguido despistar Ally quando ela começou a conversar alegremente sobre seu trabalho voluntário no museu, que era parte da sua conclusão de curso.

Então a voz levantou a cabeça.

Ouviu isso, Lexington? Ally notou que você perdeu peso. Muito bem... Muito bem... E Shelly costuma pedir para as acrobatas aéreas perderem peso? Mas ela não lhe pediu nada, o que significa que já acha você magra. Continue assim. O perfume doce da vitória está prestes a nos abraçar.

Dessa vez não precisei fingir a felicidade que minhas amigas associavam a mim. Saber que estava parecendo mais magra, que Shelly me achava magra e que eu finalmente estava correndo na direção de meu objetivo me encheu de uma alegria genuína.

17

Austin

— Qualquer droga encontrada com qualquer jogador do Tide resultará em expulsão tanto do time quanto da universidade. Temos uma política de tolerância zero a respeito de drogas nesta faculdade, e NÃO haverá exceções. O problema parece estar crescendo, e podem anotar minhas palavras. Vocês são exemplos nesta faculdade, nesta comunidade, e não teremos nenhum escândalo enquanto eu estiver no comando. Somos um corpo estudantil cristão, e nossa reputação não pode ser manchada pelo uso de substâncias ilegais e, potencialmente, letais. Fui claro? — o reitor perguntou. O tempo todo concentrado em mim e na minha reação.

Rome ficou ao meu lado no banco do vestiário, sem dúvida parecendo relaxado aos olhos do reitor e de quem estivesse observando, mas não era nada disso. Notei pelos olhares sutis de canto de olho que ele estava irritado por Axel continuar a vender drogas na faculdade – arriscando meu lugar no *draft* daquele ano. Jimmy-Don também balançava a cabeça, aborrecido, mas eles simplesmente não entendiam. Só havia sido possível que minha mãe ficasse naquele hospital de rico nas últimas semanas devido à renda de Axel e Levi.

Rome se virou para mim depois que o reitor saiu, mas, antes que ele pudesse abrir a boca para falar merda sobre o meu irmão, eu o calei fazendo um gesto firme com a cabeça.

Como de costume, Rome ficou puto comigo e descontou nos pesos antes de dar no pé e ir ficar com Molly, que aparentemente estava doente.

❋ ❋ ❋

O som da maçaneta girando chamou minha atenção no sofá onde eu estava sentado, de frente para a lareira. Um segundo depois, Lexi entrou, usando um longo vestido preto e um suéter de tricô enorme por cima. As roupas a estavam engolindo, mas foi seu rosto que me fez dar um salto e quase atravessar a sala correndo. O rosto pálido de Lexi estava aborrecido e preocupado.

— Fadinha, o que foi? — perguntei.

Ela abriu a boca, mas não conseguia falar.

— Fadinha? Aconteceu alguma coisa?

Lexi fez que não com a cabeça enquanto eu a acompanhava até o sofá, com cuidado para não encostar um dedo em suas costas.

Lexi me olhou com aqueles olhos verdes enormes.

— Não posso contar.

Eu sorri.

— Outro segredo?

Lexi franziu os lábios pintados de vermelho, mas respondeu:

— Desta vez o segredo não é meu.

Sentei e tentei pensar no que poderia ser. Apertei os olhos e olhei para Lexi, que puxava nervosamente as mangas do suéter preto. Lembrei-me imediatamente de Rome saindo apressado do treino.

—Aconteceu alguma coisa com a Molls — eu disse, mais afirmando do que perguntando.

Lexi soltou um suspiro e eu soube que estava certo.

— O que aconteceu com ela? — insisti.

Lexi fechou os olhos por um segundo e expirou lentamente.

— Ela está grávida.

Merda. Eu não estava esperando aquilo. Significava que Rome... Rome ia ser pai? *Porra!*

— Prometa que não vai dizer nada. Espere o próprio Rome contar quando estiver preparado. Molls está surtando, e Rome estava muito confuso quando os deixamos sozinhos.

— Não vou falar nada — garanti a ela. Levei a mão de Lexi até a boca e a beijei.

Notei que ela ficou corada e não consegui deixar de sentir pena dela. Era estranho pensar que uma garota de vinte e um anos ainda ficasse vermelha com um beijo na mão.

— Bem, tenho certeza de que eles vão dar um jeito, Fadinha. No momento, só quero esquecer de tudo lá fora por um tempo. Não precisamos do peso dos problemas de ninguém sobre nós. Já temos o suficiente.

Quase no mesmo instante, meu celular começou a tocar no bolso. Olhando para o teto, soltei um suspiro de frustração.

— Não vai atender? — Lexi perguntou.

Fiz que não com a cabeça.

— Deixe o mundo girar sem a gente por um tempo.

Logo em seguida, meu celular começou a tocar de novo. Dessa vez eu o peguei. Axel não ligava duas vezes a não ser que fosse urgente.

— Axe? — perguntei quando atendi.

— Moleque, deu merda aqui esta noite, e a mamãe está com dor e precisa dos remédios.

— Que tipo de merda? Onde você está? — gritei e Lexi imediatamente ficou imóvel quando soltei da mão dela e comecei a andar de um lado para o outro na frente da lareira.

— Estamos em Heights. Os Kings acabaram de atirar em tudo. Dois caras foram atingidos — Axel afirmou como se não fosse nada; apenas a vida cotidiana em Heights.

O sangue subiu para a minha cabeça.

— Onde está o Levi, porra?

Axel levou uma eternidade para responder.

— Aquele puto saiu do caminho bem rápido. Está no trailer com a mamãe. Falei para ele ficar lá dentro até você chegar.

Meneei a cabeça como se Axel pudesse me ver.

— Ela não está bem hoje, moleque. Alguém precisa ir buscar os remédios dela. Preenchi a receita. Só falta retirar.

— Pode deixar. Estarei aí assim que possível. Desligando o telefone, gritei: — *Merda!*

Senti uma mão suave nas minhas costas e, quando me virei, a Fadinha estava olhando para mim com uma expressão assustada.

— O que está acontecendo, Austin? Sua mãe está bem?

A voz dela estava levemente trêmula. Eu me inclinei para a frente e dei um beijo em sua boca, surpreendendo nós dois. Só precisava beijá-la.

— Tenho que levar os analgésicos da minha mãe até o parque de trailers. Ela está numa de suas crises de dor.

— Certo... — Lexi disse, e seus olhos exigiam mais.

Cerrando o punho, acrescentei.

— Teve um tiroteio em Heights. Preciso ver se todos estão bem.

A minúscula mão de Lexi atingiu meu bíceps e o apertou.

— Não! Você não pode! — ela gritou.

Puxando o braço, gritei:

— Sim, eu preciso, Fadinha. É a minha família que está lá, um alvo fácil para os Kings!

Ela não respondeu. Passei por ela para chegar à porta, mas logo parei.

— Merda! — gritei, e ouvi Lexi atrás de mim.

— Qual é o problema agora? — ela perguntou, hesitante.

— Preciso do carro do Rome. Tenho que chegar lá, tipo, ontem! E não tenho tempo de pegar três ônibus.

Lexi se aproximou e, colocando a mão na bolsa, tirou a chave do seu Prius. Soltei um suspiro de alívio e fui pegar a chave, mas ela a puxou de volta.

— Eu dirijo — ela disse vigorosamente.

Rindo da cara dela, rapidamente perdi o bom humor e respondi:

— De jeito nenhum!

— Você precisa levar os remédios para a sua mãe. E, no momento, só eu posso levá-lo até lá sem que você tenha que explicar toda a situação. E eu sei que você não vai querer fazer isso. Rome está com Molly. Eles precisam de um tempo. Então eu sou praticamente sua única opção!

Meu sangue ferveu diante da teimosia dela. Aí cheguei mais perto, agigantando-me sobre seu pequeno corpo, e olhei nos olhos dela. Ela precisava compreender essa "situação", como ela mesma havia chamado, *direito*.

— Você entende que não estamos falando de um parque de férias, não é, Fadinha? Entende que duas gangues estão brigando por território e que *você* pode levar um tiro? *Um tiro!* Tiroteios acontecem. Pessoas morrem. Está entendendo tudo isso?

Notei que Lexi engoliu em seco, mas ela ergueu o queixo e disse por entre dentes cerrados:

— Eu sei qual é a *situação* da sua família. Você já me contou várias vezes. Mas quero ajudar sua mãe. Gosto dela e sou a única pessoa que pode levar você até lá neste momento. Então vamos — ela disse e foi saindo, deixando-me parado no meio da sala como um idiota.

Cerrando os punhos, quase abri um buraco na parede. Nunca quis que Lexi chegasse perto dessa parte da minha vida. Era extremamente constrangedor. E ela, um cordeiro entrando na cova dos leões, estava me tirando aquela escolha.

Mas ela era minha última opção, e eu precisava chegar em casa.

Que ótimo.

O dia estava piorando a cada minuto.

✳ ✳ ✳

Enquanto passávamos lentamente de carro sob a placa velha e enferrujada de *Westside Heights* – um pedaço de metal retangular, vermelho e estragado pendurado por uma única dobradiça –, nuvens escuras deslizavam no céu sobre nós como um mau presságio. Gotas de chuva respingavam esporadicamente sobre o vidro dianteiro do Prius, e os limpadores de para-brisa chiavam ao tentar tirá-los do caminho.

Segurando os remédios da minha mãe dentro do saco de papel, olhei para Lexi. Ela arregalou os olhos verdes, horrorizada, ao ver o lugar deplorável da minha infância.

Um trovão ecoou no alto, parecendo uma bomba ao atingir o chão. Lexi deu um salto, ficando ofegante e agarrando o volante com toda a sua força.

Senti uma vergonha imensa do que ela estava vendo: trailers enferrujados e ordinários alinhados lado a lado, picapes velhas e carros da década de 1960, sem pneus, apoiados sobre blocos de concreto. E, apenas para completar o paraíso distópico, havia agulhas usadas, seringas e latas de cerveja vazias espalhadas pelo chão de cascalho, algumas boiando nos córregos lamacentos que atravessavam o parque. O lugar era uma merda, e eu me sentia péssimo por deixar Lexi chegar perto daquele lixo miserável.

Pigarreando, eu disse:

— Entre à direita aqui. É o trailer velho cor de creme no final, número vinte e três.

Lexi olhou para mim com nervosismo e eu voltei a fiscalizar o local em busca de algum sinal da gangue. Queria que Lexi entrasse e saísse antes que Axel ou Gio vissem que ela estava ali. Aquilo só causaria problemas. Eu tinha certeza de que Axel, àquela altura, já havia contado a Gio sobre a estudante gótica que tinha testemunhado a venda na faculdade, a delatora interrogada pelo reitor. Axel nunca escondia informações vitais de Gio por muito tempo.

O setor leste, normalmente movimentado, parecia uma cidade deserta – bem, o *lado de fora* estava deserto. Havia movimento de cortinas nas janelas quebradas dos trailers, e as pessoas olhavam com nervosismo para fora – como costumava acontecer depois de um tiroteio com os Kings. Meu coração batia forte no peito quando nos aproximamos do lar da minha infância, mas, como tudo mais por ali, o lugar estava silencioso e sem movimento.

— Pare aqui — instruí Lexi, e ela estacionou ao lado do trailer. O carro de Axel não estava lá na frente. *Grazie a Dio!*

Quando o motor foi desligado e os limpadores de para-brisa pararam de se movimentar, os céus se abriram e a chuva começou a bater contra o metal do carro. Lembranças da minha juventude me vieram à mente. Quando eu era criança, amava ficar dentro do carro durante as tempestades. Aos seis anos, alguém havia dito para mim que o lugar mais seguro para se estar durante uma tempestade era um carro.

Aparentemente, os pneus agem como isolantes para os raios, então, mesmo se fosse atingido, você ficaria em segurança.

Quando garoto, sempre que sentia medo – de quando os negócios dos Heighters davam errado, dos bêbados que se espalhavam pelo parque e ficavam gritando absurdos a plenos pulmões, ou de tiroteios –, eu entrava no velho carro sem motor do meu pai e me encolhia, ouvindo a chuva bater no teto, de olhos fechados, tentando bloquear a dor.

Era estranho estar de volta aqui no início de outra tempestade, e logo com Lexington Hart ao meu lado... Minha fadinha emo.

Espere... *minha* fadinha emo?

— Vamos entrar ou você pretende ficar aqui fora a noite toda? — Lexi perguntou de repente, arrancando-me de minhas lembranças e do choque que havia experimentado diante do sentimento de posse por ela. Sua voz estava um pouco trêmula quando ela tentou fazer uma brincadeira, o que serviu apenas para alimentar meus instintos protetores.

— Sim — respondi e fiquei olhando para Lexi sentada no banco do motorista, com o rosto quase pressionado contra o vidro da porta, as mangas puxadas sobre as palmas das mãos enquanto roía com nervosismo a unha do polegar.

— Pode ir, Fadinha. Eu dou um jeito de voltar — eu disse a ela.

Lexi virou a cabeça e franziu a testa.

— Não, eu vou esperar por você. Está caindo uma tempestade sobre as nossas cabeças, caso não tenha notado.

Suspirando diante do seu sarcasmo, abri a porta do carro e saí, aproximando-me dela para dizer:

— Saia do carro, Fadinha. Vai estar mais segura lá dentro. Aqui fora... — Não terminei a frase, apontando com o queixo para o parque, deixando que ela tirasse as próprias conclusões sobre o que eu estava tentando dizer.

Virando-me para a porta do trailer, ouvi seus passos apressados atrás de mim e sorri ao ver como ela se movimentava com rapidez. Podia até ter sido sarcástica e seca um minuto antes, mas toda aquela fachada se desfez no instante em que ela foi deixada sozinha.

Peguei na maçaneta e a porta se abriu. Levi estava na minha frente, passando os olhos pelo parque de trailers vazio, fazendo um gesto para que eu entrasse depressa.

Aquilo logo me deixou enfurecido. O garoto estava apavorado.

— Lev — eu disse ao passar por ele. Quando olhei para o seu rosto, fiquei paralisado.

— Você só pode estar de sacanagem! — eu disse, completamente exaltado. Do lado esquerdo de seu rosto, havia uma *stidda* recém-tatuada, a pequena estrela siciliana dos Westside Heighters. Todos os Heighters tinham ascendência siciliana. A *stidda* era um símbolo de respeito aos Stiddari. Um ramo da máfia siciliana.

Pegando Levi pela camisa, eu o puxei para mais perto e perguntei:
— O cara está vivo ou você o matou?

Ele tentou se equilibrar e murmurou:
— Está vivo. Só foi atingido no ombro.

Soltando a camisa de Levi, bati com a mão aberta na parede atrás da cabeça dele.

— Porra!

— A estrela significa que você matou ou atirou em alguém? — A voz chocada de Lexi soou atrás de mim, e eu quase soltei outro palavrão. Tinha esquecido que havia deixado essa parte da explicação de fora. Esquecido que ela não sabia nada sobre aquela vida.

Encarando seu rosto chocado, admiti:
— Você ganha a estrela quando atira pela primeira vez em um membro dos Kings. Independentemente de o cara sobreviver ou morrer. Tem a ver com se arriscar pela gangue. Provar que está cem por cento nessa vida.

Lexi levou a mão coberta pela manga da roupa à boca, e seus olhos ficaram do tamanho da lua.

— Você... você já... matou alguém? — Seu foco estava na *stidda* em meu rosto, como se pudesse ver a resposta se olhasse por tempo suficiente.

Fechando os olhos, tentei permanecer calmo respirando bem devagar pelo nariz.

— Dei um tiro no peito de um cara. Nunca soube se ele morreu por isso.

— Você não ficou para descobrir? — ela sussurrou com ansiedade.

Vi que Levi também me olhava à espera de uma resposta e dei de ombros.

— Não foi preciso. Axe atirou bem no meio dos olhos dele antes que eu pudesse saber. Ele era um membro importante da gangue e precisou ser apagado.

Os olhos de Lexi se encheram de lágrimas e senti que ele abaixou a cabeça. De vergonha, decepção? Eu não queria saber.

— Oi, você deve ser o Levi — Lexi disse, passando por cima do que eu havia acabado de revelar e se dirigindo ao meu irmão. Vi Lexi sorrir para ele com receptividade. Levi ficou vermelho e balançou a cabeça, confirmando. Quando Lexi apertou sua mão, Levi mordeu o canto do lábio inferior como sempre fazia quando estava nervoso.

Eu me aproximei de Lexi e dei um beijo agradecido em sua cabeça. Estava feliz por ela estar sendo gentil com meu irmão, e mais ainda porque, ao conhecer outro elemento do meu passado fodido, ela não havia largado tudo e saído correndo.

— Sim, sou eu. Quem... quem é você? — Levi perguntou a Lexi em voz baixa, e eu saí do caminho para nos fechar na privacidade do trailer, longe de olhos curiosos.

Vendo meu irmão de catorze anos gaguejar ao se apresentar, meu peito se encheu de arrependimento. Aquele moleque diante de mim estava vendendo cocaína. Aquele moleque tenso e desajeitado estava nas ruas, vendendo pó para viciados. Arriscando sua vida tão jovem para que nossa mãe pudesse viver sem dor.

Tudo na vida dele, *naquela* vida, era tão errado que eu não fazia ideia de como consertar as coisas.

— Meu nome é Lexi — ela respondeu e soltou a mão dele.

Levi olhou para mim, depois voltou a olhar para ela com aquela mesma vermelhidão cobrindo o rosto. Levi não era como Axel. Ele não era cheio de confiança, arrogante ou grosseiro, não achava que podia dar conta de qualquer um, independentemente da força.

Ele não era como eu, melancólico, revoltado com esse mundo maldito e pessimista ao extremo. Levi era um pensador; ele era quieto, mal dizia uma palavra se não fosse obrigado. Preferia ouvir e aprender a ser o centro das atenções. Tinha mais habilidades atléticas inatas do que qualquer pessoa que eu conhecia. E era inteligente. Muito inteligente. E, porque precisávamos de grana para que nossa mãe vivesse o restante dos seus dias em relativo conforto, havia sido forçado a trabalhar nas ruas e a correr riscos.

— Você é... namorada do Austin?

Prendi a respiração diante daquela pergunta repentina e esperei para ouvir o que a Fadinha diria. Quando notei que ela estava em silêncio, senti que meu estômago havia se transformado em um poço vazio de decepção.

Levi olhou para mim.

— É, Aust? Ela é sua mina?

Chegando perto dos dois, coloquei as mãos sobre os ombros de Levi e disse:

— Ela é a minha Fadinha. Isso é tudo o que você precisa saber.

Levi franziu a testa, confuso com minha resposta, e ouvi Lexi respirar atrás de mim. Quando me virei, ela tinha uma expressão doce e surpresa no rosto.

Aquele sussurro satisfeito de felicidade me deixou feliz da vida. Peito aberto, coração exposto – feliz da vida.

—Austin? — O fio de voz da minha mãe vinha do quarto. E, como sempre, me senti instantaneamente fraco. Eu não era um bandido de vinte e um anos ou um jogador em potencial da NFL naquele momento. Era um menino indefeso cuja mãe estava morrendo lentamente. Ver minha mãe piorar a cada dia estava me matando.

— *Si, mamma. Sono qui.* Vou levar seus remédios em um minuto — gritei para ela, depois voltei a abaixar a voz. — Que porra aconteceu esta noite, Lev? Você parece péssimo.

Pela primeira vez desde que entramos, olhei bem para o rosto de Levi. Rangendo os dentes, coloquei os dedos sob o queixo dele e ergui sua cabeça, que estava abaixada. O lado direito de seu rosto estava todo vermelho e esfolado, a pele coberta de sangue ressecado.

A raiva tomou conta do meu corpo.

— Você foi alvo do tiroteio? — Não era bem uma pergunta, porque eu já sabia a resposta. Ele nitidamente havia se jogado no chão, e o rosto esfolado pelo cascalho era prova disso.

— Pelo menos não fui atingido, Aust. Seba e Carlo foram. Carlo no braço, mas Seba... bem no peito. Axe está no hospital com Gio, vendo se Seba vai resistir. Por isso está tudo tão quieto por aqui. — Os olhos de Levi se encheram de lágrimas. — Não sei se ele vai sobreviver... tinha tanto sangue. E ele parou de respirar quando todos foram embora. — Levi abaixou a cabeça novamente. Acompanhei seus olhos e vi seus tênis brancos cobertos de sangue.

Meus dedos doíam devido à força com que eu tinha cerrado os punhos. E, virando-me, tive que me afastar para ter um pouco de espaço. Eu precisava... precisava...

Uma mão gentil pousou sobre o meu ombro, distraindo-me da raiva, e senti que fui soltando o ar lentamente. Sabia que era Lexi. Passei a reconhecer aquele toque suave de sua mão em minhas costas, a reação de calma que meu corpo adotava quando ela estava por perto. A profunda paz que você só consegue com alguém em quem confia de maneira irrestrita.

— Você está bem, Austin? — ela perguntou delicadamente.

Sentando no sofá com a estampa florida desbotada, passei as mãos pelo rosto, depois olhei para Lexi, que parecia deslocada naquele palácio de lata miserável.

— Meu irmão caçula, tímido demais até para se apresentar a você, acabou de escapar de um tiro por... o quê? Alguns metros? — Rangi os dentes instintivamente ao pensar naquilo e repeti: — Um tiro, Fadinha. Uma porra de um tiro.

Lexi olhou para mim compassivamente e se sentou ao meu lado, envolvendo sua minúscula mão na minha.

— Sinceramente, não sei o que dizer neste momento, Austin. Estou totalmente por fora. Sabia que a gangue era ruim. Inocentemente, sempre pensei que não fosse tão ruim quanto diziam as notícias, mas vendo Levi hoje, ouvindo mais sobre... o seu passado... Nossa, é pior do que eu jamais poderia imaginar.

Não sei por quê, aquilo me fez sorrir. Ela era mais forte do que eu imaginava, lidando com toda aquela merda como uma pequena guerreira.

Lexi franziu a testa diante da minha reação.

— Por que está sorrindo?

— Por sua causa, Fadinha. Só por sua causa.

Quando Lexi abaixou a cabeça, um enorme raio caiu do lado de fora, iluminando a parte de trás do trailer. Fiquei grato por aquele relâmpago amarelo neon de dois segundos, pois ele me permitiu ver o rubor contente inundando seu rosto perfeito.

Eu não conseguia parar de contemplar sua beleza e, pela primeira vez, desejei que ela não usasse tanta maquiagem. A única vez que a havia visto sem delineador pesado nos olhos, lábios vermelho-escuros e base gótica pálida foi aquele dia no vestiário, quando ela me viu acabado. Ela estava linda, de bochechas rosadas e sardas, e eu ficava destruído ao saber que ela não era capaz de enxergar aquilo também.

Como se estivesse sentindo meus olhos a observando, Lexi me olhou por entre seus longos cílios pretos e eu tive a impressão de que meu peito havia sido rasgado e meu coração estava exposto. Foi aquele momento de que as pessoas sempre falam. O momento em que você olha para os mesmos olhos que já viu milhares de vezes, só que dessa vez vê algo mais em suas profundezas. Dessa vez é como se estivesse olhando pelas lentes de um telescópio e pudesse ver dentro da alma do outro... e ela parece se agarrar à sua.

—Austin? A mamãe está chamando você. —A voz tímida de Levi tirou meu foco da Fadinha e eu levantei os olhos irritados.

Meu irmão, pelo menos, parecia sentir muito pela interrupção.

Ele estava agitado, e murmurou:

— Ela está com muita dor.

De repente, meu mau humor evaporou e só senti tristeza.

— Você pode... pode dar os remédios para ela desta vez, Aust? Acho que cheguei ao máximo que podia suportar por hoje... Foi um dia difícil para a mamãe... e para a gangue... para mim...

Lexi, ao ver meu irmão caçula prestes a desmoronar, estendeu a mão, e Levi olhou para ela como se fosse um objeto desconhecido. Seus olhos acinzentados se voltaram para o rosto de Lexi e ela abriu um sorriso de apoio, acenando com a cabeça para que ele aceitasse a mão que ela lhe estendia.

Àquela altura, me senti o pior irmão do mundo ao ver a reação de Levi diante daquele gesto desconhecido de conforto. O moleque realmente não conhecia o amor. Ele só tinha sete anos quando minha mãe foi diagnosticada com a doença, e acho que não chegou a vê-la cantando e dançando conosco durante horas, distraindo-nos do mundo complicado logo em frente à porta do nosso trailer.

Quando Levi já tinha idade para compreender as coisas, minha mãe quase não conseguia mais ficar em pé sozinha, e sua energia tinha começado a desaparecer. Não havia mais o canto de Chiara Carillo, ex--soprano italiana. Não havia mais dança para que nos sentíssemos vivos.

A realidade de Levi era dura; ele não fazia ideia do que era ter uma mãe saudável, e olhava para Lexi como se ela fosse Maria, mãe de Cristo, aparecendo diante dele. Como se ela fosse a personificação da esperança. E, naquele momento, não vi um Heighter de catorze anos de idade com uma recém-conquistada *stidda* sob o olho esquerdo. Vi um garotinho perdido que havia lutado contra adversidades durante toda a sua vida infeliz, que nunca havia conhecido uma vida sem tristeza, violência e dor, e não fazia ideia do que fazer com uma afeição gratuita.

Levi engoliu em seco e, com a mão trêmula, levantou os dedos para segurar na mão de Lexi. A cena diante de mim ficou embaçada. Foi quando me dei conta de que estava com lágrimas nos olhos ao observar meu irmão sendo consolado pelo toque de uma estranha.

Ouvindo uma respiração baixa atrás de mim, virei a cabeça. Meu coração quase parou quando vi minha mãe, fraca e pálida, em sua nova cadeira de rodas, sentada na entrada do quarto, vendo Levi com uma expressão surpresa e aterrorizada no rosto, de mãos dadas com a minha Fadinha. Lágrimas corriam pelo rosto lívido de minha mãe, mas ela não fez nenhum movimento para secá-las. Eu não sabia ao certo se ela não conseguia reunir a energia necessária ou se estava tão tomada pela emoção que nem notou que estava chorando tanto.

Caminhei em silêncio na direção dela e, depois de um tempo, seus olhos escuros pousaram em mim. Estava usando uma camisola longa, sem mangas, e as mãos estavam tremendo devido à força dos soluços.

Tirei uma mecha de cabelo comprido de sua testa suada, e a atenção dela se voltou novamente para Lexi e Levi, que estavam atrás de mim. Ouvi Lexi perguntar:

— Quer um chá, querido? Alguma coisa para comer?

— Sim, senhora. — Ouvi Levi responder e me enchi de orgulho da Fadinha. Ela estava cuidando do meu irmão enquanto eu resolvia outras coisas. Estava cuidando de Levi pela simples bondade de seu coração.

Pegando minha mãe nos braços, alcancei a sacola de remédios que estava sobre a mesa. Fui para o quarto, puxei os lençóis e coloquei-a deitada sobre a cama. Nenhum dos dois disse nada. Quando fui pegar o copo de água na mesa de cabeceira, arrisquei olhar para o rosto dela. Ainda estava olhando para a porta como se pudesse enxergar através das paredes, finas como papel.

— *Mamma*? Tome estes — instruí ao lhe entregar os analgésicos cor de laranja. Por causa da doença, sua garganta não funcionava como antes, e havia perigo de que engasgasse. Ela agora precisava tomar os medicamentos por via intravenosa ou sublingual, e logo mais todos os alimentos teriam que ser ingeridos na forma líquida.

Minha mãe não abriu a boca, mas olhou para mim e perguntou:

— Você trouxe... o seu... *piccolo folletto*... aqui, para nós?

Suspirando, sentei ao lado da minha mãe na cama e sorri ao me lembrar de como Lexi tinha sido teimosa quando eu lhe disse para voltar para casa.

— Eu precisava buscar seus remédios e, para isso, precisava de um carro. Ela tinha um, mas não me deixou vir sozinho.

Minha mãe franziu os lábios, achando graça.

— Ah, *mio caro*... ela... roubou seu coração.

Pensei em discutir, estranhamente sentindo que me defender seria como trair minha Fadinha, mas minha mãe fechou os olhos e tentou balançar a cabeça.

— Eu... não preciso... ouvir... sua resposta... para saber... que é verdade. — Suas pálpebras se abriam, trêmulas, e o que pareceu felicidade surgiu em seus olhos, fazendo minha pele ficar toda arrepiada. — Você é meu... filho... sangue do... meu sangue... uma parte da sua... alma... vive... dentro de mim. — Ela levantou a mão com dificuldade e colocou-a sobre o coração. — Eu sinto a... mudança... em você. Você está... livre... com ela... — Minha mãe respirou fundo e acrescentou: — Isso traz... vida... e paz... ao meu coração.

— *Mamma*... — Tentei falar, mas ela colocou a mão sobre a minha.

— *Tesoro*, Austin... *Lei è un... tesoro*. Um tesouro... abençoado, caído do céu... feito só para... você...

Olhando rapidamente para a porta do quarto parcialmente aberta, eu me virei novamente para minha mãe e sussurrei:

— Ela tem problemas, mãe. Questões ruins de verdade com ela mesma. Eu gosto dela... muito, devo admitir, mas não sei como lidar com isso, com ela. Para ser sincero, isso tudo me assusta demais. Esses problemas a dominam completamente.

Minha mãe suspirou e olhou pela janela, pensativa. Andava fazendo muito aquilo ultimamente, como se estivesse apreciando o mundo, gravando a vista na memória.

— Eu enxergo o problema dela, Austin... Sou... mulher... Vejo o que... os outros podem não ver. Ela não vê... beleza... em si mesma.

Abaixei a cabeça e senti muito medo ao ouvir aquilo. Não queria que ela tivesse problemas com sua aparência.

Ela era linda.

Minha mãe pigarreou, inclinou-se para a frente de maneira meio desajeitada e ponderou:

— Todos temos... segredos. Segredos bem enterrados. Até... encontrarmos uma alma que... torne o peso... desses... segredos só um pouco... mais fácil... de... de suportar.

Ela estava começando a respirar com dificuldade, então peguei mais uma vez os analgésicos e, com um olhar sério, implorei que ela abrisse a boca. Pouco antes de abrir, ela sussurrou:

— Se você a amar direito... esse amor... vai curá-la... mas não a destrua... *mio caro*. Se você der esse amor... e depois negá-lo... ela nunca vai conseguir superar.

Uma única lágrima caiu do olho de minha mãe, e meu peito ficou tão apertado que pensei que meus pulmões tivessem estourado. Minha mãe estava se referindo ao meu pai. Luca Carillo a havia destruído no decorrer dos anos, mas ela ainda o amava com ardor. Ela não queria que eu agisse com Lexi como meu pai havia agido com ela. Queria que eu fosse responsável por curar minha Fadinha, e não por destruí-la.

Finalmente fazendo o que eu estava pedindo, minha mãe deixou os comprimidos se dissolverem sob sua língua, o tempo todo observando meu rosto com seus olhos escuros.

— *Axe! Você sabe o que isso significa. Temos que trazer ele. Trazer todo mundo. Porra, estamos em guerra,* fratello. *Temos que proteger nosso território. Se perdermos aquela área, vamos perder toda a grana, e sei o que isso significa para os irmãos Carillo.*

— Capisco, *Gio*.

— *Ei, Axe, andou roubando carros de novo? De onde veio esse Prius de merda?*

As vozes estavam altas em frente ao trailer. Rapidamente comecei a cobrir minha mãe, quando ela agarrou meu braço.

— Vá você... Não deixe o... Levi falar com... eles...

Assentindo, levantei-me para sair do quarto, e minha mãe sussurrou:

— Peça... para ela entrar... Quero... falar com seu... *folletto*.

Aquilo me deixou paralisado. Olhei para a sala e vi Levi conversando timidamente com Lexi, enquanto ela sorria abertamente para ele. O moleque já estava apaixonado por ela; dava para ver pelo seu sorriso bobo.

— *Perchè?* — perguntei para minha mãe, ainda observando a linda garota que estava roubando meu coração, fazendo meu irmão caçula se sentir querido... apreciado.

— Austin, *mio caro*... peça... para ela... entrar... É um assunto entre mim... e o seu *tesouro*...

Um pouco nervoso com o que poderia ser dito na minha ausência, fui até a sala e vi Lexi ajudando Levi com o que parecia ser um exercício de matemática. Assim que cheguei perto da pequena mesa de centro em volta da qual estavam agachados, fiz um sinal com a cabeça para que ela viesse até onde eu estava.

— Termine as questões três e quatro e eu venho ver se estão certas em um minuto. Já volto.

Lexi se levantou e se aproximou de mim. Levi ficou todo vermelho diante do meu olhar perceptivo e ocupou-se da tarefa de álgebra.

Pegando na mão de Lexi, puxei-a para a cozinha, onde não havia ninguém. Antes que ela tivesse tempo de fazer perguntas, segurei seu rosto entre as mãos, puxei-a para perto e pressionei os lábios junto aos seus.

Um gritinho escapou de sua boca e suas pequenas mãos agarraram minha camisa. Assim que a língua dela apareceu entre os lábios e entrou na minha boca, perdi a cabeça. Empurrei-a contra a bancada e gemi quando ela abraçou minhas costas, e minha virilha encostou na dela. Meu pau estava duro, e dava para sentir o calor do corpo de Lexi irradiando em ondas.

Conforme os segundos passavam, o corpo inexperiente de Lexi começou a relaxar, cedendo ao meu toque. Quando ela levantou as mãos e as entrelaçou em meus cabelos, eu já não estava mais pensando direito e envolvi as costas dela com os braços, puxando seu corpo firme na direção do meu peito, até estar colado ao meu.

Um trovão imenso abalou os alicerces do trailer, e Lexi ficou paralisada como se tivesse levado um tiro. Seus lábios de repente ficaram imóveis e ela tirou as mãos dos meus cabelos. Seus gemidos agora eram mais altos e, em meio à confusão mental provocada pela loucura do sexo, pensei que fossem um sinal de prazer, até sentir a umidade em seu rosto.

Ao me afastar, notei que lágrimas silenciosas corriam pelo rosto de Lexi. Seus olhos verde-claros tinham ficado inexpressivos, e meu sangue estava gelado.

Ela estava novamente perdida naquela zona escura, totalmente desconectada da realidade.

Fui desfazer nosso abraço e levei um instante para me dar conta de onde estavam minhas mãos: bem nas costas dela. Eu estava inconscientemente passando o polegar sobre suas vértebras.

Merda!

Retirando os braços e levantando-os no ar, sussurrei:

— Fadinha? Fadinha? Volte para mim. Já soltei você. Só volte para mim.

Eu soube que minha voz havia rompido a barreira quando ela começou a ofegar e a piscar os olhos, saindo do transe provocado por *ele*. Aquela maldita voz que ela dizia que a provocava e atormentava constantemente.

— Fadinha... — comecei a falar, mas ela puxou as mangas do suéter preto sobre as palmas das mãos e as colocou sobre a boca.

— Você tocou nas minhas costas — ela sussurrou. — Não posso ser tocada nas costas. Por que tocou nas minhas costas? Eu devia ter dez, mas tenho só sete. Não é o bastante. Ele *tem razão*. Simplesmente não é o bastante... — A voz dela era de desespero enquanto falava coisas sem sentido para si mesma, e assumiu um tom agudo.

Lexi cambaleou para trás até bater na bancada, mas os balbucios incessantes não paravam.

Olhando para a porta, ouvi as vozes que estavam do lado de fora se aproximarem, e não queria de jeito nenhum que Axel soubesse que a Fadinha estava aqui... principalmente agindo daquele jeito. Ele não entenderia nada. Não aprovaria meu relacionamento com ela.

Aproximando-me com cuidado, aprisionei Lexi em meus braços e pressionei a testa junto à dela.

— Fadinha, respire. Um... dois... três... quatro... — Continuei e vi o momento em que ela voltou, tentando ao máximo acompanhar o ritmo da minha contagem com a respiração. — Cinco... seis... sete... oito...

— *Axe, pegue o moleque. Precisamos agir.*

A voz de Gio interrompeu minha contagem e eu fiquei olhando para a porta, esperando pacientemente que ela se abrisse, tentando pensar em como esconderia a Fadinha.

— Estou calma. Estou calma... — A voz baixa de Lexi atraiu minha atenção de volta para ela.

— Porra, sinto muito, Fadinha — sussurrei, apoiando a cabeça no espaço entre seu ombro e pescoço, sentindo aquele perfume que era só dela.

Vi Lexi levantar a mão, tremendo violentamente enquanto se movia atrás de mim. Fiquei chocado quando sua mão foi parar na minha nuca, e soltei o ar que nem havia me dado conta de que estava prendendo.

— Está tudo bem. Está tudo bem. Eu só entrei em pânico — Lexi disse devagar, e eu soube que ela estava tentando convencer a si mesma ao mesmo tempo que tentava me convencer.

Afastando a cabeça, dei um beijo hesitante nos lábios dela, falando junto à sua boca.

— Eu esqueci, Fadinha. Sei que é uma péssima desculpa. Mas eu simplesmente esqueci.

Lexi fechou os olhos, respirando fundo pelo nariz. Quando suas pálpebras se abriram, ela parecia um pouco melhor.

— Austin? — A voz fraca de minha mãe atravessou o trailer enquanto o barulho do vento aumentava e os galhos das árvores arranhavam as janelas durante a tempestade.

Se o clima alguma vez já representou a atmosfera de uma situação, o daquele momento não poderia ser mais apropriado.

— *Si, mamma?* — respondi, sem tirar os olhos da minha Fadinha. Os olhos de Lexi também não deixaram os meus.

— Lexi... quero que... ela venha aqui — ela disse, e começou a tossir devido ao esforço.

Notei que Lexi franziu as sobrancelhas, mas, abaixando a cabeça, ela tentou desviar de mim, e eu estiquei o braço para agarrar sua mão.

Lexi colocou a mão ainda trêmula em meu rosto e fez um gesto indicando que estava bem.

Que ótimo, pensei, engolindo a culpa.

Enquanto Lexi caminhava lentamente até o quarto da minha mãe, com os braços cruzados na frente da barriga, a maçaneta da porta da frente começou a girar.

Corri até lá e puxei a maçaneta, abrindo totalmente a porta com a ajuda do vento forte. Encarando-me em choque estavam Axel, Carlo e Gio. Carlo estava segurando o braço. Eu me lembrei de Levi ter dito que ele tinha levado um tiro. Parecia ter pegado apenas de raspão; mais um Heighter que havia escapado da morte.

— Austin! — Axel exclamou, com uma felicidade instantânea. Saindo do trailer para a área externa coberta de cascalho, fechei a porta e caminhei sob a tempestade pesada e turbulenta, estranhamente me reunindo com minha gangue pesada e turbulenta.

— Axe. Gio. Carlo — eu os cumprimentei e, garantindo que a porta do trailer estivesse fechada, coloquei as mãos no bolso. O vento nos envolvia como um furacão.

Axel se aproximou e pendurou o braço em volta do meu ombro.

— Pegou os remédios da mamãe, moleque?

— Peguei, acabei de dar para ela.

Vi Gio abrir um sorriso sarcástico, apontando para o Prius.

— Roubou o carro de algum aluno riquinho?

Dando de ombros, contive o ímpeto de derrubá-lo.

— Peguei emprestado com uma pessoa que eu conheço.

Axel se afastou e me olhou estranho.

— Quem você conhece que tem uma merda de um Prius?

— Alguma fã do Tide que está comendo? — Carlo perguntou, com um sorriso enorme no rosto.

— É — respondi de maneira evasiva e voltei a olhar para Axel.

— Seba está bem? Lev disse que ele tomou um no peito.

O rosto de Axel obscureceu de tristeza e ele balançou a cabeça.

— Já chegou sem vida ao hospital. Mais um irmão derrubado. — Axel fez o sinal da cruz sobre o peito, e eu vi Gio fazer o mesmo.

Suspirando alto, esfreguei a mão na testa.

— Precisamos conversar, Aust — Gio disse com seriedade, e eu olhei para ele. — Precisamos de você de volta na gangue, só até derrubarmos os Kings. Eles já conseguiram cinco quilômetros de território em questão de semanas, e agora estão querendo tomar o campus da Universidade do Alabama. — Ele ficou me olhando em silêncio por alguns instantes, depois acrescentou: — Eles sabem que você estuda lá e estão falando umas merdas sobre derrubar você.

— Porra! — gritei, e Gio se aproximou, apontando para Axel com a cabeça. Axel enfiou a mão no bolso interno da jaqueta e tirou uma pistola nove milímetros. Não, pior ainda, a *minha* antiga pistola nove milímetros.

Axel esticou o braço para me entregar a arma.

— Sua *famiglia* precisa de você, moleque. Temos que manter o território para tirar uma grana. O preço do tratamento da mamãe só vai aumentar daqui em diante. Os Carillo precisam se unir.

Notei um movimento nas cortinas do quarto da minha mãe e meu coração apertou quando vi que a janela estava um pouco aberta. Ela devia ter ouvido tudo.

— Olha, Axel, vamos pensar em alguma outra coisa. Vou engolir meu maldito orgulho, *nós vamos*, e pedir para o Rome ajudar com as contas da mamãe.

— De jeito nenhum, porra! Não vou aceitar caridade daquele riquinho de merda. Odeio aquele imbecil! Vamos fazer do jeito dos Carillo, do jeito italiano. Do jeito *das ruas*.

Rangi os dentes e fui para cima de Axel.

— É a última vez que você diz alguma coisa contra o Rome. Nós somos próximos como irmãos.

Axel estava abrindo um sorriso sarcástico até eu dizer a última parte, e então tudo o que vi em seu rosto foi raiva.

— Vamos deixar uma coisa bem clara. O merda do Rome Prince não é seu irmão, moleque — ele vociferou. — É só um jogador de futebol riquinho que você conhece, um jogador de futebol riquinho que está usando a sua pobreza e os seus pés ligeiros para entrar na NFL. Ele não conhece esta vida, não entende o que é preciso para sobreviver por aqui. E, de hoje em diante, você vai vender comigo na faculdade e aparecer aqui nos Heights sempre que eu chamar. Foda-se o seu futebol, moleque. Esta merda é o nosso futuro. É a nossa *famiglia*. Agora — Axel empurrou a nove milímetros em meu peito com uma força impressionante —, vê se vira homem! Temos trabalho a fazer.

Segurando a arma, sentindo o familiar metal arranhado sob os dedos, meu coração ficou apertado quando Axel se virou para a porta do trailer.

Axel voltou a olhar para Gio.

— Vou chamar o Lev. Depois vamos passar de carro pelos Kings. É hoje que meu irmãozinho caçula vai conquistar o direito de usar aquela *stidda* no rosto. — Axel então olhou para mim. — Isso serve para você também, moleque. Você vem com a gente.

Como se tudo ficasse em câmera lenta, duas coisas passaram rapidamente pela minha cabeça. A primeira era que a Fadinha estava naquele trailer, e Axel acabaria com ela se a encontrasse. A segunda era que Levi não entraria no carro daquele desgraçado por nada neste mundo. Ele já havia despistado a morte aquela noite. Não arriscaria outro encontro.

O medo e o instinto de proteção me fizeram dizer palavras que eu tinha jurado nunca mais dizer.

Assim que Axel começou a abrir a porta, dei um passo à frente e o puxei para trás.

— Eu vou com vocês, vendo cocaína com você de novo, com uma condição.

Axel olhou para Gio e, quando voltou a atenção para mim, olhei bem nos olhos dele. Aquilo era uma questão de *família* de verdade, família do mesmo sangue.

— Lev não vai mais vender. Ele não vai mais sair com vocês por aí e, principalmente, não vai andar armado. Você me promete isso agora e eu volto.

— Você volta? Cem por cento? — Axel perguntou, com um brilho de empolgação nos olhos escuros.

— Cem por cento — respondi, e a promessa pareceu despedaçar meus sonhos ao escapar de meus lábios. Quando Axel e Gio estenderam as mãos, quase voltei atrás no acordo. Mas, quando fechei os olhos e pensei em Levi pegando na mão de Lexi com nervosismo, e em minha mãe chorando lágrimas de felicidade ao vê-lo encontrar conforto naquele toque, toda a minha hesitação desapareceu.

Dois apertos de mão depois, parado sob a chuva, senti um pedaço da minha alma morrer.

Parte de mim sabia que aquela era a pior coisa que eu já tinha feito. A outra simplesmente estava agradecida por meu irmão caçula ter a chance de uma vida melhor. De ser alguém. De sair daquela situação.

— Carlo, pegue o carro. Vamos sair — Gio ordenou, e Carlo, ainda segurando o braço ferido, começou a andar na direção do trailer de Gio para pegar seu antigo Challenger.

Axel colocou a mão sobre meu ombro enquanto Gio quase vibrava de empolgação ao antecipar a vingança sobre os Kings.

— Vou explicar o plano...

O som da porta do trailer se abrindo e batendo na parede me fez virar em choque. Lá estava Lexi no último degrau, ofegante, com os olhos verdes arregalados de medo.

Como se não estivesse vendo mais ninguém, ela olhou diretamente nos meus olhos e, com a voz trêmula, implorou:

— Não, Austin, não faça isso. Por favor, não faça isso!

Gio deu um passo à frente e gritou:

— Quem é essa piranha feia?

Fiquei furioso.

Dando um salto, virei Gio e dei um soco na cara dele. Ele caiu no chão molhado e lamacento. Passando sobre seu corpo estendido, fui na direção da Fadinha quando Axel me agarrou pelo colarinho e me jogou sobre o capô do Prius.

— Que porra *ela* está fazendo aqui? — ele gritou com a voz rouca de raiva, o rosto a um centímetro do meu.

Mexendo as pernas, tentei derrubá-lo, mas não tive sorte. Ele havia me imobilizado. Ouvi Lexi gritando para ele me soltar, e aquilo quase me matou.

— Deixe ela em paz, porra! — gritei.

Axel arregalou os olhos, admirado, e pareceu genuinamente surpreso com minha reação.

— Você está comendo essa vadia? A vadia maldita que viu a gente vendendo e com certeza abriu o bico para aquele reitor cretino?

Afastei a cabeça e projetei-a para a frente, batendo com a testa no nariz de Axel. Ele caiu para trás, levando as mãos ao rosto, e eu aproveitei a chance para me levantar. Quando minhas botas tocaram a lama, escorregaram em uma poça. Apoiei as mãos no chão lamacento e, quando ergui os olhos, Gio havia se levantado e ia na direção de Lexi, que estava paralisada na porta.

— NÃO! — gritei e saí correndo, mas Axel me derrubou por trás e nós dois caímos na lama.

— Gio, se tocar nela, eu mato você! — gritei o mais alto que pude sob o corpo pesado de Axel.

Gio voltou a olhar para mim e tirou o canivete do bolso. Um relâmpago distante refletiu em sua lâmina.

— Não! — Tentei virar a cabeça na direção de Axel, mas ele havia me imobilizado com o cotovelo. — Axe, me solta. Ele vai machucar a Fadinha!

— Fadinha? Que porra é essa? — ele gritou em meu ouvido.

— Ela é minha namorada, seu babaca! Ela é minha namorada! E, se acontecer alguma coisa com ela, eu meto você debaixo da terra, porra, sendo meu irmão ou não! — ameacei.

Axel ficou imóvel. Pude ouvir sua respiração ofegante e a chuva batendo no chão ... e os gritos repentinos de Lexi.

Virando a cabeça para ela, soltei um grito de desespero quando Gio a agarrou pelo cabelo e a arrastou para o pátio alagado, obrigando-a a olhar para mim. Lágrimas corriam por seu rosto, mas elas logo pararam quando Gio rasgou a costura de seu suéter largo e pressionou o corpo junto às costas dela, sorrindo para mim.

— Ela é sua namorada, Austin? A vadia que testemunhou meus negócios na Universidade do Alabama?

Fiquei paralisado e, por entre dentes cerrados, lancei:

— Então você contou para ele, Axe? Eu falei que tinha resolvido a situação! Esperava que pelo menos uma vez você não fosse tão pau-mandado a ponto de contar tudo para o Gio. — Axel não respondeu, e a traição do meu irmão só pareceu dar mais corda em Gio.

— É, Aust. O Axe me contou tudo. Eu falei que, se você encostasse em mim de novo, ia pagar por isso. E parece que essa aberração é seu calcanhar de aquiles. — Gio jogou o suéter retalhado de Lexi no chão e passou o indicador pela extensão de sua coluna, o tempo todo com aquele sorriso psicopata no rosto.

O rosto de Lexi ficou totalmente sem expressão, e meu coração se partiu em dois. Ela estava em seu lugar mais escuro. Estava fora do ar... tudo porque ele estava tocando em suas costas.

Fechei os olhos e disse a Axel:

— Você tem cinco segundos para me soltar, Axe. Ou, sem brincadeira, a gente já era.

Notei a respiração pesada de Axel. Podíamos não compartilhar os mesmos códigos éticos e morais na vida, mas eu o amava. Ele era sangue do meu sangue e entendia o significado do que eu estava dizendo.

— Largue ela! — Ouvi uma voz masculina gritar, em pânico. E, abrindo os olhos, vi Levi parado na frente de Lexi, com os braços esticados na direção de Gio. A princípio não vi a arma, mas, quando Gio levantou as mãos, petrificado, vi o braço trêmulo de Levi enquanto ele se aproximava do corpo encurvado de Lexi, que tinha os olhos fixos no chão. Ela estava balbuciando sozinha; estava ouvindo *a voz*.

— Porra! — Axel gritou, saindo de cima de mim e indo na direção de Levi. Ao vê-lo chegando, Levi alternou a arma entre Gio e Axel.

Quando me levantei, com a camiseta preta e os jeans cheios de lama, me aproximei lentamente de Levi.

— Lev, calma — eu disse tranquilamente. Os olhos acinzentados de Levi estavam arregalados de adrenalina, e ele fez um gesto com a cabeça para eu me aproximar dele e da Fadinha. Respirando fundo, eu me abaixei e levantei-a nos braços. A água escorria de sua pele fria.

Ofegante, Lexi fincou os dedos na minha pele e seus olhos branquíssimos olharam nos meus.

— Austin... — ela sussurrou e olhou para baixo, contorcendo-se em meus braços como se tivesse acabado de se dar conta de que eu a havia levantado. — Austin, por favor, sou pesada demais — ela disse, constrangida.

Meu coração afundou quando ela expressou aquela preocupação e, aproximando-a dos meus lábios, sussurrei:

— Você não é um fardo para mim, Fadinha. Seu peso não é nada. Você está segura nos meus braços, onde é o seu lugar.

O lábio de Lexi começou a tremer e seus olhos se encheram novamente de lágrimas.

— Axe, você precisa controlar seus irmãos antes que eles esqueçam com quem estão mexendo. — Gio ficou olhando feio para Axel, e, pela primeira vez, vi o que parecia medo na expressão de Gio. Ele sabia que, sem Axel, sua maldita gangue desmoronaria. Axel era a cola que mantinha os Heighters unidos. E, independentemente do quanto ele amasse a gangue, eu sabia, não, eu *rezava* para que houvesse uma coisa que ele amasse mais: *nós*.

— Cale a boca, G! — Axel gritou e se aproximou lentamente do nosso irmão. — Levi, abaixe essa arma. Não vou encostar na vadia do Austin. Ele fez a escolha dele.

Levi ficou tenso.

— O nome dela é Lexi!

Axel rangeu os dentes e resmungou:

— Tudo bem. Não vou encostar na... *Lexi*.

Levi olhou para mim e eu fiz um sinal para que ele soltasse a arma. Abaixando os braços lentamente, Levi colocou a arma de volta na cintura e Axel soltou um grande suspiro de alívio.

Gio passou por nós, nervoso, e foi até o Challenger ao ver os faróis se aproximando.

— Dê um jeito nos seus malditos irmãos, Axe, ou vou fazer isso eu mesmo. — Gio abriu a porta do passageiro e entrou, e os pneus molhados rangeram e espalharam lama sobre todo o nosso trailer.

Um trovão ecoou ao longe, e era como se os três irmãos Carillo estivessem num duelo sob o aguaceiro, eu segurando minha Fadinha junto ao peito, Axel e Levi olhando um para o outro com desprezo.

Olhando de relance para mim, Axel fechou a cara ao me ver dar um beijo na cabeça de Lexi e riu com sarcasmo.

— Então você está traçando a vadia que viu a gente vendendo? A única que poderia testemunhar sobre o que estamos fazendo na faculdade?

Rangi os dentes quando Lexi, ainda em meus braços, começou a tremer de frio. Ou seria de medo de Axel? Provavelmente uma combinação dos dois.

— Não é da sua conta! Mas ela *é* minha; não se esqueça disso.

Dessa vez, Axel riu *de verdade*.

— Porra, moleque. Você está agindo desse jeito por causa de uma xoxota? Merda, cara, o que deu em você?

Lexi se retraiu como se tivesse tomado um tapa e eu me virei para Levi.

— Vá lá dentro pegar a bolsa dela. Preciso da chave do carro. Vou levá-la para casa.

Levi correu para o trailer sem questionar e, alguns segundos depois, apertou o botão do controle remoto para abrir o carro automaticamente. Coloquei Lexi no banco do passageiro, girei a chave na ignição e liguei o aquecedor no máximo. Lexi se encolheu no assento e passou os olhos petrificados pelo terreno.

Eu nunca iria me perdoar por tê-la trazido aqui.

Fechando a porta do carro, olhei para Levi.

— Como está a mamãe?

— Dormindo — ele respondeu e abaixou a cabeça.

— *Vieni qua* — eu disse, e Levi se aproximou de mim lentamente, até ficar a poucos passos de distância. Segurando atrás de sua cabeça, puxei-o para o meu peito. — *Grazie, fratello*.

Levi me abraçou e disse baixinho:

— Eu gostei dela. Não a afaste. Não quero que ela vá embora.

Um nó se formou em minha garganta e eu fiz um sinal positivo com a cabeça.

— Entre. Tranque a porta do trailer, tranque *tudo*, e não abra para ninguém. Estou com meu celular. Ligue se precisar de mim. A qualquer hora, está ouvindo? Eu ficaria, mas preciso levar a Fadinha de volta para a faculdade. Aqui não é lugar para ela. Ela não merece ouvir toda essa merda do Gio e do Axel. Eu vou deixá-la e voltar.

Levi se afastou e, olhando para Lexi por sobre meu ombro, acenou para ela, depois correu para o trailer. Ouvi todas as cinco trancas. Ele e minha mãe estavam em segurança.

— Você está cagando tudo, moleque — Axel disse ao meu lado, agora que estávamos sozinhos, e eu me virei para ele. Estava limpando o sangue que ainda escorria de seu nariz.

Indo até ele, empurrei seu peito e falei:

— Não. Você está cagando tudo! Que irmão de merda você é para mim e para o Levi? Espera até termos idade suficiente e aí nos joga naquela gangue? — Apontei o dedo para seu peito largo. — Então, eu diria que é você que está cagando tudo, Axe. *Você!*

Comecei a me afastar, quando Axel disse:

— Não ligo a mínima para o que você pensa de mim, Austin. Quando o nosso pai foi embora e a mamãe ficou doente, fiz o que era preciso para nós sobrevivermos. Não espero que você compreenda, *superastro*.

Eu odiava quando ele me chamava disso.

Encostei meus pés nos de Axel, olhei bem dentro de seus olhos castanhos e falei:

— O Lev está fora. Ouviu? Aquele moleque não tem estômago *nem* força para essa vida. Ele merece mais, mais do que eu e você como irmãos.

Axel balançou a cabeça, mas vi na palidez do seu rosto que o havia atingido.

— Levi fica na gangue. E, sinto muito, irmão, mas *você* também vai voltar. Podemos ter nos desentendido hoje, mas os Kings e as despesas médicas da mamãe não vão deixar de existir amanhã.

Fiquei olhando para ele sem dizer nada, depois dei meia-volta e me virei.

— Aust?

Meus pés pararam e eu perguntei, exausto:

— O que foi, Axe?

— Vou ficar com o moleque e a mamãe hoje à noite. Vou protegê--los. Você não precisa voltar. Eu prometo.

Soltei o ar pelo nariz e comecei a andar na direção do carro.

— Ótimo. Eu preferiria não ter que enterrar minha mãe e meu irmão no mesmo ano.

Alguns segundos depois, ouvi Levi deixar Axel entrar no trailer e fechar todas as cinco trancas.

Entrando no Prius, não demorei muito para sair do parque de trailers e pisar fundo na estrada que levava de volta à faculdade.

A chuva tinha começado a arrefecer e eu olhei para Lexi, que me observava. Sua maquiagem pesada havia saído quase toda com a força da chuva.

Eu amava aquelas sardas espalhadas pelo seu nariz. Porra, estava começando a amar tudo nela, ponto-final.

Segurei firme no volante e disse:

— Fadinha, eu sinto muito.

Lexi não respondeu nada, e, quando olhei novamente para ela, sua expressão não havia mudado.

— Fadinha, por favor. Sei que você está magoada, mas só queria dizer...

— Vá para a casa dos fundos da fraternidade, Austin.

Olhei de novo para Lexi, completamente confuso.

— Vou levar você de volta para a casa da sua irmand...

— Vá para a casa dos fundos — ela repetiu, com severidade.

— Por que, Fadinha? — perguntei e prendi a respiração, esperando a resposta.

Lexi esticou nervosamente a pequena mão sobre os bancos e a pousou sobre minha coxa.

— Porque nunca me senti tão segura na vida como me sinto com você. Quero ficar com você no lugar onde me mostrou pela primeira vez quem era de verdade. — Ela olhou para mim por entre seus longos cílios. — Porque ainda não estou pronta para deixar você.

Coloquei a mão sobre a dela, e ela acrescentou:

— Porque preciso de você, Austin. Nada além disso. Preciso de você. Isso deveria bastar.

Apesar de minhas roupas completamente molhadas, do tecido frio colado na pele, só senti calor quando as palavras de Lexi fluíram pelo meu corpo.

— Porra, Fadinha — eu disse, com a voz rouca, e apertei seus dedos com força.

— Tudo bem?

— Mais do que bem — eu disse, rindo.

— E por quê? — ela perguntou, tímida.

Levando seus dedos aos meus lábios, dei um beijo na palma de sua mão com seriedade.

— Porque também preciso muito de você. Demais para continuar lutando contra isso.

18

Lexi

O clima fica estranho depois de uma tempestade, como se a mãe natureza fizesse uma pausa merecida após rasgar o mundo em pedaços. O vento cessa e o céu cinza e preto fica estranhamente parado.

Enquanto Austin e eu caminhávamos com cuidado na direção da casa dos fundos, evitando os olhos curiosos, não havia barulho de grilos nem de corujas; tudo estava calmo, quase meditativo. Até a voz na minha cabeça parecia estar dando um tempo sem me torturar.

Olhei para o céu à meia-luz e vi as nuvens se movimentando bem devagar, recuperando-se de uma noite turbulenta. Sabia como se sentiam. Ainda estava me refazendo da raiva que Gio e Axel haviam demonstrado por mim, mas, mais do que isso, meu peito estava cheio de respeito por Austin. Ele havia me protegido, cuidado de mim. Preferira ficar ao meu lado em detrimento do seu irmão mais velho.

Arrisquei olhar para ele de canto de olho e foi impossível não perder o fôlego. Ele estava olhando para nossos dedos entrelaçados com um brilho incrédulo naqueles olhos castanhos italianos. Como se não conseguisse acreditar que estávamos juntos.

Ainda sem notar que eu o estava observando, Austin levou casualmente nossas mãos dadas aos lábios e deu um beijo no dorso da minha. Arrepios tomaram conta do meu corpo imediatamente, e não tinham nada a ver com a brisa fria que batia na pele molhada, e sim com o fato de ser apreciada e digna da proteção de Austin.

Suspirando alegremente, apoiei a cabeça em seu braço forte.

Com ele, eu me sentia tão segura.

Quando chegamos à porta da casinha, Austin verificou os arredores para garantir que ninguém estava nos observando e, soltando minha mão, pegou a chave no bolso de sua calça encharcada e cheia de lama. Silenciosamente, ele abriu a pesada porta de madeira.

Quando entramos, Austin levantou o dedo em um sinal para que eu esperasse na entrada e rapidamente foi até as enormes janelas, que ocupavam toda a extensão da parede, para fechar as cortinas.

Vi Austin se virar para mim: a mesma expressão incrédula em seu rosto era iluminada pelo céu repleto de estrelas, cujo brilho entrava pela claraboia.

Sua camiseta preta era justa e estava colada sobre o torso definido e musculoso. O jeans molhado não estava muito diferente. Os cabelos escuros e desgrenhados tinham secado de um jeito casual, bagunçados em todas as direções, o que, se fosse realmente possível, apenas o deixava mais atraente de um modo bruto e selvagem. Suas tatuagens curvavam-se e flexionavam-se a cada passo que ele dava na minha direção. Chegava a parecer que a imagem de Jesus em seu crucifixo estava respirando.

Meu coração saltitava dentro do peito; as batidas velozes e ritmadas do sangue sendo bombeado pelo meu corpo eram tão altas que dava para sentir a vibração sob a pele, dos pés à cabeça. Algo intensamente sexual brilhava nos olhos escuros de Austin. Instintivamente, cruzei os braços diante do peito como se quisesse me proteger do efeito nada familiar da sua atenção.

Austin parou bem na minha frente e eu senti seu hálito quente no rosto. Fiquei olhando para a tatuagem de pomba em seu pescoço, tentando me concentrar nos detalhes das penas em suas asas abertas, apenas para tentar acalmar meu coração agitado.

Um dedo tirou uma mecha de cabelo dos meus olhos e desceu gentilmente pelo meu rosto e pelo meio do nariz. Vi o lábio superior de Austin se contrair e se transformar em um sorriso.

— A chuva libertou suas sardas, Fadinha — ele disse, com a voz rouca.

Meu estômago revirou ao saber que minha maquiagem pesada havia saído, e comecei a entrar em pânico por estar tão exposta.

— Eu...

Antes de terminar o que eu queria dizer, Austin se aproximou e deu um beijo suave na ponta do meu nariz, deixando-me paralisada. Seus lábios continuaram descendo pelo meu rosto até chegarem à orelha, onde ele sussurrou:

— Elas são lindas. Amo ver você sem a pintura de guerra. Amo ver quem você é de verdade sob a armadura.

Esqueça poesia. Esqueça sentimentos melosos, corações e flores, e homens que sabem como conquistar uma garota com palavras. Ouvir que Austin gostava de mim, de quem eu era *de verdade*, a garota anoréxica e problemática que havia por baixo da camada de maquiagem, trouxe uma leveza para o meu coração que eu nunca havia sentido antes.

— Austin... — sussurrei em resposta. Ele pegou minha mão, chegando mais perto, peito com peito, e fechou a porta com a outra mão.

Era como se ele pudesse sentir minha apreensão com tanta proximidade. Apertando minha mão, sussurrou:

— Venha. Precisamos nos secar.

Austin puxou gentilmente minha mão e eu caminhei ao lado dele. Fomos até a enorme lareira na extremidade da casa, nosso pequeno espaço de paz protegido pelas cortinas fechadas e a porta trancada. Quando passamos pelo sofá, Austin soltou minha mão e pegou as almofadas e a manta vermelha, colocando-as por cima do tapete de pelo de ovelha sobre o piso de madeira.

Austin se virou para mim e segurou meu rosto entre as mãos.

— Sente-se, Fadinha. Vou acender o fogo.

Tentando conter o nervosismo, sentei no chão sobre uma almofada vermelha enquanto Austin começou a arrumar a lenha cuidadosamente. Em seguida, pegou um fósforo, riscou-o na pedra da lateral da lareira e acendeu a pilha de madeira.

Virando-se para ajoelhar-se na minha frente, Austin olhou nos meus olhos e perguntou:

— Está com sede? Com fome? Acho que tem água na geladeira.

Meu coração deu um salto quando ele falou da água. Ele lembrou que eu só bebia água. Nada de refrigerante. Ainda estava tentando me fazer sentir confortável. Aliás, estava sempre tentando me fazer sentir confortável.

Estiquei o braço e coloquei a mão trêmula sobre seu rosto áspero.

— Não quero nada, Austin. Apenas... sente aqui comigo...

Desta vez notei que ele engoliu em seco, e um calor tomou conta do meu coração quando me dei conta de que ele também estava nervoso. Austin se sentou ao meu lado no tapete, dobrando os joelhos e envolvendo-os com os braços.

Ele se virou para a frente e ficou olhando para as chamas na lareira, perdido em pensamentos. A madeira crepitava e aquele cheiro maravilhoso de fogueira, característico de madeira queimada, preencheu todo o cômodo.

— Eu não devia ter levado você lá hoje, Fadinha. E sinto muito por isso — Austin disse, depois de um tempo. Dava para notar pelo timbre grave de sua voz que ele estava falando sério.

O pedido de desculpas me surpreendeu. Austin parecia tão arrasado, tão constrangido pelos acontecimentos daquela noite que eu levantei a mão e acariciei seus cabelos desgrenhados, tentando consolá-lo. Austin fechou os olhos ao sentir meu toque; parecia exausto. Lentamente, ele começou a se encostar em mim até ficar deitado de costas com a cabeça apoiada na minha perna, e soltou um suspiro cansado, porém satisfeito. Aquilo me lembrou de quando estávamos no jardim da recordação, no hospital, algumas semanas antes.

Fiquei tensa assim que Austin encostou a cabeça na minha coxa, e os pensamentos de sempre, repletos de pânico, começaram a zumbir na minha mente. *Será que minha coxa é gorda demais? Será que ele ficou enojado ao sentir meu corpo por baixo deste vestido fino? Será que ele me acha repugnante? Será que...*

Austin estava olhando para mim com seus olhos quase azuis, perolados de tão escuros, apenas observando a luta travada contra meus demônios. Por alguma razão, a falta de reação dele à minha ansiedade ajudou a dissipá-la. Austin não se desculpou nem explorou meu pânico interno como havia feito no passado. Simplesmente ficou imóvel e me deixou expulsá-lo. Havia apenas uma afeição paciente direcionada a mim em sua expressão aberta.

Foi naquele momento que me dei conta de que nunca havia ficado tão confortável com alguém na vida. Era o mais próximo que eu me sentia do normal em anos, e meu coração se cobriu com um véu fino de esperança. Esperança de que Austin conseguisse atravessar a barreira de ferro que cercava meu coração. Esperança de que aquele distúrbio não me privasse de sentir o que era estar apaixonada... Esperança de ser capaz de estar com alguém sem cair em pensamentos de autodestruição e desespero. Esperança de que abrir meu coração não o partisse.

Perdida demais dentro da minha própria mente, eu não havia percebido que Austin estava tocando meu rosto até sentir a ponta áspera de seus dedos acariciando meus lábios.

Olhei nos olhos dele e vi que estavam mais suaves devido ao... desejo? Excitação? Será que aquele garoto realmente podia me achar atraente? Não... *impossível*...

— Você é linda demais, Fadinha — ele sussurrou, interrompendo minha reflexão. Senti aquelas palavras ressoarem na parte mais profunda e obscura da minha alma... levando lembranças das provocações ameaçadoras da voz junto com elas.

Ao olhar fixamente para o garoto tatuado e cheio de piercings diante de mim, senti meu estômago se contrair de desejo. Senti o meio das minhas pernas formigando, minha respiração ficando mais acelerada, e era como se algo no meu interior tentasse se libertar.

Austin estava passando o dedo em meu pescoço e eu senti meus mamilos endurecerem dentro do sutiã pequeno e úmido. O dedo de Austin parou sobre a veia que pulsava em meu pescoço, e ele fechou os olhos em resposta.

— Porra, Fadinha — ele murmurou e virou a cabeça no meu colo, até ficar com a boca de frente para minha barriga. Dava para sentir a respiração quente dele fluir entre minhas pernas. Antes que eu pudesse me conter, um gemido de prazer escapou da minha boca.

Agarrei os cabelos de Austin com uma força que indicava a seriedade do meu desejo. Puxando-o para mais perto, Austin encostou o nariz na parte de baixo da minha barriga, beijando meu umbigo por cima do tecido fino do vestido. Parecia que eu estava pegando fogo, e sabia que não era por causa da lareira que queimava na minha frente. Era Austin – paciente, compreensivo e repleto de belas cicatrizes.

— Fadinha, porra, estou morrendo aqui... morrendo de vontade de tocar você, de estar com você... dentro de você... — Austin murmurou, e abaixou a mão para ajeitar a calça.

O calor tomou meu rosto por inteiro e eu fechei bem os olhos.

Será que consigo fazer isso? Será que consigo ficar com ele do jeito que desejo ficar com ele? Consigo suportar meu corpo? Não, não posso ir tão longe... e não vou conseguir deixar ele tocar minhas costas... Será que vai ser estranho? Ele vai me achar gorda demais? Como posso me cobrir o suficiente para conseguir ir adiante? Como...?

A dinâmica de como eu poderia transar estava me atormentando. Eu não era uma garota normal, capaz de se apaixonar por um cara, beijar, tirar a roupa, entrar debaixo dos lençóis e fazer amor de forma impulsiva e ardente. A coisa era um pouco mais complicada. Seria necessário ter uma coragem que eu não sabia ao certo se conseguiria reunir, além de uma onda de autoconfiança que nunca havia tido na vida.

Lexington, você não pode fazer isso. Para fazer isso, você precisaria perder no mínimo mais uns cinco quilos. E o garoto não pode jamais ver você nua. Ele vai rir. Vai abandoná-la e nunca mais olhar para trás. Ele...

— Não ouça essa voz, Fadinha. Não deixe *ela* dizer que eu não desejo você embaixo do meu corpo neste exato momento.

A negatividade da voz evaporou, e as palavras de Austin pareceram tão calmantes quanto uma canção de ninar. Uma canção de ninar que tomou o lugar *dele*, e uma sensação de paz preencheu meu coração.

Respirando fundo, abri os olhos e olhei para baixo. O rosto compreensivo de Austin era tudo o que eu via, e ele acrescentou:

— Porque eu desejo você... demais. Você é a pessoa mais linda que eu conheço, por dentro e por fora. Aquela voz dentro de você não sabe merda nenhuma sobre como as coisas são entre nós. Não sabe merda nenhuma além de obrigar você a não comer e de tirar todas as suas escolhas.

Minha respiração ficou funda e trêmula diante da declaração tão precisa sobre aquilo que eu mantinha escondido, e coloquei a mão sobre a de Austin em meu rosto. Tirando coragem bem lá do fundo, confessei:

— Preciso de você...

Austin pareceu ficar paralisado... sem *respirar*... e sussurrou em resposta:

— Eu também preciso de você.

Pegando os dedos tatuados de sua mão também tatuada, comecei a levá-la na direção do meu peito... dos meus seios, sem interromper o contato visual com ele e tentando ao máximo impedir o retorno da voz, que ficava no fundo da minha mente como uma ameaça colossal. Quando Austin colocou a mão sobre meu seio esquerdo, por cima do sutiã, abaixei a cabeça e pressionei a testa junto à dele. Abaixei a mão trêmula pela camiseta dele, sob a barra, até chegar à pele quente e definida.

— Austin, não sei se você entendeu o que eu quis dizer... Eu não só preciso de você... mas... eu *preciso* de você...

Vi o pomo-de-adão da garganta de Austin balançar quando ele engoliu em seco e insisti com o olhar abertamente sério.

— *Preciso* que você... fique comigo... — Dessa vez, a intensidade de seu olhar me deixou nervosa.

Pegando-me de surpresa, Austin se sentou abruptamente, segurou com cuidado meus quadris e me deitou sobre as almofadas, rastejando sobre meu corpo suplicante.

Austin abaixou o torso e encostou no meu, e roçou os lábios em meu rosto até pousá-los levemente sobre minha boca, mas não me beijou.

— Eu preciso de você também, Fadinha. Nossa, como preciso.

O alívio percorreu meu corpo como uma torrente rápida, uma imersão agradável na água, como se eu tivesse sido batizada, tivesse renascido, despertado da minha prisão de insegurança para aceitar por inteiro o garoto a quem estava voluntariamente sacrificando meu coração.

Os lábios de Austin de repente encontraram os meus, e o beijo lento e sensual que se seguiu derreteu todos os meus medos. Sua boca era suave como uma pena ao se movimentar junto aos meus lábios, contrastando totalmente com seu visual duro e intimidador. Sua língua sondou a entrada da minha boca e escorregou para dentro dela, encontrando a minha. Agarrei com ousadia os músculos salientes de suas costas, saboreando o gemido longo que escapou de sua garganta quando ele pressionou o membro duro entre minhas pernas.

O beijo se intensificou. Quanto mais ele durava, mais furiosos tornavam-se nossos movimentos. Austin me prensou sob o seu corpo, entrelaçando os dedos em meus cabelos. Agarrando a barra de sua camiseta, comecei a puxá-la para cima, e o ar quente da casinha aderiu à pele úmida de Austin.

Afastando-se da minha boca com um suspiro, Austin me encarou com os olhos escuros e a respiração ofegante. Percebi que estava se certificando de que eu estava bem. E, ao ver que estava, sentou-se e arrancou a camiseta, mostrando o torso desnudo e coberto de tatuagens coloridas para que eu o devorasse com os olhos.

Levantei a mão e passei os dedos pelas asas da pomba em seu pescoço, descendo pelo esterno, passando pela grande cruz italiana em seu peito e sobre as caligrafias intrincadas em seu abdômen definido e na parte inferior da barriga. Sua pele morena estava bronzeada, e os contornos de seu físico tonificado se destacavam com o laranja das chamas – lindo.

— Fadinha, você meio que está me matando — Austin disse em um tom de voz áspero enquanto eu passava o indicador pelo cós de sua calça, fazendo sua barriga se contrair em reação.

Austin passou os olhos lentamente sobre meu corpo, mas dessa vez não senti vergonha como achei que sentiria. Em vez disso, levei a mão ao botão sobre o zíper dele e o passei pelo buraco, desabotoando a calça.

Austin jogou a cabeça para trás e gemeu quando encostei o dedo sobre a ponta dura e, descendo, ele apertou os lábios contra os meus mais uma vez. Usando a coxa grossa para separar minhas pernas, posicionou-se entre elas e começou a roçar em mim... lá.

— Austin... — gemi alto e arqueei as costas.

— Porra, Fadinha — Austin disse por entre dentes cerrados. — Preciso entrar em você... preciso sentir você...

Então as palavras de Austin realmente me atingiram, e tive a sensação de que um grande balde de água gelada havia sido injetado em minhas veias.

Austin notou imediatamente a mudança em meu comportamento e, apoiando-se nos braços, olhou para mim, apreensivo.

— Fadinha? Você está bem? — Ele ainda estava sem fôlego, e sua linda pele latina tinha um rubor erótico.

Saindo de cima de mim e acariciando meu rosto com o dorso da mão, ele sussurrou:

— Diga qual é o problema. Fale comigo, Fadinha. Você está me deixando nervoso.

Sem conseguir encará-lo, eu me concentrei na flor-de-lis reconfortante no pescoço dele e, sem jeito, admiti:

— Estou muito preocupada em reagir mal ao seu toque.

Austin suspirou e fechou os olhos. Senti uma dose enorme de constrangimento fazendo toda a minha pele formigar. Mas ele me surpreendeu ao segurar meu rosto e me obrigar a olhar para ele... a *realmente* olhar para ele.

— Fadinha, eu sei que você nunca fez isso antes. Sei que fui seu primeiro beijo... seu primeiro *tudo* com um cara. E, porra, sei que não sou merecedor de nada disso.

Austin acariciou meu rosto com o polegar e, como sempre, com uma gentileza que ninguém esperaria de um cara tão grande, sussurrou:

— Mas se você estiver a fim de ficar comigo... de ficar comigo *de verdade*, como eu quero ficar com você, não vou fazer nada para te machucar. Não vou tocar você onde não quiser ser tocada. Não vou obrigar você a tirar a roupa, se isso for algo que não consegue fazer na minha frente ainda. — Austin encostou a testa na minha e prometeu: — Se você não estiver pronta para transar comigo ou fazer qualquer outra coisa, não vou ficar ofendido. Você só precisa me dizer em que fase estamos neste momento, porque, se isto não for dar em nada, vou ter que parar... Está meio doloroso para mim, no momento... — Ele apoiou a cabeça entre meu ombro e meu pescoço. Dava para sentir que estava ofegante com o esforço.

Passei as mãos nas costas dele e tentei deixar minhas inseguranças de lado. Desejava tanto aquilo. Desejava tanto estar com Austin. Por uma noite, queria não ser Lexington Hart, esquisita e anoréxica. Queria ser corajosa. Queria ser a garota que estava se apaixonando por aquele garoto que conhecia meu maior segredo... aquele garoto que podia ser tão perturbado quanto eu... aquele garoto que dizia que precisava de mim tanto quanto eu precisava dele. Eu queria ser normal. Queria ser amada apenas por ser eu mesma.

— Austin — sussurrei, olhando fixamente para as chamas refletidas que dançavam sobre o teto de madeira. Ele movimentou a cabeça junto ao meu pescoço para indicar que estava ouvindo, e eu passei a mão em seus cabelos. — Faça amor comigo.

Os músculos de Austin ficaram tensos.

— Lexi... — ele não completou a frase.

Agarrei seus cabelos e insisti:

— Austin, faça amor comigo. Só... seja cuidadoso... Pode ser que eu não aguente...

Lábios suaves desceram pelo meu pescoço e eu senti o toque até nos ossos. Quando Austin chegou ao meu rosto, passei as mãos em suas costas e segurei suas escápulas descobertas.

— Tem certeza? — Austin sussurrou ao passar pelo meu ouvido. Confirmei com um aceno, incapaz de falar em meio à intensidade do momento, e ouvi seu longo suspiro de alívio.

Austin levantou a cabeça e olhou em meus olhos. Só vi adoração – completa e incondicional.

— Você me diz se eu fizer algo errado, certo? Vamos fazer tudo do jeito que você quiser.

Respirando fundo, sussurrei:

— Por favor, não toque nas minhas costas. Não posso deixar você tocar nas minhas costas. Ainda é um local proibido.

Austin inclinou a cabeça e deu um beijo no meu pescoço, tirando meus cabelos do rosto.

— Eu não faria isso, de qualquer modo. Lembro tudo que você já me disse.

Fechei os olhos quando Austin passou a mão pelo exterior do meu seio, e contorci os pés diante da sensação desconhecida que me invadia no meio das pernas.

— E também não posso tirar o vestido... Por favor, só... tente dar um jeito... não estou pronta para ficar completamente nua na sua frente ainda.

Austin começou a sair de cima de mim.

— Lexi, se você não quiser...

Segurei seu rosto entre as mãos, interrompendo-o.

— Não! Por favor, eu quero muito isso. Só que vai ter que ser diferente de como fez com outras garotas.

Austin ficou me olhando durante vários segundos, dividido, mas depois fechou os olhos e soltou o ar pelo nariz.

— Tudo bem — ele disse, e abriu os olhos.

Austin se equilibrou em uma das mãos e começou a explorar meus seios, abaixando a cabeça para chupar e acariciar a pele sob meu vestido. Segurei a cabeça dele e não consegui conter os gemidos de prazer que escapavam da minha boca.

— Quero sentir seu gosto — Austin murmurou e levantou a mão para enganchar os dedos sob as alças do meu vestido. Olhando para mim por entre os cílios escuros, ele levantou a sobrancelha, pedindo permissão.

Meu pulso estava acelerado, mas expor meus seios não me encheu de terror, como eu temia. Eles eram de tamanho médio e nunca tinham sido alvo de preocupação. Queria mostrar pelo menos aquela parte de mim para ele.

— Por favor... — eu disse. — Tire devagar. Mas me deixe continuar deitada de costas... Não posso deixar você ver minhas costas...

Austin gemeu e, fazendo como eu havia pedido, abaixou as alças devagar até revelar meu sutiã preto. Os olhos amendoados de Austin brilharam e ele continuou abrindo o fecho frontal até meus seios alvos ficarem à vista, os mamilos eretos como se esperassem pelo toque de sua boca.

— Perfeitos — Austin sussurrou e, deixando meu vestido e o sutiã enrolados na cintura, pairou sobre meu peito e começou a mordiscar a pele que ainda não havia sido beijada. Levei as mãos à nuca de Austin e minhas pernas instintivamente envolveram sua cintura enquanto eu me esfregava no tecido rígido de sua calça.

Minha respiração ecoava em meus ouvidos, e um fogo tempestuoso se acendeu entre minhas pernas. Quando Austin beijou meu mamilo esquerdo, lambendo o bico com a ponta da língua úmida, senti vontade de gritar de frustração com as sensações que atacavam meu corpo inexperiente.

— Porra, Fadinha, você tem um gosto tão bom — Austin disse junto ao meu seio. E, quando chupou meu mamilo e simultaneamente se esfregou entre minhas pernas, uma luz explodiu no fundo dos meus olhos e eu só consegui ver estrelas. Uma grande euforia me levou às alturas com uma sensação de prazer incontrolável.

— Austin! — gritei quando atingi o ápice, ofegante junto aos seus cabelos, sentindo umidade entre as pernas.

Com um último movimento da língua, Austin tirou a boca dos meus seios e eu sorri, vermelha devido ao constrangimento excitado. Mas Austin não disse nada enquanto suas narinas se dilatavam com a vista; apenas olhou fixamente para mim com um profundo desejo, desceu pelas minhas pernas e silenciosamente levantou a parte de baixo do meu vestido longo. Ao se ajoelhar diante de mim, pude ver a extensão de seu desejo preso na calça jeans, o zíper aberto expondo o tecido esticado da cueca preta.

Austin me olhava como um falcão olha para sua presa. Eu sabia que estava atento a qualquer sinal de pânico que suas ações pudessem desencadear em mim, mas mantive contato visual e acenei com a cabeça, encorajando-o a ir adiante.

Quando a saia chegou aos meus joelhos, expondo as panturrilhas, um certo desconforto se assentou no meu estômago, mas fiz outro sinal com a cabeça para ele continuar. Austin continuou a empurrar lentamente o tecido preto e leve pelas minhas pernas, e só então a força dos meus medos tornou-se demais para suportar.

— *Espere!* — exclamei em desespero, e Austin parou. Seus olhos se estreitaram de preocupação. Jogando a cabeça para trás para olhar para a lua pela claraboia, tentei me concentrar em me acalmar, e não nos pensamentos ruins que ocupavam minha mente... no que Austin podia pensar das minhas coxas.

Será que ele vai ver celulite? Vai achar que são muito grandes? Será que ele...

O rosto de Austin de repente apareceu na minha frente, os lábios se aproximando para beijar gentilmente os meus.

— Não temos que ir adiante, Fadinha. É só você dizer.

Passando o dedo sobre a pele áspera de seu rosto, segui até o contorno da orelha e os pequenos alargadores pretos nos lóbulos.

— Você é tão linda, Fadinha. Está me tirando o ar toda vez que olho para você assim.

Dessa vez, quando meu coração começou a acelerar, foi de desejo e adoração, não de medo. Esticando o braço, coloquei a mão sobre a de Austin e a conduzi, passando pelos meus seios, minha barriga e a parte de cima das minhas coxas.

Austin gemeu:

— Fadinha...

— Continue, Austin. Quero que você continue... Me sinta... Me mostre como é...

Austin encostou a testa no meu ombro e sua cabeça começou a tremer.

— Não sei se é uma boa ideia, Fadinha. Não quero perder o controle e assustar você.

Meus olhos se encheram de lágrimas, e eu virei a cabeça até meus lábios roçarem no rosto dele, respirando o mesmo ar.

— Sei que sou uma pessoa difícil. Mas quero que você faça amor comigo... Por favor, não me obrigue a implorar.

Austin fixou os olhos nos meus e rolou sobre mim, emoldurando minha cabeça sobre o travesseiro com os braços.

— Fadinha, o que eu sinto por você é assustador demais. Eu achei você linda desde a primeira vez que a vi parada no estádio vazio, como uma fadinha soturna perdida em um sonho estranho. Mas então o que eu senti por você rapidamente se perdeu. Passei semanas com a preocupação de que você pudesse me destruir, destruir minha família e o meio de sustento dos meus irmãos.

Ele respirou fundo e as chamas da lareira refletiram em seus olhos.

— E você *me destruiu*, Fadinha, mas não do jeito que eu pensava. Você destruiu o muro que eu havia levantado para manter as pessoas afastadas. Você destruiu a pessoa agressiva que eu usava como escudo. Mais do que isso, você destruiu qualquer relutância que eu tinha em encontrar consolo em alguém. Você me arrasou, menina. *Você*, minha fadinha soturna, fez todas as minhas defesas virarem pó.

Austin uniu os lábios aos meus e eu o apertei contra minha boca. Nosso desejo quase doía de tão febril. Mas Austin se afastou com o rosto completamente sério e finalizou:

— Quero lhe dizer uma coisa, Fadinha. Duas palavras que estão quase explodindo no meu peito. Duas palavras que nunca falei para ninguém antes. Mas, até saber que tenho você por inteiro e que você me tem, sem segredos, sem barreiras, não vou dizer em voz alta. Mas quero que você saiba que elas estão no meu coração assim mesmo.

Meu peito estava cheio, cheio demais de emoção diante da sua sinceridade, e tentei ao máximo adivinhar quais seriam as duas palavras que ele queria dizer. *Seria amor? Ele me amava? Será que eu o amava? Eu podia amá-lo? Ou ambos éramos ferrados demais para fazer bem um ao outro?*

Austin começou a acariciar a parte interna da minha coxa, fazendo meu centro estremecer, e todo o ar saiu dos meus pulmões conforme ele chegava mais perto da extremidade das minhas pernas.

Ele soltou um suspiro trêmulo e emendou:

— É melhor você me dizer agora mesmo até onde quer ir. Porque eu desejo você, todinha. Depende de você, Fadinha. Você é quem decide.

Vi Austin olhar para baixo, para sua mão sobre minha coxa branca, e pude ver a paixão em seus olhos, seus lábios se abrindo sutilmente ao ver minhas pernas nuas. Fiquei em choque quando me dei conta de que ele não parecia sentir repulsa. Na verdade, era o contrário. Ele estava corado, excitado e... ele me desejava.

Para mim, era quase impossível compreender.

— Austin — sussurrei, e ele desviou o olhar da parte inferior do meu corpo para os meus olhos. — Me possua. Me possua por inteiro.

Um sorriso lento e aliviado se abriu no rosto de Austin, e ele foi imediatamente para cima de mim, dando um beijo em meus lábios. Enganchando os dedos nas laterais da minha calcinha, começou a abaixá-la até eu ficar completamente exposta a seus olhos.

Jogando a calcinha no chão atrás dele, Austin me deu beijos suaves e doces, e eu de repente senti seus dedos escorregarem com cuidado pelas minhas dobras.

— Austin... *ah*... — sussurrei e comecei a girar os quadris ao sentir seu toque. Eu nunca tinha sido tocada ali antes, mas estava ávida pelo que Austin estava me dando. Estava desesperadamente arrebatada.

— Você está bem preparada, Fadinha — Austin disse, enfiando um dedo em mim. Arregalei os olhos, em choque.

— Calma, Fadinha. Só estou preparando você. Vai doer no início, mas prometo que vou fazer você se sentir bem. Prometo que você vai gozar.

— Mas... e você? — perguntei. Então, de repente, soltei um grito. A mão de Austin estava tocando em algo sensível dentro de mim... algo que era... bom demais para descrever.

— Eu vou ser bonzinho, Fadinha. Hoje é tudo para você.

Levantei o braço e segurei nos cabelos de Austin.

— Preciso de você. Preciso de você agora mesmo. Não consigo mais aguentar.

O peito de Austin subia e descia e, tirando os dedos de dentro de mim, ele se levantou e foi até uma cômoda do outro lado da sala. Fiquei observando de onde eu estava, sobre as almofadas, e o vi abrir a primeira gaveta e pegar uma camisinha.

Austin se virou para mim, constrangido, e deu de ombros.

— Rome usava muito este lugar antes da Molls.

Tentando respirar em meio ao nervoso, à empolgação e à visão daquela obra de arte que estava prestes a tirar minha virgindade, sorri. Austin era perfeito – pura perfeição artística. Quando olhava para si mesmo, ele só enxergava um ex-membro de gangue, alguém sem nada para oferecer. Mas alguém sem nada para oferecer não teria sido capaz de levar alguém como eu para esse lugar desconhecido de aceitação. Alguém sem nada para oferecer não estaria jogando em um dos melhores programas de futebol do país e, certamente, não seria tão criativo para exibir em seu corpo uma coleção de arte tão bela, de coisas que eram nitidamente importantes para sua alma.

Austin Carillo era um garoto pobre da periferia com um coração de ouro maciço.

— Está pronta, Fadinha? — Austin perguntou, e eu fiz que sim.

Colocando o pacote dourado da camisinha na boca, ele começou a abaixar a cintura da calça, revelando completamente a cueca boxer preta.

O calor me invadiu por inteiro enquanto eu admirava seu corpo definido e musculoso, os cabelos levemente despenteados na parte em que eu havia passado os dedos, e o volume grande sob a cueca.

Austin segurou na lateral da cueca e começou a abaixá-la lentamente.

Não consegui parar de olhar enquanto ele se revelava para mim, e dava para ver que ele estava nervoso quando olhou timidamente para mim por entre seus longos cílios cor de ébano.

Austin começou a se aproximar de mim, e eu segui o fluxo de uma tatuagem em toda a extensão de sua coxa, mostrando duas mãos unidas em oração, com um rosário delicado pendendo dos dedos entrelaçados. Eu estava mais nervosa do que nunca.

Ajoelhando-se no chão, aos meus pés, com a camisinha na mão, Austin começou a engatinhar sobre meu corpo, olhando para mim com seu rosto tenso de desejo. Ele mordia a lateral do lábio inferior, e seus olhos estavam semicerrados de prazer.

Tirando uma mecha de cabelo do seu rosto, vi que minha mão estava tremendo. Austin também notou e, pegando minha mão, levou-a aos lábios.

— Está pronta, Fadinha? — ele perguntou, tenso, e eu senti o roçar de sua longa ereção sobre minha coxa nua.

Assenti, sem conseguir falar, e Austin ficou de joelhos, rasgando a embalagem da camisinha com os dentes, e desenrolou o látex em si mesmo.

Segurando minhas duas mãos, ele entrelaçou os dedos nos meus e as colocou acima da minha cabeça, ajustando as coxas fortes entre as minhas.

Austin ficou olhando em meus olhos enquanto cercava minha entrada, e meu coração disparou como um tambor. Com um beijo suave em meus lábios, Austin investiu, apertando os dedos sobre os meus, movimentando os lábios com mais rapidez, quase como se quisesse me distrair da onda repentina de plenitude.

Então ele parou, respirando de leve junto à minha boca, sem dizer nada. Soltando meus dedos, emoldurou minha cabeça com os braços, os cotovelos sobre o tapete, quase como se estivesse me protegendo do que estava por vir.

Rangendo os dentes, ele avançou e eu me retraí quando uma dor cortante tomou a parte inferior do meu corpo. Austin ficou imóvel ao me preencher completamente, e eu me concentrei em seus batimentos cardíacos acelerados contra meus seios nus, sua respiração pesada em meu ouvido, e minhas pernas tensas começaram a relaxar.

A mão direita de Austin desceu pela lateral do meu corpo até ele agarrar minha coxa, pendurando-a em seu braço dobrado. Com a cabeça ainda apoiada no espaço entre meu pescoço e meu ombro, ele começou a se movimentar para a frente em um ritmo lento e regular.

Logo a dor pareceu se dissipar, e, quando Austin começou a acelerar, uma nova forma de pressão se formou na minha coluna. Segurei na pele úmida das costas de Austin apenas para me ancorar e não levantar do chão.

Pequenos gemidos começaram a escapar dos meus lábios, e Austin gemeu em resposta.

Quando finquei as unhas nas costas de Austin, ele levantou a cabeça. Seus cabelos caíam sobre a testa de maneira adorável, e os olhos ficaram carregados quando ele olhou nos meus.

—Austin... — murmurei e arqueei as costas quando uma sensação muito forte correu pelo meu corpo.

Um rugido baixo saiu do peito de Austin, e seu quadril investiu com mais força e velocidade, até meus lábios se abrirem e um sentimento indescritível possuir meu corpo, tirando qualquer forma de pensamento racional da minha mente.

Eu me fragmentei em pedacinhos.

Estava leve.

Lutei para me prender a Austin e olhei em seus olhos escuros quando eles se fecharam e ele abriu a boca. O corpo de Austin ficou paralisado, os músculos ficaram tensos e um leve gemido escapou dos seus lábios carnudos.

Com os braços trêmulos, Austin caiu sobre mim, com as mãos ainda nas laterais do meu corpo, nossos corpos molhados de suor. Virando os olhos para cima, vi a lua cheia brilhando pelo vidro da claraboia e mais uma vez pude distinguir o crepitar da madeira queimando quando minha mente começou a clarear.

Momentos depois, Austin levantou a cabeça e ficou olhando para mim pelo que pareceu uma eternidade. Com os olhos brilhando, ele perguntou em voz baixa:

— Por que a pintura de guerra, Fadinha? — Ele secou meu rosto com o polegar, e foi quando me dei conta de que estava chorando.

Desviando os olhos, sentindo que ele estava falando diretamente com a parte mais profunda da minha alma, eu disse:

— Porque eu quero ser outra pessoa. Alguém diferente de mim.

Austin se retraiu como se eu o tivesse ferido, e respondeu:

— Não é só por isso. Ainda está escondendo de mim quem você é. Tem algum outro motivo. Algo mais importante.

Meu coração deu um salto. Queria contar a ele o verdadeiro motivo, mas simplesmente não conseguia. Ainda não era capaz de admitir nem para mim mesma. Então, eu simplesmente disse:

— Mas é o único que posso dar neste momento.

Austin se abaixou e deu um beijo nos meus lábios. Eu me afastei e perguntei:

— Por que todas as tatuagens?

Austin rangeu os dentes e pigarreou, olhando para a lareira pelo que pareceu uma eternidade. Com um suspiro, disse por fim:

— As pessoas sempre pensaram que eu era um vagabundo italiano. Depois de tentar muito, e por muito tempo, fazer com que pensassem diferente, achei que deveria simplesmente corresponder à expectativa delas e ter a aparência de um vagabundo italiano também.

Estreitei os olhos e meu estômago ficou apertado. Então sussurrei:

— Também não é o único motivo. Você ainda está se escondendo de mim também.

Austin suspirou e encostou o rosto no meu.

— Mas é o único que eu posso dar neste momento.

Soltei uma pequena gargalhada diante de nossas respostas propositalmente evasivas e fiquei imaginando se um dia poderíamos colocar todos os nossos segredos sobre a mesa. Mas logo deixei aquilo de lado, tentando abarcar a enormidade daquele exato momento.

Abraçando a cabeça de Austin, beijei seus cabelos e disse:

— Obrigada, Austin. Obrigada por me fazer sentir tão especial.

Dessa vez, lágrimas correram livremente pelo meu rosto, e Austin levantou a cabeça, surpreso.

— Não, *eu* que agradeço, Fadinha. Obrigado por *você* ser tão especial a ponto de querer ficar com um ferrado como eu. Não tenho ideia de como você entrou na minha vida, mas agradeço a Deus todos os dias por isso.

Vinte minutos depois, enrolados em uma coberta diante de uma lareira, um garoto e uma garota perturbados caíram no sono sob as estrelas, abraçados... e, pela primeira vez em suas vidas turbulentas, sentiram-se completamente expostos e totalmente compreendidos.

19

Austin

A respiração quente de Lexi junto ao meu pescoço era tão hipnotizante que quase me fez voltar a dormir quando acordei, bem cedo, com os passarinhos do lado de fora da casinha dos fundos indicando que havia amanhecido.

Apertando bem os olhos para livrá-los do sono, rolei instintivamente para mais perto da Fadinha e um vento frio passou pelo vão do cobertor fino.

Virando a cabeça, notei que a lareira que queimava na noite anterior agora se resumia a cinzas, e uma leve camada de gelo se formava sobre o vidro da claraboia, com um desenho que lembrava um caleidoscópio quando os raios fortes do sol refletiam na vidraça.

Acompanhei um feixe turvo de sol que me levou diretamente ao rosto satisfeito de Lexi, encolhida ao meu lado, e não consegui parar de olhar para ela.

Ela era linda demais.

Seu rosto estava livre de maquiagem e seus braços finos envolviam meu corpo. A pele branca dela se destacava junto ao tom escuro do meu abdômen tatuado. Eu não a estava abraçando, no entanto. Era como se, mesmo dormindo, minha mente soubesse que devia respeitar seus limites. As alças do vestido de Lexi estavam novamente no lugar, seu peito não estava mais exposto, e meu coração ficou apertado quando me dei conta de que ela devia ter se coberto durante a noite. Eu odiava o fato de ela se menosprezar tanto. De ter sido atormentada por inseguranças na primeira vez que fizemos amor, na primeira vez que *ela* fez amor. De não se sentir confortável o suficiente comigo para ficar completamente nua.

Um suspiro repentino escapou dos lábios dela e eu agarrei seus braços com mais força, puxando-a para mais perto do meu peito, apenas sentindo seu perfume doce. Eu sabia que não poderíamos ficar ali o dia todo. Eu tinha treino. Droga, e ela também. O SEC Championship contra o Florida Gators, na Georgia, estava chegando, mas eu só queria ficar abraçado com ela mais um pouco, antes que tivéssemos que lidar com toda a merda que nos esperava do lado de fora.

Mas uma coisa era certa: eu sentia que havia mudado. Estava diferente... Talvez até mais digno.

— Austin?

A voz suave de Lexi me fez olhar para baixo, e seus olhos sonolentos estavam fixos nos meus. Não era preciso ser detetive para ver o medo da rejeição que havia neles.

— Bom dia, Fadinha — eu disse, sorrindo, e dei um beijo na testa dela.

— Bom dia — ela respondeu, encostando o rosto no meu peito descoberto.

Acariciando casualmente o braço dela, perguntei:

— Como está se sentindo?

Ela levantou a cabeça com um rubor rosado e tímido no rosto.

— Eu me sinto... tantas coisas... Feliz, afortunada, corajosa... até mesmo adorada.

Abrindo um sorriso, notei que ela suspirou e, segurando seu rosto, levei seus lábios aos meus. Depois de beijar completamente sua boca – de maneira possessiva, *obsessiva* –, murmurei:

— Ótimo, Fadinha. Isso é realmente ótimo.

Apoiando a cabeça em meu ombro, ela suspirou. Eu sabia que era por termos que ir embora. Abandonar aquele pequeno espaço livre de estresse.

— Está pronta para ir?

Lexi confirmou e começou a se sentar, alongando os braços, de costas para mim. Sob o tecido fino do vestido, dava para ver sua silhueta magra, e eu imediatamente parei de respirar, tomado por uma enorme onda de medo que paralisou meus músculos.

Costelas. Uma porrada de costelas de Lexi estava exposta, aparecendo sob a pele de maneira muito pouco saudável, e sua coluna se destacava, formando uma saliência irreal.

Como se fosse capaz de sentir meu olhar preocupado, Lexi se virou para mim e imediatamente se levantou. Eu me sentei em resposta, e vi seus olhos se arregalarem, cheios de pânico.

— Fadinha — sussurrei e temi a resposta à pergunta que eu faria em seguida. — Você está comendo, não está? — Pigarreando, acrescentei: — Tipo... não está passando fome de novo, está? Porque você está muito magra. Você sempre usa roupas tão largas que eu nunca notei, mas...

Os sinais sutis de ansiedade apareceram no rosto de Lexi: narinas dilatadas pela respiração ofegante, lábios se contorcendo, o peito se elevando em um movimento pesado.

— Estou bem — Lexi rebateu e se cobriu com os braços. — Só estou estressada.

Acenei com a cabeça cuidadosamente e me levantei para ficar frente a frente com ela. Notei que suas mãos estavam tremendo quando me aproximei e estiquei os braços para segurar seu rosto. Ela se recusou a olhar para mim, fixando os olhos no chão.

— Fadinha.

Ela fechou os olhos por um instante e depois se concentrou em mim, esperando para ouvir o que eu tinha a dizer. Eu queria falar muita coisa, mas o medo em seu rosto, de ser confrontada sobre seus problemas, me fez redirecionar meus pensamentos.

— Você sabe que pode me contar qualquer coisa, não é? — eu disse, com calma.

Seus olhos brilharam. Depois de um tempo, ela fez que sim com a cabeça entre as minhas mãos, mas nenhuma palavra saiu de sua boca. Rangi os dentes em resposta, mas fingi deixar o assunto de lado.

Beijei sua boca com força, afastei-me e exigi:

— Preciso ver você hoje à noite. Todas as noites de agora em diante. Certo?

Uma apreensão tensa escapou do corpo de Lexi quando ela me olhou timidamente e respondeu:

— Sim.

Sorrindo diante da sua beleza, envolvi seu pescoço com os braços e a puxei para mais perto.

— Vamos devagar, Fadinha. Só eu e você.

— Eu... É estranho, Austin. Ainda estou tentando processar tudo isso. Como chegamos até aqui. Ainda estou tentando entender como ter você na minha vida sem surtar.

— Eu também, Fadinha. — Eu me afastei e disse: — Isso não é da conta de ninguém, só da nossa, sabe?

— E os nossos amigos?

Dei de ombros.

— Não é seguro contar para ninguém ainda. Não até as coisas se acalmarem com os Heighters. Até lá, vamos pensar em como ficar juntos, porque eu não vou perder você. Não depois disso...

Um sorriso de felicidade escapou dos lábios de Lexi e eu apontei:

— Agora nós dois temos que ir para o treino, e eu ainda estou pelado pra caramba, então preciso me vestir ou corro o risco de ser preso por atentado ao pudor. O reitor adoraria isso, drogas *e* nudez!

Soltando uma gargalhada, Lexi se afastou, depois levou a mão ao meu rosto:

— Obrigada, Austin.

Eu sabia que ela estava me agradecendo por não insistir na questão da alimentação. Mas eu certamente ficaria de olho nela; sem dúvida. Ela não voltaria para aquele buraco negro enquanto eu estivesse por perto.

— Você sai primeiro. Ainda é cedo e acho que ninguém vai ver você indo para casa. Assim ninguém vai julgar.

Lexi concordou e, pegando a bolsa, saiu lançando um último olhar de preocupação para trás. Assim que a porta se fechou, suspirei. Só conseguia me lembrar de suas costelas. Das costelas e da coluna saliente.

Porra! Será que eu a estava estressando? Ou toda a merda com os Heighters a estava deixando no limite e fazendo-a perder peso?

Certificando-me de que a lareira estava completamente apagada, eu me vesti e recolhi as almofadas e cobertores do chão em tempo recorde. Quando estava guardando a caixa de fósforo, parei. Não conseguia me lembrar da última vez que tinha me sentido tão bem. Eu, Austin Carillo, estava me sentindo muito bem.

Tão bem por ter encontrado uma garota que me compreendia de coração e alma...

Mas, por alguma estranha razão, não conseguia deixar de sentir que tudo aquilo estava prestes a ir por água abaixo.

Não demorei muito para perder o sorriso que tinha acabado de encontrar.

20

Austin

> No estacionamento. Sua presença é necessária AGORA.

Olhei para o celular assim que saí do chuveiro, e todo o sangue imediatamente se esvaiu do meu rosto. Axel havia mandado mensagem e ligado umas dezesseis vezes enquanto eu estava treinando.

Um pensamento me passou pela cabeça: *mamma*.

— Você está bem, cara? — Jimmy-Don perguntou enquanto eu estava paralisado no meio do vestiário, olhando fixamente para o meu iPhone. Seu rosto redondo era pura preocupação, e eu automaticamente fiz que sim com a cabeça. Fiquei feliz por Rome não estar ali para ver aquela merda. Ele saberia, só de olhar, que alguma coisa estava acontecendo.

Vesti a calça e a camiseta e saí correndo do estádio para o estacionamento. Avistei o carro de Axel em segundos, mas obviamente depois de ele ter me visto, porque começou a dirigir na minha direção, abrindo a porta do lado do passageiro.

— Entre! — ele ordenou assim que vi o carro da polícia universitária vindo em nossa direção, com o reitor sentado na frente.

— Merda!

Pulei no carro e Axel pisou no acelerador como se estivesse num racha, queimando pneus ao sair da faculdade e pegar a estrada na direção de Westside Heights.

Eu me virei para o meu irmão com o pulso acelerado quando vi a seriedade em seu rosto.

— Que porra é essa, Axe? Fale comigo!

Ele segurou o volante com mais força e rangeu os dentes.

— É melhor você ver com os próprios olhos.

Inclinando-me para a frente, notei que o rosto de Axel estava cortado; uma sutura muito malfeita mantinha a pele unida. Seu olho esquerdo estava roxo, a parte branca dos olhos, completamente vermelha devido aos capilares estourados, e os ossos dos dedos estavam esfolados por ter brigado.

Arregalei os olhos ao ver seu estado... *O quê?*

O maldito tiroteio.

Revirando no assento, quase engasguei com a fúria que obstruía minha garganta. Levantando o pé, chutei o painel com raiva. Axel virou a cabeça para mim, em choque.

— Que porra é essa, moleque? — Axel gritou, e eu me virei de frente para ele.

— Que porra é essa? Estou puto, só isso! Você, seu filho da mãe, foi para o confronto com os Kings ontem à noite, não foi? Não podia simplesmente deixar pra lá! Mesmo depois de tudo... — Respirei fundo, tentando me acalmar, e continuei: — Você me prometeu! Disse que ficaria com a mamãe e com o Lev para eu não precisar voltar. Você tinha que estar protegendo eles!

Axel estreitou os olhos e pisou mais fundo no acelerador até quase sairmos voando pela estrada.

— Eu protegi! Mas, enquanto você estava comendo a sua vadia, tive que cuidar de umas questões urgentes, como sempre!

— Tiroteios não são questões urgentes, Axe!

— São quando você fica sabendo que os Kings estão se preparando para voltar ao Heights e terminar o que começaram.

Uma dor rasgou meu peito e eu fiquei paralisado.

— Caramba! — eu gritei e me virei para o meu irmão. — Já pensou em como a mamãe vai sofrer se você morrer antes dela? Ela precisa ter paz em seus últimos meses, e não ficar estressada desse jeito.

— Moleque, *eram* questões urgentes. Você acha que o nosso trailer não seria alvo dos Kings? Eles querem Lev e eu mortos. Essa guerra precisa ser vencida, para o nosso próprio bem. Sem aquele território, os Heighters perdem dinheiro. Sem o dinheiro, a mamãe fica sem os remédios...

Axel bateu a mão no volante e gritou:

— Por que eu tenho que ficar explicando toda essa merda? Você sabe como funciona, e é bom nisso quando não está sendo um idiota hipócrita!

— Vai se foder! — respondi com os punhos cerrados. Axel notou o movimento e riu com ironia.

— Guarde essa raiva, moleque. Você vai sentir muito mais em cerca de vinte minutos.

Sem conseguir falar e com uma nuvem de fúria diante dos olhos, nem me dei ao trabalho de perguntar o que ele estava querendo dizer. Recostando-me no banco, fiquei olhando pela janela e vi o resto do mundo passar, realmente desejando ser outra pessoa.

❋ ❋ ❋

— Entre lá, superastro — Axel disse no instante em que paramos na frente do trailer.

Um grupo de Heighters estava do lado de fora, sentado em cadeiras e com armas na mão, e senti vontade de cuspir em todos eles.

Saí do carro e logo entrei no velho trailer, mas paralisei imediatamente na porta. Havia toalhas encharcadas de sangue empilhadas na pia. O cheiro forte de álcool quase me fez vomitar, e corri para o quarto da minha mãe.

Quando entrei, ela olhou nos meus olhos, mas não moveu a cabeça. *Não conseguia* se mover.

Merda, ela estava péssima.

Passei os olhos por todo o seu corpo, mas não havia sangue visível. Correndo para o lado dela, ergui sua mão inerte e quase me retraí ao perceber como ela estava fraca. Eu a havia visto na noite anterior, mas parecia que meses tinham se passado.

Foi para isso que Axel me trouxe aqui? Para eu me despedir?

— *Mamma, stai bene?* — perguntei, com suavidade, sentindo náuseas de tanto nervosismo.

Seus olhos castanhos estavam cheios de lágrimas. A respiração dela estava curta e seu peito chiava como um apito.

— *Mamma*, fale comigo — insisti, contendo as emoções.

Minha mãe fechou os olhos e tentou se acalmar. Eu a vi engolir a saliva, um ato simples que fazemos sem perceber, mas para ela uma tarefa tão monumental quanto escalar o monte Everest.

Acenando com a cabeça, eu a encorajei a tentar falar.

— Levaram ele... ontem à noite... ferido demais...

Franzindo a testa, tentei entender o que ela estava dizendo com a voz rouca. Mas fiquei confuso. Ela não estava falando coisa com coisa.

— Deu errado... Eu não consigo... Eu não consigo... — Um grito torturado saiu da garganta dela, e seu corpo começou a se sacudir, como se ela estivesse se debatendo, enquanto tentava sair da cama. Apenas seus dedos se moviam. Dava para ver a dor no seu rosto, a tensão quando ela tentava erguer os membros, e ela chorava ao ver que seu cérebro não se conectava aos nervos. Chorava tanto que, quando finalmente cedeu e voltou a cair sobre o colchão, seu corpo magro e abatido estava coberto de suor.

Eu também estava chorando. As lágrimas eram silenciosas, mas eu não aguentava ver minha mãe incapaz de se mover um centímetro sequer. Não aguentava ver o esforço necessário para levantar apenas os dedos.

— Odeio isso, *mio caro*... Quero me mexer... Eu não consigo... Eu não consigo... — Ela não terminou a frase, chorando de novo.

Abraçando seu corpo, que não pesava mais que uma pena, puxei-a para junto do meu peito e a embalei como uma criança.

— Calma, *mamma*, está tudo bem, está tudo bem. Não chore. Seja forte — sussurrei.

— Mas eu... não sou forte... Com dor... com problemas... Estou presa... Não sou livre.

Enquanto eu tentava engolir o nó que havia se formado em minha garganta ao ouvir seus balbucios incessantes, ela colocou a mão sobre a minha e sussurrou com sotaque carregado:

— Estou pronta... Quero ficar com Deus agora... Mas não posso... Meus meninos... não é bom... Eu me preocupo... vocês não estão... em boa situação.

Uma dor extremamente aguda cortou meu coração ao ouvir aquelas palavras. Eu não queria que ela morresse, mas não suportava vê-la daquele jeito... tão desolada... tão fraca... tão confusa, mas ainda pensando em nós, seus filhos.

— Eu prometo que tudo vai ficar bem, *mamma. Lo giuro* — garanti a ela.

— Ele precisa sair... *ti prego...*

— Quem, mãe? — perguntei, franzindo a sobrancelha e tentando compreender o que ela estava dizendo.

Minha mãe se esforçava para manter os olhos abertos, cansada demais de tanto chorar, lutar... se preocupar, e, em segundos, sua respiração ofegante se estabilizou.

Certificando-me de que ela estava confortável, afastei-me da cama e vi Axel na porta, segurando um rosário, passando os dedos pelas contas e rezando.

Sem dizer nada, ele foi até o armário da nossa mãe e pegou um dispositivo assustador com uma máscara. Chegou perto dela e, em instantes, colocou-a sobre seu rosto. Eu o observei em silêncio o tempo todo.

O interruptor fez soar um ruído baixo, e o oxigênio começou a entrar pela boca e nariz de minha mãe.

Depois de beijar a mão inerte de nossa mãe, Axel se virou para mim.

— A máscara chegou hoje para ajudar os pulmões fracos dela. Ela não está mais respirando direito. — Ele assobiou baixo. — Gastei mais uma boa grana só na máscara. Não sobrou muita coisa, nem para comida, moleque.

Olhando para o teto, perguntei.

— De onde saiu todo aquele sangue? E por que ela está nesse estado, falando que quer morrer? Que merda aconteceu aqui?

Axel apontou para o quarto de Levi e abaixou os olhos. Havia tristeza neles, mas também muita culpa.

Meu estômago ficou apertado de apreensão.

— Porra, Axe, o que você fez? — perguntei, não desejando ouvir a resposta, e corri para o quartinho de Levi, quase quebrando a porta ao abri-la.

— Lev! — gritei e fui até ele.

Ali, na cama estreita, estava Levi. Levi, catorze anos de idade – pálido, abatido e machucado. Os olhos estavam quase fechados devido ao inchaço e cobertos de sangue ressecado. Os cabelos claros empapados de suor e terra. Mas o que chamou mais minha atenção foi um curativo grande em sua barriga. Um curativo grande cheio de sangue.

Porra. Ele tinha sido esfaqueado.

— Lev — eu disse e, caindo de joelhos, peguei a mão dele. Levi gemeu de dor, mesmo dormindo, e tentou se mexer, mas sua respiração logo se acalmou e ele voltou a cair no sono.

— Precisávamos de número para o tiroteio de ontem. Sabíamos que, se não agíssemos primeiro, seríamos alvo fácil. Depois que você levou sua vadia para casa, resolvemos ir em dois carros. Atacar aqueles putos de surpresa. Levi foi necessário, moleque. Você sabe como é. Cada nove milímetros conta.

Rangi os dentes com tanta força que achei que fossem rachar. Não podia responder nada por medo de perder o controle e acabar atacando meu próprio irmão.

— Quando chegamos ao território dos Kings, os putos estavam esperando. Bem, seis deles. E nós éramos apenas cinco. Foi armação. Informação falsa. Assim que viram a gente, começaram a atirar nos pneus traseiros até o carro ir parar no acostamento da estrada, onde arrastaram os caras para a rua. Lev estava naquele carro com Alberto. O líder dos Kings, Barton, puxou a faca. Eu não cheguei lá a tempo e ele esfaqueou Lev na barriga, enquanto os outros caras foram para cima dele com chutes e socos.

Axel respirou fundo.

— Joguei ele no carro o mais rápido que pude e fui embora. Levei para o hospital. Eles fizeram um curativo e eu dei o fora de lá antes que chamassem a polícia. Usei o resto do dinheiro dos remédios da mamãe para ele ser suturado.

— E quem costurou essa merda na sua cara? — perguntei.

— Pedi para o velho Brown do trailer vinte e um fazer. Dei umas pedras de crack como pagamento.

Olhei para minha mão junto à de Levi e imaginei Lexi ali, acalmando-o, cuidando dele enquanto minha mãe desejava morrer no quarto ao lado por não conseguir dar afeição a ele.

— Axe, estou usando toda minha força de vontade neste momento para não cortar seu pescoço por ter arrastado ele para lá junto com você. Mas você obviamente se preocupa um pouco com ele, para tê-lo levado para o hospital.

Em vez de ficar irritado, Axel abaixou a cabeça e concordou. Era estranho ver meu irmão mais velho, de vinte e cinco anos, magoado daquele jeito. Era a primeira vez, naquela maldita confusão que chamávamos de vida, que eu via sua armadura rachar.

— Axe, eu não paro de repetir, mas ele precisa sair! Ele tem catorze anos. Catorze, porra, e, do jeito que está indo, do jeito que essa *guerra por território* está indo, ele não vai viver até o ano que vem. Ele tem talento, tem muita coisa a oferecer pro mundo. Está sendo subestimado por nós. Estamos arruinando a porra da vida dele!

Axel deu um passo à frente, com os olhos escuros marejados ao olhar para nosso irmão caçula na cama, e colocou a mão no meu ombro.

— Vou ser direto com você, moleque. A mamãe só vai viver mais alguns meses. Eu não ia contar ainda, queria deixar você se concentrar nos jogos do campeonato. Mas a expectativa é de oito semanas, doze no máximo. O sistema respiratório dela está falhando, e logo ela não vai mais conseguir respirar. É isso, moleque. Estamos perto do fim.

— Então por que me contar agora? — perguntei, mas eu já sabia a resposta. Sabia o que ia acontecer. O que eu teria que fazer.

Axel se ajoelhou ao meu lado na cama e ficamos olhando para nosso irmão, como dois anjos negros caídos pairando sobre nosso protegido.

— Você sabe o que tem que fazer, moleque. Só pelos próximos meses. Depois resolvemos o resto.

— Minha nossa, Axe! — gritei e abaixei a cabeça, derrotado. — Jurei que nunca voltaria aos Heighters. Não quero voltar, porra! Tenho muito a perder.

Axel passou a mão na minha cabeça.

— Eu sei, moleque. Mas às vezes a vida é assim. E temos que fazer o que for preciso pela nossa família.

Meu estômago ficou apertado pela injustiça da vida.

— E a Fadinha? O que vou fazer com ela? Eu amo aquela garota, Axel. Amo tanto que parece loucura, e ela precisa de mim. Você não sabe o quanto. Não posso me ligar a toda essa merda e cuidar dela ao mesmo tempo. Não posso colocá-la em risco.

O rosto de Axel ficou congelado, mas, quando olhei em seus olhos, ele perdeu um pouco do veneno.

— Vou dizer de uma vez. Aquela vadia não serve para esta vida. Ela nunca vai entender o que é preciso ser feito pela *famiglia*, pela gangue.

— Eu não posso deixá-la, Axe. Não vou fazer isso!

— Então deixe eu fazer uma pergunta. Você vai achar legal quando os Kings descobrirem quem ela é e a pegarem como isca? Quando acabarem com ela para atingir você? Vai colocar sobre ela o peso de se preocupar com você no meio de tiroteios e da atividade nas ruas? Vai deixar que ela seja o novo alvo do Gio? Porque ele vai usar a ameaça de machucá-la contra você.

Fechando os olhos, senti uma dor real no coração.

— Está me dizendo para terminar tudo com ela?

Axel confirmou.

— Vocês são diferentes demais, moleque. Corte as relações com ela e não corra o risco de transformá-la em alvo. Se afaste. Apenas se afaste. *Capisci?*

Visualizei o rosto da Fadinha e pensei em como era linda quando eu estava dentro dela. Pensei em seu rosto quando confessou que tinha um distúrbio, quando confessou seus medos. Depois pensei em como seria minha vida nos meses seguintes, nos perigos que eu correria, que *ela* correria. O estresse poderia fazê-la parar de comer novamente. Droga, aquilo já estava lhe causando perda de peso, e eu não podia fazer isso com ela. Não podia ser o motivo da sua recaída. O que estava por vir seria muito, muito pior. Eu tinha que protegê-la também.

Ela nunca poderia suportar o que eu teria que fazer. Até onde eu teria que ir em nome da gangue.

Tudo aquilo tornava a decisão mais fácil. Eu tinha que protegê-la. Poupá-la dessa vida. Eu tinha que me afastar... da melhor coisa que já tinha acontecido comigo.

Porra. Eu nem sabia como ia fazer isso. Mas precisava tentar.

Virando-me para Axel, assenti.

— *Capisco*.

Fechei os olhos e vi todas as merdas da minha vida como se fosse um filme: minha mãe chorando nos meus braços, perecendo numa cama. Depois, abri os olhos e olhei para Levi bem na minha frente, abatido e ensanguentado, e tudo ficou claro. Ao tomar aquela decisão que eu sabia que mudaria minha vida, podia quase sentir a *stidda* queimando no meu rosto, enquanto eu vendia mais uma vez minha alma aos Heighters.

Eu estava oficialmente de volta ao inferno.

Mas pelo menos Levi e Lexi estavam oficialmente fora dele.

21

Lexi

Jantar da vitória do SEC Championship
Fazenda Prince

— Você está bem, Molls? — perguntei quando Molly se sentou ao meu lado à mesa de jantar, passando os olhos pela multidão de pessoas à procura de Rome, com a mão sobre a barriga levemente acentuada. Ela parecia feliz, mesmo estando em um jantar na casa dos pais de Rome.

Ele havia sido arrastado para uma conversa sobre futebol americano com alguns benfeitores da faculdade. E, cinco minutos depois, Austin havia sido chamado também. O Tide havia vencido o SEC Championship na Georgia e estava indo para o National Championship, na Califórnia. O jantar era para comemorar a vitória, mas eu preferia fazer qualquer outra coisa naquele momento.

Como é possível tentar ser feliz quando seu mundo está desmoronando?

Aproximando-me e representando o papel de "Lexi feliz" novamente, peguei na mão de Molly e sorri.

Ela suspirou, e Ally e Cass chegaram mais perto para escutar.

— Não vejo a hora de esta noite terminar. Rome está tenso, só esperando seus pais perturbados dizerem algo para mim, para *nós*. Mas pelo menos hoje eles me ignoraram em vez de me atacarem novamente. — Os pais de Rome não aprovavam o namoro com Molly. Eles não sabiam que ela estava grávida. Eram pessoas poderosas e cruéis. Se quisessem que alguém desaparecesse, essa pessoa desaparecia.

Cass ficou irritada e jogou os cabelos para trás.

— Eu mato esses babacas se eles ousarem fazer isso. Juro, Molls. Cola comigo!

Molly riu para Cass, mas Ally não achou graça. Sendo prima de Rome, ela sabia do que os pais dele eram capazes. Se dependesse dos seus olhos atentos, não perderia Molly de vista também.

A turma toda já sabia a essa altura que ela estava grávida, mas fiquei surpresa com a falta de interesse de Austin no assunto. Ele andava distraído. Mal aparecia na faculdade, exceto para treinar. E, o pior de tudo, não estava se encontrando comigo... nunca.

Desde que tínhamos feito amor, ele nunca mais aparecera, mal me ligava ou mandava mensagens, e não havíamos mais voltado à casa dos fundos da fraternidade, como ele tinha prometido.

Simplesmente não consigo entender o que fiz de errado.

É porque ele sente repulsa por você, Lexington. Achou que depois de transar com você ele não encontraria falhas em todo o seu corpo? Achou que ele desejaria de novo alguém que nem conseguiu tirar a roupa?

Com o estômago embrulhado pelas palavras da voz, eu me levantei e resolvi dar uma volta. Molly segurou meu braço, preocupada.

— Está tudo bem, Lex? Você parece um pouco desanimada. Está me deixando preocupada, querida.

Abaixando-me, dei um beijo na cabeça de Molly e acariciei sua barriga em crescimento.

— Estou bem. Só preciso de uma bebida e de um pouco de ar fresco.

Molly voltou a conversar com Cass e Ally e eu saí andando pelos enormes jardins da propriedade até não haver mais ninguém à minha volta. Comecei a caminhar na direção de uma grande fonte de água, e o som de vozes abafadas chamou minha atenção. Curiosa, segui as vozes até uma longa cerca viva.

Estiquei o pescoço para espiar e meu coração afundou. Austin estava encostado na cerca, colocando a mão no bolso interno do paletó preto, tirando alguns pacotes... pacotinhos plásticos... cheios de pó branco.

Não... não... não...

— Valeu, cara — disse um aluno, que eu não conhecia, ao pegar o pacote e passar por um vão na cerca. Vi Austin contar notas, guardá-las no bolso e se encostar em uma estátua de pedra do jardim, passando as mãos pelo rosto.

Meus pés começaram a se movimentar na direção dele antes que eu pudesse me dar conta.

— Você está vendendo drogas? — sussurrei, desolada.

Austin virou a cabeça na minha direção e endireitou o corpo. Sua expressão, que era de culpa, passou a uma indiferença forçada.

— Lexi, você precisa dar o fora daqui... *agora*. — Austin foi frio e um tanto agressivo. Da mesma forma que tinha sido no pátio da primeira vez que nos encontramos, meses antes.

Sem me abalar, cruzei os braços sobre o vestido longo e preto.

— Eu não vou embora! — Estiquei o braço e puxei a manga de sua jaqueta. — Você está vendendo drogas, não está? Foi por isso que sumiu.

Austin olhou ao redor e, segurando meu braço, puxou-me para o vão na cerca. Estávamos completamente escondidos.

— Fale baixo, porra! — ele sussurrou. A raiva distorcia suas belas feições.

Eu me afastei. Não reconhecia aquela pessoa que estava diante de mim.

— Não ouse falar assim comigo! — respondi, e vi um quê de culpa passar pelo rosto dele. Chegando ainda mais perto, senti seu perfume de água da chuva, e perguntei: — Há quanto tempo isso está acontecendo? Por que não falou comigo sobre isso? Por que não falou mais comigo, ponto-final?

— Porque minha mãe está morrendo, Fadinha! Ela só tem mais algumas semanas e precisamos do dinheiro para pagar as despesas! Isto — ele bateu sobre o bolso da jaqueta — é o que vai custear os remédios e os cuidados de que ela precisa para não morrer engasgada com a própria saliva, porque não temos plano de saúde. Consegue entender?

Meus olhos se encheram de lágrimas quando ele acrescentou:

— E eu não preciso ficar ouvindo merda de você sobre esse assunto! Eu não liguei pra você porque estou tentando te proteger. Estou tentando proteger todo mundo! *Porra!*

— Austin... — Não consegui terminar a frase e passei a mão pelo seu rosto. Ele imediatamente fechou os olhos e se reconfortou com o meu toque.

— Fadinha, por favor. Confie em mim. Estou tentando proteger você. Mesmo que não compreenda.

Ele abriu os olhos e eu perguntei:

— Você pensou no futebol? No que está arriscando? — Quando Austin apenas olhou para mim, sem expressão, comecei a entrar em pânico. Não havia emoção, não havia luta, nada, apenas torpor.

— Austin! Seu futebol!

Ele suspirou.

— Não dá mais para pensar em futebol. Eu vou conseguir o troféu do campeonato para o Tide, mas todo o meu foco agora está na minha mãe e nas despesas médicas, e não na porra da NFL!

— Mas sua mãe *quer* que você vá bem no futebol, e Levi...

Austin encostou os pés nos meus e colocou as mãos em meus ombros.

— Levi, neste exato momento, está deitado na cama depois de apanhar para cacete, pois foi obrigado a ir a um confronto com outra gangue porque eu decidi levar você para casa. Meu irmão de catorze anos levou uma facada na barriga porque eu preferi ir com você em vez de cumprir meu dever com a minha família e ficar lá com eles!

Senti náuseas. Levi havia sido esfaqueado? E... e...

— Você está arrependido de ter feito amor comigo — sussurrei.

Austin, que estava olhando para o piso de lajotas, olhou nos meus olhos.

Seu rosto se contorceu e ele de repente segurou meu rosto.

— Fadinha, porra... não, eu não me arrependo de ter feito amor com você. Como poderia? Minha cabeça só está confusa. Tudo está dando errado, e eu não sei como lidar com isso. Estou tentando fazer o que é melhor para todo mundo.

Não consegui dizer nada. A voz na minha cabeça começou a me atormentar com suas provocações. *Ele se arrepende, sim, Lexington. Ele só não consegue dizer na sua cara. Você sabe a verdade. Ele tem nojo de você.*

— Fadinha! — Austin gritou e eu olhei nos olhos dele. Eu estava ofegante devido ao pânico e comecei a sentir fraqueza.

Isso é porque você está conseguindo comer apenas quatrocentas calorias por dia e se exercitando sem parar. Estamos vencendo, Lexington. Esse garoto está desencorajando seu sucesso. Esqueça ele. Me escute. Estamos chegando à perfeição.

— Fadinha! Porra! Olhe para mim. Não entre nessa. Não ouse fazer isso! Não posso lidar com isso também! Estou tentando manter você em segurança. Por favor. Estou tentando afastar qualquer ameaça.

— Você tem nojo de mim — sussurrei cheia de certeza, ignorando as palavras dele, meus olhos cheios de lágrimas. — É *por isso* que você anda me ignorando ultimamente. Até no jogo do campeonato essa semana, você mal olhou para mim.

— Não! Não, eu estava apenas tentando lidar com toda essa merda. O jogo foi televisionado e eu sabia que os Heighters estavam assistindo. Não queria que ninguém da gangue me visse com você. Não quero que você seja alvo de nenhum traficante, Lex!

— *Carillo! Carillo, você está por aí?* — disse uma voz abafada.

As mãos que seguravam meu rosto congelaram, e Austin rangeu os dentes. Alguém estava chegando. Austin encostou a boca no meu ouvido.

— Fique aqui. Volto em um segundo. — Eu me escondi o máximo possível dentro da cerca viva.

Austin deixou nosso esconderijo e ficou de costas para mim, impedindo que me vissem.

— Carillo, estava procurando você — disse a mesma voz grave.

— O que você quer, Porter? — Austin perguntou.

Chris Porter? O recebedor Chris Porter?

— Quero um pouco de cocaína. Ouvi por aí que você é o cara para isso.

— Ouviu errado — Austin disse, com frieza. E depois acrescentou: — E para que você quer cocaína? Se cair no exame antidoping antes do National Championship, vai perder qualquer chance de ser escolhido no *draft*.

— Deixa de merda, Carillo. Não sou tão burro assim. Quero para usar na festa que vai ter depois.

— Não vai rolar, Porter.

Ouvi o barulho de passos e mãos batendo no peito de alguém.

— Vai se foder, Carillo! Vai se foder!

Tudo ficou em silêncio e depois Austin reapareceu. Olhei para ele sob a luz de um poste em estilo antigo e vi como parecia cansado, como parecia estressado. Com um sentimento de extrema empatia por ele, dei um passo à frente.

— Austin...

— Lexi. Isso, a gente vai ter que terminar. — Ele interrompeu.

Senti como se alguém tivesse acertado minhas costas com um taco de beisebol e aberto meu peito, destruindo meu coração.

Os olhos de Austin ficaram molhados e ele passou a mão nos cabelos.

— Acho que você nem imagina como eu gostaria que as coisas fossem diferentes. Mas minha vida é fodida e estou envolvido demais com a gangue para sair. Você não pode ficar com alguém como eu, Fadinha. Vou arruinar sua vida. Você pode até deixar isso acontecer, mas eu não. Não vou ser como meu pai e arrastar minha garota para uma vida de merda.

Fiquei olhando para Austin, entorpecida, e ele se virou para as sombras para secar os olhos. Era estranho, mas eu não sentia... nada. Como se meu coração destruído estivesse se protegendo do último golpe de rejeição de Austin. Como se eu tivesse tomado uma injeção para anestesiar meus sentimentos.

Meus pés começaram a se mover de volta na direção da festa, e eu podia sentir que Austin estava me seguindo. Assim que vi minhas amigas, sentei e coloquei automaticamente um sorriso falso no rosto. Acenei com a cabeça e ri das piadas nos momentos apropriados. Também podia sentir o olhar pesado de Austin, mas não suportava olhar para ele.

Registrei Rome voltando para a mesa, procurando por Molly, mas aquilo não me tirou do estupor até eu ouvir:

— *Rome! Rome! Ajudem!*

Gritos femininos vindos da casa cortaram a brisa de inverno, trazendo-me de volta à vida. Vozes misturadas e pessoas correndo vieram em seguida. Austin pegou minha mão repentinamente e começou a correr para a casa, me arrastando junto.

Quando nos aproximamos da entrada dos fundos, avistei pessoas sussurrando e chorando, pessoas cobrindo a boca com as mãos.

Austin olhou para mim e deu de ombros. Mas depois vimos Cass, Jimmy-Don, Ally e Reece, todos pálidos, correndo para dentro da casa. A única pessoa sobre a qual todos alertariam Rome seria... *Molly!*

Puxando a mão de Austin, comecei a correr para a escadaria dos fundos. Ele abriu caminho pela multidão para ver do que se tratava toda aquela comoção. Quando entramos, cercamos a porta da biblioteca e meu coração foi parar na boca.

Então tudo começou a acontecer em ritmo acelerado. Shelly Blair estava encostada em uma estante, com a mão sobre a boca, chorando. Ally e Reece estavam abraçados e ela chorava muito. Jimmy-Don estava segurando Cass, que se virou depois de ver algo no chão.

O chão.

— Não! — ouvi Austin sussurrar, e me inclinei sobre a multidão de jogadores do Tide para ver o que estava acontecendo.

Sangue. Muito sangue. E Molly. Molly nos braços de Rome, que a embalava, chorando e gritando. Mas não eu não ouvia o que estavam dizendo. Simplesmente não conseguia tirar os olhos do sangue.

O bebê... pensei, e senti Austin me abraçar, sem se importar com quem poderia nos ver. Sem se importar com o fato de ter acabado de me dizer que estava tudo acabado entre nós. Mas ninguém nem olhava para nós. A sala começou a girar e eu senti que não conseguia respirar. Por que todas as pessoas que eu amava estavam sendo destruídas e tiradas de mim?

Como se um interruptor tivesse sido ligado dentro de mim, o torpor retornou. Por que o mundo era repleto de tanta tristeza e dor?

22

Lexi

Querida Daisy,

Peso: 37,6 kg
Calorias: ~~400~~ 250

Queria que você estivesse aqui. Nossa, como eu queria que você estivesse aqui.

Os últimos dias foram tão difíceis, e tenho a sensação de que estou perdendo o controle da realidade, da minha alimentação... de tudo.

Molly perdeu o bebê. Uma das minhas melhores amigas quase morreu. E, para piorar, ela nos deixou. Foi embora sem dizer nada. Sabemos que ela voltou para casa, em Oxford, mas nem se despediu. Rome está desnorteado. Todos nós estamos. E não sabemos se ela vai voltar.

E Austin... Austin está vendendo drogas e de volta aos Heighters. Eu nunca mais o vi, ele não me quer, e eu sinto como se meu coração estivesse se despedaçando, lenta e tortuosamente.

Não fui suficiente para ele. Meu maior medo se concretizou.

Estou afundando nisso, Daisy. A voz é meu único consolo, e, a cada dia que passa, eu me rendo mais a ele. Nunca mais me senti forte. Não consigo nem me olhar no espelho. Odeio tanto quem vejo que quase soquei o vidro, só para não ter que encarar a criatura gorda e monstruosa no reflexo.

Corro vários quilômetros por dia, mas nunca é suficiente.

Quase não como nada, mas nunca é suficiente.

Estou desmoronando, Daisy.

Desmoronando completamente.

Sinto sua falta.

Por que você me deixou sozinha?

* * *

Uma lágrima caiu sobre a página do meu diário e a tinta molhada correu pelo papel. Olhei pela janela e suspirei. Era inverno. Crepúsculo. E todas as estrelas brilhavam. As férias de fim de ano começavam oficialmente no dia seguinte, e eu voltaria para o vazio da minha casa.

Meus pais, embora relutantes, viajariam a trabalho. Ficariam fora durante seis semanas enquanto meu pai montaria um novo departamento de oncologia na cidade de Mobile. Eles detestavam me deixar durante as festas, mas achavam que eu ia passar o Natal no Texas, com Cass.

Eu havia mentido. Ficaria sozinha na casa dos meus pais. E isso era muito bom. Eu precisava ficar sozinha, longe de pessoas que pudessem me obrigar a comer.

Senti uma estranha combinação de alegria e tristeza ao olhar para o céu. Austin sempre olhava para as estrelas. Ele falava o tempo todo sobre elas, segurando minha mão e beijando minha pele. Aquilo sempre me fazia sentir adorada.

Olhei para minha mão e cerrei o punho de leve ao me lembrar. Era quase como se eu conseguisse sentir os dedos tatuados de Austin entrelaçados nos meus. Mas aquilo era passado. Nós éramos passado; disso eu tinha certeza.

Desde a noite em que tínhamos feito amor, éramos praticamente estranhos. Eu era problema demais para ele. Sempre soube que seria. Mas, ao mesmo tempo, toda a sua vida era cheia de problemas. Ele era um garoto perturbado que carregava o peso do mundo nas costas.

Ambos éramos complicados demais para ficarmos juntos do jeito que precisávamos. Duas estrelas cadentes que se extinguiam rápido demais, sem nunca chegar ao céu um do outro.

Passei horas sentada perto da janela, vendo as nuvens escuras passarem, até que a chuva começou a cair, batendo no vidro e obscurecendo minha visão. A casa da irmandade estava silenciosa. Silenciosa *demais*. A maior parte das pessoas já tinha ido passar as festas em casa. Eu estava sozinha.

Sozinha com a voz.

Achando o quarto muito sufocante, resolvi caminhar. Joguei uma jaqueta com capuz sobre o jeans preto e a camiseta enorme do Nightwish, saí da casa e deixei meus pés me levarem para onde quisessem ir.

De capuz, levei um susto quando me dei conta de onde estava: a casinha dos fundos da fraternidade. Olhei ao redor e, ao ver que tudo estava quieto na casa principal, tentei abrir a porta. Estava destrancada.

Entrando com cuidado, sacudi a água da chuva, levantei a cabeça e de repente dei um salto tão grande que meus batimentos cardíacos quase explodiram nos meus ouvidos. Ali, diante da lareira, estava Austin, com as mãos apoiadas na cornija e a cabeça baixa, olhando fixamente para as chamas.

Fui tomada pelo nervosismo enquanto o observava. Seus músculos ficavam salientes sob a camiseta preta e a calça jeans. Os cabelos escuros estavam desgrenhados. E suas lindas tatuagens estavam orgulhosamente à mostra. Ele era perfeito, e a dor em minhas entranhas me fez lembrar do quanto sentia falta dele... do quanto passara a necessitar dele. E ele havia arrancado aquela necessidade de mim.

Eu não sabia que ele ainda estava na faculdade. Até onde ficara sabendo, ele estava sempre com a mãe no parque de trailers. Mesmo no treino de futebol, fazia suas corridas e ia embora. Nunca olhava para mim, mas eu estava sempre olhando para ele. Observando-o de longe.

Abaixando a cabeça, tentei voltar para a porta, mas pisei em uma tábua solta e um rangido alto ecoou pela sala.

Austin se virou para mim e sua expressão suavizou imediatamente quando ele me viu.

— Fadinha? — sussurrou, com a voz rouca.

Olhei para a porta aberta e resolvi ir embora, mas Austin pediu:

— Por favor... não vá.

Suspirando, eu me virei e encontrei Austin bem na minha frente. Seu perfume tomou conta de mim como uma brisa agradável em um dia quente de verão, e ele acariciou meu rosto com o dedo. Sempre fazia aquilo. Eu não sabia por quê... mas sentia falta daquilo também.

— Estava pensando em você... Porra, estou sempre pensando em você, Fadinha.

Ele tinha bebido. Dava para sentir o cheiro forte de uísque em seu hálito.

Levantei o queixo de imediato e encontrei olhos escuros e ardentes... olhos cansados, emoldurados por olheiras. Levei a mão ao rosto dele e cheguei mais perto.

— Austin... — sussurrei e quase caí no chão quando ele aconchegou o rosto na palma da minha mão, buscando meu toque. A barba áspera e malfeita arranhou minha pele.

— Só precisava anestesiar a dor, Fadinha... está tudo tão ferrado — ele disse de maneira quase inaudível. Empurrei seu queixo para cima para olhar em seus olhos dispersos, cheios de lágrimas.

— Austin, não chore — eu disse, com a voz falhando.

Ele respirou fundo e lágrimas começaram a rolar de seus olhos, os ombros tremiam, e eu puxei seu corpo de um metro e noventa e três de altura para os meus braços. Ele apoiou a testa no meu pescoço e eu senti as gotas salgadas descendo pela minha pele.

Mesmo transtornado daquele jeito, ele sabia que não podia tocar minhas costas e envolveu os braços na minha nuca.

— *Shhh*, querido, vai ficar tudo bem — tentei acalmá-lo.

Ele sacudiu a cabeça e eu quase caí sob seu peso considerável.

— Não, Fadinha... nada está bem. Tudo deu errado... tudo... eu tive que me afastar, você não entende?

Sem conseguir aguentar a angústia da voz dele, comecei a chorar junto, tentando, em vão, acabar com a sua dor.

— Austin, venha aqui. — Afastando sua cabeça do meu pescoço, peguei sua mão e o conduzi até o sofá. Austin sentou primeiro e, pegando no meu braço, puxou-me para sentar em seu colo. O pânico veio rápido, mas Austin, nitidamente sentindo minha ansiedade, nos virou até ficarmos deitados de frente um para o outro.

Com o brilho leve da lareira iluminando seu rosto úmido, ele segurou minha nuca e levou os lábios aos meus. Conforme nossas bocas se enlaçavam com uma beleza lânguida, senti o sal das lágrimas em seus lábios, o ardor do uísque em sua língua e me derreti no toque que ansiava havia tanto tempo.

Afastando-se com a respiração ofegante, Austin não soltou minha cabeça.

— Fadinha, eu sinto muito — ele sussurrou.

— Não, Austin — eu disse —, você não tem nada pelo que se desculpar. Não pode lutar contra o destino.

Ele soltou uma gargalhada, mas ela ficou presa em sua garganta e se transformou num choro doloroso.

— Converse comigo — insisti. Não conseguia suportar tamanha tristeza. — É a sua mãe? Ela piorou?

Uma sombra pareceu obscurecer os olhos de Austin e ele mordeu o canto do lábio inferior. Eu conhecia aquele movimento. Conhecia o bastante para saber que estava certa.

— Ela só tem algumas semanas agora. Está péssima. Não consegue mais falar. Levi também está péssimo. Ele não sai do lado dela.

Fiquei sem chão e apertei a mão dele.

— Por onde... por onde você andou? Nunca está na faculdade — perguntei, nervosa.

Austin olhou para mim e engoliu em seco, apreensivo.

— Estive por aí, Fadinha. Estou sempre por perto.

— E nós não somos mais... — Não era exatamente uma pergunta, nem uma afirmação. Simplesmente era o que era. Realidade, eu acho.

Quando vi, Austin suspirou e rolou para cima de mim, apoiando-se nos braços para não me esmagar. Ficou olhando para mim por uma eternidade antes de ir de encontro aos meus lábios. O beijo foi ardente, quente e desesperado, e fui consumida por ele. Todas as células do meu corpo se inflamaram de tesão... desejo de ser tudo o que ele necessitava.

Agarrei seus cabelos e devoramos furiosamente a boca um do outro.

— Austin — gemi, sentindo o zíper da minha jaqueta se abrir. Em segundos, ela estava no chão.

Em seguida foi a calça e, com um único movimento fluido, Austin a arrancou, levando a calcinha junto. Uma pitada de preocupação passou pela minha cabeça ao pensar em Austin vendo minhas pernas mais finas, mas meu coração me dizia que aquilo era outra coisa, algo maior. O desejo venceu a insegurança e eu simplesmente deixei as coisas fluírem.

Ajoelhando-se e abrindo minhas pernas, Austin arrancou a camiseta e jogou-a no chão, exibindo os músculos tensos e salientes.

Ele tirou uma camisinha do bolso. Naquele momento, percebi que ele não havia tentado tirar minha camiseta e me derreti ainda mais quando percebi que ele compreendia meus limites. Ele sabia tanto sobre mim, mas nunca havíamos ultrapassado os segredos mais profundos... de ambos os lados.

O silêncio pesado entre nós parecia eletricidade na sala. A lareira crepitava, as corujas piavam nas árvores do lado de fora, os grilos cricrilavam no mesmo ritmo, e tudo aquilo foi abafado pelo som do zíper de Austin se abrindo e a embalagem da camisinha sendo rasgada.

Depois disso, Austin engatinhou sobre meu corpo, separou minhas pernas, posicionou-se entre elas e, com uma rápida investida, me preencheu por completo. Não houve preparação, nada foi feito devagar. Era apenas o desejo desesperado tomando conta.

Não fiz barulho nenhum dessa vez, nem ele. Tudo naquele momento parecia diferente, pungente talvez, e nós nos abraçamos com força, com a respiração pesada junto ao pescoço um do outro.

O fogo que passei a reconhecer se acendeu no meu centro, e Austin começou a se movimentar com mais rapidez quando envolvi sua cintura com as pernas. Relutante, Austin levantou a cabeça e olhou nos meus olhos, e quase paralisei quando vi lágrimas pendendo de seus longos cílios. Não eram lágrimas de dor nem de felicidade. Elas me faziam pensar em um adeus... uma despedida.

Levei as mãos instantaneamente dos ombros largos de Austin a seu rosto. Despedida... esta era a nossa despedida.

Em conflito, meu corpo corria para a sensação explosiva do nosso clímax enquanto meu coração corria desolado e ferido. As emoções inebriantes eram demais para suportar. E, gritando enquanto era possuída pelo orgasmo que quase me eletrocutava por dentro, também estremeci pela perda e pela noção de que o garoto por quem eu havia me apaixonado tão perdidamente estava se afastando de mim para sempre.

Sem interromper o contato visual, o corpo de Austin ficou tenso, o pescoço se esticou e os músculos se contraíram quando ele se entregou ao orgasmo. Então, respirando fundo, ele caiu sobre meu peito.

Olhei para a lua pela claraboia enquanto sentia o coração de Austin bater rapidamente dentro do peito. Por um lado, eu estava entorpecida, mas por outro sentia todas as pontadas de rejeição e decepção que eram humanamente possíveis. Apertando bem os olhos contra a dor que sentia no peito, permiti-me acariciar pela última vez os cabelos de Austin e passei a mão em suas costas.

Quando cheguei à sua lombar, Austin levantou a cabeça, com lágrimas nos olhos, e disse:

— Nunca fui bom o bastante para você. Sou um lixo, você é ouro. Não vou levar você para o mundo de merda em que eu vivo. Você merece mais do que eu, merece uma vida melhor. Muito melhor. Eu só vou puxar você para baixo.

Não respondi. Austin se deitou ao meu lado, ficamos um de frente para o outro, e ele puxou a manta do encosto do sofá sobre nossos corpos. Nós nos beijamos, nos abraçamos, e não me lembro quando caí no sono. Mas me lembro de acordar em uma sala vazia, sentindo o vácuo da ausência de Austin.

Ao olhar para as brasas da lareira, mãos leves e calmantes começaram a massagear meus ombros e senti meu corpo relaxar.

Entregue-se a mim, Lexington. Entregue as rédeas para mim voluntariamente. Posso fazer você se sentir melhor. Posso lhe devolver o controle da sua vida. Estamos quase atingindo a perfeição, Lexington. Entregue-se a mim de uma vez por todas. Vamos finalmente conquistar nosso objetivo. Vamos atingir a perfeição...

Fechei os olhos e deixei as palavras da voz serem absorvidas pela minha mente. Ela estava sempre lá para mim. Sempre me fazendo sentir desejada, dando-me um propósito.

Como se uma brisa entrasse e levasse com ela toda a minha luta, senti meu corpo relaxar e sussurrei na sala silenciosa:

— Pegue o que quiser. Me torne perfeita. Eu me entrego voluntariamente. Simplesmente não tenho mais forças para lutar contra você...

23

Austin

BCS National Championship
Estádio Rose Bowl, Pasadena, Califórnia

— Porra, Carillo! Conseguimos. Rome gritou correndo em minha direção depois de fazer o touchdown que nos fez vencer o jogo contra o Notre Dame.
— Você conseguiu, Canhão! Vai ser escolhido na primeira rodada do draft com certeza! — respondi, realmente empolgado pelo meu melhor amigo. O cara merecia, depois do que ele e sua namorada haviam passado nos últimos meses.
Rome encostou a testa na minha e disse:
— Nós dois, Carillo. Nós dois vamos sair deste lugar e começar vida nova.
Concordei com a cabeça, mas não respondi nada. Rome deu um tapinha no meu rosto e depois voltou toda a atenção para sua garota na arquibancada. Molly tinha voltado pouco antes do jogo, depois de semanas sem dar notícias. Ela tinha retornado para Rome, para o Alabama, e eu nunca tinha visto Rome jogar tão bem em toda minha vida.
Como se um ímã puxasse minhas costas, virei a cabeça e olhei para o outro lado do campo. Ali, em meio à multidão, estava Lexi, com os olhos fixos nos meus. *Un piccolo folletto oscuro*, pensei... uma fadinha soturna.
Senti um enjoo esmagador quando vi a dor em seus olhos. Ela parecia tão pequena com o uniforme do Crimson Tide, segurando pompons brancos, com os cabelos negros perfeitamente penteados, os lábios vermelhos e os olhos delineados como sempre. Foi quando notei a magreza de seus braços, de suas pernas. Lexi imediatamente cobriu o peito com os braços e seus olhos ficaram vazios e se voltaram para a grama.

Merda.

Fui na direção dela e a vi levantar o queixo e balançar a cabeça lentamente. Aquela ação me paralisou, e, quando vi, Lyle se aproximou dela. Como uma atriz vencedora do Oscar, ela se tornou aquela personagem falsa que todos conheciam: a Lexi divertida e cheia de vida. Ver aquilo me matava, pois conhecia a beleza real da pessoa que ela mantinha escondida.

Vi quando ela deu um beijo no rosto de Lyle, depois correu na direção de Molly na arquibancada, onde a amiga imediatamente a abraçou. Notei a tensão de Lexi, embora, novamente, ninguém mais tenha percebido.

Será que elas eram tão cegas a ponto de não perceber que sua melhor amiga estava mal? Mas então vi Cass e o olhar de preocupação intensa em seu rosto. Ainda bem que havia mais alguém preocupado. Deu para ver pelo rosto sério dela, e pelo olhar que trocou com Ally, que elas sabiam que algo estava acontecendo com minha garota.

O locutor pegou o microfone. Tinha chegado a hora da entrega do troféu. Respirando fundo, fui para o palco e tentei parecer orgulhoso.

Outro fingidor para acrescentar ao campo.

✻ ✻ ✻

Festa de boas-vindas após o National Championship
Tuscaloosa, Alabama

A festa estava a todo vapor. Depois de um desfile de boas-vindas que levou o dia inteiro pelas ruas de Tuscaloosa, exibindo orgulhosamente o troféu, voltamos para a fraternidade, comemorando a vitória. O lugar estava transbordando de alunos enchendo a cara... e muitos deles queriam algo mais.

Tomando um gole de cerveja, passei os olhos pela festa para verificar se os policiais universitários não estavam por lá e se o reitor não estava à vista.

Nada. Era uma coisa boa.

Ouvi alguém tossir ao meu lado. Quando me virei, vi um calouro que parecia estar nervoso, olhando para todos os lados.

— O que foi? — perguntei, sem rodeios.

— Me disseram para falar com você para arrumar umas coisas para agitar a festa.

Certificando-me de que não estávamos sendo observados, questionei:

— O que você está procurando?

— Bala, pó, qualquer coisa. — Ele deu de ombros.

— Ali na casinha dos fundos, atrás das árvores. — Apontei com o queixo na direção em que ele precisava ir.

O garoto arregalou os olhos de empolgação e, quando começou a se afastar, segurei seu braço.

— Não fale para ninguém quem vendeu essa merda pra você. — Apontei para a *stidda* em meu rosto e o moleque engoliu em seco.

— H-Heighters? — ele sussurrou e quase sujou as calças. Quando confirmei, ele abaixou a cabeça e murmurou. — Pode deixar, Carillo. Não vou dizer nada.

Eu o vi desaparecer, e sabia que Axel adoraria aquele volume de vendas. A grana que faríamos aquela noite seria suficiente para o restante dos dias de minha mãe, mas eu odiava fazer essa merda no meu próprio território, com meus colegas de time por perto.

— Carillo! Venha aqui!

Ouvi meu nome e vi Rome sentado no sofá, com Molly no colo e o resto da turma em volta. Bem, todos exceto Lexi. Eu não fazia ideia de onde ela estava.

Quando me aproximei, Rome, cheio de sorrisos, fez sinal para eu me sentar.

— Onde anda se metendo, Carillo? Nunca mais está por perto — ele perguntou, e eu dei de ombros.

— Não ando me metendo em lugar nenhum. É que você está muito entretido com sua namorada para prestar atenção em mim — brinquei.

Rome estreitou os olhos levemente e eu soube que ele estava detectando que algo estava acontecendo. Molly, porém, o puxou para um beijo. Cass e Jimmy-Don estavam mais quietos do que de costume. Na verdade, todos estavam.

Notei que Molly cutucou Rome e ele acenou com a cabeça para ela.

— Vamos morar juntos — ele disse, com orgulho, e todos ficamos boquiabertos.

— Ah, podem parar de fazer essa cara. Vão querer me dizer que, depois de tudo o que passamos, morarmos juntos é um choque?

Todos nos entreolhamos e eu dei de ombros. O cara estava certo. O relacionamento deles havia avançado na velocidade da luz. Fazia sentido eles morarem juntos logo. Porra, fiquei surpreso por ele não ter proposto casamento.

Tomando um gole do que havia em sua garrafinha, Cass se inclinou para a frente, colocando toda a sua atenção em mim.

— Então, Carillo... — Jimmy-Don tentou segurá-la pelo braço. Mas ela se soltou e, totalmente séria pela primeira vez, disse: — O que está acontecendo entre você e minha amiga Lex?

Meu coração acelerou. De repente, todos estavam olhando para mim.

— Não está acontecendo nada — respondi, evasivo.

— Chega, Carillo! Alguma coisa está acontecendo com ela e eu acho que você sabe mais do que está nos dizendo.

— Onde ela está agora? — perguntei, e Ally se movimentou desconfortavelmente no assento.

Olhei para ela e esperei que falasse. Suspirando, ela respondeu:

— Ela nunca está com a gente. Sempre está fora, correndo, ou com Lyle. Pelo menos é o que diz... — Ela interrompeu a frase. Estava claro que estava preocupada, o que deixou minha cabeça a mil por hora.

Aproximando-me, olhei para Ally e insisti que continuasse. Sabia que ela estava querendo chegar a algum lugar. A algo que ela achava que estava errado. Dava para ver que Cass estava prestes a dizer alguma coisa também. A tensão no grupo quase me sufocou.

— Carillo! Aqui está ele! — ouvi alguém dizer atrás de mim e vi Rome, Reece e Jimmy-Don fazerem caretas. Ally interrompeu o que ia dizer e começou a roer as unhas. Molly estava prestando atenção nela, e também parecia preocupada com o que Ally ia dizer.

— Porter, qual é o seu problema? — Rome perguntou.

Porter estava praticamente saltitando. *Merda*, pensei. Ele estava cheirado.

Pulando do sofá, tentei levá-lo para longe.

— Vamos — eu disse e empurrei seu peito.

Porter abriu bem os braços.

— Carillo! No fim das contas, eu nem precisei de você. Seu irmão gêmeo acabou de me vender um pouco de pó.

Todos à minha volta ficaram em silêncio e Rome se levantou.

— Cocaína? Está me zoando? — Rome gritou e, agarrando meu braço, virou-me para que eu visse o seu olhar duro.

Os olhos de Porter estavam vidrados e os lábios retraídos sobre as gengivas. Ele certamente tinha usado cocaína, e eu ia matar Axel quando o visse. Falei mais de uma vez para ele não vender para nenhum jogador do Tide.

— Porter! — Jimmy-Don gritou e se levantou, pegando-o pelos braços.

— Merda! — Rome disse, e quando olhei para Porter o sangue jorrava de seu nariz.

Merda, merda, merda...

— Porter, você está bem? Fale comigo — Jimmy-Don disse quando Porter revirou os olhos, convulsionando e espumando pela boca.

— Liguem para a emergência! — Reece gritou, e os alunos começaram a pegar os celulares.

— Saiam! Polícia universitária! — gritou uma voz grave masculina enquanto, abrindo caminho em meio à multidão, chegou um policial com o reitor logo atrás.

O reitor olhava fixamente para mim, e eu podia jurar que o babaca estava com um sorriso triunfante.

— O que ele tomou? — o reitor perguntou.

Cooper, o amigo de Porter, respondeu:

— Cocaína. Ele cheirou cocaína.

Quando mais agentes da polícia universitária chegaram, o reitor disse:

— Façam uma busca no local. Encontrem os traficantes! Isso acaba hoje mesmo!

Fiquei aterrorizado e de repente vi Rome ao meu lado.

— Dê o fora daqui, Carillo. Agora.

— Mas o Axe...

Rome me agarrou pelo colarinho e me arrastou para o fundo, onde não podia ser visto. Segurando seu punho, arranquei sua mão de mim e o virei até suas costas baterem na parede.

— Me larga, Rome, porra! — gritei, e Rome me empurrou.

— Você precisa deixar de ser idiota, Austin. Deixe o Axe para lá. Ele já era. E está bem fodido desta vez! Vendeu drogas para alguém que teve overdose! Isso dá prisão, Austin. Que parte dessa merda toda você não está entendendo?

Prisão. *PORRA!*

Com o coração acelerado, eu me afastei e disse:

— Você não entende, Rome. Não tem a mínima ideia. — Então saí correndo, deixando meu melhor amigo com as mãos nos cabelos loiros, preocupado. Corri até chegar ao ponto do ônibus, que estava passando bem naquela hora.

Levei quarenta minutos para chegar em casa. Quando passei pela placa de Westside Heights, o carro de Gio parou de repente e ele saiu.

— Cadê o Axe? — perguntei, em pânico.

— Os policiais o pegaram, mas ele conseguiu fugir. Ele foi embora, Austin. Não pode chamar a atenção. Eu disse para ele não fazer contato por um tempo.

Embora?

Não!

Jogando a cabeça para trás, fiquei olhando para as estrelas e passei as mãos no rosto. Droga, ele estava com todo o dinheiro. Todo o dinheiro dos medicamentos da minha mãe.

Senti uma mão no meu ombro – Gio.

— Ele estava com todo o nosso dinheiro — expus minha preocupação em voz alta.

Gio acenou com a cabeça, demonstrando empatia, mas dava para ver a centelha de empolgação em seus olhos.

— Então vamos arranjar mais — ele disse simplesmente.

Virando-me para o trailer, vi Levi me olhando pela janela, com os hematomas do rosto mais amarelados. Olhei nos olhos dele e vi a súplica em seu olhar. Mas depois olhei para a janela do quarto da minha mãe e soube o que precisava ser feito.

— Você precisa de um braço direito até Axel voltar?

O sorriso largo de Gio ocupou todo o seu rosto siciliano.

— É hora de ganhar umas verdinhas, Austin. Eu e você vamos fazer a limpa.

Uma pergunta que me atormentava havia anos me veio à mente.

— Gio?

— O quê?

— Como foi que o Axe me tirou da gangue quando eu tinha dezessete anos? O que ele prometeu pra você?

Gio apontou para Levi parado na janela, e meu coração afundou.

— Ele. Axe me prometeu seu irmão caçula assim que ele completasse catorze.

Fui tomado por uma raiva que nunca havia sentido antes. Por que Axel era uma decepção tão grande? E por que sempre tinha que colocar essa maldita gangue em primeiro lugar?

— Vamos, moleque. Temos que vender — Gio falou, fazendo sinal para que eu fosse até ele. E, com a mão de Gio no meu ombro, permiti que ele me levasse ao seu trailer.

Eu agora era o número dois dos Heighters.

Que ótimo.

24

Lexi

Um mês depois...

— Então você vem para a inauguração da nossa casa hoje à noite? — Molly perguntou ao telefone. Ela parecia tão empolgada, e meu coração queimava de felicidade por ela, mas talvez houvesse também uma ponta de inveja.

— Eu... eu não sei ainda, Molls. Tenho que ir para...

O suspiro alto de Molly me interrompeu.

— Lexi, nós nunca mais vimos você. Está sempre em casa com seus pais ou ocupada fazendo outra coisa com a equipe de torcida. Nossa, você e Austin quase desapareceram completamente da nossa vida.

Adagas perfuraram meu coração quando ela mencionou Austin. Eu não falava com ele havia séculos, e nunca o via. E quanto a estar passando o tempo todo com meus pais? Eles estavam enganados, meus pais ainda estavam fora. Eu estava sempre sozinha na casa deles, no túmulo de Daisy ou na academia. Nem para as aulas eu ia. Agora que a equipe de torcida estava parada e a temporada de futebol chegava ao fim, eu precisava me exercitar de alguma forma. Precisava me esconder em algum lugar aonde ninguém fosse.

Eu estava com trinta e dois quilos. Era quase perfeito.

— Lexi? Está ouvindo, querida? — Molly perguntou.

— Sim, estou ouvindo.

— Então você vem? Queremos te ver... Todos nós... Sentimos a sua falta. Desde que vim morar com Rome, vejo todo mundo menos você. Odeio não ver mais seu sorriso encantador. — A voz dela não passava de um sussurro no final, e eu me senti a pior amiga do mundo.

— Certo, eu vou, Molls. A que horas?

— Pode ser às sete? — ela perguntou, e pude sentir o alívio em sua voz.

— Estarei aí, Molls. Estou empolgada para conhecer sua casa nova.

Quando Molly desligou o telefone, comecei a planejar o que vestir. Teria que ser algo que disfarçasse o peso que eu havia perdido, para que eles não suspeitassem. Eu devia usar duas calças e duas camisetas para parecer maior. Se minhas roupas ficassem volumosas, ninguém notaria a perda de peso.

Perda de peso, Lexington? Você não perdeu o suficiente para eles notarem alguma coisa, a voz disse em resposta aos meus pensamentos. Ele estava certo. Eu não tinha perdido o suficiente para eles notarem alguma coisa. Não estava comprometida o suficiente com minha perda de peso.

Em pânico, passei a mão pelos cabelos e, ao abaixá-la, vi que um tufo havia caído. Quando aconteceu pela primeira vez, eu me retraí em choque. Agora, aquilo me deixava feliz.

Eu estava *tão* perto de atingir a perfeição.

✳ ✳ ✳

Parei diante do enorme condomínio e arregalei os olhos. Aquele lugar era incrível. Eu sabia que Rome tinha muito dinheiro, mas aquilo era outro nível.

Fui até o interfone, apertei o número quatro e a campainha soou, abrindo o portão.

Ao entrar no saguão, olhei para o elevador, mas resolvi subir pelas escadas. Quatro lances de escadas queimariam cerca de vinte calorias. No entanto, quando cheguei ao segundo andar, minha visão ficou embaçada e tive que me segurar no corrimão. Tive a sensação de que alguém estava esmagando meus pulmões enquanto minha respiração se tornava difícil e eu lutava para colocar oxigênio no corpo.

— Lexi? Você está aí embaixo?

Virei a cabeça na direção da voz de Molly, endireitei o corpo, respirando fundo, e comecei a subir o restante dos degraus, encontrando uma fonte de energia bem lá no fundo.

O rosto sorridente de Molly estava no fim do lance de escadas. Ela estava linda. Usava um vestido rosa ajustado no corpo e os cabelos castanhos soltos. Contudo, quando olhou em meus olhos, seu sorriso pareceu hesitante.

Quando me aproximei, evitei seu abraço entregando uma sacola de presente.

— Para a casa nova — eu disse, e Molly pegou a sacola sem olhar o que havia dentro.

— Obrigada, querida — ela respondeu, ainda olhando fixamente para mim e fazendo sinal para eu entrar no apartamento.

O lugar era lindo – todo branco, paredes claras e móveis modernos. Ouvindo o burburinho de vozes vindo do que eu imaginava ser a sala de estar, entrei para encontrar Rome, Cass, Reece, Jimmy-Don e Ally.

Austin não estava, no entanto. Eu não sabia ao certo se estava feliz ou triste com aquilo.

— Oi, gente — eu disse, com a voz mais alegre possível, quando percebi que ninguém tinha me ouvido entrar. Todos os olhares se fixaram em mim e a sala foi tomada pelo silêncio.

Fiquei tentando me equilibrar, um pouco tonta devido ao esforço nas escadas. Todos ficaram olhando... e olhando... e olhando... até que, finalmente, Ally se aproximou e apontou para a almofada ao lado dela no sofá.

— Venha se sentar, amore — ela disse.

Por que ela está agindo de forma tão estranha?

Ajeitando uma mecha solta de cabelo atrás da orelha, puxei as mangas largas do suéter sobre as palmas das mãos e, inclinando-me para esconder a gordura, me sentei.

Meus amigos trocaram olhares pela sala quando me sentei, me contorcendo.

— Como você está, Lex? — Rome perguntou depois de um tempo, sentando-se mais para a frente.

— Estou bem. Ocupada com os estudos — respondi e fixei o olhar no piso de madeira. Não conseguia suportar os olhares examinadores, a atenção. — O apartamento é lindo, Rome. Vocês devem estar muito felizes.

— Sim, as coisas estão perfeitas — ele respondeu, e o silêncio voltou a preencher a sala.

— Aqui está, gente! — A voz de Molly chamou nossa atenção, e ela saiu da cozinha segurando um bolo de chocolate enorme.

Minhas mãos começaram a tremer, a suar, e meu estômago roncou como se eu pudesse sentir o gosto suave do chocolate na língua.

Não ceda, Lexington. Saia da sala. Não deixe que eles desviem você do seu objetivo.

O pânico tomou conta de mim como uma torrente de água, e comecei a olhar para todos os lados enquanto pensava numa desculpa para sair.

Quando levantei a cabeça, todos os meus amigos estavam olhando para mim. Os olhos de Molly brilhavam cheios de lágrimas.

Cass tossiu e disse:

— Lexi. Isto não é uma festa.

Pontos pretos embaçaram minha visão quando a ansiedade tornou-se quase insuportável.

— Como... como assim?

Cass respirou fundo.

— Achamos que você tem um distúrbio alimentar, Lex.

Sacudi a cabeça vigorosamente.

— Não, eu não tenho! É só...

— Então coma o bolo — Cass disse, em um tom de voz de quem não admitiria desculpas.

Não posso, não posso, não posso...

Senti todos paralisarem, e a tensão na sala tornou-se sufocante.

— Amore. Por favor, só estamos tentando ajudá-la. Você ficou muito magra, e nós todos a amamos tanto que estamos muito assustados. Você está sempre sozinha, evitando fazer qualquer coisa com a gente.

Lex, acho que você precisa ir ao médico. — Ally insistiu e colocou a mão em minhas costas, tentando me dar apoio.

Aquilo me assustou. Pulei do sofá e, no processo, derrubei no chão o bolo que Molly segurava.

— Lexi — Ally sussurrou e se levantou, tentando me alcançar.

Eu me retraí e dei a volta na mesa de centro, encarando meu grupo de amigos que estava em pânico.

— Não toque em mim! — gritei. — Ninguém toque em mim!

Passei os olhos pela expressão preocupada de todos os meus amigos, mas foi Cass, minha amiga mais antiga, que me assustou mais.

Cass deu um passo à frente.

— Lex, está tudo bem, garota. O que está acontecendo? Fale comigo. Você não está comendo?

A sala pareceu girar e eu não conseguia respirar. Minha nossa, eu não conseguia respirar! Com a mão no peito, tentei recuar e quase caí no chão.

— Lex! — Molly gritou, e eu estiquei os braços, mantendo meus amigos a certa distância. Mas Cass deu um salto e conseguiu segurar meus pulsos assim mesmo, e tudo pareceu congelar.

Vi Cass arregalar os olhos e abrir a boca, em choque. Tentei puxar o braço, mas a pegada de Cass era forte como um torniquete.

— Cass, solte. Ela precisa se acalmar! — Ally disse, mas eu podia ver a determinação no rosto de Cass.

Pressionando os lábios, Cass segurou minha manga e arregaçou o tecido. Gemi em resposta, mas não tão alto quanto o suspiro de reação de Cass. De todos os meus amigos.

— Me SOLTE! — gritei, mas Cass deu um salto à frente e levantou meu suéter e as outras camadas de roupa, expondo minhas costelas.

— Porra! Lex, olhe suas costelas! Olhe essas malditas costelas!

Arrancando a barra do suéter das mãos dela, cambaleei para trás, batendo na parede. Um mar de rostos chocados ficou olhando para mim. Ally se aproximou, mas ninguém sabia o que dizer.

— Você *está* sem comer — ela sussurrou com a voz falhando.

Lágrimas correram dos meus olhos, minhas pernas cederam e eu escorreguei pela parede até o chão. Envolvi a barriga com os braços e chorei.

— Não posso comer! Não posso comer! Sou tão gorda, e *ele* não me deixa comer!

— Quem não deixa você comer? — Cass perguntou, confusa, agachando-se diante de mim. — Quem está impedindo você de comer?

— A voz! — gritei. — A voz na minha cabeça. Ele me impede de comer. Ele está me conduzindo à perfeição. — Meus olhos ficaram vidrados e eu me perdi em uma névoa. — Ele tirou Daisy de mim… e tirou Austin também! Austin sentia nojo de mim! Viu que eu tinha gordura demais!

— Daisy? — Cass perguntou. — Quem é Daisy, amore?

— E Austin? Austin Carillo? Meu melhor amigo?

Com os olhos cheios de água, vi que Rome havia se aproximado e estava com uma expressão séria no rosto.

— Eu o amo… eu o amo tanto, Rome. Mas ele me deixou. Fez amor comigo e depois me deixou! Eu provoco repulsa nele. Ele estava tornando as coisas melhores, estava *me* deixando melhor, mas ele me deixou porque eu sou muito gorda! Sou feia demais… sou MONSTRUOSA! Quem pode culpá-lo por ir embora…?

— Lex, você não está falando coisa com coisa — Molly disse e se abaixou ao meu lado. — Você e Austin estão juntos? Há quanto tempo?

Molly acariciou minha cabeça e, quando abaixou a mão, recuou em choque, segurando um tufo dos meus cabelos.

— Lexi, o quê…? — Molly gritou e olhou para mim, horrorizada.

— Estou quase perfeita, Molls. Estou quase lá… — tentei sorrir.

Molly se aproximou e tentou tocar em mim, mas eu me encolhi no canto e ela levou a mão ao peito.

— Você está me assustando, Lexi. Está me assustando demais.

— Eu não queria ter provocado repulsa nele… queria ter conhecido ele antes. Por que não o conheci antes? Ele podia ter me salvado. Podia ter detido a voz na minha cabeça.

— Austin, querida? Está falando de Austin Carillo, nosso amigo? — Jimmy-Don perguntou, e eu fiquei olhando para ele, sem expressão.

— Não posso mais fazer isso, JD... Estou cansada... cansada demais de viver assim... — Parei de falar, e a sala começou a girar.

— Lex! LEXI! — ouvi Cass gritar em pânico, mas um túnel negro estava se formando em meus olhos e meus músculos ficaram pesados demais.

— Sinto muito... Sinto muito, muito... Não pude cumprir a promessa que fiz a Daisy... — sussurrei.

Depois tudo ficou preto.

25

Austin

— Você fez a tarefa de casa, moleque?

Levi ergueu os olhos dos livros de História e fez que sim com a cabeça. Estava mordendo a caneta quando perguntou:

— Alguma notícia do Axe?

Suspirando, passei a mão pelos seus cabelos cor de areia e falei:

— Ainda não, moleque. Ainda não tenho notícias.

Era a mesma coisa todo dia. Eu dava a mesma resposta todo dia havia mais de um mês. Axel tinha sumido na noite em que escapara dos policiais, e nós não tínhamos ideia de onde ele estava.

Que ótimo.

Faróis de carro iluminaram o trailer e, olhando pela janela, vi uma picape Dodge enorme estacionada. Algum universitário riquinho, sem dúvida, aparecendo para comprar drogas. Desde a noite da overdose de Porter, tivemos que manter os negócios em nosso território. Porter ainda estava em coma, e, até que ele acordasse, os policiais tinham Axel como principal suspeito da venda. Axel, que estava foragido.

— Lev, tenho que resolver umas coisas. Dê uma olhada na mamãe daqui a quinze minutos, certo? Ela precisa da próxima dose de medicamentos.

Levi concordou; uma expressão triste em seu rosto ao me ver sair do trailer. Ele odiava o fato de eu estar vendendo drogas, odiava o fato de eu ter substituído Axel como braço direito de Gio.

Assim que saí do trailer, a porta da picape se abriu e, para minha grande surpresa, Rome Prince saiu. A porta do trailer se abriu atrás de mim e Levi saiu correndo.

— Rome! — ele gritou, e Rome sorriu para a saudação entusiasmada do meu irmão. Segurando sua mão e puxando-o para um abraço, Rome disse:

— Lev, cara. Como você está?

Levi acenou com a cabeça e deu de ombros.

— Estou bem, eu acho. Axe está desaparecido, mas Austin está ficando mais por aqui agora. Minha mãe... não está tão bem.

— Eu sei, moleque. Mas tente ser forte, certo?

— Certo. — O rosto de Levi se iluminou. — Você foi incrível no jogo do campeonato, Rome. Aquele *touchdown* da vitória foi demais!

Rome riu e fingiu dar um soquinho no braço de Levi.

— Obrigado, moleque. Até que não foi ruim.

— Lev — eu disse enquanto observava os dois. — Entre. Preciso falar com Rome a sós.

— Mas...

— Entre. Agora — eu disse com seriedade, e Levi, dando uma última olhada para Rome, foi para dentro.

— O que está fazendo por estas bandas? — perguntei, indo na direção de Rome, passando os olhos pelo parque em busca de qualquer sinal de Gio. Não queria que meu melhor amigo tivesse que ouvir merda.

Fui pego de surpresa. Rome caminhou decidido na minha direção e me deu um soco bem no meio da cara. Cambaleei para trás, mas me recuperei o suficiente para endireitar o corpo e empurrá-lo até ele bater na caçamba da picape.

— Que porra é essa, Rome? — gritei, cuspindo sangue.

Rome apenas tirou minhas mãos de sua camisa e me encarou, peito a peito.

— Que merda você está fazendo, oitenta e três? — ele disse em voz baixa, olhando nos meus olhos. — Esta é a sua vida agora? — ele perguntou, apontando para o entorno. — Foi isso que você escolheu?

— Cale a boca, Rome! Você não sabe de merda nenhuma!

— O que eu sei é que meu melhor amigo, um cara que vejo como irmão, está se afundando em um buraco do qual não vai conseguir sair.

Não vejo você há semanas, não tenho ideia do que está acontecendo na sua vida!

Abaixando a cabeça, recuei e coloquei as mãos na cintura.

— Preciso fazer isso, cara. Preciso sustentar minha família. Axe está fora, escondido em algum lugar. Minha mãe está piorando.

Rome inclinou a cabeça para trás e disse:

— Você sabe que o reitor está convencido de que você teve alguma coisa a ver com a overdose do Porter. Ele está vasculhando a faculdade em busca de qualquer um que possa relacionar você ao tráfico. Ficar aqui, nitidamente vendendo cocaína com os Heighters, não vai ajudar muito.

— Porra! Eu sei, mas...

Rome de repente segurou meu braço e eu ergui as sobrancelhas, surpreso.

— Olha só, oitenta e três, não estou aqui para passar um sermão sobre vender drogas com a gangue. Entendo o que você está tentando fazer. Estou aqui para avisar que a Le...

— AUSTIN! *AUSTIN!* — Meu sangue congelou quando a voz de Levi cortou o silêncio da noite, interrompendo Rome. Eu me virei e o vi sair correndo do trailer, pálido como cera e com lágrimas escorrendo no rosto.

Corri até ele e, ao segurar seus braços, vi seu corpo tremer como vara verde.

— É a mamãe, Aust! Não consigo acordá-la! Ela não acorda!

Senti Rome atrás de mim e o ouvi xingar. Mas meus pés já estavam entrando no trailer e no quarto da minha mãe. Ela parecia adormecida, mas, quando me aproximei da cama, pude ver que estava quieta demais, e seu peito mal se movimentava.

Era sua respiração.

Ouvi a porta ranger, virei a cabeça e vi Rome ali olhando, abraçando Levi enquanto ele chorava.

— Ela não acorda, Rome. O que eu faço? — perguntei.

Rome engoliu em seco, entrou no quarto e exigiu:

— Tire-a da cama. Vou levá-la para o hospital.

— Mas... merda! Não tenho dinheiro. Não consegui dinheiro suficiente para os cuidados médicos dela. Axe foi embora com tudo, e eu ainda não consegui repor.

Rome ficou perplexo.

— Esqueça essa merda e simplesmente coloque a sua mãe na porra do carro! Vamos!

Não precisei de mais argumentos. Pegando minha mãe nos braços, entrei no banco de trás da picape, com Levi ao meu lado, enquanto Rome saía do parque cantando pneu.

Com minha mãe inconsciente no colo, segurei na mão trêmula de Levi. Olhei em seus olhos marejados, coloquei o braço em volta de seu pescoço e puxei-o para perto.

Ele começou a soluçar com força.

— É isso, Aust? Ela vai morrer?

Eu não fazia ideia de como responder àquela pergunta. Eu mesmo não queria pensar naquilo.

— Aust? — Levi perguntou novamente.

— Não sei, moleque. Mas acho melhor nos prepararmos para o pior.

Levi fungou e enfiou o rosto na minha camiseta.

— Não quero que ela vá. Não quero ficar sozinho.

Combatendo o nó na minha garganta, dei um beijo na cabeça dele.

— Você nunca vai ficar sozinho, moleque. Sempre vou estar aqui.

Olhando nos olhos preocupados de Rome pelo espelho retrovisor, agarrei Levi com mais força e olhei para minha mãe.

— *Resisti, mamma. Resisti... ti prego.*

Aguente, mãe. Aguente... eu imploro.

✱ ✱ ✱

Minha mãe foi levada às pressas para um leito no quarto andar. Bastou uma olhada do médico para ela ser internada imediatamente.

Saindo da área de triagem, fui para a sala de espera e levei um susto. Todos os meus amigos estavam lá. Levi espiou detrás de minhas costas e lentamente se posicionou ao meu lado.

Olhei para a fileira de rostos e vi que todos estavam tristes e em silêncio. Rome me viu entrar e, lançando um olhar preocupado para Molly, levantou-se e foi falar comigo.

— Você trouxe todos para cá por causa da minha mãe? — perguntei a Rome e ele, aparentando remorso, respondeu que não.

Franzi as sobrancelhas, confuso, e vi Cass fazendo cara feia para mim do outro lado da sala.

— Então o quê...

— É a Lexi — Rome disse em voz baixa.

Senti um frio na barriga e minhas mãos começaram a tremer. O rosto de Rome estava pálido, e vi Ally e Molly secando lágrimas do rosto.

— O-o que aconteceu com a Lexi? — Levi perguntou ao meu lado. Senti o pânico em sua voz. O moleque a idolatrava. Aquela única vez em que se viram ficara gravada para sempre na cabeça dele.

Rome passou a mão pelo rosto e eu segurei o braço dele.

— O que aconteceu com ela?

— Ela desmaiou na nossa casa hoje mais cedo. Ela... Porra, Carillo, ela está gravemente anoréxica. Teve que ser internada na ala psiquiátrica.

Tive a sensação de que alguém havia aberto um buraco no meu peito. Ela havia tido uma recaída. *Porra!* Ela havia tido uma recaída. Eu tinha visto os sinais, mas achava que, sem todo o estresse dos Heighters, ela ficaria bem... *MERDA!*

— Onde ela está?

Rome apontou com o queixo.

— Quarto número quinze. Mas ela está mal, Austin. Ela parece estar muito mal.

— O que é anoréxica, Austin? — Levi perguntou, e eu olhei para o seu rosto petrificado.

Suspirando profundamente, expliquei:

— Ela fica sem comer, Lev. Ela não come nada.

Levi franziu as sobrancelhas, confuso.

— Por que... por que ela ficaria sem comer?

Colocando o braço sobre os ombros dele, expliquei:

— Porque ela tem uma doença. Já tem há muito tempo. Ela não se vê como nós a vemos... bonita... perfeita...

Cass pulou da cadeira e ficou frente a frente comigo.

— Ela o quê?

Franzi a testa e repeti as palavras:

— Ela tem anorexia desde os dezesseis anos. Conseguiu ficar bem o suficiente para ir para a faculdade, mas este ano as coisas se complicaram novamente.

— E como você sabe disso? — Cass perguntou, indignada, como se tivesse sido deixada de fora de uma grande conspiração.

— Porque nós ficamos juntos durante meses e ela me contou! Contamos tudo um ao outro. Droga, eu só a deixei porque não estava fazendo bem a ela, Cass. Queria poupá-la das coisas perigosas que estou sendo obrigado a fazer pela minha família. Mas eu a amo, porra! É uma resposta boa o suficiente para você? Eu a deixei porque a amo!

O lábio inferior de Cass começou a tremer e seus olhos se encheram de lágrimas.

— Você a ama?

— Cass, eu sou *apaixonado* por ela. Ela é tudo para mim. Mas a minha vida é tão fodida. Eu não queria arrastá-la para o fundo do poço junto comigo.

Levantando a cabeça, puxei Levi para perto.

— Fique aqui com Rome. Preciso ver minha Fadinha.

Rome pegou no braço de Levi.

— Fique com a gente, moleque.

Molly se levantou e colocou o braço sobre os ombros de Levi, mas ele olhou para mim e disse:

— Mamãe e Lexi estão aqui, Austin. — Ele abaixou os olhos. — E se nós perdermos as duas?

Eu me aproximei de Levi e olhei nos olhos dele.

— Não vou mentir para você, moleque. A mamãe está bem mal. Sabíamos que esse dia estava chegando. Mas a Fadinha... — Respirei fundo e consegui conter as lágrimas. — Vou fazer tudo que eu puder para ela sair dessa.

O lábio inferior de Levi tremeu e ele sussurrou:
— Você jura?
Soltei o ar.
— *Lo giuro*.
Saí praticamente correndo da sala e fui pelo corredor até chegar ao quarto quinze. A porta estava fechada e minha respiração ficou ofegante.
Três passos.
Três passos para atravessar aquela porta.
Três passos até encarar a Fadinha... minha garota com anorexia grave.
Pensamentos sobre qual seria sua aparência giravam na minha mente, mas, quando abri a porta de uma vez, nada do que estava pensando poderia ter me preparado para aquilo.
Contendo o choro, paralisei na porta, olhando para a garota na cama. A garota que não passava de um esqueleto com pele, cabelos pretos ralos e com falhas, lábios pálidos, azulados e sem vida.
Aparelhos apitavam em volta dela, e bolsas de líquido estavam conectadas à sua pele. Não pensei que suportaria vê-la daquele jeito, mas criei coragem e forcei minhas pernas pesadas a darem um passo de cada vez.
Um... dois... três... quatro...
Lágrimas embaçavam meus olhos quando olhei para Lexi na cama. *Il mio piccolo folletto rotto...* Minha fadinha caída.
Os olhos dela estavam fixos em um espaço do lado oposto do quarto, e eu me sentei na cadeira ao seu lado, olhando para seu corpo minúsculo e esticando o braço para acariciar sua mão. Ela nem se mexeu. Nem olhou na minha direção.
— Fadinha — sussurrei, e minha voz baixa e controlada pareceu um grito no quarto estéril.
Dessa vez entrelacei suas mãos nas minhas, quase me retraindo ao notar como estavam frias. Dava para sentir todos os ossos, todas as articulações. Não podia acreditar na velocidade com que ela havia decaído no decorrer das últimas semanas. Ela não devia estar comendo nada.
— Fadinha, por favor... olhe para mim — supliquei e, depois de um tempo, quando Lexi virou a cabeça na minha direção, quase recuei em choque.

Seus olhos verde-claros estavam mais entorpecidos do que de costume e pareciam grandes demais para o seu rosto fino. Áreas de pele ressecada desfiguravam suas bochechas fundas, tão abatidas que parecia que ela tinha usado blush preto na área dos ossos. Os tendões em seu pescoço eram visíveis, e a clavícula estava cadavericamente saltada.

— Fadinha... porra, Fadinha... — sussurrei enquanto lágrimas escorriam pelo meu rosto. Mas não havia nada por trás de seus olhos pálidos. Nenhuma ponta de emoção, nem mesmo de reconhecimento.

— Fale comigo, Fadinha.

Ela não disse nada. Havia um bipe incessante, e ela virou a cabeça para o outro lado.

Em pânico, eu me levantei e, com o dedo, virei o rosto dela de frente para mim.

— Fale comigo, Fadinha, por favor. Eu sinto muito. Sinto tanto. Fui embora porque pensei que seria melhor para você. Não pensei que isto fosse acontecer! Estava tentando evitar isto!

O som da porta se abrindo me fez recuar. Um homem de jaleco branco entrou. Ele arregalou os olhos quando me viu ao lado da cama.

— Desculpe, filho. Não percebi que Lexi estava com visita. Só permitimos a entrada da família.

— O senhor é o médico dela? — perguntei, em desespero.

Ele estendeu a mão.

— Sou o Dr. Lund, psiquiatra de Lexi.

Apertando a mão dele, perguntei:

— Ela vai ficar bem? Por favor, diga que ela vai ficar bem.

Ele inclinou a cabeça de lado, me encarando com uma expressão estranha e, olhando rapidamente para Lexi, ainda imóvel na cama, fez um sinal para eu sair com ele do quarto.

Hesitei quanto ao que fazer. Não queria deixar Lexi sozinha. Queria ficar com ela... consolá-la, mas o Dr. Lund deu um tapinha nas minhas costas.

— Ela vai ficar bem por alguns minutos, filho.

Ao chegarmos ao corredor, vi meus amigos esperando do lado de fora. Rome parecia preocupado.

— Que tipo de relacionamento você tem com Lexi, filho? — o Dr. Lund perguntou. Fiquei meio sem saber o que responder. Nunca havíamos nos rotulado. Mas, no fundo do coração, eu sabia o que ela significava para mim... tudo.

Olhei para o Dr. Lund e disse simplesmente:

— Ela é minha fadinha caída, e eu sou seu pobretão do parque de trailers.

O Dr. Lund me olhou de modo peculiar, depois vi outro médico se aproximando com pressa por trás – o médico que, meses atrás, havia me dado a notícia de que minha mãe só tinha alguns meses de vida – com uma mulher de cabelos loiros.

Era o pai de Lexi, e a mulher parecia ser a mãe dela.

— Nigel? Viemos o mais rápido possível — disse o Dr. Hart, parado atrás de nós, segurando na mão da mulher. Vi que ele me reconheceu.

— Sr. Carillo — ele disse, com firmeza.

— Olá, senhor — respondi e abaixei a cabeça.

— Acabei de saber pelo Dr. Small que sua mãe foi internada. Sinto muito, filho. Tudo isso deve estar sendo muito difícil para você.

— Obrigado, senhor — balbuciei, com a voz falhada, mas mantive os olhos nos ladrilhos.

O Dr. Lund tossiu sem jeito e se virou para os pais de Lexi.

— O Austin estava me dizendo que ele e Lexi estão... *envolvidos*.

Vi o rosto do Dr. Hart e o da Sra. Hart serem tomados pela surpresa, e ambos franziram as sobrancelhas, preocupados.

— Ela sofre de anorexia grave, Austin. Você sabia disso? — o Dr. Hart disse, com frieza.

— Sim, senhor — respondi. — Ela me contou há um tempo.

O Dr. Hart acenou com a cabeça e trocou um olhar de intensa surpresa com a esposa.

— Você sabia que ela teve uma recaída? — a mãe dela perguntou com um fio de voz. — Pode nos dizer o motivo?

Respondi que não, sentindo-me um merda quando a mãe dela começou a chorar.

— Acabei de chegar para vê-la. Não nos vemos há um tempo. Eu não... Eu... — Não terminei a frase, não consegui continuar.

O Dr. Hart colocou a mão no meu ombro, oferecendo apoio. Olhei para aquele gesto simples e minhas pernas quase cederam. Ninguém nunca havia me consolado daquele jeito antes... ninguém além da minha Fadinha. Todos sempre tiveram medo de mim por causa da gangue.

O Dr. Hart se virou para o Dr. Lund.

— Como ela está?

O Dr. Lund suspirou.

— Indiferente. Fechada. Ela não está cooperando, Maxwell. Nem um pouco. A esta altura, não está nem falando. Ela vinha mentindo para os amigos e ficou escondida no último mês para que ninguém descobrisse que não estava se alimentando.

Meu coração batia cada vez mais devagar conforme ouvia as notícias. *Indiferente. Fechada. Não está nem falando. Mentindo para os amigos. Ficou escondida. Não estava se alimentando.*

— Não temos ideia de como lidar com isso, Nigel. Não acredito que estamos de volta aqui. — O pai de Lexi parecia desolado. Ele abraçou a esposa, que estava inconsolável.

O Dr. Lund olhou para o colega:

— É como da última vez, Maxwell. Temos que dar tempo a ela. Sabíamos que perder Daisy poderia causar uma recaída como esta.

— Daisy? Quem é Daisy? — perguntei, e o Dr. Hart olhou nos meus olhos.

— Era a melhor amiga de Lexi, Austin. Elas foram diagnosticadas com anorexia mais ou menos na mesma época, foram hospitalizadas juntas. Eram inseparáveis.

Um medo intenso percorreu meu corpo ao pensar no que o Dr. Lund havia dito.

— Você... você disse que a perderam? Quer dizer que ela...? — Não consegui dizer a palavra.

— Daisy morreu no último verão. Ela teve uma recaída, escondeu de todo mundo... exatamente como Lexi está fazendo... — A Sra. Hart caiu no choro, interrompendo o Dr. Hart. Ele a puxou para mais perto e deu um beijo em sua cabeça. — O organismo de Daisy não conseguiu mais combater a anorexia e ela morreu de insuficiência cardíaca. Estava magra demais, e seu corpo entrou em falência. — O Dr. Hart colocou a mão no meu ombro. — Austin, Lexi estava com ela quando ela morreu. Segurou a mão de Daisy até seu último suspiro. Receio que Lexi também esteja correndo grave perigo.

Minha nossa! Fadinha... pelo que você passou? E por que não me contou?

Rome apareceu de repente atrás de mim.

—Austin, o médico da sua mãe acabou de aparecer. Eles queriam os detalhes do seu plano de saúde.

Segurei a cabeça entre as mãos.

— Porra, Rome. Eu não tenho dinheiro. Mas também não posso deixar a Lexi. O que eu vou fazer? Estou perdido.

Rome chegou mais perto e sussurrou:

— Eu já cuidei de tudo, cara. Sei que você não gosta, mas precisa de ajuda. Só tem que ficar aqui pela sua família e sua garota. Acredite, eu sei como são essas coisas.

Levantei a cabeça e tentei recusar sua ajuda. Rome colocou a mão na minha nuca, puxando-me para mais perto, e disse:

— Não é hora de ser orgulhoso, Carillo. Conte com os seus amigos. Conte comigo. É assim que você vai dizer o último adeus à mulher que lhe deu a vida e inspirar esperança na mulher com quem quer passar o resto da sua vida.

As lágrimas dessa vez vieram densas e rápidas, e eu me agarrei a Rome, descarregando uma tonelada de tristeza reprimida.

Depois de um ou dois minutos, as lágrimas secaram, Rome deu um tapinha nas minhas costas e, virando-me para os Hart, eu disse:

— Preciso ver minha mãe. Volto logo, tudo bem? Digam a ela que eu volto.

Ambos concordaram e Rome me acompanhou com relutância até o fim do corredor. Meus amigos estavam todos esperando: Cass e Jimmy-Don, Ally e Reece, e Molly, abraçada ao meu irmão caçula.

Levi levantou a cabeça, com os olhos arregalados de medo, quando voltei e fiz sinal para ele se juntar a mim.

— Precisamos ver a mamãe, moleque — eu disse, com a voz rouca e desolada.

Levi se levantou com uma coragem que eu nunca pensei que seria possível, ficou ao meu lado e, juntos, entramos no quarto. O Dr. Small estava lá quando entramos e abriu um sorriso de empatia.

Ver minha mãe conectada aos aparelhos quase me matou, e eu soube que havia chegado a hora. Era o momento de Chiara Carillo se libertar de sua jaula, do confinamento em seu corpo esgotado.

— Austin, Levi, sinto muito por ter que dizer isto a vocês, mas não podemos fazer mais nada. Sua mãe não vai viver mais uma semana. É hora de se despedirem.

Um gemido de dor escapou do peito de Levi, e, como se fôssemos um, caímos no chão estéril. Eu o abracei. Ouvi o som de vários pés atrás de mim, e meus amigos se juntaram a nós no chão, consolando-nos enquanto desabávamos.

Olhei para minha mãe na cama, e quase pude ouvi-la dizendo: "A famiglia *nem sempre é só de sangue,* mio caro. A famiglia *se constrói sobre pontes de amor.* A famiglia *está sempre lá por você, incondicionalmente.* A famiglia *dá apoio nos seus piores momentos de necessidade".*

Levi e eu nunca ficaríamos sozinhos. Bem ali estava nossa *famiglia.* Com uma enorme exceção. Mas ai de mim se a minha Fadinha não sentisse aquele amor também. Eu só tinha que descobrir como resgatá-la de si mesma primeiro.

26

Austin

Três dias depois, nada havia mudado. Passei meus dias e noites no hospital, indo de um quarto para o outro. Minha mãe estava em coma, sem mudanças em sua condição, e Lexi estava perdida em sua própria mente, sem nenhuma mudança também.

Pegando o iPhone que seu pai havia levado, coloquei sua música preferida para tocar, "Sleeping Sun", do Nightwish. A letra melancólica encheu o quarto. Mas minha Fadinha nem se mexeu, só ficou ali deitada, impassível, olhando para o nada do outro lado do quarto.

A porta se abriu e, quando olhei para trás, vi o Dr. Hart na entrada, segurando uma espécie de livrinho marrom. Depois de lançar um olhar desolado para Lexi, fez sinal para que eu o encontrasse do lado de fora.

Quando fechei a porta, ele ficou ao meu lado, balançando o velho livro.

— Hoje de manhã, quando achei isto no quarto de Lexi e comecei a ler, não sabia se devia abraçar você ou mandar prendê-lo por suas atividades extracurriculares. Soube no dia em que nos conhecemos no hospital que você era um Heighter. — Ele apontou para a *stidda* em meu rosto. — Essa famosa estrela o entregou. Mas eu não sabia que você também vendia cocaína. Meu primeiro instinto foi vir até aqui e proibi-lo de ver minha menina.

Engoli em seco ao ouvir as palavras cortantes e me senti o próprio merda que ele estava descrevendo.

— Mas depois continuei lendo o conteúdo da mente frágil da minha filha, e a autodepreciação e solidão, que ela trazia desde a adolescência, pareceram desaparecer quando você entrou na vida dela. — Ele colocou a mão no meu ombro e seus olhos verdes se encheram de água... olhos iguais aos de Lexi. — Ela ama você, garoto. Um amor tão intenso que eu nunca poderia imaginar. Você a fez se sentir bonita... Não sabe o presente que me deu, que deu à mãe dela. Com você, ela enxergou que tinha valor. E por isso eu devo o mundo a você.

O Dr. Hart ficou emocionado, sua respiração ficou ofegante. Coloquei a mão sobre o braço dele.

— Mas eu estraguei tudo. Eu a deixei.

O Dr. Hart levantou a cabeça e colocou o livro marrom em minhas mãos.

— Este é o diário dela. Você precisa ler. Eu *quero* que você leia. Marquei as páginas que falam de você.

Olhei para o diário como se fosse uma bomba na minha mão. O Dr. Hart se afastou, depois virou para trás e lançou:

— Se ela sobreviver a isto, você precisa sair daquela gangue. Minha filha não vai correr mais nenhum risco.

— Isso já é certo. Decidi no momento em que entrei aqui e vi minha alma gêmea numa cama de hospital. Se Lexi sair dessa, farei de tudo para reconquistar a confiança dela... e a do senhor.

O Dr. Hart suspirou.

— Sabe, Austin, você é um bom garoto. Bom, porém perdido. Tenho confiança de que vai fazer o que é certo. — Com isso, ele foi embora.

Entrando em uma sala vazia, fechei a porta e abri o caderno, revelando as reflexões intrincadas da mente da Fadinha.

Querida Daisy... Esta é minha primeira carta para você...

Querida Daisy... Estou apavorada. Não estou comendo nem dormindo...

Querida Daisy... A noite passada foi a mais mágica da minha vida...

Querida Daisy... Queria que você estivesse aqui. E Austin... eu nunca mais o vi, ele não me quer, e eu sinto como se meu coração estivesse se despedaçando.

Agarrando o diário com firmeza, quase rasguei o papel. Suas palavras eram cortantes, apavorantes, e eu estava tendo muita dificuldade para ler.

No entanto, com um longo suspiro, virei na página escrita para mim. Havia sido escrita no último dia em que nos falamos, depois de termos feito amor na casinha dos fundos da fraternidade. Pouco antes de eu a deixar de vez...

Passei os olhos pelas palavras...

Querida Daisy,
Querido... você...
Por onde começar...?
São tantas as coisas que eu queria ter dito a você. Há tantas coisas que eu gostaria de poder dizer agora. Mas me falta coragem. Eu seria incapaz de falar em voz alta as palavras que quero tanto dizer, tenho muito medo da sua rejeição. Então, em vez disso, vou colocá-las aqui, nestas páginas que me são tão caras. Sou fraca demais para dizer pessoalmente, mas...
Eu te amo.
Eu te amo demais, do fundo do coração, sem hesitação, incondicionalmente.
Eu me apaixonei por você. O garoto perturbado que só conheceu problemas e conflitos. Mas, ainda assim, o garoto perturbado que conseguiu consertar a garota perturbada, pelo menos por um tempo.
Nem sempre fui tão problemática. Quando criança, minha vida era feliz. Uma sucessão infinita de dias de verão e primavera. Mas, num desses dias, enquanto eu brincava livremente entre as flores, um frio cortante chegou sem aviso, roubando tudo o que era luz. Então o inverno passou e folhas de outono começaram a surgir. Mas o sol nunca retornou completamente. Dias e dias nublados se passaram até... até que gradualmente raios de sol começaram a surgir sob o manto cinza, com seus poderes de cura. Esses raios de cura foram você.
Por um tempo, o sol brilhou todos os dias. Pássaros cantavam e eu passava meu tempo desfrutando do calor, aquecendo-me sob a sua luz.
Mas, novamente, o inverno implacável voltou, trazendo dias de escuridão eterna, e, com eles, fui perdendo a esperança.
Pois o sol nunca voltaria a brilhar e, sem ele, tudo definha e morre... até não sobrar mais nada, nada além de um deserto vazio de dor.

Nós não duramos. Só Deus sabe que não duramos. Nós nos separamos no momento mais crítico, e meu coração se partiu em pedaços. Caí num poço profundo e escuro, sem esperanças de ser resgatada.

Por um tempo, com você ao meu lado, fui normal. Por um tempo, com você ao meu lado, eu me senti bonita. Mas esse tempo acabou. Esse tempo não existe mais. O último grão de areia passou pela ampulheta da minha resistência à voz, e estou optando por finalmente ceder.

Aconteceu de maneira tão gradual que nem percebi que estava de volta à escuridão até me perder, ficar completamente sozinha, sem nenhuma luz para me guiar – sem você para guiar o caminho.

Achei que estivesse curada, que estivesse bem – mais saudável –, mas estava errada. Sei que você vai acabar se culpando por tudo isso, mas você foi o motivo de eu ter aguentado o tempo que aguentei. Meu motivo para travar uma batalha invencível.

Pelo menos por um tempo.

Ah, como eu queria ter conhecido você antes.

Queria ter conhecido você naquela época. Talvez eu tivesse lutado com mais força contra a voz na minha cabeça. Talvez as coisas não tivessem saído tanto do controle.

Eu teria você. Só você me deixa forte.

Se tivéssemos nos conhecido antes, talvez você pudesse, com a sua luz, ter me impedido de continuar no caminho obscuro que estava destinada a seguir. Talvez pudéssemos ter guiado um do outro. Juntos contra o furacão que são nossas vidas.

Mas você demorou demais, e eu fiquei muito cansada.

Cansada de continuar lutando por este recipiente vazio que chamo de vida, uma vida de desolação que agora está sem você.

Se eu pudesse voltar no tempo, encontraria você. Reviraria o mundo para encontrá-lo e faria você se apaixonar por mim mais uma vez. Eu precisaria de você, e você precisaria de mim, e toda a dor, todos os demônios que existem dentro de nós, desapareceriam antes que tivessem a chance de criar raízes. E todas as cicatrizes que ganhamos e carregamos com vergonha nunca teriam a chance de se formar.

Mas estou perdida sem você.

Não consigo respirar sem você.
Sem você aqui, só me resta a queda...

Com as mãos trêmulas, reli tudo repetidas vezes sentindo pontadas no coração. Eu não sabia... não sabia que ela se sentia assim...

Como pude deixá-la? Cometi um erro, um erro terrível, e acabei com a vida dela. O lixo que eu era arruinou toda a vida dela.

Levantei-me e meus pés me levaram de volta para o quarto de Lexi. Abri a porta com cuidado. "All I Need", do Within Temptation, estava tocando – ela adorava essa música. Fiquei ouvindo o refrão e vi uma lágrima cair pelo rosto pálido e encovado de Lexi. Parte do meu coração voltou à vida. Era a primeira reação que ela havia tido em todos aqueles dias.

Abraçando o diário junto ao peito, saí em silêncio do quarto, roubei uma caneta do posto de enfermagem e voltei para a outra sala. Encontrei uma página vazia e levei a caneta ao papel.

27

Lexi

Não podia acreditar que estava ali de novo. Não podia acreditar que estava de volta àquele quarto. Lembranças daquela época invadiram minha mente... Eu só tinha dezesseis anos...

❈ ❈ ❈

Fiquei olhando para o grande relógio de parede no consultório apertado, sentindo três pares de olhos sobre mim.

Tique-taque, tique-taque, tique-taque...

Não olhei para eles. Para quê? Eles não compreendiam. Ninguém compreendia.

Tique-taque, tique-taque, tique-taque...

— Lexi? Está ouvindo o que o Dr. Lund está dizendo? — *minha mãe perguntou com a voz seca, ou seria desolada? Eu não sabia mais distinguir. Já não me importava.*

Inspire. Expire. Fique calma. Eles não podem mudar o que você não os deixar mudar, *a voz me garantiu, e eu senti meu corpo relaxar.*

Continue firme, Lexington. Você sabe o que é melhor. São só mais alguns quilos. Se der ouvidos a eles, vão garantir o seu fracasso. Você não deve fracassar. Já chegou até aqui. Sinta-me. Confie em mim. Confie que eu posso deixar você bonita. Sinta-me em sua mente, conduzindo você à perfeição, *a voz insistiu e retomou o controle.*

— Lexi! — *minha mãe exclamou.*

Parei de olhar para o ponteiro preto dos segundos em seu círculo hipnotizante, dançando de maneira incisiva junto ao plástico branco do relógio, numa parede também pintada de branco.

— Lexi, você vai ter que sair da escola, com dezesseis anos! A equipe de torcida, a ginástica, as aulas de dança vão parar. Sua bolsa de estudos para a Oklahoma State já era, foi cancelada e dada a outra pessoa. Acabou tudo! Está ouvindo? Todos os seus sonhos. Tudo aquilo pelo que lutou tanto, durante anos, se foi!

Estreitei os olhos diante de suas explosões exageradas, mas fiquei em silêncio. Os olhos de minha mãe, no entanto, estavam extremamente arregalados enquanto me encaravam, cheios de lágrimas. Meu pai, sério como sempre, apertava a mão dela com força.

— Lexington. Você vai ser internada. Não está melhorando, apesar de todos os nossos esforços.

Eu via a boca do Dr. Lund se mexendo, os lábios tensos. Estranhamente, as palavras pareciam sair de sua boca e escapar pela janela que havia nos fundos. Sorri quando vi as letras da frase dançando em cores vivas e fugindo para o céu azul de verão, flutuando suavemente na brisa leve.

— Ah, pelo amor de Deus, Lexi! — meu pai gritou, me fazendo dar um salto. Ele soltou a mão da minha mãe e se agachou diante de mim, pegando nas minhas mãos. Começou a acariciar meus dedos finos demais e as articulações salientes. Os olhos marejados de meu pai se voltaram para nossas mãos unidas. Uma única lágrima caiu sobre os ladrilhos brancos de cerâmica aos meus pés. Por um instante meu estômago revirou quando olhei para ele, tão desolado, mas a voz em meu cérebro abafava a nota solitária de compaixão que lutava para ser ouvida.

A voz dizia: Ah-ah-ahhh, Lexington. Não ceda às suas emoções. Elas tornam você fraca. Lembre-se, ele está tentando fazê-la fracassar. Todos estão. E você não pode deixar isso acontecer. Pense em como já chegou tão longe. Seja forte. Só mais alguns quilos e você vai ser perfeita. Juntos, nós deixaremos você perfeita... perfeita.

Meus ombros se endireitaram em resistência, e eu puxei as mãos. Meu pai caiu de joelhos, derrotado.

A voz estava certa. Todos eles estavam tentando colocar obstáculos ao meu objetivo.

— Lexington, estamos perdendo você. Não enxerga isso? — ele sussurrou, recuando e se sentando ao lado da minha mãe, pegando novamente na mão dela. — *Por favor... volte para nós, querida. Você é tudo o que temos. É o nosso mundo. Nosso mundo inteiro. Essa... essa... doença acabou com você. Lute contra ela, querida. Lute com todas as suas forças* — ele implorou, abaixando ainda mais a cabeça.

O Dr. Lund pigarreou.

— Lexington Hart, anorexia nervosa *é mortal. Você está extremamente subnutrida, e está assim há muito tempo. Tenho que ser franco com você, já que continua se recusando a aceitar qualquer intervenção e está ignorando abertamente todas as nossas preocupações.*

Olhei pela janela grande e vi uma pomba voando no céu, logo descendo e pousando no peitoril do consultório do Dr. Lund. Seus olhos negros percorreram a sala e se concentraram em mim. Ela inclinou a cabeça de lado, como se perguntasse o que havia de errado.

— *Se não cuidar disso agora, seu corpo vai parar de funcionar em questão de meses.* — O Dr. Lund continuou, mas eu permaneci concentrada na pomba. Era branca, pura... linda. Por um breve instante, desejei ser aquela pomba e poder sair voando. Fugir de toda aquela... confusão... aquela pressão para ser perfeita. — *Você está num estágio do distúrbio em que está perdendo cabelo, os rins estão parando de funcionar, os dentes estão apodrecendo, o vômito forçado desgastou todo o esmalte, e seu coração está muito sobrecarregado.*

O Dr. Lund suspirou e se inclinou para a frente, mas não interrompi o contato visual com a minha pomba. Não queria ouvir o que o Dr. Lund tinha para dizer. Sabia que ele só estava tentando me assustar.

O doutor se aproximou e pegou na minha mão, forçando-me a olhar para o seu rosto sério.

— *É agora, Lexi. É um momento* crucial, *a hora em que se faz a escolha entre a vida e a morte, bem aqui, bem agora. Tudo se resume a este minuto, este segundo. Lute contra a doença. Acabe com ela de uma vez por todas. Pela sua família... por você mesma.*

Concentrei-me mais uma vez no relógio da parede, vendo o ponteiro dos segundos tiquetaqueando. Senti uma lágrima solitária escorrer pelo meu rosto e respingar sobre o dorso da minha mão, agarrada à perna.

Vi aquela gota brilhar. Então, levantando a cabeça, olhei para a pomba, que pareceu extremamente chocada ao me ver chorar.

Então percebi. Eu havia deixado todos eles me atingirem. Eles haviam se infiltrado pelas rachaduras. Eu havia permitido que me desviassem do meu objetivo. Aquela gota era a força tentando escapar do meu corpo. Eu estava decidida. Não haveria mais lágrimas. Eu não podia fracassar. Eu não fracassaria.

Balançando a cabeça, sequei o rosto desesperadamente enquanto minha pomba se abaixava, afofando as penas, como se sacudisse a cabeça. A pomba estava decepcionada comigo. Mais uma para a lista que não parava de crescer.

Dei um salto quando senti o toque de mãos suaves como penas massageando meus ombros, ajudando-me a relaxar. Cedi ao abraço dele.

Não desista agora, Lexington. Não podemos deixar eles vencerem. Estamos tão, tão perto, a voz sussurrou na minha cabeça, envolvendo-me no seu casulo protetor. A voz, ao mesmo tempo minha melhor amiga e minha inimiga mais odiada, me mantinha segura. Me impedia de fracassar na conquista do meu objetivo.

Eu ainda não podia desistir.

Faltavam apenas alguns quilos para a perfeição.

Minhas barreiras emocionais começaram a se reconstruir, tijolo por tijolo, bloqueando a culpa, deixando de fora a preocupação deles.

Muito bem, Lexington. Você fez a escolha certa. Eu sempre estarei aqui, impulsionando-a rumo à perfeição. Somos uma equipe, uma equipe indestrutível. Nunca vou deixá-la, jamais. Juntos, nada pode dar errado.

Um arrulho alto chamou minha atenção, e eu olhei mais uma vez para a janela aberta. A leve brisa do verão bateu no meu rosto. Minha pomba abriu as asas e virou-se para o mundo do lado de fora, demorando-se apenas para registrar um olhar preocupado uma última vez. Lentamente, interrompendo o contato visual, ela levantou voo, pairando alto no infinito céu azul, dançando na direção do sol, libertando-se para nunca mais ser vista, me deixando sozinha, só eu e a voz – a voz que garantia que eu jamais fracassaria...

* * *

Não destrua o que restou de mim.
Transforme meu coração em um lugar melhor.

Enquanto ouvia a letra melancólica de mais uma música da playlist que Austin havia colocado para trocar, não consegui impedir que algo brotasse dentro do peito. Os últimos dias haviam sido um borrão, mas uma coisa eu sabia: Austin tinha ficado ao meu lado.

Apenas em pequenos intervalos da minha depressão profunda podia sentir o toque de sua mão, seus dedos calejados acariciando meu rosto. Não conseguia entender por que ele estava aqui.

Ainda consegue ver meu coração?
Toda a agonia desaparece,
Quando você me abraça.

A letra penetrou no meu cérebro como uma mensagem musical. E, antes que pudesse me dar conta, senti algo úmido descer pelo meu rosto. Soube que estava chorando. Pensar em Austin era a única coisa que derrubava as barreiras altas da voz.

Quando olhei pela janela, para o sol brilhante de inverno, penas brancas chamaram minha atenção. Uma pomba voou para a árvore em frente à minha janela e pousou sobre um galho.

Era linda.

Ela me lembrou da tatuagem no pescoço de Austin e da pomba que eu havia visto anos atrás, quando tinha sido internada pela primeira vez. Vê-la me acalmou. A pomba: representação da paz e do amor.

Ouvi a porta do quarto ranger e não me virei, mas logo senti o perfume de chuva de verão de Austin. Aquele cheiro fresco que lhe era tão peculiar. Austin sempre se sentava ao meu lado, segurava minha mão e tocava meu rosto. Nunca dizia nada, apenas ficava ali sentado, me apreciando.

Mas dessa vez foi diferente.

O som de algo sendo colocado na mesinha que ficava à minha frente me chamou a atenção, e, com um suspiro pesado, ouvi Austin me deixar sozinha.

Fiquei olhando para a pomba e ela inclinou a cabeça, quase como se me encorajasse a olhar para baixo.

Levantei a mão fraca, consegui me virar levemente de lado e vi meu diário sobre a mesinha. Estava aberto em uma página, mas franzi a testa quando me dei conta de que a letra não era minha.

Olhando para a porta fechada, eu me permiti puxar a mesinha para mais perto de mim e começar a ler a mensagem que havia se intrometido no meu bem mais precioso…

Querida Lexi,
Querida Fadinha,

Por onde começar?
Acho que devo começar pedindo desculpas.
Não fui correto com você. Nem um pouco.
Fui embora quando você mais precisava de mim. E deixei você sozinha com a voz, sabendo que as coisas estavam ficando mais difíceis para você a cada dia. Pensei que deixar você de fora da minha vida fodida evitaria que se magoasse. Que voltasse a cair nas mãos poderosas dele. Mas só consegui piorar as coisas, fazendo você se sentir indesejada… rejeitada, e isso não poderia estar mais longe da verdade.

O tempo que passei com você nos últimos meses foi o mais especial de toda a minha vida. Depois de anos me escondendo, por vergonha de quem eu era e de onde vinha, você me aceitou, sem fingimento, apenas por mim mesmo. Eu sonho com você. Sonho com você o tempo todo. Sonhos que, antes de conhecer você, nunca pensaria serem possíveis.

E agora você está aqui, neste inferno, e eu não consigo chegar mais perto. Não consigo fazer você falar. Por favor, Fadinha, diga alguma coisa. Só para eu saber que não desistiu – da vida, dos seus amigos… de nós.

Preciso tanto de você que nem consigo respirar. Tudo está errado sem você na minha vida. Fale comigo. Volte para mim. Lute contra a voz, por mim. Eu não vou me despedir de você também.

É engraçado. Antes eu olhava para as estrelas e me sentia tão pequeno e irrelevante. Mas depois percebi que a única coisa que pode fazer uma pessoa se sentir viva e importante é ter alguém que a aceite como é.

Você uma vez disse que se perguntava se as estrelas estariam olhando para nós. Se sentiam pena da humanidade por sermos tão fodidos. Mas agora eu enxergo a verdade. Agora eu tenho pena das estrelas. Por mais que os humanos façam uma besteira atrás da outra, nós também temos a oportunidade de nos apaixonar. De ficar com a outra metade da nossa alma, aquela que nos completa. As estrelas só podem observar de cima, desejando poder sentir essa emoção esmagadora, porém libertadora.

Preciso de você, Fadinha.

Preciso tanto que você volte para mim... e, quando fizer isso, quero finalmente tirar aquelas duas palavras do meu peito.

Então, quando estiver pronta, levante a cabeça. Estou esperando, amor. Sempre estarei aqui, esperando você voltar para casa.

Levantando os olhos embaçados da página, olhei para a porta e lá, encostado no batente como um anjo caído, estava Austin, de braços cruzados e o olhar fixo em mim.

Sem conseguir encontrar forças para levantar as mãos e secar o rosto, deixei a cascata de lágrimas cair e fiquei olhando para o garoto perturbado, que eu tanto amava, engolir em seco e sussurrar com a voz rouca:

— Por que a pintura de guerra, Fadinha?

Meus batimentos cardíacos lentos aceleraram em um ritmo assustador. Fechando os olhos, afastei a voz que estava me controlando havia meses e finalmente confessei:

— Porque eu sou anoréxica. Sou gravemente anoréxica, e tento esconder isso do mundo.

Austin jogou a cabeça para trás e mordeu o canto do lábio inferior. Ele também estava chorando.

— Por que as tatuagens, Austin?

Austin olhou fixamente para mim e respondeu:

— Porque elas fazem o garotinho perturbado e assustado do parque de trailers parecer durão. Fazem ele se sentir forte o bastante para lidar com a merda que chama de vida.

Respirando fundo, comecei a chorar alto e ouvi os passos pesados de Austin correndo na direção da minha cama. Ele segurou minha mão.

— Fadinha! Porra, Fadinha. Estou com tanto medo. Estou com tanto medo de perder você.

Abrindo os olhos, olhei para ele e sussurrei:

— Estou com medo também. Não quero morrer. Não quero cair. Mas não sei como vencer.

Abraçando-me, com cuidado para não tocar nas minhas costas, Austin subiu na cama. Sua camiseta preta e a calça jeans estavam amassadas devido aos dias de uso. Ele ficou de frente para mim na cama e ambos caímos no choro, exorcizando nossos demônios e expondo quem éramos de verdade pela primeira vez na vida.

— Não temos mais segredos — consegui dizer com um pequeno sorriso quando nos acalmamos e ficamos em silêncio.

Apoiando-se nos cotovelos e tirando o cabelo do rosto, Austin disse:

— Não exatamente, Fadinha. Ainda tenho uma coisa para dizer.

Não sabia se era o tom de sua voz ou a expressão séria em seu rosto, mas fiquei tensa e prendi a respiração, na expectativa.

Austin abaixou a cabeça, quase encostando os lábios nos meus, e confessou:

— *Ti amo*, Fadinha. *Ti amo tantissimo.*

— Você... você me ama? — perguntei, ainda em choque.

Austin confirmou.

— Mais do que as estrelas no céu.

Senti fogos de artifício explodindo no meu peito e, encontrando forças para levantar a mão trêmula, coloquei-a sobre seu rosto áspero e respondi:

— Eu também te amo, Austin. Eu também te amo.

Austin pressionou os lábios junto aos meus e beijou minha boca. Afastando-se, sussurrou:

— Preciso que você melhore, Fadinha. Preciso de você, ponto-final. E você me deixou muito assustado nos últimos dias.

Só consegui ficar olhando para ele.

— Você é linda. E acho que seria maravilhoso ficarmos juntos. Sei que fiz merda. Mas não vou mais vender drogas. Agora eu compreendo. Axel foi embora, e eu juro que vou tirar o Levi dos Heighters nem que seja a última coisa que eu faça.

Passando a mão no rosto dele, sussurrei:

— Esta é a sua redenção, Austin. Sua chance de sair... E eu quero você mais do que a própria vida.

Lágrimas encheram seus olhos.

— Você precisa começar a comer, Fadinha.

Não respondi, porque não sabia se podia prometer isso a ele.

— Porque eu não paro de ter esse sonho. Um maldito sonho que parece real demais para ser só uma ilusão, para ser algo que nunca poderá virar realidade.

Meu pulso começou a acelerar.

— O que... o que acontece nesse sonho?

Austin beijou minha mão e começou:

— Estamos eu e você numa praia, morando perto do mar. Você está gargalhando, tão livre. Está saudável. Forte. E nós temos três filhos. Todos com olhos e cabelos escuros. Eles estão correndo e pisando na água enquanto eu estou abraçado com você, observando-os. Sinto sua risada junto ao meu peito, e não é aquela merda falsa que você finge pros seus amigos. É uma risada real de felicidade, vinda do coração.

— Austin... — Não terminei de falar, vendo o sonho em detalhes na minha mente, sentindo minhas emoções se exacerbarem.

— Fadinha, eu nunca havia me permitido pensar em uma coisa dessas antes. Para ser sincero, nunca achei que passaria da adolescência. — Austin beijou a palma da minha mão. Seu rosto parecia desesperado para que eu ouvisse, para que eu desejasse aquele sonho também. — Mas você me fez querer mais. Da vida. De um Deus que eu achava que havia me abandonado. De mim mesmo. Você me fez acreditar que poderia haver algo além de armas e tráfico de drogas. Então você não pode morrer, Fadinha. Porque eu quero que esse maldito sonho se torne realidade. *Preciso* muito que ele se torne realidade.

Queria garantir a ele, dizer que tudo ficaria bem, mas simplesmente não conseguia seguir com meu futuro até derrotar os demônios do passado.

— Gata? — Austin sussurrou. — Eu te amo.

— Austin... minha bolsa está aqui?

Ele franziu a testa diante daquela pergunta aleatória, mas levantou-se e procurou minha bolsa pelo quarto. Pegou-a na cômoda e a levou até a cama.

— Abra — instruí. Austin fez o que pedi, e eu disse: — Olhe dentro do bolsinho com zíper. — Novamente, ele obedeceu e deu para ver que havia encontrado a foto quando levantou as sobrancelhas, curioso.

Austin se sentou na beirada da cama e pegou a foto antiga. Lentamente, enxerguei a identificação em seu rosto. Ele olhou nos meus olhos.

— É você?

Tentando controlar os lábios trêmulos, fiz que sim com a cabeça.

— Eu tinha dezesseis anos. Essa foto foi tirada num acampamento para líderes de torcida, um mês antes de eu ficar doente. Antes da anorexia entrar na minha vida e começar a me destruir. — Respirei fundo. — Essa era eu antes da pintura de guerra. Antes de eu me esconder do mundo.

Austin passou o dedo sobre a antiga fotografia amassada.

— Você é loira natural.

— É. Eu era a típica líder de torcida. Loira, bronzeada e alegre. Maquiagem perfeita, aluna nota dez. O pacote completo.

Austin se aproximou e passou a mão nos meus cabelos.

— Você era bonitinha loira, mas eu acho que prefiro o cabelo preto. Você sabe que eu adoro seu visual alternativo.

Com o coração palpitando e o pulso acelerado, perguntei:

— Você deve achar aquela garota mais bonita do que a que está vendo agora, não é?

Austin pegou a fotografia e a guardou de volta na minha bolsa. Ao fazer isso, deixou meu passado para trás. Pegando na minha mão, ele respondeu:

— É aí que você se engana. Sempre achei você linda, Fadinha. Nada que faça pode mudar isso. Baixa, alta, gorda, magra, loira, morena... contanto que seja você, contanto que você *de verdade* apareça.

A felicidade explodiu no meu peito ao ouvir suas palavras, porque dava para ver que eram verdadeiras. Não consegui conter o choro.

Lágrimas caíram dos olhos de Austin também. Encostando a testa na minha, ele pediu:

— Fadinha, preciso que você comece a comer... *por favor*. Pode tentar, por mim? Eu imploro...

— Eu... eu vou tentar...

— É tudo o que eu posso pedir.

Austin se abaixou e beijou meus lábios bem de leve...

A voz na minha cabeça ficou completamente em silêncio.

28

Lexi

— Por que você nunca contou nada para nós, Lex? — Cass perguntou. Sua personalidade normalmente expansiva estava reduzida à de uma garotinha tímida.

— Lutei contra isso por tanto tempo que, quando entrei na faculdade, queria ter amigos que não soubessem do meu passado.

— Nós compreendemos, querida — Molly disse, dando um beijo no dorso da minha mão. — Mas por que não contou sobre a Daisy? Sobre ter perdido sua melhor amiga?

Dando de ombros, abaixei os olhos e respondi:

— Eu conheci Daisy no hospital. Nós duas tínhamos dezesseis anos. Ela era como uma irmã para mim. Durante anos, foi o meu mundo. Ela entendia o que era viver com esse distúrbio. Dávamos força uma para a outra, mas também éramos capazes de nos destruir. Dávamos apoio quando a outra não comia e até nos encorajávamos a passar fome. Quando ela morreu, eu simplesmente não soube como lidar com essa doença sozinha... e não queria sobrecarregar vocês com a minha dor. Pensei que, se eu me jogasse novamente na equipe de torcida, isso poderia me distrair. Ou me ajudar... Eu estava errada.

— Você sabe que pode contar com a gente sempre e para sempre, não sabe? — Cass perguntou, com a garganta apertada.

Engolindo o nó na minha garganta, respondi:

— Agora eu sei... agora eu sei.

— E como você chegou a esse ponto? — Ally perguntou. — Como ficou... assim?

Fechei os olhos, lembrando daquele dia.

— Eu estava na equipe de torcida da escola, e o cara de quem eu gostava jogava no time de futebol. Depois do jogo, estávamos todos ali e ele se aproximou de mim e disse: *"Você precisa diminuir o chocolate, Lex. Está começando a ficar com gordura nas costas".* — Abri os olhos e respirei fundo. — Foi simples assim. Um comentário aleatório mudou toda a minha vida. Fui para casa muito envergonhada, disse para minha mãe que não estava me sentindo bem e não jantei. Cinco meses depois, fui hospitalizada com anorexia nervosa grave e nunca mais fui líder de torcida... até o ano passado. — Suspirei e balancei a cabeça. — Acho que pensei que eu fosse mais forte do que realmente era.

Olhei para a expressão de apoio das minhas melhores amigas e disse:

— Embora eu estivesse agindo como uma garota divertida e animada perto de vocês, isso não quer dizer que não confiava em vocês. A personalidade falsa, a maquiagem gótica, era para eu não ter que lidar com o meu distúrbio. Era minha máscara, meu escudo. Não significava que eu não amava vocês. Que não valorizava sua amizade.

— As lágrimas de um palhaço — Molly respondeu, triste. Fechei os olhos. Ela compreendeu exatamente o que eu estava tentando explicar.

— Que diabos isso significa? — Cass perguntou, do seu jeito expansivo.

— Palhaços pintam expressões no rosto com maquiagem, não pintam? E todo mundo sabe que aquelas expressões não são verdadeiras. A pintura de lágrimas, por exemplo. Todo mundo sabe que ele não está chorando de verdade, que as lágrimas são falsas. Ninguém consegue ver o verdadeiro rosto embaixo da máscara do palhaço. Ele executa o papel que esperamos dele por causa da maquiagem: triste, feliz, engraçado etc. Ele disfarça a verdadeira personalidade do mundo. A maquiagem esconde quem ele é de verdade... Por isso as lágrimas de um palhaço.

Os olhos de Cass se encheram de lágrimas e ela voltou a olhar para mim.

— Então, se você não é a Lexi divertida e risonha que todos conhecemos, se aquilo era sua máscara de palhaço... quem é você?

— Eu-eu não sei. Passei tanto tempo fingindo que acho que ainda estou tentando descobrir. Mudei demais para continuar sendo a Lexi da juventude, e esse distúrbio me definiu por tanto tempo que perdi a noção de quem eu sou de verdade.

Cass acenou com a cabeça e deu uma piscadinha.

— Então vamos nos divertir muito arrancado as camadas e descobrindo quem você é, Sexy Lexi!

Pela primeira vez em muito tempo, uma risada livre e genuína escapou da minha boca.

— Estamos felizes por você estar melhor — Ally acrescentou, repreendendo Cass de brincadeira enquanto segurava minha mão.

Cass soltou uma gargalhada.

— É claro que ela vai melhorar. Ela conseguiu fisgar Carillo, que é louco por ela. Aquele cara é uma delicinha! *Nham!*

Nós quatro paramos e trocamos olhares antes de cairmos no riso. Foi bom rir. Foi bom desfrutar da vida.

Dois dias haviam se passado desde que Austin me trouxera de volta para ele, e eu estava me sentindo um pouco mais forte. Havia retomado as sessões com o Dr. Lund e esperava conseguir colocar as coisas nos eixos, mesmo que lentamente.

Estava rezando todas as noites, pedindo forças para atravessar aquele momento.

Não quero morrer, eu suplicava. *Quero que o sonho de Austin se torne realidade.*

— Sentimos tanto a sua falta, Lex — Molly disse, tentando conter as emoções.

— Prometa que vai conversar com a gente se voltar a se sentir para baixo. Quero um pacto de sangue, se for possível. — Olhei para Cass e prometi, tentando enganchar meu frágil dedo mindinho no seu. Nós quatro ficamos em silêncio por um instante, aproveitando nossa proximidade.

Alguém bateu na porta. Rome entrou com o rosto desolado, olhando fixamente para mim.

— Chegou a hora.

A sensação boa que eu estava experimentando desapareceu e eu instantaneamente tentei me sentar, mas logo caí de volta na cama.

— Ei, garota! O que está fazendo? — Cass disse, em pânico, e todas as minhas amigas se levantaram, tentando me manter na cama.

Ergui a mão.

— Não! Austin precisa de mim. Não posso deixar ele passar por isso sozinho.

Molly olhou para Rome, que acenou com a cabeça.

— Esperem um minuto. — Com isso, ele saiu do quarto, voltando dois minutos depois com um cadeira de rodas e uma enfermeira, que logo começou a desconectar meu soro da máquina e pendurou a bolsa no encosto da cadeira de rodas.

Aproximando-se, Rome perguntou:

— Posso colocar você na cadeira?

Combatendo o pânico usual que eu sentia quando alguém estava prestes a tocar em mim, principalmente nas minhas costas, rapidamente disse que sim, e Rome me levantou nos braços e me colocou na cadeira. Prendi a respiração e fechei os olhos.

Aquilo era por Austin.

Por Levi...

Por Chiara.

Eu só precisava chegar até Austin.

— Tem certeza de que está forte o bastante para isso, amore? — Ally perguntou, e eu confirmei enquanto Cass começava a me empurrar pelo corredor, até o quarto da mãe de Austin. Parando em frente à porta, fiz sinal para Rome abri-la.

Cass me levou para dentro e eu vi Levi e Austin, cada um de um lado da cama, ambos aflitos e segurando as mãos da mãe, enquanto o médico aguardava na cabeceira da cama.

Austin olhou nos meus olhos e seu rosto se contorceu de dor. Ele se afastou da cama e correu em minha direção, ajoelhando-se no chão e colocando a cabeça no meu colo. Levantando a mão com dificuldade, passei os dedos por seus cabelos escuros e desgrenhados.

— Acho que não consigo fazer isso, Fadinha — ele disse, com a voz áspera.

Tentando conter as lágrimas, respondi:

— Sim, você consegue, amor. Você precisa ser forte. — Ergui os olhos e vi Levi ao lado da cama estreita da mãe, parecendo completamente perdido, sentado ali sozinho.

Estendi a mão e sorri para Levi, que engoliu em seco.

— Venha aqui, querido — pedi.

Levi deu um passo hesitante, parou e perguntou:

— Você... você está bem agora, Lex? Ainda está sem comer? Você parece tão magra...

Contendo uma risada diante daquelas palavras tão sinceras, sussurrei:

— Vou ficar, querido. Vou ficar...

Levi então segurou na minha mão como se eu fosse a sua fonte de força. Seus dedos tremiam junto aos meus.

Austin levantou a cabeça quando o médico pigarreou.

— Austin, Levi, os batimentos cardíacos de sua mãe estão desacelerando. É hora de dizer adeus.

Austin olhou para mim e eu soltei a mão de Levi. Austin se levantou e, pegando Levi pela mão, o levou até a cama.

Austin estendeu a outra mão, esperando por mim, e Rome me empurrou para perto dele enquanto nossos amigos ficaram encostados na parede, em respeitoso silêncio.

— Espere! — Austin disse, tirando o celular do bolso. Confusa, vi o que ele estava fazendo. Ele colocou uma música e posicionou o telefone ao lado da cabeça da mãe.

"Ave Maria" começou a tocar baixinho, e Austin olhou com tristeza para o rosto sereno dela.

— Ela nunca dorme direito sem essa música. Ela sempre a faz sorrir... e os anjos sempre precisam encontrar você sorrindo.

Esforcei-me ao máximo para não desabar diante daquele ato agonizante.

— Lev, diga adeus para a *mamma*, moleque — Austin exigiu, com rispidez, tentando ser forte, e Levi se aproximou da mãe, beijando seu rosto.

— *Dio ti benedica, mamma. Ti voglio bene.*

Levi se afastou e Austin chegou mais perto. Levi estava chorando, e eu peguei na mão dele, puxando-o para o meu lado.

— *Mamma...* — Austin disse, chorando, e o médico deu um passo à frente, colocando a mão em suas costas.

— Você tem um minuto, filho.

Austin assentiu e, colocando o celular mais perto dela, falou:

— Axe não está aqui agora, mãe. Mas ele gostaria que eu dissesse que ele te ama. Tudo o que ele fez foi por nós. Agora compreendo, apesar de ele demonstrar de uma forma tão estranha. Espero que um dia você tenha orgulho dele. — Ele respirou fundo quando o monitor cardíaco começou a desacelerar em um ritmo assustador, uma contagem regressiva angustiante para o fim da vida de Chiara Carillo.

— Você foi boa demais para esta vida, mãe. Seu lugar sempre foi no paraíso. Seu lugar é lá em cima com os anjos, longe desta vida de merda. — Austin começou a chorar desesperadamente, e eu apertei sua mão. Não consegui me conter e caí no choro junto com ele.

Aproximando-se, Austin tirou os cabelos castanhos da mãe do rosto, assim que Andrea Bocelli chegou ao crescendo e o bipe do monitor cardíaco soou continuamente, dizendo que Chiara Carillo havia falecido.

Quando o médico desligou o monitor e o silêncio preencheu a sala, Austin deu um beijo na cabeça dela e sussurrou pela última vez:

— *Buona notte, e dormi bene, mia cara. Ti voglio bene.*

Boa noite e durma bem, minha querida. Eu te amo.

29

Austin

Ela havia partido. Minha mãe havia partido.

Quando me levantei depois de abraçar o corpo dela, olhei para o quarto e não tinha ideia do que fazer em seguida.

No entanto, assim que olhei para a minha Fadinha, meu peito ficou um pouco mais leve. Abaixando-me perto da cadeira de rodas, dei um beijo em sua cabeça e sussurrei:

— *Ti amo*.

— Eu também te amo.

— Se quiserem ficar na sala de espera no fim do corredor, ela está vazia — informou o Dr. Small.

Acenando com a cabeça, entorpecido, fui para trás da cadeira de Lexi e comecei a empurrá-la para fora do quarto... diretamente para um maldito pesadelo.

Assim que saímos no corredor, dois policiais, junto com o reitor, se aproximaram de mim.

— É ele, bem ali — o reitor disse, apontando para mim.

Os policiais marcharam na minha direção, pegando as algemas.

— Austin Carillo, você está preso por tráfico de drogas e distribuição de substâncias ilícitas no terreno da universidade. — Eles leram o resto dos meus direitos, me empurrando contra a parede e me algemando.

— Austin! — Lexi gritou, e eu a vi tentando se levantar da cadeira de rodas. Os braços finos eram incapazes de suportar seu peso.

Olhei para Rome.

— Cuide dela e do Lev!

Rome concordou e Molly correu para acalmar Lexi. Quando os policiais me levaram, Rome gritou:

— Vou ligar para o meu advogado! Ele vai encontrar com você na delegacia!

Fui conduzido pelo corredor, e o reitor começou a caminhar ao meu lado.

— Era só questão de tempo, Carillo. Achamos um calouro que disse que você vendeu cocaína para ele. Porter acabou de acordar e estamos esperando ele testemunhar a qualquer momento. Pode dar adeus aos seus sonhos de jogar na NFL. Você não é um bom exemplo para os jovens. Seu lugar é atrás das grades.

O sorriso de orgulho em seu rosto me deixou irado, e eu gritei:

— Seu babaca! Minha mãe acabou de morrer e você chega e faz isso!

O reitor se virou para mim, parecendo realmente solidário.

— Meus pêsames, filho. Mas a justiça tem que ser feita, e tenho certeza de que sua mãe gostaria que você pagasse pelos seus erros. Os pecadores têm que ser punidos e rezar pedindo perdão.

— Não fiz nada de errado! Nunca forneci nada para ninguém!

O reitor se dirigiu rapidamente para a porta.

— Bem, essa decisão cabe ao júri. Ao júri e a Deus.

❋ ❋ ❋

Durante doze horas, eles me deixaram sentado numa cela provisória. O advogado de Rome apareceu cerca de uma hora depois que cheguei. Eu estava sozinho desde então.

Minha garganta estava apertada enquanto eu pensava em minha mãe, na Fadinha, em Levi segurando a mão dela... *Droga, droga, droga, droga!* E se eu fosse acusado? O que seria de Levi? E se Lexi tivesse outra recaída? E se...

— Carillo, você pode ir. — Um policial apareceu na porta da cela, colocou a chave na fechadura e abriu a pesada porta de aço, fazendo sinal para eu sair.

Levantando, fui até o policial e disse:

— Não entendo. Como assim posso ir? Achei que eu seria acusado.

O policial deu de ombros.

— Parece que alguém confessou. Assumiu a responsabilidade por tudo. Todas as acusações contra você foram retiradas.

Franzi a testa, confuso, e acompanhei o policial até a delegacia, onde meu advogado, além de Rome, JD e Reece, aguardava. Os quatro se levantaram e correram na minha direção.

Olhei diretamente para o advogado.

— Quem confessou?

O engravatado olhou para seus papéis e depois para mim.

— Um tal de Axel Carillo.

Meu coração parou. *Axe? Ele estava de volta? Como...?*

Rome deu um passo à frente e disse.

— Lev ligou para ele do hospital, deixou uma mensagem contando o que havia acontecido. No fim das contas, o garoto é corajoso, oitenta e três. Começou a xingar no telefone, dizendo que a culpa era dele e que não era justo você ser responsabilizado por tudo. Deixamos Lev com as meninas e viemos aqui para a delegacia, para ver o que ia acontecer com você, quando Axel entrou, insolente como sempre, e confessou tudo. Disse que estava sozinho vendendo drogas na faculdade desde o início do ano e que foi ele que vendeu para Porter e para o calouro. Ambos confirmaram a história. — Rome deu um tapinha nas minhas costas. — Sua bolsa de estudos ainda está de pé e você não vai ser fichado. E ainda pode entrar no *draft*.

Porra.

— Posso falar com ele? — perguntei ao advogado.

Ele fez que não com a cabeça.

— Não vão deixar você entrar. Posso perguntar se...

— Moleque? — Virei para trás. Axel, algemado, estava sendo retirado de uma sala pelos policiais. O reitor estava junto e abaixou a cabeça, constrangido, quando passou por mim.

— Axe! — gritei, ignorando o reitor e correndo para abraçar meu irmão. Os policiais tinham ido até um balcão para cuidar da papelada com outro funcionário e, depois de um tempo, soltei meu irmão.

— Ei, moleque. — Axel tentou sorrir, mas parecia arrasado. Cansado, até. — Então a mamãe se foi? — ele perguntou com seu jeito brusco de sempre, se fazendo de durão.

— Sim — respondi, tentando conter as lágrimas. — Porra, Axe, saiu tudo errado.

Ele balançou a cabeça.

— Que nada, moleque. Saiu tudo exatamente como eu sabia que sairia.

— Como assim? — perguntei, confuso.

— Esta é sua chance, *fratello*. Você tem que sair da gangue, sair do Alabama. O Levi tem que ir com você. Use o futebol para recomeçar. Aquele moleque me passou um sermão ao telefone, disse como eu era fodido e como você e sua garota eram santos.

Meu coração ficou inchado ao pensar em Levi me defendendo.

— Mas e você? — perguntei.

— Eu já ia acabar aqui de qualquer jeito, moleque. Preso. *De qualquer jeito*. Este sempre foi o meu destino, mas você tem uma chance de se livrar disso. Começar de novo... É o que a mamãe sempre quis. Ela sempre soube que você iria longe, superastro... contanto que não andasse comigo e com os Heighters. Você vai poder realizar o sonho dela. Vai poder compensar todos os anos que ela passou lutando para que tivéssemos uma vida melhor.

— Gio não vai deixar Levi e eu sairmos da gangue, Axe. Principalmente com você fora. Vamos ter que mudar de estado ou algo do tipo, ficar escondidos.

— Gio não vai ser problema. *Eu* já dei um jeito nisso.

Senti um buraco no estômago.

— O que você fez?

Axel deu de ombros.

— Cobrei alguns favores. — Meu olhar duro disse a ele que eu queria saber mais. Axel suspirou e chegou mais perto, certificando-se de que ninguém estava escutando. — Gio não ia deixar vocês dois saírem. Ele mataria vocês se tentassem. Os dois correriam perigo. Então eu dei um jeito.

— Axe, não...

— Por volta da meia-noite de hoje, Gio não vai ser mais problema. Os Kings vão tomar o território dos Heighters e a gangue vai ter que se reorganizar com alguém novo no comando. Até lá, você já vai estar na NFL, bem longe daqui.

— Porra, Axe — exclamei, confuso. Meu irmão mais velho finalmente estava nos defendendo. Traíra seu irmão de gangue, seu melhor amigo. O puto tinha colocado a gente em primeiro lugar, finalmente. — Isso não vai causar problemas pra você?

Axel deu de ombros.

— Eu me viro lá dentro.

Combatendo a tristeza, eu perguntei:

— É, e o que vai fazer depois?

Axel gargalhou.

— Vou cumprir minha pena. Depois vou morar com você, superastro. Você já vai ser rico e ter uma mansão, não é? *Capisci?*

Eu ri e respondi:

— *Capisco.*

— Carillo, vamos. — Um policial se aproximou de mim e Axel encostou a boca no meu ouvido.

— Sei que não fui o melhor irmão para você, moleque. Sei que fiz mais merda do que coisas boas, principalmente com Levi. Mas a *famiglia* sempre foi tudo para mim. E quero que saiba que estou muito orgulhoso de você. *Tenho* orgulho de termos o mesmo sangue. Tenho orgulho de você *e* do Lev. Prometa que vocês dois vão ficar bem.

Colocando a mão no rosto de Axel, eu o puxei para perto e dei um beijo em sua cabeça.

— Mantenha a cabeça baixa e não se meta em confusão. Quando você sair, estarei aqui para levar você para casa.

Axel abriu um sorriso.

— É uma promessa? Porque eu vou cobrar.

— É uma promessa — respondi, sorrindo.

Com um breve aceno de cabeça, o policial começou a levar meu irmão embora. Axel olhou para trás com lágrimas nos olhos e perguntou:

— Ela se foi em paz?

Meu coração se partiu quando me dei conta de que ele estava falando da nossa mãe, e tive que cruzar os braços para impedir que minhas mãos tremessem. Não consegui falar, então apenas confirmei com a cabeça.

— Que bom, moleque. Que bom. Pelo menos ela finalmente voltou a ser livre, não é?

O policial levou Axel embora e eu me virei para os meus amigos. Jimmy-Don colocou o braço em volta do meu pescoço.

— Está pronto para voltar para a sua Fadinha e para o seu irmão caçula e começar a viver a viver direito, cara?

Soltando um longo suspiro, confirmei. *Começar a viver*. Era o que eu ia fazer. Cortar os laços com os Heighters e realmente começar a viver.

❋ ❋ ❋

Mais tarde, naquela mesma noite, Giovanni "Gio" Marino foi morto num tiroteio no Westside Heights. Não houve testemunhas, e os Kings imediatamente assumiram o território dos Heighters.

30

Lexi

Draft *da NFL, segunda rodada.*
Radio City Music Hall, Nova York
Dois meses depois...

— E para o 49ers de São Francisco... Austin Carillo, do Alabama Crimson Tide!

Austin olhou nos meus olhos enquanto esperávamos nos bastidores do Radio City Music Hall, segurou minha mão e deu um beijo nela. Ele estava tremendo.

— Fadinha... porra — ele sussurrou, e eu me encostei em seu ombro quando ele fechou os olhos, agradecendo.

— Austin! O 49ers! — Levi gritou e saltou da cadeira. Austin soltou minha mão e se levantou para abraçar o irmão. Eles ficaram apoiados um no outro, saboreando a magnitude daquele momento.

Austin se afastou e, atordoado, acompanhou o representante até o palco para receber sua camisa.

Fiquei vendo pela tela da TV e não conseguia parar de sorrir.

— Como está se sentindo, amore? — Ally perguntou, preocupada.

— Estou bem. Um pouco cansada, mas bem.

Haviam se passado dois meses desde a minha recaída, e eu já tinha recuperado nove quilos. Era um processo lento, mas eu estava melhorando a cada dia... com a ajuda de Austin. E ele também estava melhor. Tinha conseguido arranjar um lugar para morar com Levi longe de Westside Heights, e eles nunca mais ouviram falar da gangue.

Senti o sofá afundar ao meu lado e vi o rosto sorridente de Levi olhando para mim.

— Consegue acreditar, Lexi? Nós vamos para São Francisco!

Batendo com a mão no colo dele, sorri:

— Vocês vão mesmo, querido. Vão poder começar de novo, viver uma vida realmente boa na Califórnia.

O sorriso de Levi desapareceu e ele inclinou a cabeça de lado.

— Você vem também, não é? Vai morar lá com a gente?

Baixei a cabeça e depois olhei para os meus amigos. Todos tinham resolvido ir a Nova York para acompanhar o *draft*. Rome havia sido escolhido na primeira rodada, no dia anterior, e ia jogar no Seattle Seahawks. Havíamos celebrado com eles à noite. Mas hoje o dia era só de Austin.

Todos os meus amigos estavam vendo minha dificuldade para responder à pergunta de Levi. A verdade era que eu não sabia se estava bem o suficiente para sair de Tuscaloosa no momento. Já havia tido que implorar para o Dr. Lund me liberar para ir a Nova York por uns dias. Além disso, Austin não tinha falado nada sobre eu ir com ele. Depois de oito semanas de vida normal após anos de instabilidade, eu não sabia ao certo se ele gostaria de levar a namorada anoréxica consigo. Era pressão demais.

— Vamos apenas aproveitar o dia, querido. Veremos como as coisas ficam depois.

Os olhos de Levi se encheram de preocupação, mas não durou muito, pois Austin apareceu na porta, segurando a camisa do Niners.

Ele mal podia acreditar, mas eu sabia que ele conseguiria... E tinha certeza de que sua mãe estava vendo tudo aquilo também, dançando mais uma vez de felicidade. Sorrindo com orgulho para o homem que seu filho havia se tornado.

Rome se levantou e, abraçando Molly, sugeriu:

— Vamos sair para comemorar?

Austin olhou para mim, e eu sabia que ele estava se certificando de que eu me sentia forte o bastante para ir. Assenti:

— Consigo aguentar mais algumas horas.

O sorriso que Austin abriu em resposta quase me derrubou.

Meu garoto perturbado do parque de trailers estava se recuperando lentamente... e levando meu coração e minha alma com ele.

* * *

— Você está bem mesmo? — Austin perguntou quando entramos em nosso quarto de hotel no fim da noite, pegando na minha mão.

Sorrindo, confirmei que sim e engoli em seco a apreensão. Austin e eu tínhamos passado todos os dias juntos nos últimos meses, mas ainda não havíamos feito amor novamente. Ele foi a todas as consultas que tive, ficou comigo no hospital, junto com Levi, até eu receber alta e ir para casa com meus pais, onde ele aparecia todos os dias e simplesmente ficava ao meu lado, me amando.

Duas semanas antes, eu havia convencido meus pais a me deixarem voltar a morar na casa da irmandade, mas aquela era a primeira vez que ficávamos realmente sozinhos.

Dando um beijo em minha mão, Austin seguiu na direção do banheiro, tirando o paletó.

Ele estava tão lindo todo arrumado, sofisticado com seu terno preto, os cabelos pretos e as tatuagens coloridas destoando do tecido caro.

Austin olhou para trás. A *stidda* parecia menos forte em seu rosto. Ele anunciou:

— Só vou tomar um banho e já volto.

Assim que a porta do banheiro se fechou, caminhei lentamente até o espelho e, mantendo os olhos baixos, contei até três.

Um... dois... três...

Abrindo os olhos, olhei para a garota que via diante de mim e soltei um suspiro longo e profundo. Observei seus cabelos escuros, que recuperavam o volume lentamente depois da queda causada pelo distúrbio. Seus olhos verdes estavam delineados de preto e os lábios, pintados de vermelho-escuro.

Você não está à altura, Lexington. Nunca vai estar. Nunca seremos boas o bastante para ele, nunca seremos bonitas o suficiente.

Fechando bem os olhos, deixei a voz dizer o que queria. Depois os abri novamente, olhei para o reflexo e sussurrei:

— Sim, você é. Ele acha você linda. Ele não vai rejeitá-la. Você é linda, ponto-final.

A voz desapareceu no meu subconsciente e de repente senti um calor em minhas costas; o cheiro de água da chuva preencheu meu olfato. Olhando para o reflexo atrás de mim, vi Austin, apenas de cueca, mais do que perfeito, com os olhos repletos de adoração. Todos os meus medos sumiram.

Austin passou o dedo no meu rosto, encostando a cabeça no espaço entre meu ombro e meu pescoço, e encheu minha pele quente de beijos.

Fechando os olhos, peguei na parte de trás de suas coxas e o puxei para mais perto, sentindo seu membro duro junto ao meu corpo.

— Austin... — sussurrei e senti um calor bem no centro.

— Fadinha... — ele disse, com a voz rouca, e eu me virei em seus braços. Coloquei a mão sobre seu peito, fiquei na ponta dos pés e dei um beijo de leve na tatuagem de pomba branca na parte de baixo do seu pescoço.

Agarrando minha nuca, Austin girou o quadril e gemeu.

— Porra... Fadinha... Preciso de você...

Afastando-me, peguei na mão de Austin e o puxei para a cama espaçosa. Ele estava olhando para mim, confuso, e fiz sinal para que sentasse na beirada.

Fazendo o que pedi, Austin se sentou na lateral da cama e eu passei a mão em seus cabelos. Ele revirou os olhos ao sentir meu toque. A reação me encheu de coragem.

Quando ele esticou o braço para segurar minha cintura, eu me afastei um pouco mais e Austin inclinou a cabeça de lado.

— Fadinha? O que foi?

Sem conseguir falar diante da intensidade do que eu estava prestes a fazer, balancei a cabeça e alcancei o zíper do vestido. Austin arregalou os olhos e eu continuei olhando fixamente para ele.

Abrindo o zíper, fechei os olhos e, respirando fundo, deixei o tecido solto e preto cair no chão. Vi Austin respirando fundo e, quando abri os olhos, ele estava agarrando os lençóis, olhando para mim de calcinha e sutiã como se não fosse capaz de resistir. Seu membro ereto testava o tecido da cueca boxer.

Levando as mãos ao fecho do sutiã, com o coração acelerado, revelei lentamente os seios e deixei o sutiã cair no chão. Sentindo-me pequena e fraca, quase hesitei, até que um gemido frustrado escapou dos lábios de Austin enquanto ele passava os olhos ávidos pelo meu corpo quase nu.

Respirei fundo.

Eu não estava causando repulsa... Estava deixando-o excitado...

Com as mãos tremendo diante da importância do momento, enganchei os polegares nas laterais da calcinha preta e a abaixei.

Quando me levantei, olhei bem nos olhos de Austin e vi lágrimas em seu rosto italiano.

— Fadinha... — ele sussurrou e, pegando minha mão, me puxou para junto do seu peito e passou a mão nos meus seios e na minha barriga. — Você é tão linda — ele disse com a voz áspera. — Você é muito... perfeita...

Perfeita... o objetivo que sempre quis alcançar.

Quase derretendo por dentro com suas palavras sinceras, respondi:

— Sou linda... com você...

E então me dei conta: eu não tinha mais medo com Austin. Não tinha mais medo de expor meus receios, *todos* os meus segredos... minha alma... eu mesma.

De repente, segurando em minha nuca, Austin me puxou para cima dele e juntou a boca na minha.

Eu me perdi em seu toque.

Agarrei seus cabelos desgrenhados, e sua língua adentrou a fenda da minha boca, duelando com a minha como se ele quisesse rastejar para dentro da minha pele.

Afastando-me da boca dele, apoiei as mãos sobre o colchão para abaixar o corpo lentamente, dando beijos na pele quente de seu abdômen, sentindo os músculos se contorcendo e tensionando por baixo.

— Fadinha... Nossa, isso é uma delícia... — ele murmurou e agarrou meus cabelos.

Alcançando o cós da cueca, segurei e a abaixei pelas coxas, até os tornozelos, descartando-a no chão com a minha calcinha.

Estávamos pele com pele e ambos paramos, percebendo o que aquilo significava. Eu havia superado meu maior medo. Estava nua na frente de Austin. Finalmente, era eu mesma por inteiro, com Austin.
Era perfeito.
Virando-me de costas, Austin abriu minhas pernas e se posicionou no meio delas. Passou a língua sobre a pele escaldante do meu pescoço e seus dedos desceram pelo meu torso, até chegarem ao meu sexo. Todo o meu corpo estremeceu quando Austin deixou um rastro úmido de beijos sobre meus seios, minha barriga e quadril. Ele pressionou as mãos na parte interna de minhas coxas e, olhando para mim, separou minhas pernas e desceu o corpo pela cama até sua boca pairar sobre o vértice de minhas coxas.

— Gata, preciso sentir seu gosto. Estou querendo chupar você há muito tempo.

Tentei conter o nervosismo quando Austin abaixou a cabeça e passou a língua ao longo do meu sexo lentamente. Joguei a cabeça para trás e um gemido escapou dos meus lábios quando Austin me lambeu e chupou com os lábios e a língua quente.

Instintivamente, empurrei o quadril contra sua boca e senti que estava flutuando, chegando a uma altura que nunca havia atingido.

— Porra, Fadinha, seu gosto é tão bom. Tão bom — Austin murmurou junto a mim, e o calor queimou minha pele.

— Austin! — gritei quando ele enfiou o dedo em mim, pressionando aquele ponto perfeito dentro do canal. A sensação de queda tomou conta de mim, e, quando Austin aumentou a velocidade da língua, gozei em sua boca. Ele gemeu e levou a mão ao pênis enquanto eu gozava.

Levantando a cabeça, Austin tinha um olhar determinado quando se posicionou sobre meu corpo nu enrubescido e saciado. Quando se aproximou do meu sexo úmido, fiquei paralisada. Austin paralisou imediatamente também.

— Fadinha? — ele questionou, com a voz apertada.

Segurei o rosto dele entre as mãos.

— Eu quero... — respirei fundo para tomar coragem. — Eu quero ficar... por cima. Preciso assumir as rédeas esta noite...

Austin arregalou os olhos e eu o vi engolir em seco.

— Tem certeza?

Confirmando, levantei o peito e Austin nos posicionou de modo que eu ficasse por cima, montando em suas coxas.

— Onde tem camisinha? — perguntei, corajosamente, mas sabia que meu rosto estava pegando fogo.

— Na primeira gaveta — ele respondeu. Inclinando-me, peguei uma embalagem dourada e abri com os dentes.

Austin pegou o preservativo e o colocou. Acariciando minhas panturrilhas, ele parou quando chegou às minhas coxas.

— Está pronta, Fadinha? — perguntou, com uma preocupação repentina nos olhos.

Inclinando-me, beijei seus lábios, sentindo meu próprio gosto em sua língua, e abaixei. Segurei seu pênis e o conduzi para dentro.

Quando o enfiei todo dentro de mim, Austin perdeu o fôlego e desfez o beijo, quase machucando minhas coxas com as mãos firmes.

Sentando-me, gemi quando Austin investiu para dentro de mim, tornando-me impossivelmente completa, mas não foi o suficiente. Eu queria ser possuída por ele, consumida por ele, e, quando olhei dentro de seus olhos italianos, senti aquele desejo nele também.

Imobilizando meu quadril, Austin esticou o pescoço e acariciou lentamente minha coxa com o polegar.

— O que foi, gata?

Com a respiração trêmula, peguei suas mãos e as segurei diante de mim.

— Quero que você me toque.

Franzindo a testa, Austin perguntou.

— Onde, Fadinha? Tocar onde? É só dizer... é só dizer onde.

Quando minhas mãos começaram a tremer de nervoso, Austin mordeu o canto do lábio inferior e eu guiei com cuidado suas mãos na direção das minhas costas.

Austin ficou paralisado e tentou recuar:

— Fadinha, não. Não. Eu não preciso tocar você ali. Tudo bem. Não quero disparar seu gatilho.

Meu coração parou por um segundo diante da consideração dele.

— Eu quero que você me toque ali. Quero ser sua e quero que você seja meu em todos os sentidos, sem barreiras em nosso caminho. — Baixei as pálpebras de constrangimento e sussurrei: — É a última barreira que preciso derrubar... e... e...

Austin entrelaçou os dedos nos meus e disse:

— O quê, Fadinha?

— Quero que você seja o responsável por finalmente romper o gatilho. Tudo isso começou com a rejeição de um garoto de quem eu gostava... quero que termine com a aceitação do garoto que eu amo.

Suas narinas se dilataram e ele concordou.

Mantendo o olhar fixo no meu, conduzi suas mãos para as minhas costas e, fechando os olhos, coloquei-as sobre a pele.

A princípio, as mãos de Austin pareciam ferros em brasa e eu não consegui respirar... *Não consigo respirar! Está acontecendo de novo! Eu... eu... eu...*

— Calma, Fadinha. Está tudo bem. — Austin me acalmou e começou a movimentar as mãos para cima e para baixo em ritmo lento. Concentrei-me no movimento de suas mãos e, minutos depois, minha respiração havia se acalmado e eu abri os olhos.

Ele estava tocando minhas costas... *Ele estava tocando minhas costas.*

— Austin... — murmurei, com lágrimas caindo dos olhos.

Levantando o corpo, barrigas unidas, pele com pele, Austin me beijou e eu comecei a movimentar o corpo sobre ele.

O calor aumentava entre nós conforme nos movimentávamos mais rápido, e a cada carícia da mão de Austin em minhas costas eu ficava mais apaixonada, saboreando a confiança total que estava se formando juntamente com nosso orgasmo, quando agarrei seus cabelos escuros e despenteados.

Dando um salto para trás, Austin se afastou dos meus lábios e soltou um gemido longo.

— Fadinha... Eu vou gozar. Vou gozar pra valer, gata.

Ofegante, agarrei com força seus cabelos e encostei a testa na dele.

— Eu também... eu vou... ah... Austin... estou gozando... *Nossa*... Eu...

Fechei os olhos, luzes explodiram e eu senti Austin imóvel, com as unhas fincadas em minhas costas. Ele gemeu alto junto ao meu pescoço.

Ainda unidos, agora com os corpos suados, ficamos abraçados depois do nosso clímax simultâneo... do momento que mudou nossa vida... da exposição de nossas almas... do fim de meu último gatilho.

O hálito quente de Austin soprava junto ao meu pescoço, e, quando ele levantou os olhos, vi amor puro brilhando.

— *Ti amo* — ele sussurrou. Seus cílios longos e escuros estavam úmidos de emoção. — *Ti amo*, Fadinha.

Acariciando o rosto dele, respondi:

— *Ti amo. Ti amo tantissimo.*

Austin reagiu com um sorriso capaz de ofuscar o sol, de tão brilhante.

— *Puoi parlare italiano*, Fadinha? Você sabe falar italiano? — perguntou, beijando meu pescoço.

— *Ci sto provando*. Estou tentando.

Abafando uma gargalhada e beijando meus seios, Austin se afastou, pegou na minha mão, e pediu:

— Venha comigo para São Francisco. Venha comigo e com Lev. Seja nossa família.

Batendo com a mão no peito, sacudi a cabeça.

— Você não vai querer isso, Austin. Ainda estou me recuperando dessa doença, e você não precisa da distração de me ter por perto enquanto reconstrói sua vida.

— Eu *preciso* de você — ele disse, com seriedade. — Preciso muito de você. E eu poderia estar sempre presente... para ajudar você.

— E se... e se eu tiver outra recaída? Seria demais...

— Então eu vou estar presente para ajudar você a superar. Não quero futebol, nem Califórnia, se não tiver você. Eu preciso de você... Preciso demais de você. Você me salvou de mim mesmo... E salvou o Lev também.

Sorri ao ter uma lembrança repentina.

— O que foi? — Austin perguntou, sorrindo também.

— Aquela noite, no parque de trailers, quando sua mãe quis falar comigo, ela disse alguma coisa parecida.

Engolindo em seco ao ouvir a referência à sua mãe, Austin sussurrou:

— Disse?

Confirmando, coloquei a mão no rosto dele e falei:

— Ela me falou que antigamente achava que você salvaria sua família com o futebol. Mas, depois de me conhecer, soube que seria eu que salvaria vocês.

Austin tentou conter as lágrimas, mas uma delas escapou e escorreu pelo seu rosto.

— Ela disse que minha alma combinava com a sua.

— Ela estava certa, Fadinha. — Ele olhou rapidamente para cima, fazendo uma oração silenciosa, e depois voltou sua atenção para mim. — E então, o que me diz? Venha morar comigo. Juro que nunca mais vou deixar você cair.

— Certo — eu disse, com uma gargalhada feliz. — Eu vou morar com você.

Encostando a testa na minha, Austin suspirou:

— *Que ótimo.*

31

Austin

Florença, Itália
Um ano depois

— *È tua moglie quella?*
Aquela é sua esposa?, a senhora da *pasticceria* perguntou quando me aproximei do balcão para pagar a conta.

Olhei para Lexi, que tinha um sorriso feliz no rosto enquanto observava os cidadãos de Firenze andando pela Piazza della Signoria. Meu peito ficou apertado ao vê-la. Seu rosto doce estava bronzeado pelo sol forte do inverno toscano; os lábios, rosados devido a um protetor labial ridiculamente caro que ela usava a toda hora; e seus lindos olhos verde-claros, arregalados pela fascinação. Ela amava a Itália. Ela amava a vida novamente.

Minha fadinha emo não era mais tão emo. Os cabelos de Lexi ainda estavam pretos, na altura do queixo – ela se recusava a mudar –, mas ela não usava mais cores escuras como armadura, não se enchia mais de maquiagem branca e delineador preto para esconder aquilo que achava mais repulsivo – ela mesma.

Vi diversos homens olharem para ela abertamente ao passarem pela mesa – *italianos típicos*, pensei –, apreciando sua figura mignon, porém curvilínea, enfatizada pelo vestido curto vermelho. Estranhamente, isso não me incomodava muito. Eu amava vê-la daquele jeito, livre de seus demônios por um tempo, retomando o controle, um dia de cada vez. Ainda tinha seus momentos ruins, os dias em que tropeçava, mas eu sempre estava por perto para colocá-la para cima, e ela estava sempre presente para me ajudar também, quando eu voltava a pensar no meu passado fodido.

A senhora pigarreou com um sorriso afetuoso no rosto. Abaixando a cabeça de constrangimento por ter sido pego com o olhar fixo, sorri e respondi:

— *No, é la mia fidenzata.*

Não, ela é minha noiva.

A senhora abriu um sorriso largo e colocou a mão sobre o peito, olhando para Lexi atrás de mim.

— *Ah, giovane amore.*

Amor jovem.

Uma mão suave pousou sobre meu ombro.

— *È preziosa, tesoro. Proteggi il suo cuore.*

Ela é linda, querido. Proteja o coração dela.

Assenti, apreciando o conselho da mulher, e respondi:

— *Sempre. Sempre. È l'amore della mia vita.*

Sempre. Sempre. Ela é o amor da minha vida.

Voltei para onde Lexi estava, passando pelo terraço lotado, e coloquei a mão na sua nuca. Olhos lindos e grandes se voltaram para mim, e ela sorriu.

Ela ainda me tirava o fôlego.

— Está pronta, Fadinha? — perguntei, e estendi a mão para ela.

Lexi entrelaçou a mão na minha e, abaixando-me, dei um beijo em sua aliança de noivado, um diamante cor de ébano de quatro quilates sobre ouro negro dezoito quilates; nada diferente serviria para minha pequena garota gótica. Nada grande demais, nada sofisticado demais, mas cheio de estilo e completamente a cara dela.

Corando, ela se levantou e envolveu meu pescoço com os braços. Seu rosto ficou sério de repente.

— Estou pronta, amor. Tem certeza de que você está?

Respirando fundo, beijei os lábios de Lexi, afastei-me um pouco e respondi:

— Estou.

Caminhando de volta para nossa *villa* privada sobre uma colina incrível em um vilarejo afastado, peguei na mão de Lexi como se isso pudesse me dar coragem. Ela não disse nada. Sabia que o dia seria difícil para mim, para Levi, mas sempre me apoiou em silêncio. Ela sempre tinha sido assim, não tinha? Guardando meus segredos, e eu guardando os dela.

Lexi tinha se mudado para São Francisco comigo e, no ano anterior, havíamos aberto juntos um centro de tratamento para jovens com transtornos alimentares. Ela tinha dado o nome de Sorriso de Daisy, e eu sentia muito orgulho dela. Estava ajudando as pessoas, mesmo ainda em recuperação.

Mal podia esperar para me casar com ela, para tê-la como esposa, mas concordamos que esse dia chegaria quando ela se sentisse confortável novamente. Quando se sentisse ela mesma novamente. A recuperação de Lexi seria um processo longo, e eu queria lhe dar o casamento dos sonhos, e não algo obscurecido por inseguranças. Não me importava em esperar. Eu a via como minha alma gêmea, minha *vida*, independentemente de ter ou não um pedaço de papel oficializando o que tínhamos.

Dez minutos depois, andando em um ritmo lento e regular, Lexi e eu entramos na *villa*. Ela estava um pouco sem fôlego devido ao excesso de esforço. Ainda estava fraca, mas ficando mais forte com o tempo.

Levi nos encontrou na porta, ansioso para prosseguir com o que faríamos. O moleque estava ótimo ultimamente. Tinha ficado mais elegante. Seus cabelos claros e curtos, juntamente com os olhos acinzentados e o sotaque sulista arrastado, deixavam as garotas da Califórnia loucas por ele. Mandamos remover sua *stidda*. Ele renasceu. Não precisava do sinal do passado o oprimindo.

Desde que nos mudamos para São Francisco, matriculei Levi numa boa escola particular – uma escola com um bom programa de futebol – e as notas dele melhoraram. Ele estava concentrado no futebol, e quase todas as faculdades do país queriam tê-lo em seu time dentro de alguns anos. Era o recebedor mais talentoso que eu já tinha visto.

É claro que Levi queria jogar pelo Tide, o time de sua cidade natal, mas ele nunca voltaria para Tuscaloosa. Eu não permitiria. Ele tinha saído da gangue, e nunca mais chegaria perto do território dos Heighters.

Eu estava orgulhoso demais daquele moleque... Minha mãe também ficaria orgulhosa do homem que ele havia se tornado.

— Podemos ir? — Levi perguntou, nervoso, e Lexi soltou minha mão para ir abraçá-lo. Levi envolveu as costas dela com seus braços desengonçados. Notei que ela se retraiu sutilmente, mas era Levi, e ele a adorava. Ela havia se tornado uma espécie de mãe para ele, garantindo que o garoto tivesse uma figura materna em sua vida.

Ela tinha um coração de ouro.

— Você vai ficar bem, querido. Estamos ao seu lado — Lexi disse quando se afastou e acariciou os braços de Levi.

— Eu sei, Lex. Só vai ser meio estranho, sabe? — Levi deu de ombros, e, aproximando-me, eu o abracei, afastando-me apenas para colocar as mãos em seu rosto.

— *Andrà tutto bene, fratellino mio. Te lo giuro.*

Vai ficar tudo bem, irmãozinho. Eu juro.

Lexi foi para o quarto, dando-nos um momento de privacidade e, minutos depois, reapareceu com a pequena urna dourada nos braços.

Seu pequeno sorriso de encorajamento me dizia que havia chegado a hora.

※ ※ ※

Quando eu era pequeno, minha mãe dizia que a Ponte Vecchio era o lugar que ela mais adorava no mundo. Era uma ponte do século treze que passava sobre o *fiume Arno*, o rio Arno. Era o símbolo de sua terra, Firenze, de suas raízes, e ela sonhava nos mostrar suas belezas um dia.

Ela nunca teve a chance.

Quando minha mãe morreu, nunca nos pareceu certo espalhar suas cinzas no Alabama. *Aqui* era seu lar; a *Itália* era sua alma, seu coração. E havia chegado a hora de fazer seu retorno permanente.

Lexi, Levi e eu atravessamos lentamente a Ponte Vecchio, Lexi segurando a mão de nós dois, nossa fortaleza naquele momento intenso.

A atração turística icônica estava estranhamente deserta naquele dia invernal, porém ensolarado. Era como se Deus soubesse o que estávamos prestes a fazer e quisesse honrar aquele momento, oferecendo-nos um pouco de privacidade para dar o último adeus a Sua filha.

Passamos pela fileira de casinhas que ocupavam a ponte e fiquei me perguntando qual delas havia pertencido à família da minha mãe. Sua *nonna* tinha vivido em uma daquelas construções históricas até o fim da vida, anos antes, e minha mãe dizia que não havia lugar mais lindo para crescer.

Olhei para as casinhas e para a ponte, maravilhado, e imaginei minha mãe correndo por ali quando criança, brincando com os amigos, cantando para os moradores com sua voz perfeita de soprano, os braços de dançarina estendidos para capturar a brisa.

Pensar naquilo me deu paz.

Quando chegamos ao meio da ponte, eu me debrucei sobre a antiga mureta de pedra e olhei para o fluxo de água abaixo. Senti a mão de Lexi em minhas costas.

Era a hora.

Endireitando o corpo, olhei para Levi e coloquei o braço em volta de seu pescoço. Ele olhou nos meus olhos. Lágrimas começavam a se formar, mas meu irmão caçula foi forte e se conteve.

Soltando Levi, segurei a pequena urna com as duas mãos, mal notando as pessoas que saíam das casas vizinhas para assistir à nossa despedida.

Chegando mais perto do muro, olhei para a cidade medieval e uma sensação de paz me inundou. A cidade era parte de mim, por meio de minha mãe. Il Duomo di Firenze, Palazzo Medici Riccardi, tudo isso. Eu não tinha apenas sangue do Alabama correndo nas veias, e sentia orgulho de pertencer ao país da bandeira verde, branca e vermelha também.

— Amor? — Lexi sussurrou e apoiou a cabeça em meu ombro. — Gostaria de dizer algumas palavras? Para marcar a ocasião?

Segurando a urna com mais força, não consegui tirar os olhos do dourado que refletia o sol. Virando a cabeça de lado, dei um beijo na cabeça da minha noiva, e sentir seu perfume doce me deu forças.

Respirei fundo, olhei para a urna e falei do fundo do coração:

— *Mamma*, eu sabia que este dia chegaria logo. Por um ano, planejei isso, trabalhei duro para deixá-la orgulhosa... — Eu me virei para Levi, que havia colocado o braço em minhas costas e estava segurando a mão de Lexi com força, e olhei nos olhos dele. — E o Lev também.

Senti um nó na garganta, mas logo o desfiz e consegui continuar.

— Muita coisa aconteceu desde que você nos deixou, mãe. Realizei seu sonho e agora jogo pelo 49ers de São Francisco. E eu sou bom, mãe. Muito bom. Conseguimos chegar ao Superbowl este ano, mas perdemos para o Seahawks. Para o Rome, mãe. Você ia adorar ver nós dois jogando.

Soltei uma risadinha ao me lembrar de Rome me dando um tapinha nas costas e dizendo: *ano que vem*.

— Lev está numa boa escola e está indo muito bem, estudando muito. E Axe...

Minhas mãos começaram a tremer quando pensei em Axe. Ele ainda estava preso, depois de cumprir um ano de uma pena de dez anos por tráfico de drogas. Eu o visitava quando podia e lhe prometi uma coisa – quando saísse, ele iria morar conosco.

Nove anos.

Faltavam nove anos para ele sair e começar uma nova vida.

— Bom, Axe está bem também. Está evitando confusões lá dentro. E está estudando, mãe. Axe vai se formar em administração. Consegue acreditar? Ele vai ser alguém, isso é certo. Ele vai deixar você muito orgulhosa também.

Meus olhos se encheram de lágrimas quando uma brisa fria nos envolveu. Eu sentia que minha mãe estava escutando. E era difícil demais deixá-la ir.

— Amor? Você está indo muito bem. *Ti amo* — Lexi sussurrou e eu encontrei forças para prosseguir.

— A vida enganou você, mãe. Você tinha um coração de ouro e recebeu uma vida de carvão. Mas nunca reclamou. Simplesmente fez o melhor com o pouco que tinha e deu mais amor a seus meninos do que alguém sonharia ser possível. Sei que o Alabama nunca foi seu lar, mãe, e que você sempre quis voltar para cá, sempre quis voltar a correr entre os ciprestes, cantar no palco do Teatro di Verona e repartir o pão com sua família. Mas Deus tinha outros planos para você. Ele sabia que você havia se doado demais jovem demais, e quis que assumisse seu lugar ao lado Dele no paraíso. Mas, como era do seu feitio, antes de partir você garantiu que ficaríamos bem, que *eu* ficaria bem. Você reconheceu meu milagre quando eu era cego demais para enxergar.

Ouvi alguém fungar ao meu lado e vi minha linda noiva com o coração partido, mas ainda assim abrindo um enorme sorriso de encorajamento.

Minha nossa, eu a amava.

Olhando para o vasto céu azul e sem nuvens, imaginei minha mãe olhando para nós, em paz agora que os irmãos Carillo estavam bem, que Lexi estava ao meu lado. Estávamos todos fora de perigo, fazendo as coisas do jeito certo.

— Todos os dias da minha vida, vou me esforçar para lhe dar orgulho. Você pode ter nos criado sozinha, sem um homem ao seu lado, mas me ensinou o que era ser forte, o que era ser homem. Vou amar Lexi com tudo o que sou e, um dia, se tivermos filhos, vou amá-los como você nos amou.

Dessa vez não consegui conter as lágrimas, e a água salgada começou a escorrer pelo rosto.

— Durma bem, *mamma*. Espero que esteja cantando aí em cima, com um sorriso no rosto.

Chorando, Levi se encostou no meu peito e tremeu com a intensidade de sua dor.

Lexi pegou a urna das minhas mãos para que eu pudesse abraçar meu irmão.

— Calma, Lev. Está tudo bem.

Levi agarrou a parte de trás da minha camisa enquanto se livrava de um ano de tristeza.

— Sinto a falta dela, Austin. Sinto tanto a falta dela. Não consigo fazer isso.

— Eu sei, Lev. Eu sei.

Eu o deixei desabafar e olhei para Lexi, que também lutava com suas emoções. Estendendo o braço, fiz sinal para ela se aproximar, e ela se juntou a nós. Os três lembrando de uma das mulheres mais incríveis que já existiram.

Quando Levi se acalmou, segurei em seus braços e olhei em seus olhos.

— Quer dizer alguma coisa, moleque? A mamãe ia gostar.

Levi procurou apoio em Lexi, e ela apertou seu braço.

— Você consegue, querido. Estamos aqui com você.

Levi concordou e, pegando a urna, ficou olhando para ela com tristeza, mas conseguiu endireitar os ombros. Quase desabei ao ver a força dele.

— Austin? — Levi perguntou.

Coloquei a mão nas costas dele e levantei o queixo:

— O quê?

— Acha que posso fazer uma oração? Eu... eu conheço uma de que acho que ela ia gostar.

Meu peito ficou apertado e eu senti Lexi pegar minha mão e apertá-la, para dar apoio.

— É claro que pode, Lev. A mamãe ia adorar.

Levi se aproximou da mureta antiga e abaixou e cabeça. Ouvi Lexi suspirar quando os moradores que nos escutavam fizeram o mesmo, em sinal de respeito a uma mulher que nem conheciam.

— *L'eterno riposo, dona a loro, o Signore,/ e splenda ad essi la luce perpetua,/ possano le anime dei fedeli defunti,/ Attraverso il ricordo di Dio, risposare in pace,/ Amen.*

Levi falou em um italiano perfeito, e a oração pareceu uma canção saindo de seus lábios.

Os votos dos moradores locais de *Dio ti benedica*, Deus abençoe, ecoavam ao nosso redor, e Lexi se aproximou.

— Foi lindo, mas o que ele disse?

Coloquei a mão no ouvido dela e sussurrei:

— Dai-lhe, Senhor, o descanso eterno,/ e que a luz perpétua o ilumine. / E que as almas dos fiéis que partiram,/ pela misericórdia de Deus, descansem em paz,/ Amém.

— Que lindo, Austin — Lexi disse, encostando a cabeça em meu peito e derramando suas próprias lágrimas pela mulher que conhecera tão brevemente, mas que amara muito.

Dando um beijo na cabeça de Levi, encostei a testa na dele e fechei os olhos. Nenhuma palavra precisou ser dita. Ele sabia que eu estava orgulhoso dele.

Peguei a urna dourada, abri a tampa e, ao mesmo tempo, nos aproximamos da beirada da mureta para finalmente libertá-la.

Olhei para Lexi e disse:

— *Ti amo tantissimo.*

Ela deu um beijo no meu braço.

— Também te amo, meu amor.

Olhando para Levi, fiz um sinal com a cabeça para garantir que ele estava pronto. Reunindo um pouco de coragem, meu irmão de quinze anos respondeu que sim. Estava pronto.

Outra rajada de vento passou pela ponte; fechei os olhos e suspirei alegremente.

Sei que você está aqui, mãe. Sinto você aqui conosco.

Abri os olhos, inclinei-me para a frente e, contando até três, jogamos as cinzas de minha mãe no rio.

Quando esvaziamos a urna, eu a soltei nas profundezas do Arno e respirei fundo, vendo Chiara Carillo dançar livremente ao vento.

Suspirando, senti o amor de Levi e Lexi ao meu lado e sussurrei:

— *Benvenuta a casa, mamma. Benvenuta a casa.*

Bem-vinda ao lar, *mamma*. Bem-vinda ao lar.

Epílogo

Lexi

*Honolulu, Havaí
Dois anos depois...*

Querida Daisy,

*Peso: Não se aplica
Calorias: Não se aplica*

*Hoje é o dia do meu casamento.
Dá pra acreditar?
Aqui, neste paraíso tropical, é o dia do meu casamento. E eu queria mais do que tudo no mundo que você estivesse aqui, ao meu lado, compartilhando minha felicidade.
Conquistei tanta coisa nos últimos anos. Não tenho medo, não sinto apreensão aqui sentada, olhando pela janela para a praia de areia branca.
Eu me sinto forte, renovada, mas, o mais importante, eu me sinto linda. Nunca pensei que isso seria possível. Mas eu me sinto. Eu me sinto verdadeiramente linda. Eu me sinto linda com Austin. Eu me sinto verdadeiramente linda com ele... comigo mesma.
A voz permanece comigo. Sei que nunca vai me deixar. Mas hoje só ouço um silêncio tranquilo em minha mente e o canto suave e maravilhoso dos pássaros que passam em frente ao meu quarto.
Nunca senti tanta paz.
Minha jornada com você foi difícil, longa e, mais do que eu gostaria, repleta de sofrimento. Mas hoje, cercada pelos meus amigos mais íntimos e pela minha família, eu me sinto alegre e feliz com a minha vida.*

Agora compreendo que, sem ter atravessado uma estrada turbulenta, não damos valor ao que é realmente importante. Para mim, isso é me aceitar, com todas as falhas. Mas também é amor. Estar completamente apaixonada pela pessoa que, apesar de tudo, me faz sentir a garota mais linda do mundo.

Eu sei que, depois de hoje, nunca mais estarei sozinha com meus medos. Eu sei que, depois de hoje, meu coração vai estar completo, unido eternamente ao único homem que já me amou da maneira que eu precisava ser amada.

Ele me salvou. Eu o salvei.

E ele me transformou na mulher mais feliz do mundo.

Uma vez, jurei que nunca mais cairia. Mas, hoje, caio com prazer.

Caí perdidamente de amores pelo bad boy tatuado de um bairro pobre da cidade. E caio em seus braços protetores com total confiança.

A noite de hoje marca oficialmente o início da minha nova e linda vida.

Meu "para sempre" imperfeitamente perfeito.

E na noite de hoje, sob o brilho alaranjado do pôr do sol havaiano, na praia de areia clara, ao som do agitado mar azul, vou apreciar a queda mais doce e mais linda...

Com Austin Carillo, meu lar.

~x~ Fim ~x~
~x~ Início ~x~

Playlist de *Doce queda*

Andrea Bocelli — "Ave Maria"
Halestorm — "Beautiful with You"
Maria Mena — "Eyesore"
Linkin Park — "Numb"
Lacuna Coil — "Within Me"
Clare Bowen — "Falling"
Nightwish — "Sleeping Sun"
Within Temptation — "All I Need"
Florence and the Machine — "Shake It Out"
Eminem — "Beautiful"
Fears — "Blood on These Walls"
Maria Mena — "Where Were You"
Christina Perri — "Human"
Kate Rusby — "Falling"
Bats For Lashes — "Moon & Moon"
Coldplay — "Sky Full of Stars"
Mena Maria — "It Must Have Been Love"
Thirty Seconds to Mars — "Kings and Queens"
Little Big Town — "Night Owl"
Alanis Morissette — "That I Would Be Good"
Maria Mena — "Secrets"
Marianas Trench — "Ever After"
The Band Perry — "If I Die Young"
Silverchair — "Ana's Song (Open Fire)"

Para escutar a playlist, utilize o link: tilliecole.com/sweet-fall

Para conhecer mais músicas do Fears, por favor utilize os links abaixo. É uma banda INCRÍVEL e meu primo, por acaso, é o vocalista! ;)

Para comprar no iTunes: itun.es/gb/pNiJJ
Conheça o site: www.wearefears.com
Para ouvir as músicas ao vivo: soundcloud.com/fearslive

Agradecimentos

Um enorme agradecimento ao meu marido, Stephen, por me encorajar a escrever sobre um assunto tão pessoal. Você sempre me estimula a ser melhor, e eu amo o fato de você me amar pela pessoa que eu sou – com todas as minhas falhas. Você esteve ao meu lado nos momentos bons, mas principalmente nos ruins. Quando passo por dificuldades e sinto que as coisas ficam pesadas demais, você me puxa de volta e nunca me deixa cair. Obrigada por me mostrar o mundo, principalmente por me levar à Itália por mais de dois anos. Sem essa experiência maravilhosa eu não saberia o que é caminhar pela Ponte Vecchio. Não saberia como é o rio Arno e não conheceria nenhum italiano!

Ti amo, tesoro.

Aos meus pais, por sempre estarem ao meu lado. Já fiz vocês passarem por muita coisa na vida com meus problemas, e sei o quanto ficaram chateados. Mas sou muito grata por vocês serem meus pais. Não poderia pedir por exemplos melhores na vida. Vocês são, de verdade, meus melhores e mais adorados amigos.

E um alô especial ao meu pai, por ser um revisor e um líder de torcida dedicado em meus momentos de profundo desespero! Sei que *Doce queda* não é nada parecido com *It Ain't me Babe*. Não tem várias mortes nem uma abundância de Harleys, mas você me ajudou assim mesmo. Também é o melhor psicólogo de TODOS! Obrigada por me ajudar com o estado mental tanto de Austin quanto de Lexi.

A minhas incríveis leitoras beta: Kelly, Thessa, Lynn, Becca, Kia e Rachel. Obrigada pelo feedback inestimável. Espero que vejam algumas de suas sugestões e comentários na versão final do texto. Vocês estiveram presentes desde o início, e sou eternamente grata. Rumo ao próximo!

A minha maravilhosa editora do Alabama, Cassie. Como sempre, foi um grande prazer trabalhar com você. Você é extraordinária em tudo o que faz.

A Lysa, minha fabulosa web designer. Eu te amo. Você me faz rir. Isso é tudo. ;)

A Liz, minha fantástica agente literária. Estou tão feliz por finalmente termos embarcado juntas nisso. Você foi tão paciente e tão inacreditavelmente compreensiva comigo neste mundo louco de autora de primeira viagem em que entrei, e mal posso esperar para ver o que o futuro nos reserva!

A Damon e Alisha, da Damonza, por criarem as capas mais lindas para mim. Vocês sempre entendem perfeitamente.

A Jason e Marina, pelos incríveis serviços de formatação que sempre fornecem. Obrigada.

Às maravilhosas Tracey-Lee e Kerri, por criarem o *Tillie's Hot Coles*. Vocês estão no meu coração. Amo vocês demais. Aprecio muito seu trabalho e não sei como agradecer o suficiente! Vocês são minhas estrelas!

E, finalmente, um ENORME alô para alguns blogueiros que me apoiaram muito no decorrer do último ano. Jenny e Gitte, do *Totallybooked*. Vocês fazem tanto por mim e divulgam meus livros com tanto afinco. Amo vocês... muito! Acho que Ky e Flame amam vocês também... ;)

A Kelly, do *Have Books, Will Read*, não apenas por divulgar meus livros, mas por organizar incríveis turnês para meus romances. Ah, e por ser minha glamorosa assistente em Edimburgo (juntamente com a fabulosa Joanne). Você é tão altruísta, ajudando os autores, e uma garota adorável! Amo você! Ah, e você tem os MELHORES comentários beta – tão precisos!

E por último, mas não menos importante, a adorável Thessa, do *Sweet Spot Book Blog*. O que posso dizer, querida? Você foi uma das primeiras pessoas a dar uma chance aos meus livros, a *me* dar uma chance, e, desde então, tornou-se minha líder de torcida pessoal, leitora beta extraordinária, e também uma ótima amiga. Você é tão cheia de luz, e eu agradeço a Deus todos os dias por tê-la conhecido. Nossas conversas sempre me fazem sorrir, e você me salvou tantas vezes. Além disso, espero que tenha gostado de Austin ter ido para o 49ers por você! Você é demais, garota! Posso até dar Flame de presente para você em agradecimento! *Shhh...* não conte para Maddie! Nem para Gitte! ;)

Um grande OBRIGADA a todos os blogueiros que dedicaram seu tempo para resenhar e divulgar meus livros. Não sei como conseguem fazer tudo o que fazem, mas sou mais do que grata. TÃO grata. Vocês nunca saberão quanto.

E a meus leitores. Nem sei o que dizer em relação a seu entusiasmo, apoio e dedicação infinitos.

Vocês são meu mundo, minhas almas gêmeas, meus amigos...

Ah, sei lá. Eu simplesmente amo todos vocês!

SOBRE A AUTORA

Tillie Cole vem de uma pequena cidade do nordeste da Inglaterra. Cresceu em uma fazenda com mãe inglesa, pai escocês, uma irmã mais velha e um monte de animais resgatados. Assim que foi possível, Tillie trocou suas raízes rurais pelas luzes brilhantes da cidade grande.

Depois de se formar na Universidade de Newcastle, Tillie acompanhou seu marido, jogador profissional de rúgbi, pelo mundo durante uma década. Nesse tempo, foi professora de estudos sociais do Ensino Médio por sete anos e gostava muito de dar aula.

Depois de anos morando na Itália, no Canadá e nos Estados Unidos, Tillie voltou para a sua cidade natal na Inglaterra, onde agora vive com seu marido e seu filho.

Tillie escreve comédias românticas, romances contemporâneos, romances *Young Adult* e *New Adult*, e compartilha com alegria com os leitores seu amor por personagens masculinos machos-alfa (principalmente com músculos e tatuagens) e por personagens femininas fortes.

Quando não está escrevendo, Tillie gosta de exibir suas roupas brilhantes na pista de dança (de preferência ao som de Lady Gaga), assistir a filmes (de preferência com Tom Hardy ou Will Ferrel – por razões bem diferentes!), ouvir música e estar com seus amigos e familiares.

Siga Tillie em:

facebook.com/tilliecoleauthor
twitter.com/tillie_cole

Ou mande um e-mail para: authortilliecole@gmail.com
Ou visite o site: tilliecole.com

LEIA TAMBÉM

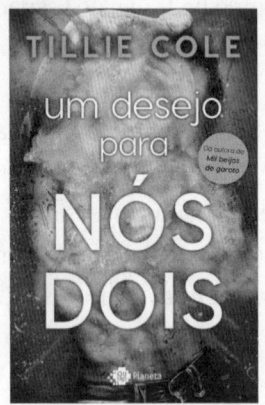

Acreditamos nos livros

Este livro foi composto em Fairfield Light
e impresso pela Gráfica Santa Marta para a
Editora Planeta do Brasil em fevereiro de 2022.